Das Buch

Obwohl Autorin einer Telenovela, steht Charlotte der Sinn überhaupt nicht nach Romantik: Ihr Exfreund Marius hat sie mit gefühlten 99 % ihrer Kolleginnen betrogen. Als eine bayerische Hausfrau namens Huber Sabine in Charlottes Berliner Großstadtleben auftaucht, trifft der eigene Telenovela-Kitsch Charlotte wie ein Bumerang. Denn die Huber Sabine ist ein Superfan der Serie »Engel der Liebe« und von der Idee beseelt, einsame Herzen zusammenzuführen. Sie spürt genau, dass auch auf Charlotte eine große, wahre Liebe wartet: Exfreund Marius. Als sich dann auch noch Alex, der One-Night-Stand, dauerhaft in Charlottes Altbauwohnung einquartiert und ihr Chef kurzerhand seine esoterisch angehauchte Frau zu ihrer Vorgesetzten macht, wird ihr eigenes Leben zur Telenovela – und zwar zu einer verdammt turbulenten.

Markus erzählt mit rasanten Dialogen und sprühendem Witz von großen Gefühlen – im Fernsehen und im wahren Leben

Der Autor

Ron Markus, geboren 1974, ist gefragter deutscher Comedy-Autor. Nach der Matura in Innsbruck studierte er Drehbuch in Ludwigsburg und Los Angeles und schreibt heute Fernsehserien wie »Stromberg«. Grimme-Preis 2006. Als erfolgreicher Producer von TV-Filmen kennt er Absurditäten und Abgründe deutschen Fernsehschaffens.

KiWi PAPERBACK

1261

RON MARKUS

Romantik *für* Anfänger

ROMAN

Kiepenheuer & Witsch

FSC
www.fsc.org
MIX
Papier aus verantwortungsvollen Quellen
FSC® C083411

Verlag Kiepenheuer & Witsch, FSC® N001512

1. Auflage 2012

Umschlaggestaltung: Barbara Thoben, Köln
Umschlagmotiv: © Sven Kamin – www.fotolia.com;
Miso Zdinjak – www.fotolia.com
Gesetzt aus der Adobe Garamond und der Courier
Satz: Buch-Werkstatt GmbH, Bad Aibling
Druck und Bindung: CPI – Clausen & Bosse, Leck
ISBN 978-3-462-04411-9

Für Sibylle

1

ES WIRD DUNKEL auf unserer Büroetage.

Noch 11 Stunden, 33 Minuten, 22 Sekunden. Die Uhr tickt.

Dr. Friedhelm Georgis, Vice-President Deutsche Fiction von PriTV, erwartet von uns bis morgen früh neun Uhr eine perfekte Präsentation.

»Bis neun Uhr? Morgen früh?«, stöhnt unser Praktikant Benno. »Warum denn so plötzlich?«

So ist das Fernsehgeschäft: Erst hört man wochenlang nichts von seinem Auftraggeber – man beginnt sich zu wundern und blättert in Sorge, möglicherweise aber auch mit Vorfreude, in den Todesanzeigen –, und dann muss alles ganz schnell gehen.

»Aber dann müssen wir ja die ganze Nacht durcharbeiten!«, sagt Benno und schaut mich erschüttert an, wie die Hauptfigur eines Pro7-Katastrophenfilms, die soeben erfährt, dass Berlin von einem Meteoriteneinschlag bedroht wird.

Als Chefautorin und geistige Schöpferin der Telenovela *Renata – Engel der Liebe* bin ich die oberste Geschichtenerzählerin unserer Serie. Denn anders, als viele unserer Zuschauerinnen glauben, denken sich die Schauspieler diese Geschichten nicht einfach während des Drehens aus, sondern jeder noch so unbedeutende Dialog steht vorher schwarz auf weiß im Drehbuch. Und weil kein Autor alleine das enorme Pensum von fünf wöchentlichen *Renata*-Folgen bewältigen könnte, steht mir ein Team zur Seite. Menschen wie Benno, die ich einfühlsam motiviere: »Wenn du mit deinem fetten Arsch eine ruhige Kugel schieben willst, hättest du Papis Schlüsseldienst in Lippe Detmold übernehmen sollen!«

Benno lächelt gequält. Seine 24 unbezahlten Praktikumsmonate hat er sich vermutlich anders vorgestellt.

Ich blicke in die Runde: »Wo sind meine Krieger?«

Mein Stellvertreter Yong-Dao und unsere Autorin Urte nicken entschlossen. Nur Benno hat den Ernst der Lage nicht begriffen: Uns laufen die Zuschauer davon. Noch vor einem halben Jahr waren wir Marktführer, wir waren *die* Erfolgstelenovela, doch jetzt sinkt unsere Quote. Und sinkt. Und sinkt.

Und so sinkt leider auch mein Stern: Gestern noch war ich Everybody's Darling, der gefeierte Überflieger der Telenovela-Zunft. Wann immer über Telenovelas geschrieben wurde, Charlotte Bredencamp durfte ein weises Statement abgeben. Menschen, von denen ich noch nie gehört hatte, luden mich zu Veranstaltungen ein, von denen ich noch nie gehört hatte. PriTV spendierte mir einen ayurvedischen Privatmasseur zum Geburtstag. Jeder wollte mein Freund sein! Doch seit die Quote fällt, fühlt sich das Leben anders an. Statt mit überschwänglicher Freude werde ich mit freundlicher Zurückhaltung gegrüßt. Die Einladungen zu Veranstaltungen, die ich nicht besuche, werden weniger. Zu meinem letzten Geburtstag schenkte PriTV mir eine 250-Gramm-Packung Merci-Schokolade. Ich bin ein Auslaufmodell.

»Morgen früh dürfen wir dem Fictionchef von PriTV unsere Vision für die nächsten Monate präsentieren«, erklärt Urte Benno die Situation geduldig.

»Nicht die nächsten Monate!«, dränge ich. »Wir brauchen *heute* einen Geniestreich, den wir *morgen* umsetzen können!« Benno nickt überfordert. Es ist, als wollte man einem Rütli-Schüler die Relativitätstheorie begreiflich machen. »Also, was pitchen wir Friedhelm morgen?«, frage ich in die Runde und schnipse. Schnipsen signalisiert Dynamik. Ich schnipse gerne. Leider schnipse ich auch in der Disco. Ich bin 34 und werde langsam zu alt für Discos.

»Renata kriegt eine böse Zwillingsschwester und spielt eine Doppelrolle.« Ein Vorschlag von Yong-Dao.

Ich lächle. Lächeln heißt nein.

»Renata verliebt sich. Im Juli machen wir eine Doppelfolge und lassen sie Hochzeit feiern«, schlägt Urte vor.

Ich kippe den Kopf zur Seite. Kopfkippen heißt auch nein.

»Renata verliebt sich, aber in eine Frau, und zwar ihre Zwillingsschwester. Und dann voll die Lesbenaction.« Richtig schlechte Ideen kommen meistens von Benno. Ich starre ihn an. Anstarren heißt »Bring mir einen Latte macchiato!«. Er hat verstanden und trottet schlecht gelaunt von dannen.

»Ick werd verrückt. Hier wird die *Renata* gemacht?!«

Wir drehen uns um. Hinter uns steht eine Putzfrau. In den letzten Minuten hat sie die Mülleimer ausgeleert, doch wir haben sie kaum wahrgenommen. Sie und ihr quietschender Putzwagen kommen zu uns rüber.

»Hier wird wirklich die *Renata* gemacht?« Sie schaut uns neugierig an.

Ich nicke zurückhaltend, denn ich ahne bereits, was kommt.

Die Frau, die mit Übergewicht, Kittel und Damenbart jedes einzelne Klischee einer Putzfrau bedient, stampft auf mich zu und spricht die obligatorischen fünf Worte: »Ick bin euer größter Fan!« Sie lacht und hält plump-vertraulich den Daumen nach oben – eine Geste, die man eigentlich nur noch von bayerischen Lokalpolitikern oder afrikanischen Kindersoldaten kennt. »Aber ick hab im Fanforum jelesen, dit looft nich mehr so bei euch?«

Ich nicke mit gequältem Lächeln.

»Ick hätte ein paar richtig dufte Ideen!«

Ich kontere mit einem Blick, der sagt: »Ach, wirklich? Du hast ein paar dufte Ideen? Das Problem ist, da bist du nicht die Einzige. Die Verkäuferin, die mich an der Edeka-Wursttheke bedient, meine elfjährige Nichte und sogar die Frau, die mir geschrieben hat, nachdem ihr Mann die Hälfte ihres Gehirns mit einer Schrotflinte rausgepustet hat – er wollte ihre blindwütige Passion für *Renata* nicht länger ertragen –, sie alle haben dufte Ideen für mich. Aber all diese Ideen sind Schrott!«

Mein feindseliger Blick hält sie nicht davon ab, mir ihre Idee dennoch mitzuteilen: »Ick war ja ein riesengroßer Fan vom Marius Nachtweih. Den würd ick jerne wiedersehen!«

Marius Nachtweih. Es ist, als würde jemand auf einer Familienfeier den Namen eines in Ungnade gefallenen Familienmitglieds nennen. Plötzliche Grabesstille, nervöse Blicke meiner Mitarbeiter.

»Hab ick wat Falsches jesagt? Der Marius Nachtweih, wissen Se schon, der den Johannes von Papenburg gespielt hat. Dit war ein janzer Kerl!« Die Putzfrau lacht. »Den würd ick nicht von der Bettkante stoßen!«

»Johannes von Papenburg ist gestorben«, sage ich leise, aber bestimmt und schicke ihr einen Blick, der zum Ausdruck bringt: »Warum mischst du dich in meine Arbeit ein, dicke Putzfrau? Wollte ich jemals deine Arbeit machen? Deine Papierkörbe ausleeren?«

Die Sprache der Blicke ist universal. Gekränkt zieht sie sich zurück. Eilig schiebe ich hinterher: »Ich finde es aber toll, dass Sie Fan sind, Frau …«

»Paulsky«, murmelt sie und würdigt mich keines Blickes mehr. Ich überlege kurz, ob ich ihr nachlaufen soll, um mich bei ihr zu entschuldigen, doch dann entscheide ich mich dagegen. Eine wie sie hat tausend weitere »dufte Ideen« parat. Zu riskant!

2

NOCH 1 STUNDE, 3 Minuten, 14 Sekunden. Kurz vor acht Uhr morgens, unser Büro leuchtet taghell. Yong-Dao, Urte und Benno schleppen sich durch den Raum, kopieren und binden mit rot geränderten Augen das Resultat einer Nacht. Bunte Präsentationen wachsen vor mir auf dem Tisch zum Stapel.

Benno steht gebeugt über dem Drucker, sodass ich die Ritze seines teigigen Hinterns zu Gesicht bekomme, in unseren Kreisen nur »Bennos Maurerdekolleté« genannt. Er lächelt müde unter seiner Baseballkappe hervor. Ich lächle zurück. Das Schicksal hat ihn hart gebeutelt.

Yong-Dao hilft Urte bei der Klebebindung. Anders, als sein Name vermuten lässt, hat Yong-Dao keine asiatischen Wurzeln, sondern schwäbische. Rote Haare, weiße Haut – absolut gar nichts ist asiatisch an ihm, außer der Tatsache, dass seine Eltern ihrem Sohn in ihrer Hippiephase einen buddhistischen Vornamen mitgeben wollten. Yong-Dao wäre vielleicht sogar ein netter Vorname, wenn man seinen Nachnamen außer Acht lassen könnte: Schäufele. »Charlotte, ich finde, du warst heute mal wieder top!«, sagt er mit seiner etwas zu hohen Stimme. Manchmal geht mir seine devote Art auf den Wecker. Er ist so demütig und höflich, dass er jede E-Mail beantwortet. Und jede Rückantwort auch. Und jede Rückantwort auf eine Rückantwort auch, und sei es nur mit einem »Supi! :-)«. Ein »E-Mail-immer-Beantworter«. Nun gut, lieber devote Mitarbeiter als renitente.

Urte, ebenfalls gesegnet mit einem äußerst seltsamen Namen, platziert eine weitere Präsentation auf dem Stapel. Eigentlich ist sie sympathisch, hat aber leider das Temperament einer Hydrokultur, weshalb sie wahrscheinlich Autorin wurde und nicht Clubanimateurin am Ballermann. Ansonsten weiß ich fast nichts über sie, außer dass sie etwas auf der Nase trägt, das aussieht wie ein Nachtsichtgerät.

Zufrieden betrachte ich den Stapel mit Präsentationen: Ich finde, ich hatte heute wirklich ein paar schöne Ideen. Leider ist zu befürchten, dass Big Boss Friedhelm diese Einschätzung nicht teilen wird. Früher, als wir noch Marktführer waren, war ich für ihn die »geniale Charlotte« mit den »genialen Ideen«. Ich hätte vorschlagen können, dass wir eine komplette *Renata*-Episode in Schwarz-Weiß und Zeitlupe zeigen, auch diese Idee hätte er ganz bestimmt »genial« gefunden. Doch jetzt, in Zeiten der Krise, vertraut Friedhelm nur noch auf die Genialität seiner eigenen Ideen. Beinahe im Wochentakt wird er von »Erleuchtungen« erfüllt:

- *Renata* muss jünger, hipper, sexier werden!!! Renata entdeckt in Folge 2415, dass sie eine zehn Jahre jüngere Halbschwester namens Charlize hat, die sich in den 17-jährigen südamerikanischen Bodypainter Ramón Junior verliebt.
- Das Publikum von *Renata* kann nichts anfangen mit »jung, hip und sexy«. Renata entdeckt in Folge 2438, dass sie eine zweite Halbschwester hat, die 15 Jahre ältere Nonne Angelika.
- Renatas Halbschwestern lenken leider zu sehr von unserer Hauptfigur ab – Renata. Folge 2471, Angelika, Charlize und Ramón Junior verunglücken tödlich bei einem Helikopter-Absturz.

Bis vor vier Jahren hat Friedhelm erfolgreich Rasierschaum und Deoroller vermarktet. Dann traf er einen alten Managerfreund, ein hohes Medientier, beim Winterpolo in St. Moritz wieder und durfte beim Fernsehen durchstarten: als oberster PriTV-Chef für deutsche Serien und Spielfilme. Eine typische Karriereseilschaft unter Männern. Ich habe jedoch nicht die Hoffnung aufgegeben, dass er eines Tages wirklich erleuchtet wird. Vielleicht ist es ja heute so weit. Bilder entstehen vor meinem geistigen Auge, ich höre seine Stimme. Ich habe schon so viel Lebenszeit mit dem Schreiben von *Renata* verbracht, dass sich mein Gehirn angewöhnt hat, plötzliche Gedanken und Tagträume wie ein Drehbuch zu präsentieren.

Friedhelm begrüßt mich in seinem ausladenden Chef-Büro. Anerkennende Blicke von ihm: Ich sehe umwerfend aus in meinem weißen Kleid von Donna Karan. Niemand kann auch nur ahnen, dass ich in den letzten Wochen dreieinhalb Kilo zugenommen habe.

Ich deute auf das Foto von Friedhelms dreijährigem Sohn auf seinem Schreibtisch:

ICH

Wie geht's meinem Patenkind?

FRIEDHELM

Manuel Dante? Fährt jetzt Wasserski!

Ich ziehe den Stapel Präsentationen aus meiner Tasche.

FRIEDHELM

Charlotte, ich bitte dich! Du brauchst mir doch nichts präsentieren. Nur weil es gerade ein kleines Formtief gibt? Du machst den Job jetzt schon so lange, ich vertraue dir! Ich hatte übrigens eine Erleuchtung. Ich weiß jetzt, was unser Problem ist: Ich! Ich bin ein Dummschwätzer, der mit blindem Aktionismus verbergen will, dass er von Tuten und Blasen keine Ahnung hat.

Wir lachen gut gelaunt. Endlich haben wir die Lösung!

»Charlotte!« Bennos Fisherman's-Friends-geschwängerter Atem weht mir entgegen und weckt mich aus meinem Tagtraum auf. »Charlotte, dein Taxi wartet.«

Ich blicke auf die Uhr. Noch 42 Minuten, 14 Sekunden.

Ich springe auf, werfe die Präsentationen in meine Tasche. Yong-Dao hilft mir, wir hasten zur Tür. »40 Minuten. Das schaffe ich!«, sage ich und drücke die Tür auf. Will die Tür aufdrücken. Sie ist verschlossen.

Irritierte Blicke von allen.

Yong-Dao versucht mit seinem Büroschlüssel, die Tür aufzuschließen, unsere einzige physische Verbindung zur Außenwelt. Ich werde ungeduldig. Warum rüttelt er an der verschlossenen Tür? Ich schiebe ihn zur Seite, habe allerdings auch keine bessere Idee, als an der verschlossenen Tür zu rütteln. Er findet einen handgeschriebenen Zettel unter dem Türspalt und versucht die krakeligen Hieroglyphen zu entziffern: »Dud … um … schku.« Er zuckt verständnislos mit den Schultern. »Dudumeaschku??«

»Du dumme Arschkuh!«, sagt Urte.

»Wer schreibt denn so was?«, frage ich.

»Da steht noch was«, sagt Urte, »›Schöhhne Grüse von Frau Paulsky‹.«

»Ah!« Vier Menschen im Raum denken dasselbe: »Die Rache der Putzfrau!«

Benno inspiziert sachverständig die Tür: »Ganz schön raffiniert: Sie hat ihren Schlüssel von der anderen Seite ins Schloss gesteckt und ihn dann abgebrochen.«

»Tür aufbrechen, los!«, sage ich.

»No chance! Sicherheitsschloss!« Mit einem gewichtigen Blick macht Benno uns klar, was wir schon lange über ihn wissen, aber niemals wissen wollten: Sein Vater ist stolzer Inhaber der Detmolder Schlüsselprofis.

»Und jetzt?« Ich schaue aus dem Fenster. Unsere Büros in der Produktionsfirma befinden sich in fünf Metern Höhe über den Studios. Der Sitz von PriTV – unserem Mutterkonzern oder wie wir ihn nennen: »der Todesstern« – ist mit dem Taxi im Berufsverkehr mindestens eine halbe Stunde entfernt. Die Zeit drängt!

»Bis der Schlüsseldienst kommt, vergeht locker eine Stunde.« Wieder Benno. Auch in der Berliner Schlüsseldienstszene scheint er sich bestens auszukennen.

Mein Handy klingelt.

»Sekretariat Dr. Georgis, Karla Lautenbach.« Eine freundliche Sekretärinnenstimme trällert mir entgegen. »Herr Dr. Georgis bittet Sie, eine Viertelstunde früher zu kommen. Er hat um neun Uhr dreißig bereits den nächsten Termin.«

Ich starre die anderen an und sehe vor meinem geistigen Auge die Kamera, die begleitet von dramatischer Musik auf mein Gesicht zufährt. Ein echter Cliffhanger.

3

DIE WICHTIGSTE REGEL beim Drehbuchschreiben lautet: Der wahre Charakter eines Menschen offenbart sich unter Druck.

Szenario eins: Ich könnte mich meinem Schicksal ergeben. Ich könnte warten, bis der Schlüsseldienst kommt, und würde meinen Termin verpassen. Ich wäre keine Kämpferin, sondern eine dumme Blondine! (Erwähnte ich, dass ich langes, splissfreies, naturblondes Haar habe?)

Szenario zwei: Ich könnte Friedhelm bitten, dass wir per Telefon konferieren. Immer noch Blondine!

Oder Szenario drei: Ich könnte sagen: »Scheiß drauf! Ich klettere die Regenrinne runter!«

»Die Regenrinne? Unmöglich!« Die anderen sind sich einig.

»*Renata*-Folge 478«, halte ich selbstsicher dagegen, »Quentin von Papenburg war eingeschlossen im Sanatorium und hat die Regenrinne benutzt.«

85 Sekunden später: Benno hangelt sich vorsichtig die Regenrinne runter und testet, ob sie hält.

Sie hält.

Er wischt sich kalten Angstschweiß von der Stirn und lächelt zu uns hoch.

Vorsichtig wage ich mich aus dem Fenster und umschließe mit festem Griff die Regenrinne, um mich langsam abwärts zu bewegen. Ein lautes Knirschen. Ein Teil der Regenrinne droht aus der Verankerung zu brechen. Fast wirkt es, als wäre ich zu schwer für diese Übung. »Habe ich wirklich nur dreieinhalb Kilo seit der Trennung von Marius zugenommen?«, schießt es mir durch den Kopf. »Oder waren es sogar vier? Heute Morgen waren es fünfeinhalb, aber der Körper unterliegt ja bekanntlich Schwankun…«

Die Rinne löst sich mit Getöse von der Wand. Ich falle zwei Meter tief und ende stöhnend in einem Blumenbeet.

Yong-Dao taucht neben mir auf und hilft mir gemeinsam mit Benno aus dem Beet heraus. »Wir haben einen zweiten Ausgang gefunden«, sagt er.

4

»OH!«, SAGT FRIEDHELMS SEKRETÄRIN Karla Lautenbach.

Ich schwitze. Es ist Ende Mai und ungewöhnlich heiß für die Jahreszeit. Mein helles Kostüm ist beim Sturz in das Blumenbeet an den Ellbogen dreckig geworden. Ich überlege, ob ich ihr die Flecken als »integralen Bestandteil des Designs« verkaufen soll. Wenig glaubwürdig. Sie schenkt mir ein Taschentuch, damit ich mir ein bisschen Blut von der Stirn wischen kann. Aber ich schäme mich nicht: Ich bin pünktlich! Friedhelm leider nicht, weshalb ich seit einer Viertelstunde warten muss. Im Geiste gehe ich den Grundriss unserer Büroetage durch. Wie hat Yong-Dao es geschafft, so schnell einen zweiten Ausgang zu finden? Und überhaupt: Ich weiß von keinem zweiten Ausgang.

»Äh …«, sagt die Sekretärin jetzt.

»'tschuldigung!«, murmele ich. Ein Tropfen Blut ist auf ihrem Rolodesk gelandet.

»Schon gut«, sagt sie. Vergeblich versuche ich, in ihrem Blick Bewunderung zu finden, schließlich gibt es nur wenige Menschen, die unter Umständen wie diesen einen Termin wahrnehmen. John Rambo vielleicht.

»Scheiße, Charlotte!« Friedhelms massiger Körper taucht neben mir auf. Auch in seinem Gesicht: wenig Bewunderung. »Du siehst ja aus like fuckin' shit!« Es heißt, Friedhelm habe anders gesprochen in seinem früheren Leben als Rasierschaum-und-Deoroller-Vermarkter. Es heißt, zum Wechsel ins TV-Geschäft habe er sich einen Hollywood-Film angeschaut, in dem ein Studioboss mit Kraftausdrücken um sich werfe. Es heißt, dies sei der Grund, warum Friedhelm jetzt auch so spreche und, trotz seiner 53 Jahre, zu seinem Anzug grundsätzlich Turnschuhe trage. Er führt mich in sein Büro. Zwei steife Anzugträger sitzen auf seiner Rolf-Benz-Couch. Dort, wo *ich* normalerweise sitze. Ich muss stehen und greife nervös in Friedhelms große Glasschale. Vergebens suchen meine Finger nach meinen geliebten Schokobons.

»Sorry, wir müssen jetzt sparen, der Rock'n' Roll ist vorbei«, erläutert Friedhelm.

Anzugträger Nummer eins nickt ernst: »Ich hätte es nicht treffender formulieren können als Dr. Georgis.«

Friedhelm stellt ihn vor: »Unser neuer stellvertretender Leiter der Sendergruppe Dr. Dr. Wintershagen.« Seine Hand wandert zu Anzugträger Nummer zwei: »Und der neue Leiter der Sendergrupp…«

»Ich rate mal«, unterbreche ich scherzend. »Sie sind dann bestimmt Dr. Dr. Dr.?«

Die beiden Anzugträger schauen mich regungslos an. Humor ist in diesem Raum ein karges Pflänzchen, und der Rock'n' Roll scheint definitiv vorbei zu sein.

»Dr. Dietlef Pelzberg vertritt einen japanischen Rentenfonds und hat 200 Millionen Euro in unsere Sendergruppe investiert.«

Ein Scherz über den Namen Dietlef liegt mir auf der Zunge, aber ich entscheide mich spontan dagegen. »Wie geht's meinem Patenkind?«, versuche ich die Stimmung zu lockern.

»Seit acht Wochen liegen wir nun schon unter Senderschnitt.«

Gut, so kann man die Frage auch beantworten. »Aber bei den Frauen zwischen 25 und 29 Jahren haben wir um 0,5 Prozent zugelegt«, halte ich dagegen.

»Neun Prozent Marktanteil! Nur noch fucking neun Prozent!«

»Und bei den arbeitslosen Männern zwischen 49 und 54 haben wir sogar einen ganzen Prozentpunkt gewonnen.«

»Wir waren immer zweistellig! Jetzt sind wir zweitklassig!«

Wehmütig erinnere ich mich an den Friedhelm aus meinem Drehbuch-Tagtraum. Der echte Friedhelm scheint sich nicht mit ihm abgestimmt zu haben.

»Und ehrlich gesagt«, sagt er, »wir sehen nicht, was du gegen diese gottverdammte Katastrophe unternimmst.«

Jetzt meldet sich Herr Doktor Doktor zu Wort: »Warum brauchen wir überhaupt so eine Telenovela? Warum nicht eine Spielshow wie früher *Dalli Dalli*?«

»Der Hans Rosenthal, das war ein ganz großer Showmaster«, ergänzt Dr. Pelzberg.

Die Luft wird dünn.

Ich zerre die Präsentationen aus meiner Tasche und bügle rasch das verknickte Deckblatt gerade, bevor ich dem Doppeldoktor eine Präsentation in die Hand drücke. »Mein Kompetenzteam und ich sind überzeugt, dass wir in weniger als drei Monaten wieder über Senderschnitt liegen werden.« Ich blättere auf die erste Seite. Lipizzanerstute Billy erscheint, ein echter Sympathieträger. »Unser neuer Ansatz: die Magie der Pferde! Unsere Serie spielt auf einem Gestüt; das ist ein Pfund, mit dem wir wuchern müssen. In Zukunft sehen wir in jeder Folge mindestens fünf Pferdeszenen. Die Zuschauerinnen lieben Pferde. Vielleicht könnten wir auch mal über ein sprechendes Pferd nachdenken – ist natürlich nur ein Scherz.«

»Ach, schade«, sagt Dr. Dietlef, »früher gab es eine Serie mit einem sprechenden Jack-Russel-Terrier, die habe ich geliebt.«

»Schön!«, unterbricht Friedhelm das Gespräch. »Das mailst du mir am besten alles, Charlotte.« Er macht eine Handbewegung, die, wenn ich sie richtig deute, meinen Stapel mit Präsentationen gedanklich in seinen Papierkorb transferiert. »Wie lange kennen wir uns jetzt eigentlich schon?« Er legt mir einen Arm um meine Schulter. Ich werde jetzt richtig nervös. Im Film fragt so etwas der Mafiaboss, bevor er den alten Freund, der ihn verraten hat, um die Ecke bringen lässt. Ich taxiere die beiden Anzugträger, kann aber noch keine Vorzeichen von Gewalt entdecken.

»Na ja, seit vier Jahren, schätzungsweise.« *Renata* stand damals auf dem Quotengipfel, wir waren die Cashcow von PriTV. Die Werbeeinnahmen stiegen und stiegen, das Wort »sparen« kannte man nur vom Hörensagen. Friedhelm, der neue Verantwortliche bei PriTV, hat mich und andere Leistungsträger des Konzerns zum Incentive-Wochenende in einen Club auf Mauritius eingeladen. Seitdem weiß ich, wie er in Badehose aussieht. Ein Anblick, den man lieber schnell verdrängt.

Immer noch mit seinem Arm um meine Schulter schiebt Friedhelm mich zu einer Jalousie, die, wie ich weiß, eine Scheibe zu einem angrenzenden Raum verdeckt. »Ich hatte letzte Woche eine Erleuchtung, wie wir unser Quotenproblem in den Griff kriegen«, sagt er und zieht an der Kordel, die Jalousie fährt ratternd nach oben. Ich bekomme einen Schweißausbruch und rechne fest damit, dass auf der anderen Seite Schergen mit Maschinenpistolen warten und die »Lösung des Quotenproblems« darin besteht, mich umzunieten.

Stattdessen winkt uns eine kleine runde Person in einem Lodenrock und Rüschenbluse mit einem Quintett aus Wurstfingern zu.

»Sabine Huber, Leiterin des *Renata*-Fanclubs Oberbayern«, erklärt Friedhelm. Ich starre die kleine, runde Person an. Sie lächelt freundlich. Ihr Wurstfingerquintett greift lustvoll in die Schale neben sich. Sie ist randvoll mit Schokobons.

5

»I BIN DIE HUABER SABINE aus dem wunderschönen Blumendorf Rottau, am Chiemsee in Oberbayern«, sagt sie in freundlichem Bayerisch.

Ich kann nicht anders: Wer so redet, dem ziehe ich zehn Punkte vom IQ ab.

»Und des da ist mein Edi.« Zärtlich krault sie den Rauhaardackel, der es sich auf ihrem Schoß bequem gemacht hat. Ich ziehe weitere 20 Punkte ab. Sie darf ganz alleine auf der Rolf-Benz-Couch sitzen, die beiden Anzugträger haben ihr Platz gemacht. Ich überlege kurz, ob ich die kleine Lücke neben ihr okkupiere. Edi ist schneller und wirft mir einen hämischen Blick zu. Die Huber Sabine füttert ihn mit dem letzten Schokobon aus der Glasschale. »46 Jahre, Hausfrau, glücklich verheiratet, zwoa fesche Buam. In Berlin war i mei Lebtag net.« Sie lacht.

»46 Jahre, Hausfrau, verheiratet«, wiederholt Friedhelm triumphierend, »die Huber Sabine ist eine stinknormale Frau, und das meine ich absolut positiv, Frau Huber!« Ich erinnere mich an den Lieblingsfilm meiner Kindheit, in dem Adriano Celentano alias Bingo Bongo im Urwald unter Affen aufwächst und nach Rom verfrachtet wird, wo ihn eine begeisterte Horde Wissenschaftler untersucht. Eine ähnliche Begeisterung spüre ich in diesem Moment bei Friedhelm: »Und sie ist Deutschlands größter *Renata*-Fan!«

Ihr rundes Gesicht beginnt zu strahlen. »Ja, i und mei Edi, wir lassen keine Folge aus.« Sie liebkost ihren Teckel.

»Mein Edi und ich«, korrigiere ich stumm und ziehe fünf weitere IQ-Punkte ab. Ich nehme Friedhelm beiseite: »Darf ich dich mal unter vier Augen sprechen?« Wir verschwinden auf der anderen Seite der Glasscheibe.

»Drei Wörter: Was soll das?«, frage ich.

»Zwei Wörter: Creative Fusing – das Verschmelzen der kreativen Leistungsträger mit ihrer Zielgruppe.«

Ich begreife nicht.

»Mit Creative Fusing haben wir vor fünf Jahren den Marktanteil unserer Deos um 2,1 Prozent gesteigert.«

»Ja und?«

»Ja und?! Das ist unglaublich! 2,1 Prozent! Unsere Kreativen von der Werbung mussten einfach nur ihre Freizeit mit Menschen verbringen, die unter Schweißgeruch litten.«

»Klingt ja nach einer Menge Spaß, dieses Creative Fusing.«

»Es war wie Magie. Simsalabim hat unser Team verstanden, wie die Zielgruppe tickt. Sie haben bessere Werbung gemacht – und wir haben mehr Deoroller verkauft als jemals zuvor.«

»Ja, netter Ansatz. Aber nicht für mich.«

»Charlotte. Charlotte, Charlotte. Ganz ehrlich, du bist ausgebrannt.«

»Was?«

»So jaded.«

»Was?«

»Englisch ›jaded‹. Wenn man so alles satt hat. Gibt so ein Lied von Aerosmith, das so heißt. Ich höre jetzt viel Musik, ist wichtig, mit der Popkultur in tune zu sein.«

»Können wir jetzt bitte beim Thema bleiben, Friedhelm?«

»Erzähl mal, wie lange machst du *Renata* schon?«

»Das weißt du doch. Seit neun Jahren.«

»Wie viele Folgen?«

»2500 – ich schreibe gerade die Jubiläumsfolge. Was soll das?«

»2500 Folgen! Heilige Scheiße! An allen warst du beteiligt, viele hast du selbst geschrieben. Niemand hat der Serie mehr ihren Stempel aufgedrückt als du.«

»Richtig, das ist *meine* Serie. Ich habe sie erfunden, da hast du dich noch mit Schweißgeruch beschäftigt.«

»Und jetzt bist du ausgebrannt. Und erzählst mir was von der

Magie der Pferde. Nein, nein, nein. Wir müssen deinen Akku aufladen. Du gehst auf die 40 zu. Das ist ganz normal.«

»Ich bin 34. Wie alt bist du denn?«

»Du siehst älter aus, und das meine ich jetzt wirklich positiv. Wir wollen dir helfen, damit du deinen Spirit wiederfindest, darum geht es!«

»Wer ist *wir*?«

Er zeigt begeistert auf die Huber Sabine, die sich gerade Hundeküsschen von Edi geben lässt. »Das ist deine Zielgruppe! Ihr zwei müsst sein wie läufige Karnickel, die nicht mehr voneinander lassen können.« Seine Stimme überschlägt sich vor Freude. »Du musst denken wie die Huber Sabine! Reden wie die Huber Sabine! Essen wie die Huber Sabine! Schlafen wie die Huber Sabine!«

Dackel Edi steht jetzt auf den Hinterpfoten. Zur großen Freude der Anzugträger tanzen er und Sabine im Kreis.

»Wie lang bleibt sie denn in Berlin, die Huber Sabine?«

»Drei Wochen! Ihre Kinder sind groß, der Mann geht total d'accord mit der Aktion. Außerdem bekommt sie 10 000 Euro.«

»10 000?!«

»Charlotte, ich weiß, das kommt jetzt alles sehr plötzlich.«

»10 000?!«

»Aber wir haben auch eine Verantwortung. Wir können nicht unsere Serien im Dutzend ausspucken und so tun, als hätten wir nichts mit den Menschen zu tun, die sich das alles anschauen.«

»Verantwortung? Das meinst du jetzt nicht im Ernst!«

»Natürlich nicht. Aber die Huber Sabine ist trotzdem eine geniale Idee.«

»Natürlich.« Ich lächle ihn freundlich an. »Aber ich erlaube mir, sie abzulehnen.«

6

AUFGEREIHT STEHEN SIE vor meinem Schreibtisch, meine Mitarbeiter. Yong-Dao, Urte, Benno. Dazu die Story-Editoren Cordula, Maren, Olaf sowie eine Praktikantin, deren Namen ich mir beim besten Willen nicht merken kann. Eine eingeschworene Gemeinschaft, wie einst Spartakus' Sklavenarmee, die gegen die römischen Unterdrücker zu Felde gezogen ist.

»Der Boss dreht durch, nur weil unsere Quote schwächelt«, erhebe ich meine Stimme und sehe vor meinem geistigen Auge gut gebaute Sklavensoldaten, so weit das Auge reicht. »Er sollte uns die Füße küssen, denn mit uns verdient er sich eine goldene Nase. Stattdessen müssen wir uns jetzt dem Diktat von schmutzigem Rentengeld beugen.« Meine Stimme hallt wie Donner hinweg über die aufgereihten Legionen. »Er mischt sich in alles ein. Irgendwann müssen wir ihn noch für jede Dialogzeile um Erlaubnis fragen.«

»Ich muss dich auch für jede Dialogzeile um Erlaubnis fragen«, meldet sich die Namenlose.

»Du bist Praktikantin.«

»Ich bin Assistentin.«

»Aber du warst Praktikantin.«

»Ich war noch nie Praktikantin. Kennst du eigentlich meinen Namen?«

Die anderen blicken mich fragend an. Meine Lippen formen stumm ein Wort, das jede Möglichkeit von »Annabelle« bis »Zwaantje« zulässt. »Tatsache ist doch«, sage ich, »Friedhelm glaubt, er kann uns jeden seiner schrägen Einfälle aufdrücken. Aber wir lassen uns nicht mehr unter Druck setzen. Was soll er denn machen, wenn wir uns querstellen? Wer denkt sich denn unsere Geschichten aus?« Mein Zeigefinger beantwortet die Frage und klopft energisch auf mein Brustbein.

»Charlotte ist wie König Midas!« Yong-Dao schaut in die Runde. »Sie fasst eine Geschichte an und macht sie zu purem Gold.«

»Yong-Dao, das ist jetzt ein bisschen dick!«

»Doch, Charlotte! Ohne dich sind wir geliefert!«

Endlich scheint mein Team zu begreifen. Sie nicken zustimmend.

»Friedhelm wird Druck machen. Wir müssen jetzt die Reihen schließen«, sage ich. »Kann ich mich auf euch verlassen?«

Erneut Zustimmung von meinen Leuten. Ich bin gerührt. Fast ist es wie in meiner Lieblingsszene aus *Spartakus.* Die Römer verlangen Spartakus' Auslieferung. »Wer von euch ist Spartakus?«, fragt der fiese römische Feldherr. Doch Spartakus' Männer stehen hinter ihm. Fest wie eine Wand. Vor meinem geistigen Auge erhebt sich ein Mitarbeiter nach dem anderen von seinem Plastikstuhl und schmettert ein trotziges »Ich bin Spartakus!« in die 25,5 Quadratmeter meines Büros.

Es ist Abend geworden. Die Arbeit der letzten Nacht müsste mir noch tief in den Knochen stecken, doch ich habe fünf Espressi getrunken und fühle mich fit. Fürs Privatfernsehen zu arbeiten bedeutet, den eigenen Körper auch nach Feierabend noch ins Recall zu schicken. Das Telefon klingelt.

»Charlotte, Friedhelm Georgis«, sagt Benno. Ich erschrecke, dass man ausgerechnet ihn meine Telefonate entgegennehmen lässt, bis mir einfällt, dass meine Assistentin wegen eines Gehörsturzes noch immer im Krankenhaus liegt. Ich nehme mir vor, ihr ein nettes Geschenk zu machen, erinnere mich aber, dass ich solche Aufgaben grundsätzlich an sie delegiere.

Knack. Benno verbindet.

»Karla Lautenbach von PriTV. Ich habe Dr. Georgis für Sie«, rattert die Stimme von Friedhelms Sekretärin.

Warteschleifenmusik mit der Titelmelodie von *Richterin Angela Ruthmann.* Ich ärgere mich. Warum muss ich auf Friedhelm warten? *Er* ruft *mich* an. Eilig stelle ich zurück zu Benno: »Wenn du den Fettsack *persönlich* in der Leitung hast, dann zu mir durchstellen. Aber vorher lässt du ihn noch mit *Renata*-Musik in der Leitung schmoren.«

Ich lege auf und verbringe die nächste Minute kostbarer Lebenszeit damit, eine Wimper aus meiner Tastatur zu entfernen.

Es klingelt erneut. Wieder Benno: »Charlotte, ich habe ihn jetzt in der Leitung.«

Knack.

»Charlotte, Charlotte, Charlotte. Ich gehe gleich in medias res: Hast du noch mal über meine Idee nachgedacht?«

»Ich sehe da im Moment wenig Spielraum. Wenig Spielraum im Sinne von gar keinen Spielraum.«

Stille am anderen Ende der Leitung.

»Mich um die Huber Sabine zu kümmern würde auf Kosten der Qualität von *Renata* gehen«, erläutere ich, »und das ist, mein lieber Friedhelm, meine erste, zweite und dritte Priorität!« Meine Stimme ist fest. Klonk, klonk. Meine Sklavenarmeen schlagen ihre Schwerter rhythmisch im Takt und feuern mich an. Bleib standhaft, Spartakus!

»Muss sich herumgesprochen haben, dass wir hier nicht zusammenkommen«, sagt Friedhelm.

Ich horche auf.

»Oder wie erklärst du dir, dass ich heute eine Bewerbung für deinen Posten bekommen habe?« Er blufft.

»Kein Externer kennt unser Format ausreichend! Außerdem wird diese Position von unserem Produzenten besetzt.«

»Nein, nein, eine Bewerbung von Yong-Dao. Und diese Position wird sehr wohl von mir besetzt, denn ich besetze den Produzenten, und der Produzent ist seit zwei Monaten wegen Burn-out im verlängerten Urlaub, wenn ich dich erinnern darf, meine liebe Charlotte.«

»Yong-Dao, mein Stellvertreter?« Ich sage »Stellvertreter«, und der Subtext sagt: »Der Typ, der 159 Euro in ein Drehbuch-Seminar beim angeblich begnadeten Autor des TV-Films *Mein Nachbar, sein Mops & ich* investiert hat?«

»Ja, ja, dein Stellvertreter.«

Er sagt »Stellvertreter«, und der Subtext sagt: »Dein abgebrochenes Biologiestudium ist auch keine bessere Qualifikation.«

»Meine Mitarbeiter laufen Amok, wenn du ihnen Yong-Dao vor die Nase setzt.« Ich spreche Yong-Daos Namen bewusst mit der ihm eigenen Fistelstimme aus, um daran zu erinnern, dass der Kerl für Führungsaufgaben absolut ungeeignet ist.

»Seltsam. Mir wurde zugetragen, dass er neulich für alle Mitarbeiter ein Teamevent durch die Sächsische Schweiz organisiert hat. Gemeinsames Wandern, Rafting und Tauziehen, alle waren begeistert. Haben sie dir gar nichts davon erzählt, Charlotte?«

Klonk, klonk. Das Schlagen der Schwerter wird schwächer.

»Mein Team steht loyal hinter mir.«

»Weshalb mir dein Praktikant gerade erzählt hat, dass du mich ›Fettsack‹ genannt hast.«

Ein letztes kleines Klonk. Dann Stille. Ich suche nach einer Formulierung, welche das Wort »Fettsack« spielerisch aufgreift und ins Positive wendet.

»Yong-Dao hat mir eine Schreibprobe gemailt«, sagt Friedhelm. »Soll ich mir das mal durchlesen, oder möchtest du noch mal über meine Idee nachdenken?«

Als ich nach Hause gehe, treffe ich Yong-Dao im Fahrstuhl. Er bietet mir mit liebenswürdigem Lächeln ein Ferrero Küsschen an: »Guten Freunden gibt man ein Küsschen.«

In der vergangenen Viertelstunde bin ich dem Mysterium des zweiten Ausgangs auf den Grund gegangen. Unsere Büroetage hat keinen zweiten Ausgang, es sei denn, es gibt eine geheime Drehtür mit einem fackelbeschienenen Tunnel nach draußen. Eher unwahrscheinlich. Weitaus wahrscheinlicher:

Yong-Dao hat mich belogen. Steckt er mit der Putzfrau unter einer Decke? Ist dies ein Komplott, das er von langer Hand geplant hat? Ich schaue ihn unfreundlich an. »Ich habe gerade mit Friedhelm telefoniert«, sage ich.

»Ja, das wollte ich dir gerade erzählen. Er hat mich genötigt, ihm eine Schreibprobe zu schicken. Ich hab's nicht verstanden. Weil *du* doch unsere Chefautorin bist.«

»Er hat dich ›genötigt‹?«

»Richtig. Aber wir lassen uns doch von dem da oben nicht gegeneinander ausspielen, nicht wahr?!« Ich studiere Yong-Daos weiches, konturenloses Gesicht. Suche nach Anzeichen für Falschheit und nach einem Kinn. Finde nur dünne Lippen, die mich unschuldig anlächeln. »Jetzt vielleicht ein Küsschen, Charlotte?«

7

RUMMMSRATSCHRATSCH .... Die Huber Sabine zerrt ihren graugrünen Hartschalenkoffer über meine gebeizten, endgeölten Prenzlberger Eichenholzdielen. Die Rollen blockieren und hinterlassen hässliche Streifen. »Als der Herr Dr. Georgis mi ang'rufen hat, hab i erst 'glaubt, es ist der Frank Elstner von *Verstehen Sie Spaß?*«

Ich mustere ihren Koffer. Was veranlasst einen Menschen, einen an sich schon hässlichen Koffer mit Aufklebern zu verunstalten, welche der Umwelt mitteilen, wo er schon überall im Urlaub war? Insbesondere dann, wenn die Urlaubsziele so weltläufige Namen tragen wie »Bad Aibling« oder »St. Anton in Tirol«.

»›Kommen Sie nach Berlin, Frau Huber‹, hat der Herr Dr. Georgis gesagt. Und i hab g'sagt: ›Herr Dr. Georgis, wo sollen denn i und der Edi übernachten?‹, und der Dr. Georgis hat g'sagt: ›In Berlin schreiben mir Gastfreundschaft mit einem G so groß wie unser Funkturm‹, und da hab i g'lacht, und der Herr Dr. Georgis hat g'sagt: ›Sie übernachten bei unserer Charlotte Bredencamp‹, und i hab g'fragt: ›Charlotte Bredencamp?‹, und er hat g'sagt: …«

»Stopp!« Mit äußerster Entschlossenheit unterbreche ich ihren Redeschwall. Sie schaut mich fragend an. Ich zaubere ein Lächeln auf meine Lippen: »Ihre bayerische Mundart ist wirklich charmant.«

»Ja, i red a weng bayerisch. Du kannst ruhig Sabine zu mir sagen.«

»Schön. Sabine, ich fürchte, ich bekomme Kopfschmerzen davon. Vorschlag: Wir reden nur noch wie die Schauspieler im Fernsehen. ›*Ich* habe gefragt.‹ – ›Er hat *gesagt.*‹ Verstehst du?«

»Na ja, i kann's versuchen. *Ich* kann es versuchen.« Sie lacht.

»Geht doch! Danke! Also, was hat Friedhelm gesagt?«

Sie konzentriert sich kurz, bevor sie ihre Geschichte in holprigem Hochdeutsch fortsetzt: »Er hat gesagt: ›Sie und die Charlotte Bredencamp werden sich verstehen wie zwei Schwestern.‹« Sie strahlt mich wieder an, und ihre Wurstfinger navigieren in meine Richtung. Ich will flüchten. Zu spät. Sie tätscheln liebevoll meinen Unterarm. So zeigt man in Oberbayern Zuneigung.

Sie entdeckt meine Fotowand im Flur. »Darf ich mal schauen? Ich bin ein bisserl neugierig.« Sie lacht und betrachtet die Fotos von meinen Freundinnen aus dem Studium. Thea arbeitet jetzt in Indien, Mareike in Italien, Hanna hat in den USA geheiratet. Wir sehen uns regelmäßig. Regelmäßig, aber leider nur ungefähr einmal im Jahr. Meine Stimmung wird plötzlich wehmütig, die Huber Sabine bemerkt es: »Bist ein bisserl traurig, Charlotte?«

»Nein, schon gut, wir sehen uns nur nicht so oft.«

»Edi, Strizi, was machst du schon wieder?«

Edi ist gut drauf. In Trippelschritten wieselt er durch meine Wohnung und kann einfach nicht anders, als seine feuchte Schnauze in jeder Ecke zu vergraben. Jetzt entdeckt er den Balkon. Ich bete leise, die Welle seiner Begeisterung möge ihn über das Balkongeländer hinwegtragen. Edi kehrt in die Wohnung zurück, nicht ohne mir eine zerbissene Ausgabe der *Cosmopolitan* mitzubringen.

»Das ist dein Zimmer«, sage ich, öffne den winzigen Raum am Ende des Flurs und rolle einen knüppelharten Futon aus. Ich halte inne, als hätte ich eine plötzliche Erkenntnis: »Hier kannst du nicht schlafen. Das ist viel zu eng, Sabine.«

»Wirklich?«

»Das ist doch eine Zumutung!« Ich tue so, als müsste ich nachdenken. Mein Gesicht hellt sich auf: »Es gibt hier in der Straße eine nette Pension. Wie wär es, wenn wir dich da einquartieren?«

Ich gebe ihr einen vertraulichen Puff in den wabbligen Oberarm. »Dem Doktor Georgis müssen wir ja nichts davon erzählen, nicht wahr, ›Schwester‹?«

»Nein, das passt schon. Das wird eine rechte Gaudi!« Sie lacht schon wieder. Was kann dieser Frau eigentlich die Laune verderben?

»Ich bezahle die Pension. Wirklich, es ist mir ein persönliches Anliegen, dass es dir gut geht.«

»Nein, nein. Keine Umstände!« Sie schiebt drei Umzugskartons zur Seite, die sich in einer Zimmerecke stapeln, und hilft mir mit dem Futon. »Ich bleib hier!«

»Schön.« Ich zwinge mich zu lächeln.

»Aber du gehst fei nicht raus aus so einer schönen Wohnung?«

Ich schüttle den Kopf. Fei nicht!

»Und von wem sind dann die Kartons?«

Ich will nicht antworten. Die bohrenden Augen der Huber Sabine und ihres Dackels richten sich auf mich. Ich schweige.

»Schon klar! Geht mich nichts an.«

Genau so ist das!

»Der Exfreund, gell?«

Ich schweige weiter. Doch ein winziger Gesichtsmuskel entzieht sich hinterhältig meiner sonst samuraimäßigen Selbstbeherrschung und verrät mich: Ja, der Exfreund.

500 kleine Gesichtsmuskeln im Gesicht der Huber Sabine setzen sich in Bewegung und zeigen mir, in welches Dilemma sie diese neue Information stürzt. Sogar in Rottau weiß man, dass man einen wildfremden Menschen nicht nach seinem Exfreund befragt, als wäre man der bayerische Geheimdienst. Gleichzeitig wird die Huber Sabine von einem unstillbaren Durst nach weiteren Informationen getrieben. Von einem Verlangen, das sich jetzt anscheinend zu körperlichem Schmerz steigert. Das Verlangen in ihr siegt: »Geht mich wirklich nichts an, aber wer war's denn, der Exfreund?«

Mein kalter Blick sagt: »Endstation, dicke Frau! Aus mir kriegst du nichts heraus!« Ich fahre herum, denn Edi apportiert meine letzte Steuererklärung. Die Huber Sabine nutzt den kurzen Moment meiner Unaufmerksamkeit. Aus einem halb offenen Umzugskarton ragt ein Bilderrahmen, zielsicher fischt sie ihn heraus.

»Nein, der Marius Nachtweih!«, posaunt sie aufgeregt.

Marius und ich in glücklichen Tagen. Auf einem Segelboot auf der Ostsee. Ich hasse dieses Foto. Ich sehe schrecklich blass aus, denn ich war an diesem Tag seekrank und hatte mich schon drei Mal übergeben. Marius hingegen sieht schrecklich attraktiv aus. Schlimmer noch, er sieht richtig sympathisch aus. Natürlich kennt die Huber Sabine seinen Namen, hatte er doch zum *Renata*-Ensemble gehört, bis ich ihn vor exakt 153 Episoden aus meiner Serie, meiner Wohnung, meinem Leben gefegt hatte.

»Marius Nachtweih – *dein* Exfreund?!« Die Huber Sabine ist ganz aus dem Häuschen.

»Wuff!«, ergänzt Edi, als würde er sagen: »Ja mai, leck mich am Arsch!«

»Ich möchte wirklich nicht darüber reden.«

»So ein fescher Mann!«

Ich schweige.

»Und wirklich sympathisch.«

Ich schweige.

»Oh, entschuldige bitte. Das geht mich gar nichts an!«

Ich nicke. Schweigend.

»Aber wirklich, sehr fesch …«

Ich reiße ihr das Bild aus der Hand und werfe es zurück in den Umzugskarton. Sie schaut mich überrascht an.

Mitfühlend legt sie ihre Hand auf meinen Arm. »Alles noch ganz frisch, gell? Magst ein bisserl weinen?«

Ich reiße mich von ihr los. »Ein bisserl würgen« träfe es besser!

8

»THANX!«, SAGT ER, und auch wenn man es nicht hören kann, ich bin sicher, er würde »thanks« mit einem jugendsprachlich authentischen »x« schreiben. Alex feiert heute seinen 25. Geburtstag. Ich überreiche ihm sein Geschenk.

Drei Wochen liegt es zurück, dass ich beim *Renata*-Frühlingsfest etwas zu viel Wodka Gurke erwischt hatte. Die ein bis zwei Promille in meinem Blut hatten mich dazu verleitet, vor dem Einschlafen auf www.poppen.de zu gehen. Das ansehnliche Ergebnis des nächtlichen Internet-Beutezugs liegt heute unter meiner Decke und studiert Sport.

Bevor ich Alex kennengelernt habe, unterlag ich dem naiven Irrglauben, eine »Beziehung« würde nach totaler Hingabe verlangen. Doch eine Beziehung mit Haut und Haaren ist ein todsicheres Rezept für Frust. Niemand würde einem Roulettespieler den Rat geben, sein ganzes Geld auf eine einzige Zahl zu setzen. Warum also alle Gefühle, Hoffnungen, Sehnsüchte in einen einzigen Kerl investieren? Seit ich Alex kenne, weiß ich, da draußen wartet ein anderes Spiel, eines, bei dem ich nur gewinnen kann. Kein Einsatz von Gefühlen, nur Gewinn. Und Alex hat das Spiel instinktiv verstanden: Er muss sich mir nicht tiefschürfend mitteilen, was vermutlich daran liegt, dass es wenig gibt, worüber er sich mitteilen könnte. Und: Er übernachtet nicht! Wir schäkern ein bisschen, wir haben Sex, wir schäkern noch ein bisschen, wir haben Sex, wir stärken unsere ausgelaugten Körper mit probiotischen Joghurts (ich) und Tiefkühlpizza (er), Alex geht nach Hause.

Nur einmal haben wir die Spielregeln verletzt. Vergangene Woche habe ich ihn zum Eis eingeladen. Wer die Regeln bricht, wird bestraft: Wir sind Friedhelm und seiner magersüchtigen

Frau Susa über den Weg gelaufen. Wie Alex und ich uns kennengelernt hätten, wollten sie wissen. »Auf der Berlinale.« Ich wäre mit dieser Notlüge durchgekommen. Hätte ich bloß nicht ein kühnes »beim neuen Film mit Renée Zellweger« hinterhergeschoben, woraufhin Alex fast klug anmerkte, für ihn gäbe es keinen besseren Schauspieler als »den René«.

Seit diesem Malheur halte ich es für eine gute Idee, Alex mit dem kleinen Einmaleins der Filmkunst vertraut zu machen. Alex packt sein Geburtstagsgeschenk aus: eine DVD. *Dirty Dancing.* Vielleicht kein typischer Männerfilm, aber mein Lieblingsfilm und sicherlich ein leicht konsumierbarer Einstieg in das große Filmuniversum.

Alex bedankt sich erneut, seine Euphorie hält sich in Grenzen. *Dirty Dancing,* davon habe er selbstverständlich schon mal gehört, aber der Streifen hätte auf ihn »irgendwie schwul« gewirkt. Sein Kopf verschwindet unter meiner Bettdecke. Ich schließe die Augen. Seine Zunge wandert in meinen Bauchnabel.

Mit meinem geistigen Ohr höre ich das gut gelaunte Bayerisch der Huber Sabine: »Die Fussel im Bauchnabel, das sind bei uns in Bayern die Nobiwuckerl.«

»Nobiwuckerl« war nur eine der zahlreichen neuen Vokabeln, die ich auf der gemeinsamen Autofahrt zu meiner Wohnung von ihr lernen durfte, die ich nun aber aus meinem Gedächtnis tilgen möchte wie die Erinnerung an die letzte Beinhaarentfernung. Ich denke darüber nach, in welchem Kontext sie mir ausgerechnet dieses Wort erklärt hat, als ich schon wieder ihre Stimme höre:

»Wir wollten nur eine recht schöne Nachtruhe wünschen.« Diesmal höre ich *tatsächlich* ihre Stimme. Erschrocken öffne ich meine Augen. Mit Edi auf dem Arm steht sie in der Tür.

Alex' Kopf taucht unter der Bettdecke auf.

»Er hat nur meinen Bauchnabel geküsst«, sage ich schuldbewusst, als hätte mich ihr bayerischer Landsmann Papst Benedikt bei der Unzucht erwischt.

»Yo, ich bin Alex«, sagt er.

Die Huber Sabine zwinkert uns zu. Ich bin schockiert. Zwinkernde Menschen kenne ich nur aus dem Fernsehen. Andi Borg zwinkert im *Musikantenstadl,* nachdem er eine Anspielung auf die Oberweite seiner Ko-Moderatorin gemacht hat.

Endlich wieder alleine. Die Huber Sabine und Edi schlafen friedlich in ihrer Rumpelkammer. Und auch Alex verabschiedet sich.

»Warum willst du eigentlich nie übernachten?«, frage ich – und im selben Moment begreife ich, einen Fehler gemacht zu haben. Wer das Spiel spielt, hinterfragt nicht die heiligen Regeln der Unverbindlichkeit.

Wie sich herausstellt, gibt es einen guten Grund, warum Alex nicht übernachten will: Er lebt noch bei seinen Eltern. Er ist auch nicht 25 geworden, sondern in Wirklichkeit erst 21. Er studiert auch nicht Sport, sondern geht noch zur Schule.

»21????!!!! Aber in deinem Profil stand doch …«

Er zuckt mit den Schultern, die Situation ist ihm nicht mal sonderlich peinlich.

»Du hast einfach gelogen? Und überhaupt … Ist das nicht ein bisschen zu alt, um noch zur Schule zu gehen?«

Ich erfahre, dass Alex bereits zwei Mal ein Schuljahr wiederholt hat und aktuell mit der Zulassung zum Abitur ringt. Morgen früh wird er eine Arbeit zum Thema »Existenzialität oder so was« schreiben, ist sich aber sicher, dass er »verkacken« wird. Alex muss die Irritation in meinem Gesicht bemerken. »Ich habe 'ne Aufmerksamkeitsstörung. Ich schlucke Tabletten!«, erklärt er. Sein Ton ist beleidigt, als hätte ich einen Rollstuhlfahrer gefragt, warum er nicht zur Breakdance-WM antritt. Manchmal ist es besser, nicht die ganze Wahrheit über einen Menschen zu erfahren. Ich habe die Spielregeln verletzt – ich wurde bestraft.

9

»HEUTE BEKOMMT IHR das ultimative Huber-Sabine-Feeling!« Friedhelm begrüßt die Kreativen von *Renata* zum Public Viewing in seiner Potsdamer Villa. »Heute werdet ihr lernen, wie unsere Zuschauer fernsehen!« Seine Aufgedrehtheit erinnert an Sektenführer, Kokainjunkies oder Topmanager auf Aktionärshauptversammlungen. Die Ausstatterin von *Renata* hat eine mintfarbene Möbel-Hiendl-Polyester-Couch mit Chrombügel und abgesteppten Armlehnen im Wohnzimmer aufgestellt, denn genau mit diesem Modell »arbeitet« die Huber Sabine auch in Rottau, wenn sie ihre tägliche Dosis *Renata* konsumiert. Nichts soll die Authentizität ihrer Seherfahrung trüben. Sie nimmt auf der Couch Platz, und beide, sie und das Sofa, sind ein seltsamer Fremdkörper in Friedhelms puristisch eingerichteter Bauhaus-Villa, die von Stararchitekt Lázaro Blanco-Corbacho entworfen wurde. »Wo hast du denn deinen Stellvertreter gelassen?«, fragt er mich, als ich die Schwelle zu seinem architektonischen Meisterwerk betrete.

»Ist gerade ein bisschen viel für ihn«, antworte ich und sage die Wahrheit. Denn Yong-Dao hat von mir die uferlose Aufgabe bekommen, die Inhaltsangaben der letzten 1000 Folgen in einem einzigen Dokument zusammenzuführen. Diese Sisyphusarbeit soll ihn eine wichtige Lektion lehren: Man bewirbt sich nicht um die Stelle seiner Chefin!

Friedhelms dreijähriger Sohn Manuel Dante – mein Patenkind – strahlt, als ich ihm eine Wii-Computer-Spielkonsole im Wert von 236 Euro schenke. Eigentlich wollte ich nur zehn Euro für das Playmobil-Set Erdmännchenkolonie investieren, habe mich aber aus strategischen Gründen für ein teureres

Geschenk entschieden. Nach den Missstimmungen der vergangenen Tage – Stichwort: »Fettsack« – möchte ich ein positives Signal an Friedhelm senden.

Meine Konsole ist ein Volltreffer!

Für die Dauer von exakt 26 Sekunden.

Dann springt Rauhaardackel Edi in Manuel Dantes Arme und erobert mit einem einzigen feuchten »Wuff« sein Kinderherz.

»Der Dackel ist alt und stinkt«, flüstere ich dem kleinen Manuel Dante zu, doch er will mir einfach nicht zuhören. Edi ist die Geheimwaffe der Huber Sabine. Ich sinniere, ob ich mir einen knuddligen Golden-Retriever-Welpen zulegen soll, der den stinkenden Dackel bei den kindlichen Sympathiewerten um Längen schlagen würde.

»Julia Luise Körting!« Die Huber Sabine zeigt aufgeregt in Richtung Tür. »Julia Luise Körting«, flüstert sie ein zweites Mal so andächtig, als hätte soeben Schauspiellegende Elizabeth Taylor den Fuß über die Schwelle von Friedhelms Villa gesetzt – und nicht etwa die 26-jährige Hauptdarstellerin von *Renata,* die als 17-Jährige beim Beachvolleyball entdeckt wurde, damals noch Sandy Kreppl hieß und deren wesentliche Vorbereitung auf ihre Rolle darin bestand, sich ein Arschgeweih weglasern zu lassen. Flüchtig winkt die Körting in unsere Richtung. Die Huber Sabine ist wie vom Blitz getroffen: »Charlotte, kennst du die am Ende?«

»Ich habe sie ausgesucht«, erkläre ich ungehalten.

»Darf ich die kennenlernen? Geht das?«

Julia Luise Körting betreibt das typische Multitasking von eingebildeten Jungschauspielerinnen: nach Kollegen Ausschau halten, rauchen, fahrig etwas ins iPhone tippen. Das Letzte, wonach ihr jetzt der Sinn steht, ist ein spontanes »Meet&Greet« mit der Huber Sabine.

»Aber natürlich kannst du sie kennenlernen!«, sage ich zur Huber Sabine, die ihre Fäuste freudig erregt ballt. Wir kämpfen uns durch die Menschentraube in Friedhelms Wohnzimmer. »Julia, grüß dich«, sage ich schadenfroh, »das ist die Leiterin des *Renata*-Fanclubs Oberbayern, Sabine Huber.«

»Für mich sind Sie die Allergrößte!« Die Bäckchen der Huber Sabine leuchten goldrot, als wäre sie Harry Potter kurz vor seinem ersten Geschlechtsverkehr.

Julia Luise Körting lächelt flüchtig und ahnt nicht, dass diese winzige Geste der Sympathie bei der Huber Sabine die letzten Dämme brechen lässt.

»Charlotte, bitte ein Foto!« Die Huber Sabine drückt mir eine Kamera in die Hand und fährt ihren Arm wie eine Teleskop-Wurst aus, um ihn auf Körtings Schultern landen zu lassen. »Darf ich?«

»Natürlich darfst du«, antworte ich anstelle der Körting. Ich schieße ein Foto. »Die Julia liebt den Kontakt mit den Fans. Nicht wahr, Julia?«

Julia Luise Körting nickt verkniffen.

»Und Sie sind noch sympathischer als im Fernsehen«, ergänzt die Huber Sabine.

Ein zweites Foto.

»Ich darf mich doch bei Ihnen unterhaken?«

Ein drittes Foto. »Und jetzt der Edi!«, sage ich, hebe den Dackel vom Boden auf und drücke ihn der Körting in die Arme.

»Nicht erschrecken, Frau Körting, er steckt seine Schnauze gerne in fremde Achselhöhlen.«

Ein viertes Foto.

»Ich muss jetzt mal weiter.« Julia Luise Körting versucht, sich aus der Schraubstock-Umarmung der Huber Sabine zu lösen.

»Sie geben so viel Liebe!«, sagt die Huber Sabine.

»Oh ja, das tut sie«, stimme ich zu, »mit vollem Körpereinsatz – nicht wahr, Julia?«

Wir werfen uns feindselige Blicke zu. Ich fühle mich wie die Hauptfigur einer neuen Telenovela: *Charlotte – Rache ist süß.*

»Oder warum hast du mit Marius gevögelt?«, frage ich,

schütte der Körting mein Glas Prosecco ins Gesicht und ziehe triumphierend von dannen.

Ein perfekter Telenovela-Augenblick.

Leider nur in meiner Fantasie. In Wirklichkeit habe ich einfach gar nichts gesagt. Die Körting hat den winselnden Edi mit einem lauten »Plopp« auf Friedhelms Kirschholzparkett fallen lassen und sich grußlos von uns abgewendet, um mit den wirklich wichtigen Leuten zu plaudern.

14 Uhr 59. Auf Friedhelms überdimensionalem Flatscreen läuft ein letzter Werbespot für Toilettenzwerge, bevor der Vorspann von *Renata – Engel der Liebe* einsetzt. Die Huber Sabine zieht eine Brille aus ihrer Handtasche und macht es sich auf der Couch bequem. Das ganze Team registriert atemlos jede kleine Regung ihres Körpers, als wäre sie Michelangelo, der soeben die ersten Pinselstriche in der Sixtinischen Kapelle setzt. Unbeeindruckt vom Trubel um ihre Person, summt sie auffallend falsch die Titelmelodie mit. *Renata*-Fan Edi begleitet sie mit fröhlichem Jaulen.

Friedhelm beugt sich zu Dr. Dr. Wintershagen und flüstert: »Ganz toll authentisch, was?«

Renata und ihr neuer Schwarm, der Stallbursche Florian, reiten auf Gestüt Papenburg aus. Die Huber Sabine meint, ausgerechnet uns, die wir diese neue dramatische Verwicklung ja schon vor Wochen erfunden haben, die ungeheuerliche Brisanz der Situation erklären zu müssen: »Das ist ihr Halbbruder, und sie weiß das noch gar nicht.« Wie Gerd Delling bei der Fußball-WM kommentiert sie die Ereignisse auf dem Bildschirm, wobei ich mir nicht ganz sicher bin, ob wir oder Edi die Adressaten ihrer Berichterstattung sind.

23 Minuten später. Erste Werbepause. Friedhelm und die anderen Doktoren tun das, was sie am besten können. Sie klopfen sich gegenseitig auf die Schulter. Denn jetzt schon steht fest:

Die Huber Sabine ist ein Volltreffer! Sie ist nicht nur »ganz toll authentisch«, sondern auch »fantastisch aus dem Bauch heraus«. Im Geiste formuliere ich weitere Prädikate, die heute noch fallen könnten. Mein Favorit ist »aufregend schlicht«. Natürlich finde ich es absolut lächerlich, welches Theater um dieses Heimchen aus Rottau gemacht wird. Das Ganze erinnert mich an den Hype um irgendwelche dösbackigen, aber total authentischen Loser auf der Mattscheibe. In der Millionen Jahre alten Geschichte der Menschheit musste man eigentlich immer was leisten, um Ruhm zu ernten. Caesar. Luther. Goethe. Doch seit es Fernsehen gibt, ist der Homo sapiens auf seltsame Abwege geraten. Zlatko. Furzende Supertalente. Die Huber Sabine.

»Na, versteht ihr euch schon gut?« Friedhelm taucht neben uns auf.

»Die Charlotte und ich haben uns sofort mögen, gell, Charlotte?«

»Schön!« Friedhelm freut sich. »Schön, schön, schön! … Schön!«

Noch ein »schön«, und ich knalle ihm eine.

»Wirklich schön.« Friedhelm klopft uns auf die Schultern und zieht gut gelaunt weiter.

Die Werbepause geht zu Ende. *Renata* kehrt auf den Flatscreen zurück und damit die Huber Sabine in ihren Gerd-Delling-Modus. »Oh, wie ist das denn jetzt passiert?«, wundert sie sich, als Renata vor ihrer Tür ein Hufeisen findet. Friedhelm mimt den Ko-Kommentator und schickt in perfekter Günter-Netzer-Diktion ein »Die Frage stellt man sich in der Tat!« hinterher. Dabei wirft er mir einen strengen Blick zu, denn ich bin die Schöpferin dieser Episode. Ergo: Ich trage Schuld daran, wenn es bei den Zuschauern »Irritationen« gibt. Telenovelas müssen leicht verdaulich wie Babybrei sein, Irritationen hingegen sind strengstens verboten! »Huch, das ist ja ein Asiate«, ruft die Huber Sabine aus. »Wieso jetzt das?«

»Stimmt, wieso spielt eigentlich ein Asiate in einer deutschen Telenovela mit?«, wundert sich Friedhelm. »Verstehe ich nicht.«

»Unsere Zuschauer erwarten gelernte Lebenswelten, da passt doch ein Asiate gar nicht rein!«, doziert Dr. Dr. Wintershagen, und Dr. Pelzberg ergänzt weise:

»Kein Wunder, dass die Quote sinkt.«

»Kannst du uns das erklären, Charlotte?« Friedhelm und seine besten Freunde aus der Chefetage starren mich an: Kannst du uns erklären, wieso ein gottverdammter Asiate in deiner Serie auftaucht, Charlotte?

»Aber der sieht doch wirklich sympathisch aus, der Asiate.« Wieder die Huber Sabine. »Der Edi mag auch Asiaten. Besonders Pekinesen.« Sie lacht.

Zehn Sekunden Stille.

»Ein sympathischer Asiate. Na gut, von mir aus«, murmelt Friedhelm.

»Trotzdem, unsere Zuschauer erwarten Verlässlichkeit in der Seherfahrung«, ergänzt Dr. Dr. Wintershagen.

»So was geht ganz schnell ins Auge«, weiß Dr. Pelzberg.

Letzte Werbepause. Sehr zur Freude von Friedhelm und den beiden Doktoren bleibt die Huber Sabine auf ihrer Couch sitzen und folgt aufmerksam den Werbespots. Lediglich Edi muss »ein Strulli machen« – ein verschmerzbarer Zuschauerverlust. Ein weiterer Kommentar der Huber Sabine hat mich davor in Erklärungsnotstand gebracht. Sie macht das nicht absichtlich, hat mich sogar vor dem Doktoren-Triumvirat in Schutz genommen. Dennoch muss ich auf der Hut sein. Noch zehn Minuten bis zum Ende der *Renata*-Episode. Im Geiste spiele ich die restliche Episode durch, versuche mir vorzustellen, was bei der Huber Sabine weitere Irritationen auslösen könnte. Doch wie soll ich mich in so einen Menschen hineindenken? Ich versuche, jenen inneren Raum geistiger Umnachtung zu betreten, den ich von meiner Abi-Fete kenne, als ich eine ganze Flasche Blue Curaçao auf ex getrunken habe. Nein, es geht nicht! Ich beruhige mich. Selbst wenn mich weitere Äußerungen von ihr in die Defensive drängen sollten, wäre es ein Leichtes für mich, das Blatt zu wenden. Ich bin Drehbuchautorin! Es ist mein täglich Brot, meine Figuren trickreich aus ausweglosen Situationen herauszumanövrieren. Es wäre ein Kinderspiel für mich, die Huber Sabine vor Friedhelm und den beiden Schlipsträgern zu blamieren und damit ihre Autorität zu untergraben: Unbeobachtet von den anderen Gästen könnte ich Edi ins Esszimmer locken, wo er über das Buffet herfallen würde. Ausgeschlossen, dass ich mich auf ein solches Niveau herablasse! Trotzdem male ich mir meinen perfekten Plan aus.

Friedhelms Gäste verfolgen gebannt die letzten *Renata*-Minuten des Tages, als die Haushaltshilfe ins Wohnzimmer stürzt.

HAUSHALTSHILFE

Das ganze Buffet - zum Teufel!

Alle Gäste drängen sich ins Esszimmer und blicken bestürzt auf das kleine Inferno. Edi hat ganze Arbeit geleistet: Die Schnittchen liegen verwüstet auf dem Boden. Edis kleiner Kopf ist vollständig in der Mousse-au-Chocolat-Schale verschwunden.

Die Huber Sabine blickt peinlich berührt zu Boden.

FRIEDHELM

Sabine, das ist nicht Ihre Schuld!

Doch Friedhelms Blick ist kalt wie Eis. Jeder im Raum spürt: Das ist ganz allein ihre Schuld! Ihr Hund - ihre Schuld!

Das rückständige Dorf Rottau, dort wo es am rückständigsten ist: eine einfache Stube mit Eichenholzimitatvitrine von Möbel Hiendl. Ein Mann mit Bluthochdruck und Sepplhut - er wäre der perfekte Kandidat für *Bauer sucht Frau* - schneidet sich mit stumpfem Blick Scheiben von einem Wurstknüppel ab.

Die Tür schwingt auf. Die Huber Sabine kommt mit ihrem kotzgrünen Koffer herein.

SABINES MANN

Sabine! Du?! Scho z'ruck?!

Die Huber Sabine bricht in Tränen aus und wirft sich in seine Arme. Er tröstet sie mit einem Stück Wurst.

Mein Büro bei *Renata:* Friedhelm überreicht mir einen riesigen Blumenstrauß.

FRIEDHELM

Ab heute zählt nur noch das Kommando von Charlotte Bredencamp!

Meine Mitarbeiter applaudieren euphorisch, darunter ein neuer, besonders gut aussehender mit schwarzen Adonis-Locken. Unsere Blicke treffen sich. Ein magischer Moment.

Immer noch Werbepause. Unbemerkt von den anderen Gästen setze ich Edi vor der Tür zum Esszimmer ab und öffne sie einen kleinen Spalt. Der Duft von sechs Quadratmeter Edelcatering weht uns entgegen. Justitia, Göttin der Gerechtigkeit, wird über das weitere Schicksal der Huber Sabine entscheiden: Wenn Sabine Edi gut dressiert hat, wird er wissen, dass er diese kulinarische Oase nicht plündern darf. Falls sie ihn allerdings schlecht erzogen hat und er das Buffet rasiert, wird die Strafe nur gerecht sein.

Regungslos starrt Edi auf die Berge von Essen. Seine Riechnerven scheinen wenig ausgeprägt zu sein. Oder ist er im Geiste beim Ende der *Renata*-Folge und fragt sich, ob sich Renata und Florian heute endlich küssen werden? Ich umfasse seinen Dackelkörper und biete ihm einen Rundflug hinweg über die ausladenden Köstlichkeiten.

Nichts. Keine Reaktion.

Hat Justitia gesprochen? Was, wenn Edi wirklich nichts riecht? Und nichts sieht? Er also gar nicht weiß, welcher Festschmaus ihm gerade entgeht? Ich beschließe, der Gerechtigkeit eine letzte faire Chance zu geben, und halte ihm einen großen Löffel Mousse au Chocolat vor die Schnauze. Edi bekommt Angst und verschwindet unter dem Buffettisch. Ich habe wirklich das Gefühl, dass er immer noch nicht versteht, welches Angebot er gerade ausschlägt. Ich möchte ihm eine letzte, eine allerletzte Chance geben, und gerade als ich mit der Mousse-Schüssel unter den Tisch gekrochen bin, höre ich Schritte.

»Auch hier hat der Lázaro jedes einzelne Detail geplant.« Die Tür schwingt auf, und Friedhelm führt eine Gästetraube in den Raum. »Charlotte?« Er, die beiden Doktoren und die eingeladenen Teammitglieder beugen sich zu mir herunter. Ich blicke in 15 verwunderte Gesichter. Gebückt sitze ich auf dem Boden – über mir der niedrige Buffettisch – und klemme fest. »Was machst du da, Charlotte?« Warum sitzt eine 34-jährige Frau mit einer

Mousse-au-Chocolat-Schale unter einem Tisch? Neben ihr ein Dackel. Kann es irgendeine plausible Antwort darauf geben?

»Er hat mich so traurig angeschaut«, sage ich und kraule Edi mit dem Blick der echten Tierliebhaberin.

»Mousse au Chocolat?«, fragt die Huber Sabine. »Aber er ist doch allergisch gegen Schokolade!«

»Allergisch?« Ich gebe meiner Stimme eine heiter verspielte Note. »Na, so schlimm wird's schon nicht sein!«

Die Blicke im Raum wandern fragend zu Edi. Er hat ein perfektes Gespür für Timing und beginnt im selben Moment, kläglich zu winseln. Ein zärtlich mitfühlendes »Oooo!« füllt das Esszimmer.

»Gestern hat er aber noch Schokobons im Büro von Friedhelm gefuttert«, sage ich.

»Nein, Hundekekse!«, sagt Huber Sabine.

»Schokobons, ich hab's genau gesehen!«, halte ich dagegen. Böse Blicke treffen mich. Niemand glaubt mir. Ich fühle mich wie das Opfer einer perfekt eingefädelten Verschwörung und werfe dem winselnden Edi einen missgünstigen Blick zu. Keine Frage – er simuliert! Er und die Huber Sabine stecken unter einer Decke, wobei ich noch herausfinden muss, wer von den beiden der Kopf der Verschwörung ist. Manuel Dante beginnt zu weinen und streichelt schluchzend den Rauhaardackel:

»Der ist gar nicht alt und stinkt!«

»So was behauptet ja auch keiner«, sage ich.

»Doch! Du hast das gesagt!«

Die Gesichtsausdrücke im Raum wechseln von »Mitgefühl mit dem schluchzenden kleinen Jungen« zu »Wut auf die große blonde Frau«.

10

EDI GEHT ES WIEDER BLENDEND. Schon am nächsten Morgen springt er quicklebendig durch meine Küche. Ich bin mir immer noch sicher, dass er nur simuliert hat, und lasse mich von dieser Meinung auch nicht abbringen, als mir die Huber Sabine die Schokobon-runden Hundekekse zeigt, die sie stets für Edi in ihrer Handtasche trägt. Es ist Samstagvormittag. Sie macht Frühstück, während Alex und ich am Küchentisch diskutieren.

Er: »Wofür brauch ich überhaupt Abi oder so 'n Scheiß?!«

Ich: »Na ja, ohne Abitur kannst du noch nicht mal ein Studium anfangen. Und dann kannst du auch keines abbrechen. Um beim Fernsehen Karriere zu machen, wäre das zum Beispiel die wichtigste Voraussetzung.« Natürlich habe ich einen Scherz gemacht, doch mein missgelaunter Tonfall offenbart meine schlechte Laune an diesem Morgen: Zum ersten Mal hat Alex bei mir übernachtet. Er hat gar nicht gefragt, sondern ist gestern Abend einfach eingeschlafen.

Er: »Vielleicht werde ich Tauchlehrer auf Borneo. War schon immer mein Lebenstraum.«

Ich: »Das sind doch Luftschlösser!« Ich werde ungehalten und erkenne: Meine »Beziehung« mit Alex – ich finde kein besseres Wort, auch wenn es natürlich keine wirkliche Beziehung ist –, meine »Beziehung« mit ihm steuert in eine Richtung, die mir missfällt. Plötzlich höre ich mich an wie seine Mutter. Rein biologisch wäre es leider auch möglich. »Na ja, du wirst deinen Weg schon gehen«, versuche ich den Moment zu retten und klinge schon wieder wie seine Mutter, die ich natürlich gar nicht kenne. Aber Mütter klingen immer so.

Die Huber Sabine schaufelt dampfende Weißwürste auf

unsere Teller. Dazu gibt es Brezn, süßen Senf, Obatzten – eine fette Käsecreme mit Paprika – sowie Kutteln. Wie mir Wikipedia leider erst nach dem Frühstück mitteilen wird, handelt es sich bei Kutteln um den in Streifen geschnittenen Vormagen von Wiederkäuern, und sogar für echte Bayern ist dies eine ungewöhnliche Frühstücksingredienz.

Stolz blickt die Huber Sabine auf das von ihr fabrizierte Kalorieninferno, das vermutlich adäquat den Hunger eines Rottauer Metzgermeisters stillen würde, nachdem er vier Stunden Schweine mit dem Schlachtbeil zerlegt hat, gewiss aber nicht das richtige Frühstück für Berliner Medienschaffende ist. »Mein Sohn Hubert wollte auch Skilehrer werden – und jetzt hat er einen sicheren Job bei der Deutschen Rentenversicherung Bayern Süd«, schaltet sie sich in meine Diskussion mit Alex ein.

»Siehst du, so einen tollen Job hat der Hubert«, möchte ich zu Alex sagen.

Sie zieht stolz ein Fotomäppchen aus ihrer Handtasche und zeigt uns Fotos von ihren zwei erwachsenen Söhnen Hubert, genannt Hubsi, und Georg, genannt Schorschi. Natürlich darf auch ihr Mann nicht fehlen, Rottaus talentiertester Kfz-Mechaniker Adolf Huber, auch genannt Huber Adi.

»Sieht ja gar nicht scheiße aus.« Alex spricht aus, was ich denke. Adi ist Rottaus Antwort auf Brad Pitt. Zwar mit Holzfällerhemd, Schnäuzer und einer Frisur, die so uncool ist, dass sie schon wieder cool ist, aber summa summarum ein echter Kerl. Sollte ich jemals beim Après-Ski die Drei-Promille-Grenze sprengen, Adi hätte Chancen bei mir.

Die Huber Sabine lächelt ihren Adi verliebt an. »Damals, vor 30 Jahren beim Rosenheimer Herbstfest, hat er mir ein Afferl geschossen.« Stolz zaubert sie für uns ein abgegriffenes Stoffäffchen aus ihrer Handtasche hervor. Ich gebe das bakterienverseuchte Ding eilig an Alex weiter und wasche mir die Hände. »Damals war ich 17, und ich hab gewusst: Der Adi ist meine große Liebe – für immer und ewig!« Mein Bauch verkrampft sich PMS-artig. Sätze wie diese sagen noch nicht mal meine Telenovela-Figuren! »Oder wie sagt die Renata gleich?«, die Augen der Huber Sabine schweifen mit verklärtem Glanz in die Ferne, »›Große Liebe bedeutet, dass man zum ersten Mal liebt und zum letzten Mal einsam ist.‹«

Erwischt! Ich erinnere mich sogar an diesen peinlichen Schmonz, der an einem Abend in meinen Laptop geflossen ist, als Marius mich zum ersten Mal zum Kiffen überredet hat.

»Wenn zwei Menschen zusammengehören, dann spür ich das.« Mit ihrem dicken Zeigefinger tippt sie auf ihr Herz, das in diesem Moment vermutlich kaum Gedanken an Liebe verschwendet, sondern sich ernsthafte Sorgen um seine Gesundheit macht: Ein Riesenhappen mit Brezn, Senf, Obatztem *und* Kutteln verschwindet in ihrem Mund. »Ich hab jede *Renata*-Folge gesehen. So wie sie möcht ich auch sein: ein Mensch, der für andere da ist – ein Liebesengel!« Der Liebesengel klingt wie »Liebschngl«, der Brei in ihrem Mund hindert sie am deutlichen Sprechen. »Weil für jeden Menschen gibt es die eine große Liebe«, stellt sie fest und schaut mich immer noch kauend an: »Wer ist deine große Liebe, Charlotte?«

Sogar Alex interessiert sich plötzlich für das Gespräch und schaut mich ebenfalls neugierig an.

»Gegenfrage«, kontere ich, »kennst du wirklich jede Folge?«

»Jede.«

»Wirklich jede?«

»Ich hab jede Folge bestimmt schon fünf bis zehn Mal gesehen. Der Adi hat ein Videogerät.« Sie lacht. »Ich hab ja Zeit und muss viel bügeln für meine Burschen.«

»Zehn Mal?« Ich rechne mit meinem iPhone nach. Eine *Renata*-Folge dauert 45 Minuten netto. Zehn Folgen am Tag, fünf Tage in der Woche – sind 37,5 Wochen-Stunden. Das ist mehr Zeit, als so manche Gewerkschaft ihre Arbeiter am Fließband stehen lässt.

»Krass.« Sogar Alex werden plötzlich die unheimlichen Dimensionen von Sabines *Renata*-Leidenschaft bewusst.

»Was ist in Folge 154 passiert?«, frage ich und will sie testen.

»Die 154?« Sie denkt nach. »Ja, jetzt weiß ich's! Der Marek, der Pole, der wo sich über die Grenze geschlichen hat, versteckt sich auf dem Gestüt Papenburg, und Renata hilft ihm, seine alte Liebe wiederzufinden, die jetzt aber in einem geheimen Bordell arbeitet, das der Dorfpfarrer betreibt. Der Baron von Papenburg glaubt außerdem, dass Außerirdische auf dem Gestüt gelandet sind und …«

»Ja, ja, schon gut.« Das kommt mir alles bekannt vor. Doch Folge 154 liegt schon gut und gerne acht Jahre zurück. Ich schlage meinen Laptop auf und rufe die Folge auf. Sie hat recht. Es ist alles genau so, wie sie erzählt hat. »Dann kaufst du auch die wunderbaren Fanartikel aus dem wunderbaren Fanshop?«, frage ich.

»Freilich.«

»Das Kochbuch mit original Gestüt-Papenburg-Rezepten?«

»Freilich.«

»Die Charity-CD ›Stars for Africa‹?«

»Freilich.«

»Den ›Sternenhimmel‹ mit selbst leuchtenden Bildern von allen *Renata*-Schauspielern?«

»Freilich.«

»Und sonst?«

»Fällt dir nichts auf?« Sie zeigt auf Edi. Ich verstehe nicht. Sie kichert aufgeregt. »Renatas großer Kindheitswunsch!« Jetzt verstehe ich. In einer der ersten Folgen hat Renata ihren großen Kindheitswunsch erwähnt, einen Rauhaardackel. Ich erinnere mich. An dem Tag, als ich den Dackel ins Drehbuch geschrieben habe, hat mich tatsächlich genau so ein Vieh auf der Straße geärgert. Was für ein wundersamer Kreislauf! Ich sehe einen Dackel auf der Straße – erfinde ihn für meine Serie – und mein größter Fan lässt ihn wieder zu Fleisch werden. Sollte ich

Renata in der nächsten Folge zum Nordpol fahren lassen, um dort Eskimos zu verkuppeln – die Huber Sabine würde ihr folgen. Und sollte Renata jemals im Gestüt Amok laufen, nicht auszudenken, was dann in Rottau los wäre. Für die Huber Sabine ist jedes Wort von mir ein ganzes Evangelium. Sie ist mein Geschöpf. Wow!

11

MEIN SAMSTAG IST erst wenige Stunden alt, aber dank der bayerischen Fressorgie hat sich der ganze Tag bereits in einen Kalorien-Überschuss-Tag verwandelt – selbst wenn ich mich heute noch drei Stunden auf dem Laufband kasteien würde, was nicht passieren wird. Es hat geklingelt. »Wer ist da?«, frage ich durch meine geschlossene Wohnungstür.

»Schröder mein Name. Ich bin der Anwalt von Marius Nachtweih«, antwortet eine männliche Stimme.

Geräusche aus der Küche. Gefolgt von Alex, kommt die Huber Sabine zur Tür. »Marius Nachtweih?«, fragt sie aufgeregt, ihre Wangen glühen wie gestern, als sie Julia Luise Körting begegnet ist.

»Mein Mandant hat mich gebeten, sein Filmmaterial bei Ihnen abzuholen«, sagt die Stimme auf der anderen Seite der Tür.

»Mandant? Anwalt? Marius hat kein Geld für einen Anwalt!« Die Stimme hinter der Tür kommt mir bekannt vor. »Gregor, bist du das?«

Stille hinter der Tür. »Ja … Aber das ist irrelevant.«

Marius' Loserfreund Gregor. »Aber du bist kein Anwalt. Du bist noch nicht mal Schauspieler. Du kochst Kaffee bei Starbucks.«

»Ich habe sechs Semester Jura studiert und mein Grundstudium abgeschlossen. Außerdem ›koche ich nicht Kaffee‹, sondern ich bin zertifizierter Barista.«

Die Huber Sabine und Alex folgen interessiert unserem Schlagabtausch.

»*Mein* Anwalt Dr. Braun, von Braun, Westernhagen, Schulz & Partner, hat ›deinem Mandanten‹ einen Brief per Einschreiben zugestellt«, stelle ich klar, »Herr Nachtweih möge mich wegen des Filmmaterials nicht länger behelligen oder endlich die 12548 Euro zurückzahlen, die ich in sein Filmprojekt investiert habe.«

»Mein Mandant und ich sind der Meinung, dass dieser Brief rechtlich haltlos …«

Gregor wird von einer zweiten Stimme hinter meiner Tür unterbrochen: »Charlotte, bitte, ich brauche mein Filmmaterial!«

Das Blut gefriert mir in den Adern: »Marius?«

»Marius Nachtweih?«, echot die Huber Sabine.

»Ach, krass, der steht schon die ganze Zeit hinter der Tür«, schlussfolgert Alex mit etwas Verspätung.

»Komm schon, mach die Tür auf. Lass uns reden.«

»Niemals! Du hörst von meinem Anwalt.« Ich drehe meiner Wohnungstür den Rücken zu – ohne zu bedenken, dass ich seit zwei Tagen meine Wohnung mit der Leiterin des *Renata*-Fanclubs Oberbayern teile. Die Huber Sabine reißt die Tür auf:

»Herr Nachtweih! Ich bin Ihr größter Fan!«

Marius und Gregor treten zögernd ein und mustern dabei verwundert die rundliche Frau, die heute eine Bluse mit aufgestickten Mäusen und Katzen trägt.

»Der Johannes von Papenburg war Ihre größte Rolle!«, sagt sie.

»Der Johannes von Papenburg war seine einzige Rolle«, sage ich. »Und frag ihn mal, wem er sie zu verdanken hat.«

»Charlotte, bleib bitte cool!«, sagt Marius.

»Frag ihn außerdem, wie er sich für diese Rolle bedankt hat. Julia, Susanne, Raffaela, Iris, Gisela: Er hat gefühlte 99 Prozent meines weiblichen Teams mit seinem Schwanz beglückt.«

Die Huber Sabine schaut Marius erschrocken an.

»Du musst dir diesen Ton nicht gefallen lassen«, berät Gregor seinen Mandanten mit der geballten juristischen Kompetenz seines abgeschlossenen Grundstudiums.

Alex hingegen wirft Marius anerkennende Blicke zu. »Das sind bestimmt mörderscharfe Girls, da beim Fernsehen!«

»Raus jetzt! Sonst ruf ich die Polizei!«

»Es gibt aber etwas, das du wissen musst«, sagt Marius.

Ich öffne demonstrativ die Wohnungstür: Arrivederci!

»Ich find, wir sollten ihm zuhören«, fällt mir die Huber Sabine in den Rücken.

»Mein Mandant hat ein Recht auf Anhörung«, fordert Gregor.

»Eigentlich kann man doch über alles reden«, ergänzt Alex lebensklug.

»Komm schon, Charlotte!« Marius schaut mich mit einem so albernen Hundeblick an, dass sich sogar Edi schämt.

12

»SEXSÜCHTIG?«, FRAGE ICH.

All die Menschen, die mir meinen Samstagvormittag bereits gründlich verdorben haben, haben sich um meinen Küchentisch versammelt, und jetzt erklärt Marius uns, warum er gar nicht anders konnte, als alle Frauen in meinem Team zu bumsen: Er ist sexsüchtig!

»Michael Douglas war es. David Duchovny auch. Eine typische Schauspielerkrankheit«, sagt Marius.

»Du bist kein Schauspieler! Schauspieler arbeiten als Schauspieler«, sage ich.

»Wie wird man eigentlich Schauspieler?«, erkundigt sich Alex interessiert, und ich ahne, dass er gerade den »Tauchlehrer auf Borneo« gedanklich an den Nagel hängt und ein neuer »Lebenstraum« in seinem postpubertären Hirn heranreift.

»Für mich und meinen Adi, also für uns ist das Thema Sex ...«, sagt die Huber Sabine, bevor ich sie in Panik unterbreche:

»Nein! Das wollen wir nicht hören!«

»Könnt ihr mir jetzt endlich mal zuhören?! Sexsucht ...«, Marius macht eine bedeutungsschwere Pause, »Sexsucht ist eine Krankheit.«

»Ach, du bist *krank?«* Ich ärgere mich, dass ich mir den ganzen Quatsch überhaupt anhöre.

»Ich bin jetzt in Therapie. Ich arbeite an mir, verstehst du?«

Ich zucke mit den Schultern.

»Ich gehe jetzt zwei Mal in der Woche zur Gruppentherapie.«

Gregor pflichtet Marius mit Kopfnicken bei, als wäre er Weggefährte in Marius' Selbsthilfegruppe. Was allerdings ausgeschlossen ist, denn um sexsüchtig zu sein, müsste Gregor wenigstens *eine* Frau finden, die mit ihm Sex haben möchte.

»Ich kriege mein Leben wieder auf die Reihe«, sagt Marius, »und will meinen Film fertig schneiden.« Er schaut mich an. Wieder dieser Hundeblick. »Ich weiß, es war falsch, was ich getan habe, und ich habe dich verletzt …«

»Du hast mich nicht verletzt.«

»Ich habe dir wehgetan.«

»Du hast mir nicht wehgetan.«

»Gut, einigen wir uns darauf, dass dich mein Verhalten enttäuscht hat.«

»Du warst von Anfang an eine Enttäuschung.«

»Aber jetzt geht es nicht um Sex. Jetzt geht es um Kunst. Und dafür brauche ich mein Rohmaterial. Sag nicht, dass du mir im Weg stehen willst, wenn ich ein neues Leben beginnen möchte.«

»Nein, das will sie bestimmt nicht«, sagt die Huber Sabine.

Ich spiele ernsthaft mit dem Gedanken, Marius die 13 Digitalkassetten auszuhändigen, die in einem der Umzugskartons lagern. Kann man jemandem Steine in den Weg legen, der endlich sein totales Versagen begriffen hat – sofern seine äußerst limitierte Fähigkeit zur Einsicht ihm dies gestattet?

»Marius, was ist denn jetzt?! Ich warte jetzt schon seit fast einer Viertelstunde im Auto.« Ein blondes Ding – es sieht zu attraktiv aus, als dass »frau« es sympathisch finden könnte – kommt in meine Küche. »Tür stand offen. Ist das deine Ex?« Das Ding zeigt mit ihrem lackierten Fingernagel auf mich.

»Das ist Linda«, erklärt Marius. »Wir kennen uns von den Anonymen Sexkranken.«

Ich glaube, mich verhört zu haben.

»Okay, Charlotte, willst du mir meine Tapes geben?« Er lächelt mich etwas steif an. »Warum starrst du mich so an?«

Ich spule die letzten 20 Sekunden meines Lebens in meinem Kopf zurück. Habe ich irgendwas falsch verstanden? Ist mir irgendeine wesentliche Information entgangen, weshalb die Situation ganz anders ist, als ich sie gerade wahrnehme? Auch die nachträgliche Prüfung ergibt: nein, nichts Wesentliches übersehen. Fuchsteufelswild schiebe ich mich zwischen Marius und das blonde Dinge. »Verstehe ich das richtig, Marius? Du gehst in Gruppentherapie, um deine Sexsucht zu heilen, und springst dort mit der erstbesten Blondine in die Kiste?«

»Das ist *deine* Interpretation!«

Ich werde noch wütender.

»Bekomme ich jetzt meine Kassetten?«

Oh ja, die sollst du kriegen! Ich verschwinde in meinem Schlafzimmer und komme mit einer Handvoll Digitalkassetten zurück.

Marius ist zufrieden. »Sind das alle?«

»Warte!« Ich schmeiße die Kassetten in die Mikrowelle, haue auf den Startknopf: Tausend Watt verrichten ihr Werk. Knistergeräusche von Plastik, das sich verbiegt. Marius bekommt Panik und will seine Kassetten retten, doch ich stelle mich ihm entschlossen mit einer Gabel entgegen.

»Bist du bescheuert, Charlotte?!«

»Ich habe diesen Haufen Scheiße finanziert!«

»Du hast doch noch nicht mal das Drehbuch gelesen!«

»Weil es auf Esperanto war!«

»Weil es Kunst war. Aber was verstehst du schon davon?«

Ich explodiere ein zweites Mal: »Kein Wort über meine Serie! Diese Serie hat über vier Millionen treue Fans.«

»Die Hälfte davon behindert!«

»Treue Fans wie Sabine Huber aus Rottau.« Ich zeige auf die Huber Sabine und hoffe, dass allen klar ist, dass sie nicht behindert ist. »Diese Serie hat zum ersten Mal dein Leben finanziert!«

»Und warum hast du mich dann rausgeschmissen?«

»Raus*geschrieben!*«

»Du hast Johannes von Papenburg verbrennen lassen!«

»Ja! Und nicht, weil du sogar unsere 51-jährige Empfangsdame gevögelt hast, sondern weil du sogar für *Renata – Engel der Liebe* ein zu schlechter Schauspieler bist.«

Grabesstille. Ich habe Marius ins Mark getroffen. Er ist kein schlechter Schauspieler. Im Gegenteil, er war immer der beste im *Renata*-Ensemble und vielleicht der Einzige, der sich wirklich ernsthaft mit seinem Handwerk auseinandergesetzt hat. Doch wahrscheinlich ist es gerade typisch für einen »echten Künstler« wie Marius, dass er an seinem Talent zweifelt. Ich habe Marius dort getroffen, wo es wehtut.

»Kommt, wir gehen«, sagt er leise und verschwindet grußlos. Gregor und das blonde Ding folgen ihm. Klack. Die Tür fällt ins Schloss.

13

MEIN LAPTOP STARRT MICH AN wie der weit geöffnete Rachen eines Krokodils. »Füttere mich mit Geschichten!«, fordert das Krokodil. Ich habe Alex nach Hause geschickt. Folge 2500 wartet auf ihre Fertigstellung bis Montagmorgen. Unsere Jubiläumsfolge. Etwas ganz Besonderes muss passieren. Etwas völlig Überraschendes, absolut Außergewöhnliches, noch nie Dagewesenes, das dennoch nicht *so* neu sein darf, dass es bei den Zuschauerinnen Irritationen auslösen könnte.

Ich kann mich beim besten Willen nicht konzentrieren. Ich hasse Marius Nachtweih!

Eine E-Mail kommt. Ein Kollege aus unserer Technikabteilung hat mir geantwortet: Marius' Filmmaterial könnte problemlos gerettet werden, trotz geschmolzener Kassetten. Warum will ich das überhaupt wissen?

Ich kann das Krokodil nicht füttern! Ich kann mich einfach nicht konzentrieren, alles Marius' Schuld! Auf Wikipedia überfliege ich einen Artikel zum Thema »Sexsucht«, lese etwas von »sexuellen Aktivitäten, die von einer tieferen emotionalen Beziehung zum Partner losgelöst sind« und von »außer Kontrolle geratenem Verhalten«. Kann man wohl sagen! Ich schließe meinen Laptop eilig, ich will mich damit jetzt nicht beschäftigen. Zeit für ein bisschen Eskapismus! Alex hat seine *Dirty-Dancing*-DVD vergessen. Ohne Umschweife spule ich zu meiner Lieblingsstelle, dem Ende des Films: Patrick Swayze als »Johnny« marschiert selbstbewusst auf die große Bühne im Kellerman's Resort, schnappt sich ein Mikrofon und erklärt den Spießern im Publikum, dass seine Freundin »Baby« für ihn eingestanden sei und dass er sie deshalb liebe. Wo ist *mein* Johnny? Ja, verflucht, wo? Meine Gedanken verlieren sich …

Im Publikum des Saals sitze … ich! Sechziger-Jahre-Look. Bunter Minirock, weiße Stiefel, große Brille. Sehr sexy!

JOHNNY

Charlotte!!!

Johnny schnalzt mit seiner kessen Hüfte wie mit einer Peitsche. Auch seeeeehr sexy! Er zeigt auf mich …

JOHNNY

Ja, Ladys und Gentlemen, das ist die Frau, die ich liebe. Eine Traumfrau, eine begnadete Autorin, ein Luder im Bett.

Schockiert halten die Spießer im Resort die Hände vor ihre Münder. Johnny und ich zwinkern uns zu. Gleich werden sich unsere Körper auf der Tanzfläche verzehren!

JOHNNY

Charlotte, du bist für mich eingestanden. Ich liebe dich!

Ich weine. Nicht wegen Marius oder aus Selbstmitleid – oh nein! –, sondern weil mich dieser gottverfluchte Film heimtückisch manipuliert. An dieser Stelle nicht zu weinen wäre unprofessionell!

Die Huber Sabine steckt ihren Kopf zur Tür hinein. »Johnny!«, seufzt sie und setzt sich zu mir auf die Couch. Eine Art Pawlow'scher Reflex treibt auch ihr in weniger als zehn Sekunden Tränen in die Augen.

14

ICH WERDE MICH HEUTE AMÜSIEREN! Fünf lapidare Wörter, doch an diesem strahlenden Sonntagmorgen ein unverrückbares Ziel. Ich werde mich amüsieren. Nichts wird mich abbringen vom Pfad der Heiterkeit. Nicht mal der kleine Pinguin aus Stein. Er schaut mich treuherzig von meiner Ablage im Bad an und streckt mir ein Herz mit der Aufschrift »Liebe ist sooo schön« entgegen. Die Huber Sabine hat mein mit Majoliken gefliestes Bad mit Kitsch geschändet, doch ich ärgere mich nicht. Denn: Ich werde mich amüsieren! Roy Kalo Silvestre, Star von *Luna und die Liebe,* feiert seinen Geburtstag im Oststrand am Spreeufer. Lässig werde ich mich in einen Sonnenstuhl fläzen und mit meinen Kollegen aus der Branche über fremde Serien lästern. Ab und zu wird ein arbeitsloser SMW (Schauspieler-Modell-Weiß-der-Teufel-was) meine Nähe suchen und mir von seiner Hauptrolle als blinder Fahrkartenabreißer in einem Abschlussfilm der Fachhochschule Dortmund vorschwärmen. Wenn er mir gefällt, bekommt er meine Visitenkarte, und wer weiß, welche Überraschungen der Tag sonst noch so bietet.

Die erste Überraschung des Tages ist ein Anruf von Friedhelm. »Charlotte, alles prima in Lima?«

Es gibt nur ein Wort für Friedhelms Versuche, jugendlich modern zu wirken: peinlich! »Yep, alles roger in Kambodscha«, antworte ich.

Er freut sich. »Schön, du hast gute Laune. Ich habe Susa auch gesagt, dass mit dir alles in Ordnung ist.«

»Wieso sollte mit mir nicht alles in Ordnung sein?«

»Du weißt schon, die Nummer mit der Mousse-Schüssel in unserem Esszimmer. Unsere Putze hat außerdem beobachtet, wie du den Kläffer über das Buffet geflogen hast. Jedenfalls …«

»Ja?«

»Susa hat da so eine Idee.«

Wenn Susa »so eine Idee hat«, ist diese Idee in der Regel noch schlimmer als eine Idee von Friedhelm. Vor einem Monat durfte sie für Friedhelm ein Teamevent organisieren. Da hatte sie auch eine Idee: Das gesamte Führungsteam von PriTV musste sich für vier Tage zum Heilfasten treffen. Vier Tage ohne Essen, kaserniert in einer Berghütte. Nichts macht Menschen aggressiver. Nichts bringt ein Team schneller auseinander. Am Ende konnte ich nur mit äußerster Mühe zwei Teammitglieder davon abbringen, ihren Job hinzuschmeißen. Aber für Susa war die gemeinsame Zeit ein großer Erfolg, und zum krönenden Abschluss nötigte sie uns zu einem finnischen Freundschaftsritual: Man reißt sich die Kleider vom Leib und springt nackt in einen See. Seitdem kenne ich Friedhelm auch ohne Badehose. Aus Gründen, die ich bis heute nicht nachvollziehen kann, findet er jedenfalls Susas Ideen immer »fabelhaft«, wobei ich bis heute nicht weiß, was Friedhelm überhaupt an dieser spaßbefreiten Bohnenstange findet.

»Jedenfalls, notier dir mal folgende Nummer«, sagt Friedhelm und diktiert mir eine Telefonnummer.

»Ja, und?«

»Die Nummer von Susas Therapeuten. Susa findet, dass du … wie hat sie es ausgedrückt? … warte mal kurz, ich habe mir das notiert … dass du ›mental aus dem Gleichgewicht bist‹.«

Susa findet, dass ich mental aus dem Gleichgewicht bin. Das ist gut! Das ist ungefähr so, als würden die Flippers finden, dass ich einen merkwürdigen Musikgeschmack habe.

»Susa glaubt, dass könnte auch was mit der ganzen Marius-Nummer zu tun haben. Die Trennung. Pipapo. Auf jeden Fall, geh da doch bitte mal hin.«

»Es geht mir wirklich gut.«

»Natürlich. Aber wir können uns im Moment keinen Bad Apple leisten. Nicht bei dieser Quote. Alright, ich muss Schluss machen. Übrigens, Susa hat heute Geburtstag. Vielleicht schickst du ihr ein paar Blumen, ja? Dann freut sie sich.«

»Klar! Bestell ich!« Zehn Euro – und keinen Cent mehr!

»Yong-Dao hat bereits persönlich gratuliert. Sein Orchideenstrauß muss ein Vermögen gekostet haben. Schöne Geste.«

Ich erhöhe auf 50 Euro.

»Jetzt muss ich aber wirklich, Charlotte. Und du ja auch.«

»Ich?«

»Hat dir Sabine noch gar nicht von unserer Überraschung erzählt?«

15

»NAUF DEN HUMPEN, nei den Zinken, morgen müss' ma Wasser trinken.« Sie lacht mich an. Anders als geplant sitze ich nicht neben einem blond gelockten SMW, sondern neben der Huber Sabine, die mir einen Kleinen Feigling aufdrängt. Dies ist auch nicht der pulsierende Oststrand, sondern die spießige Spreeperle, ein knallblaues Boot mit Sonnendeck, das einer Horde aufgedrehter Ausflügler »die schönsten Seiten von Berlin« zeigt. Menschen auf der falschen Seite der 50, die sich bei C&A einkleiden, im ungünstigsten Fall aber auch bei der Aral-Summer-in-the-City-Kollektion fündig werden. »Das war ja so ein schöner Einfall vom Herrn Dr. Georgis.« Zärtlich füttert sie ihren fidelen Gespielen Edi mit einem Stück Leber.

Ich verfluche Friedhelm stumm, nehme mir aber vor, den Tag wenigstens in Produktivzeit zu verwandeln: Mit Ohropax und Laptop ausgestattet, werde ich endlich eine Idee für unsere Jubiläumsfolge finden. Eine Idee, die ihn in Demut niederknien und verstummen lässt. Ich knete das Ohropax-Wachs weich und versiegele meine Ohren. Goldene Stille!

»Aber die wirkliche Überraschung kommt noch!« Mit einer Lautstärke, die Reaktor-Schutzhüllen sprengen würde, brüllt sie mir ins Ohr. Dann springt sie auf und schreit: »Grüß euch! Das ist sie!«

Die Horde Ausflügler dreht sich zu mir um.

Ich begreife nicht.

»Überraschung!«, antworten die Ausflügler.

Ich begreife immer noch nicht.

»Charlotte, dieses Boot gehört heut ganz allein uns.« Die Huber Sabine zeigt triumphierend auf das fiebrig aufgeregte Rudel, fast nur Frauen: »Der gesamte *Renata*-Fanclub Berlin! 89 Fans!«

Jetzt begreife ich. Wig, wig, wig! Ich höre die schrillen Geigen aus Hitchcocks berühmter Duschszene in *Psycho.* 89 Berliner *Renata*-Fans schieben sich in meine Richtung. Bloß weg hier! Wig, wig, wig! Das Boot legt ab. Aus den Boxen dröhnt scheppernd die Titelmelodie von *Renata.*

Langsam, aber unaufhaltsam kommen die Fanzombys näher. Ich rieche Frauen im Klimakterium und schlechten Atem von schief haftenden Zahnprothesen. Ihre leberfleckigen Hände greifen nach mir, als wollten sie mich in Stücke reißen. Sie zücken ihre Kameras und knipsen wild drauflos. Mein Gesicht, meine Handtasche, meine Füße, alles ist für die Fanrotte von Interesse. Ein Sperrfeuer von Fragen prasselt auf mich ein:

»Ist die Julia Luise Körting in echt ooch so 'n Engel wie die Renata?«

Eine intrigante Schlampe ist die Körting!

»Mein Mann liegt im Sterben. Was würde Renata an meiner Stelle tun?«

Wenn Renata deinen Mann hätte, würde sie bestimmt *vor* ihm sterben wollen.

»Ich falle mal mit der Tür ins Haus. Wird die Renata den Florian heiraten?«

Augenblickliche Stille auf dem Schiff. Jemand hat die Frage aller Fragen gestellt: Werden Renata und Stallbursche Florian heiraten? Eine Frage, welche die Fans zurzeit wie keine andere beschäftigt. Eine Frage, die in den Fan-Foren des Internets heiß diskutiert wird. Und hier nun steht ein Mensch, der diese Frage beantworten kann. 180 Fanaugen starren mich an. Wartend, hoffend, bangend!

»Renata und Florian werden sterben!«, sage ich und genieße die Schockstarre auf den Gesichtern der Fans. »Reingelegt!«, schiebe ich hinterher und grinse. Erst nach mehreren Sekunden kehrt wieder Leben in die Gesichter der Fans zurück. Erlöstes Lachen. Zwei fallen sich sogar erleichtert in die Arme. »Jetzt mal

Spaß beiseite«, sage ich, »ich weiß natürlich, wie alles ausgeht, aber ich darf nichts verraten. Verträge!«

Enttäuschte Gesichter. Nur mühsam finden sie sich damit ab, dass ich sie nicht aus dem Tal der Ahnungslosen herausführen werde.

»Darf ich trotzdem ein bisserl indiskret sein?«, fragt die Huber Sabine. Ich schüttle heftig mit dem Kopf. »Die Charlotte ist die Exfreundin vom Marius Nachtweih!« Ein Aufschrei des Entzückens. Marius Nachtweih! Exfreundin! »Aber er ist fei ein kleiner Hallodri«, setzt sie die wissbegierige Fanmeute in Kenntnis. Hallodri? Er hat unsere Castingfrau in ihrem Fahrstuhl vernascht und dabei so laut gebrüllt, dass ihre Nachbarn die Polizei gerufen haben! Und sie nennt dieses kranke Tier, das ich von der Herde trennen musste, einen »kleinen Hallodri«?

Ich flüchte ins Innere der Spreeperle. Wenigstens zehn Minuten Ruhe – ohne investigative Fans. Gut! Die Toilette wird frei. Aber eine ungeahnt flinke Fanfrau schiebt sich vor mir in die Toilettenkabine.

»Berlin ist ja wirklich eine Weltstadt!« Die Huber Sabine taucht neben mir auf. »Gerade hab ich den Berliner Dom gesehen!«

Ich klopfe an der Toilettentür. Beeilung!

»Und wegen dir darf ich diese Weltstadt jetzt kennenlernen. Da reicht ein Vergelt's Gott nicht aus, Charlotte! Ich möchte mich erkenntlich zeigen.«

Ich ahne nichts Gutes.

»Ich helf dir ein bisserl mit ihm.«

»Mit wem?«

»Ich hab's dir doch gesagt, ich spür ganz genau, wenn zwei Menschen zusammengehören.«

»Wovon redest du?«

»Du und der Marius Nachtweih.«

»Ja?«

»Ihr seid zwei Herzen, die zusammengehören!«

Der ist gut! Ich lache herzlich.

»Und dann könnt ihr heiraten.« Sie lacht nicht. Sie meint es ernst!

»Eher heirate ich Ottfried Fischer. Osama bin Laden. Johannes Heesters, auch wenn er schon hundert Jahre tot ist.«

Sie hat immer noch denselben Blick. Man kennt ihn von den Zeugen Jehovas, sollte man die Dummheit begangen haben, ihnen die Tür zu öffnen. Ein Blick unbeirrbarer Überzeugung. Ein Blick, der mir Angst macht.

»Ich muss da was klarstellen«, sage ich, »wenn ein tödlicher Virus das männliche Geschlecht ausrotten und tragischerweise ausgerechnet Marius als einzigen Mann auf dem Planeten übrig lassen würde, dann würde ich lieber mit Hella von Sinnen ins Bett gehen!«

»Und die Renata sagt in Folge 96: ›Wenn es ein Korn der Liebe gibt, musst du es gießen.‹«

»Was für ein Korn?!« Meine Stimme wird laut, ich rede mich in Rage. »Ich hasse Marius! Kapiert?!«

»Aber ...«

»Nichts aber! Lass mich in Ruh mit dem Mist!«

»Aber ...«

»Was willst du überhaupt von mir?« Ich baue mich bedrohlich vor ihr auf, ich überrage sie um einen ganzen Kopf.

»Charlotte, habe ich etwas Falsches gesagt?«, fragt sie verunsichert.

»Ich will, dass du aus meiner Wohnung verschwindest. Wie klingt das für dich?«

Sie schaut mich mit großen Augen an und nickt. Endlich haben meine Worte sie erreicht.

Als ich aufs Deck zurückkehre, fühle ich mich befreit. Als wäre ich fünf Kilo leichter! Ein prüfender Blick auf mein Hüftgold zeigt, dass meine Wahrnehmung leider trügt. Doch was zählt, ist: Ich bin sie los! Ich habe ihr die Meinung gegeigt, und es ist mir scheißegal, was Friedhelm darüber denkt. Die Sonne scheint – ich werde mich amüsieren!

»Ladys und Jentelmenschen«, knistert es gut gelaunt aus den Lautsprechern, »noch zwee Stunden, bis wir in Köpenick anlegen. Und bis dahin hofft meiner einer, dass wir unseren Stargast Charlotte Bredencamp zu einem flotten Tänzchen überreden können.« Schlagermusik donnert los. Drei »Damen vom Grill« wackeln mir entgegen. Wig, wig, wig! Ich will flüchten! Mir ist heiß. Die Sonne brennt unerbittlich, über 30 Grad hat es heute. Die Spreeperle gleitet unter der Jannowitzbrücke hindurch. Von Ferne erkenne ich den Oststrand, sehe schöne Männer in knappen Badehosen, die ihre durchtrainierten Beine im Wasser baumeln lassen. Die drei Alten kommen näher. Wig, wig, wig! Kurz entschlossen schiebe ich sie beiseite.

»Jetzt gehen Se aber auf Tuchfüllung, wa?«, scherzt eine kichernd. »Nanu, was machen Se denn da?«

Mit kurzem Anlauf schwinge ich mich über die Reling und tauche mit einem beherzten Kopfsprung hinein in die Spree.

16

DIE 89 *RENATA*-FANS SAMMELN sich an der Reling und schauen mir erstaunt hinterher, als ich mit beschwerlichen Stößen ans Spreeufer schwimme. Mein Jerseykleid saugt sich mit Wasser voll und zieht mich nach unten. »Ja, ja, verrückt, diese Künstler!«, schallt es von der Spreeperle und »Ach Jottchen, jetzt hat se ihren Computer vergessen.«

»Mein Mac«, durchzuckt es mich. Mein Mac! Meine Handtasche! Mein Geld! Mein Haustürschlüssel! Mein iPhone! Ich habe all die Dinge auf dem Schiff vergessen, die meinem Leben noch Sinn geben. Doch dann beruhige ich mich. Ich bin die Schöpferin von *Renata* und die Exfreundin von Marius Nachtweih! Die Fanzombys werden meine Hinterlassenschaft bewachen, als hätte ich ihnen gerade die Bundeslade samt Heiligem Gral übergeben.

Der Oststrand. Die digitale Boheme entspannt sich bei coolen Drinks und sanften Elektrobeats. Ich genieße die bewundernden Blicke der Männer, als ich nixengleich aus dem Wasser steige. Mein triefend nasses Kleid klebt an meinem Körper. Ich bin sex on legs! Nach ein paar Schritten bemerke ich, dass sich Algenschleim boagleich um meinen Hals und meine Hüften windet.

»Char-lotte Bre-den-camp«, buchstabiere ich meinen Namen für den Barkeeper hinter der Basttheke, seine filzigen Dreadlocks hängen bis zum nicht vorhandenen Hintern.

»StehstnichtaufderGästeliste«, nuschelt er. Deutliches Sprechen gilt in seinen Kreisen als uncool.

»Natürlich steh ich drauf. Roy Kalo Silvestre hat mich eingeladen.«

»AberstehstnichtaufderListe!«

»Ich will nur einen Caipirinha.«

»OhneListekeinenCaipi!«

»Ich muss aber auf der Liste stehen!«

»Sorrystehstnichtdrauf!«

Und wer bezahlt jetzt für mich? Ich blicke mich um. Kein Roy Kalo Silvestre in Sicht. Doch auf meinen Caipi verzichten kommt nicht in Frage! Ich lächle den Barkeeper flirtend an. »Hör mal«, mit laszivem Blick entferne ich einen letzten Rest Algenschleim aus meinem nassen Haar, »bist du Schauspieler?«

»Wieso?«

»Weil ich eine Serie mache und mir dein Castingband anschauen könnte. Du solltest Schauspieler sein!«

Er denkt nach und beginnt zu lächeln. Gut! Sehr gut! In diesem Moment reift ein Traum in seinem Kopf: Er, der Barkeeper Ende 30, den sie in der Schule wegen seines Körpergeruchs ausgelacht haben, er wird ein Star! »KannjemandderLadysiebenEurofürnenCaipirinhaspendieren?« Offensichtlich will er doch kein Star werden.

»Charlotte, bist du das?« Hinter mir steht – Ingo Tiefenbach! Schwarm meiner Studententage, genau wie ich Biologie-Abbrecher und jetzt Produzent bei *Fackeln der Liebe,* unserem größten Telenovela-Konkurrenten bei den Öffentlich-Rechtlichen.

»Ingo!«, schmettere ich ihm selbstbewusst entgegen und überlege mir, wie ich ihm geschickt vermittle, dass der nasse Lappen an meinem Körper das gleiche Jerseykleid ist, in dem Madonna ihr letztes Adoptivkind in Malawi abgeholt hat.

»Brauchst du Geld, Charlotte?«

»ZweiEurofürnBiersindauchOK. AmEndegehtsumdenAlk, wa?«

Ingo pickt sich Algenschleim von der Brust, der auf mysteriöse Weise den Weg auf sein weißes Leinenhemd gefunden hat.

»Nein, nein, ich brauche kein Geld! Mir geht's gut.«

»Habe gehört, dass du bei *Renata* aufhörst?«

»Was?! Wer verbreitet denn so einen Quatsch?«

»Man hört so dies und das.«

»Unsinn! Wir haben fast ein ganzes Prozent zugelegt bei den Frauen zwischen 25 und 29!« Ich lade meinen Blick mit Selbstbewusstsein auf und lächle ihn an: »Ich habe Rückenwind!«

»Schön. Habe ich aber aus verlässlicher Quelle.«

Wer könnte ihm erzählt haben, dass mein Stuhl bei *Renata* wackelt? Friedhelm? Yong-Dao? Eine Assistentin, die wie ein Maulwurf Informationen nach außen trägt? Mit größter Anstrengung kann ich verhindern, dass das Selbstbewusstsein in meinem Gesicht zu Verunsicherung gerinnt. »Nein, nein! Läuft super! Rückenwind!«

»Gut! Du weißt ja, ist im Moment nicht leicht mit Jobs. Krise! Bei uns kannst du jedenfalls nicht anfangen.«

»Ich brauche keinen Job.«

»Klar.« Er lächelt, und sein mitleidiger Blick formuliert ein paar Fragen: Wieso hast du kein Geld? Wieso bist du nass? Woher kommt der Algenschleim?

»Ich bin durch die Spree geschwommen.«

»Aha.«

»Ist 'ne lange Geschichte.«

»Sonst geht's dir gut?«

»Klar! Geht super!«

»Schön!« Er lächelt noch mal. Ich lächle zurück. Ich glaube, er will jetzt mit mir flirten. Er legt einen Zehneuroschein auf die Theke. »Für deinen Caipi. Aber ruf mich nicht an. Ich habe keinen Job.« Er klopft mir auf die Schultern. »Du schaffst das!«

Meinen Heimweg muss ich mangels Geld zu Fuß antreten. Ein Penner mit Einkaufswagen begleitet mich. Als er erfährt, dass ich beim Fernsehen arbeite, wächst auf seinem Gesicht ein Grinsen. Er auch! Er hat schon zwei Mal als Komparse einen Obdachlosen gespielt. Stolz zieht er zum Beweis eine RTL-Jacke aus dem Gerümpel in seinem Einkaufswagen und bietet mir einen Schluck von seinem Rotwein an. »Kollegen halten doch zusammen!«

Endlich habe ich meine Haustür erreicht. Ich klingle und warte. Ob die Huber Sabine und Edi schon abgereist sind? Es muss so sein! Deutlicher kann man einem Menschen nicht sagen, dass er unerwünscht ist. Doch wie soll ich ihren plötzlichen Exodus Friedhelm erklären? »Sie musste nach Bayern zurück: Ihre preisgekrönte Zuchtsau Balbina hat Fünflinge geworfen.« Ob ich damit durchkomme? Vielleicht sollte ich Manuel Dante heute noch den Golden-Retriever-Welpen kaufen, um gute Stimmung zu verbreiten. Ich könnte einen Überraschungsbesuch machen, mit Golden-Retriever-Welpen und einem Geburtstagsstrauß Orchideen für Susa. Vielleicht sollte ich vorher noch die Jubiläumsfolge schreiben, und dann würde ich losfahren nach Potsdam, mit Jubiläumsfolge, Golden-Retriever-Welpen und Orchideen im Gepäck – und sicherlich würde sich Friedhelm auch noch über die goldene Uhr freuen, die ein Erbstück meines Vaters ist.

Knistern aus meiner Gegensprechanlage. »Huber hier bei Bredencamp.« Zwei Gefühle durchfluten mich, die sich eigentlich ausschließen: Erleichterung. Panik.

17

»CHARLOTTE, SCHAU, wir haben eine kleine Süßigkeit fabriziert.« Mit »wir« meint die Huber Sabine sich und drei Kaffeetanten des Berliner *Renata*-Fanclubs. Und die »kleine Süßigkeit« ist eine Prinzregententorte mit Schokoladenbuttercreme und von den Ausmaßen eines Vespareifens. Offensichtlich handelt es sich um das perverse Experiment, den Kalorigehalt einer einzigen Backware in tödliche Dimensionen zu treiben. Auf dem Küchentisch entdecke ich meinen Laptop und meine Handtasche. Erleichterung. »Magst auch ein Stück?«

»Ich bin ehrlich gesagt überrascht«, sage ich und werfe ihr einen strengen Blick zu, der sagt: »Überrascht, dass du immer noch in meiner Wohnung bist.«

»Aber ich weiß doch, dass du das nicht so gemeint hast!« Sie lächelt herzensgut.

Doch, ich habe es so gemeint, genau so!

»Dit Sabinchen hat uns von deinem Liebeskummer erzählt«, sagt Kaffeetante 1, und Kaffeetante 2 ergänzt:

»Dit Sabinchen wird dir helfen, dass dit zwischen dir und dem Marius wieder jut wird.«

»Dit Sabinchen is nämlich ooch 'n Liebesengel«, sagt Kaffeetante 3.

Ich mustere die drei Kaffeetanten, die sich auf erstaunliche Weise gleichen: gepunktete XXL-Elastanblusen im Crinkle-Knitterlook, ausladende Hüften, dunkelgraue Locken, ebenfalls im Crinkle-Knitterlook. Auch nach längerem Studium gelingt es mir nicht, markante Unterschiede zwischen den dreien wahrzunehmen. Es ist wie bei einem Suchspiel auf 9Live: Finde den Unterschied. Kaffeetanten-Drillinge.

»Ich habe keinen Liebeskummer«, stelle ich klar, weiß aber

aus Erfahrung, dass es in diesen Kreisen keine Rolle spielt, was ich sage.

»Ich lass dich nicht im Stich, Charlotte«, sagt die Huber Sabine, »ich will dir doch helfen.« Ich entdecke erneut diese absolute Entschlossenheit in ihrem Blick, und jetzt begreife ich mit leichtem Schaudern: Mein Geschöpf ist zum Monster mutiert. Wie Dr. Frankenstein von seinem Monster werde auch ich von der Huber Sabine heimgesucht. Mit dem einzigen Unterschied, dass mein Monster keine Schrauben und Nägel im Kopf stecken hat, sondern eine Halskette mit einem Glücksferkel trägt. Die Huber Sabine ist sozusagen ein Monster 2.0 – die unauffälligere, aber perfidere Variante eines Monsters.

»Wie kommst du überhaupt darauf, dass Marius und ich wieder zusammengehören?«, frage ich.

»Ich fühl das.«

»Ach so, du fühlst das. Na, dann ist ja alles klar!«

»Mein Gefühl täuscht sich nicht.«

»Die Charlotte hört bestimmt gerne deine Geschichte«, sagt Kaffeetante 1 und wendet sich gut gelaunt an mich. »Daraus musst du unbedingt einen Film machen!«

Es gibt wohl keinen Satz, den ich öfter von Laien der hohen Kunst des Geschichtenerzählens höre. Nein! Daraus muss ich ganz bestimmt keinen Film machen! Denn diese »Geschichten« sind fast nie Geschichten, sondern in epischer Breite erzählte Banalitäten. Die platt gewalzte Geschichte der Huber Sabine jedenfalls ist so etwas wie der Gründungsmythos des Liebesengels. Sie handelt davon, dass sie an einem verregneten Augustsonntag im Jahre 2005 – dies nur ein kleiner Hinweis auf ihre nervenfolternde Liebe zum Detail – ihren Rauhaardackel Edi erfolgreich mit Julia, der Siamkatze ihres Nachbarn, dem Ertl Alois, verkuppelt habe. Auch wenn diese »narrische Liebe« zwischen dem Edi und der Julia nur platonischer Natur sei, wäre sie doch äußerst bemerkenswert, so die Huber Sabine. Denn der Edi und die Julia hätten sich früher aus tiefstem

Herzen heraus gehasst. Die Julia habe dem Edi sogar mehrfach in die Hundehütte gepieselt! »Wenn ich spür, dass jemand zusammengehört, dann vertu ich mich nicht«, beendet die Huber Sabine ihre Geschichte, für die sie die Verzehrzeit von zwei Stücken Prinzregententorte benötigt hat.

»Und obwohl se waren wie Hund und Katze«, wiederholt Kaffeetante 2 den mauen Kalauer, der in den vergangenen 20 Minuten bestimmt schon drei Mal gemacht wurde, der die anderen Kaffeetanten aber immer wieder aufs Neue erheitert.

Ich wage ein kleines Experiment und sage: »Ja, ja. Ein Hund und eine Katze – wie Hund und Katze!« Die Kaffeetanten lachen erneut. Ich beginne zu begreifen, warum im Rentnersender ZDF auch noch die fünfte Wiederholung eines Fernsehfilms erfolgreich läuft. Doch genug gelacht! »Mit Marius vergeudest du nur deine Energie«, setze ich einen Schlussstrich unter unser Gespräch und will mich in mein Schlafzimmer zurückziehen.

»Und da stehen jetzt alle Geschichten drin?« Kaffeetante 2 zeigt albern kichernd auf meinen Laptop.

Ich nicke mit einem Blick, den eine Mutter sonst ihrem Kind zuwirft, wenn sie sagt: »Das geht nur die Erwachsenen etwas an!«

Die Kaffeetante kichert erneut. Irgendwas ist faul im Staate Dänemark.

»Was?«, frage ich.

»Nüscht!«, sagt Kaffeetante 1 vergnügt.

»Gar nüscht!«, sagt Kaffeetante 2.

»Außer, dass wir natürlich gerne wüssten, wie die Jubiläumsfolge zu Ende geht«, sagt Kaffeetante 3.

Die Kaffeetantenklone zwinkern sich verschwörerisch zu. Doch die Huber Sabine ist zu grundgut, um mitzuspielen. Sie winselt: »Ich war dagegen!«

»Wir wollten wirklich nicht spionieren«, sagen die Klone kichernd.

»Spionieren? Glaube ich kaum«, sage ich, einen Moment

misstrauisch, doch dann beruhigt: »Dafür müsste man ja das Passwort kennen.«

»›Johnny‹ – wie der Johnny aus *Dirty Dancing*«, sagt Kaffeetante 1 freudestrahlend. »Wir haben den Merkzettel in deiner Küchenschublade gefunden.«

»Ihr wart an meinem Rechner?!«

»Und wir haben ein janz schlechtes Jewissen!«

»Ich war wirklich dagegen!«, jammert die Huber Sabine.

»Du hast doch ooch mitjemacht!«

»Ich hab nur ein paar Sätze ergänzt!«, verteidigt sie sich.

Ich klappe meinen Laptop auf, öffne die Jubiläumsfolge, für die es noch kein Drehbuch gibt, sondern lediglich einen einseitigen Prosatext, der den Anfang der Folge umreißt. »Hast du das geschrieben, Sabine?« Ich zeige auf den halbseitigen Textblock, der hinzugekommen ist.

»Dit hat se richtig schön jemacht, dit Sabinchen«, feixen die Kaffeetanten. »Ein Naturtalent!«

Ich lächle gequält.

»Dit is 'ne Überraschung, wa?« Die Kaffeetanten kichern, klopfen mir auf die Schulter, können sich gar nicht mehr einkriegen vor guter Laune. In mir reift ein Gedanke …

Meine Hände packen die Köpfe der drei Tanten und drücken sie in die Prinzregententorte. Ihr manisches Kichern dringt aus dem Inneren der Torte, bis es endlich röchelnd verstummt.

18

EIN HANDTUCH WINDET SICH um meine Taille, als ich aus meinem dampfenden Badezimmer komme. Ich habe mir Sand, Algen und Schweiß vom Körper geduscht und steure auf mein Schlafzimmer/Arbeitszimmer zu. Berlin ist eine Welt der Schrägstriche. Menschen sind Workshop-Designer/Flash-Programmierer/Eigentümer einer Nachhaltigkeitsagentur, und sie arbeiten in einem Hausboot/Homeoffice/Co-Workingplace. Meine tiefschürfenden Überlegungen zum Thema »Schrägstrich« werden unterbrochen von lautem Schluchzen.

Die Huber Sabine sitzt auf meiner Couch/meinem ausziehbaren Bett und heult. »Das tut mir so leid«, schluchzt sie, scheint damit aber nicht zu meinen, dass sie mich in diesem Moment daran hindert, mich ungestört umzuziehen. In meiner Naivität hatte ich darauf gehofft, mit ein bisschen Ruhe diesen verkorksten Tag doch noch zu einem versöhnlichen Abschluss bringen zu können. Erneut lautes Schluchzen. »Das darf man nicht machen, in den Computer eines anderen Menschen hineinschauen!«, sagt sie und rotzt mit der Lautstärke von Dumbo dem fliegenden Elefanten in ihr gebügeltes Stofftaschentuch. »Hab schon gemerkt, dass du jetzt bös bist. Ich bin nämlich ein ganz ein sensibler Mensch.«

»Sensibel wie Dieter Bohlen/Adolf Hitler/Godzilla«, ergänze ich im Geiste.

Sie beruhigt sich. Ihre Sprache gewinnt an Verständlichkeit – im Rahmen ihrer Möglichkeiten. »Der Erika, der Marion und der Helene tut's auch leid.«

Ich nicke stumm und anklagend. Niemand soll sich hier zu schnell entlastet fühlen.

»Hast du's gelesen, Charlotte?«

»Was?«

»Was ich geschrieben hab.«

Ja, ich habe ihren Text gelesen. Jene hilflos formulierte Aneinanderreihung von »feuerroten Sonnenuntergängen«, Menschen, die sich »bedingungslos lieben«, und Pferden, die »treue Freunde« sind. Nicht jeder Mensch, der – mühsam – die Tasten auf einem Laptop findet, ist ein Günter Grass … oder eine Charlotte Bredencamp.

»Doch, sehr talentiert!«, murmele ich, denn ich will alles, nur keine Grundsatzdiskussion darüber, wie man eine *Renata*-Folge schreibt.

»Talentiert?« Die Huber Sabine lächelt verlegen. »Und der Schluss?«

»Ja, ja, alles ganz toll.«

Sie freut sich. »Ich hab was für dich.« Auf meinem Bett entdecke ich ein liebevoll dekoriertes Plastik-Vogelnest mit Schokobons. »Ein Wiedergutmach-Betthupferl!«

Wider Willen bin ich gerührt über die kleine Reparationszahlung. Seit mir, ich war zarte sieben, meine Mutter aus Versehen mit unserem VW-Samba-Bus über den Fuß gefahren ist, hat mir niemand ein Wiedergutmach-Betthupferl geschenkt.

Sie strahlt mich an. »Wo kommst du eigentlich her?«

»Goslar. Niedersachsen.«

Sie wackelt mit dem Kopf, bei ihr ein Zeichen von Überraschung. »Und ich hab gedacht, du kommst aus der Großstadt!«

»Ich *lebe* in einer Großstadt – sie heißt Berlin. Goslar ist Schnee von gestern.«

»Aber das ist doch keine Schande!« Sie lacht. »Siehst du, Charlotte. Wir kommen beide aus der Provinz. Du und ich – wir sind aus demselben Holz geschnitzt.«

»Schön«, sage ich knapp und zeige auf meinen Laptop. »Officium vocat. Verstehst du?«

»Nein.«

»Die Pflicht ruft. Latein. Vielleicht sind wir doch nicht aus demselben Holz geschnitzt.«

»Und deine Eltern sind noch in Goslar?«

»Schon gestorben.«

»Geschwister?«

»Keine. Einzelkind.«

Ihr Blick lädt sich mit Mitgefühl auf. Na bravo, ich weiß, was gleich kommen wird. Und es wird klingen wie aus einem Film mit Heinz Rühmann: »Bist du da nicht einsam, Charlotte?«

Da war es. Menschen wie sie müssen so etwas einfach sagen. »Alrighty«, sage ich und zeige auf meinen Laptop, »ich muss jetzt wirklich arbeiten!«

»Und ich glaub wirklich, dass du dem Marius noch eine Chance geben solltest!«

»Sabine!«

»'tschuldigung! Ich geh ja schon.«

Endlich!

»Charlotte?«

»Ja?«

»Willst du denn nie Kinder haben?«

»Sabine! Jetzt ist Schluss!«

»Ich bin halt neugierig.«

»Gute Nacht!«

»Aber Kinder …« Sie stößt einen begeisterten Seufzer aus, wie ich ihn zuletzt gehört habe, als Yong-Dao sein neues iPhone G4 ausgepackt hat. »Ich mag dich wirklich!« Sie lächelt mich an und verschwindet, leise schließt sie die Tür hinter sich. Ich blicke ihr nach und empfinde ein bizarres Gefühl von Sympathie für diese gute Seele.

»Charlotte, du scharfes Luder. Dein Kreuzritter vom Orden der stählernen Lanze bittet dich um ein Rendezvous der Geilheit.« Kurz vor Mitternacht. Ich versuche mich auf meine Arbeit zu konzentrieren. »Halte deinem Ritter die Stange!« Alex hat ein neues Spielzeug im Internet entdeckt: Ein echter Nachrichtensprecher verkündet jeden beliebigen Text, den der User eintippt. Jeden beliebigen Text, und somit auch Alex' postpubertäre Verbalergüsse, die er mir von seinem Zuhause zumailt und die ich zu ignorieren versuche. Denn heute Nacht habe ich nur ein Rendezvous mit meinem Laptop. Folge 2500 will endlich fertiggestellt werden.

Es ist schon nach zwei Uhr, als ich mein Power Book zufrieden zuklappe. Unten vor meinem Fenster beendet die letzte Horde alkoholisierter Engländer ihre Sauftour durch die Kneipenszene am Prenzlauer Berg und wartet auf ein Taxi, das sie vermutlich in den nächsten Puff chauffieren wird. Die Jubiläumsfolge ist vollbracht. Von unten höre ich ein lang gezogenes Rülpsen.

19

MEIN MONTAGMORGEN beginnt in dieser Woche bereits um 5 Uhr 30. Lautes Klappern kommt aus meiner Küche und reißt mich aus dem Schlaf. Schwerfällig wälze ich meinen Körper aus dem Bett und verfluche die Huber Sabine. Das »bizarre Gefühl von Sympathie«, das ich für sie hatte, erscheint mir nur noch wie ein abseitiger Gedanke.

Sie wuselt durch meine Küche. Es tut ihr aufrichtig leid, dass sie mich geweckt hat, doch sie *muss* kochen! Genauer gesagt: Sie muss *vor*kochen. Sie portioniert Bratenfleisch, Knödel und Sauerkraut in Tupperdosen. Die wöchentliche Ration an bajuwarischer Hausmannskost, ohne die ihr Göttergatte Adi nicht überleben kann.

Liebevoll verschnürt sie die Rationen zu einem Paket und watschelt damit zum nächsten Postamt, um es nach Rottau zu verschicken. Ich spiele diverse Szenarien durch, was ihr alles auf dem Weg dorthin zustoßen könnte, finde aber leider keines, das ich für wahrscheinlich halte. Die Frau ist unkaputtbar.

Vier Stunden später schreiten wir durch die riesige Produktionshalle von *Renata*. Andächtig bestaunt sie aus der Nähe die billigen Spanplatten-Fassaden mit ihren ausgeschnittenen Türen und Fenstern und den Plastik-Geranien davor. Sie kann nicht glauben, dass hier ihre Lieblingsserie gedreht wird.

Ein zarter Duft von Alkohol weht uns entgegen. »Gleich biegt Gernot Tellmann um die Ecke«, sage ich. Tellmann spielt den Baron von Papenburg, Renatas moralisch verkommenen Vater, der mit seiner Trunksucht seine Mitmenschen quält. Auch im echten Leben hält sich Tellmann peinlich genau an diese Rolle und wankt uns mit einem Look entgegen, den man am besten mit »Harald Juhnke im Endstadium« auf den Punkt bringt.

»Muss zum Computer«, murmelt er und zieht mit ungelenken Schritten an uns vorbei. Trotz seines Alkoholproblems lässt er es sich nicht nehmen, für seine Fans in einem Internet-Chat zur Verfügung zu stehen. Und zwar in jeder Drehpause sowie drei Mal in der Woche zwischen 18 und 22 Uhr. Wobei er seinen »vielen treuen und treuesten Fans« auf seiner Webseite verspricht, bei besonders großem Interesse bis 24 Uhr zu verlängern. Ein Fall, der allerdings noch nie eingetreten ist.

Die Huber Sabine lässt sich von dieser sonderbaren Begegnung nicht verunsichern und winkt Tellmann freudig erregt hinterher. »Mei, ist das aufregend! Siehst du hier jeden Tag die Stars?!«

Ich nicke abfällig; am liebsten mache ich einen großen Bogen um die »Stars«, sie sind Nervensägen. Nur gut, dass wir bei *Renata* den qualitativen Bodensatz beschäftigen. Schauspieler, die wissen: Niemand ist unersetzlich! Denn es ist nur ein kleiner Schritt vom Telenovela-Star zum Kerl in der Kantine, der die vollgeaschten Teller wegräumt. Kollege Hansi ist exakt diesen Karrierepfad gegangen. Vergangenes Jahr glänzte er noch im *Renata*-Ensemble als Hausmeister vom Gestüt Papenburg, jetzt darf er sich in unserem »Kantinen-Ensemble« als Aufräumer »verwirklichen«. Hansi ist unsere perfekte Drohkulisse für alle aufmüpfigen Schauspieler, weshalb ich alles dafür tun werde, dass er seinen neuen Job noch die nächsten 20 Jahre behalten darf.

»Ich möchte, dass du im Storymeeting still bist wie ein Mäuschen«, sage ich zu ihr, als wir durch den Flur meiner Abteilung gehen.

»Was ist ein Storymeeting?«

»Wir reden über Geschichten. Aber es dürfen nur die den Mund aufmachen, die davon Ahnung haben. Das ist wie beim

Knödelkochen. Man kann viel Unheil anrichten, wenn man sich nicht auskennt.«

»Ich hab schon verstanden, ich soll stad bleiben.«

Endlich, sie hat es begriffen!

»Aber wenn ich nicht stad bleiben kann?«

»Tu's für mich.« Ich knipse ein gewinnendes Lächeln an, das ich eigentlich für attraktive Männer in Bars um vier Uhr morgens reserviert habe. »Wir sind doch jetzt …« Ich suche in meinem Kopf nach etwas, das die Huber Sabine und ich jetzt sein könnten. Wir sind doch jetzt Menschen, die eine absonderliche Laune des Schicksals zusammengeführt hat? WG-Bewohnerinnen? Gemeinsame *Dirty-Dancing*-Guckerinnen? »… so was wie Freundinnen«, sage ich nicht ganz wahrheitsgetreu. Die Huber Sabine strahlt mich an und umarmt mich, bevor ich einen Ausfallschritt tun kann. Ich spüre ihre voluminösen Brüste an meinem Bauch.

»So eine Umarmung ist was Schönes, gell?«

Ich quäle ein Lächeln auf mein Gesicht und dehne die Wahrheit mit einem »Klar« erneut in den Bereich der dreisten Lüge.

20

»FÜR UNSERE JUBILÄUMSFOLGE hatte ich gestern Nacht einen echten Geistesblitz.« Ich teile Kopien meiner Outline an mein Team aus, das sich im Konferenzraum versammelt hat. »Urte, du schreibst das bitte zum Drehbuch um.«

Sie nickt.

»Ich mache dann den letzten Schliff. Lest euch die Outline bitte später durch. Jetzt zu was anderem.« Ich wende mich Yong-Dao zu und bündele meinen Blick. Aus meinen Augen schießen Laserstrahlen, die Stahltüren durchschneiden könnten. »Folge 2497. Deine Liebesgeschichte zwischen Baron von Papenburg und dem Zimmermädchen Loretta.« Yong-Dao wird blass. Kein Wunder, mein Laserblick würde selbst Iron Man zur zersägten Jungfrau machen. Seit Yong-Dao von Friedhelm »genötigt« wurde, sich für meinen Job zu bewerben, fühle ich mich genötigt, ihm nur noch meine unbarmherzige Seite zu zeigen: »Warum, mein lieber Yong-Dao, verliebt sich ein hübsches Mädchen Anfang 20 in einen 50-jährigen Baron, der aussieht wie 70 und riecht wie 90? Ich spüre da keine Emotionalität in den Figuren!«

»Aber er ist doch ein echter Baron«, platzt die Huber Sabine heraus. Auch sie bekommt meinen Laserblick zu spüren. Sie begreift und wendet sich wieder dem Stapel *Echo der Frau* zu, den ich für sie habe besorgen lassen.

»Das ist grandios!« Statt sich auf meine Frage zu konzentrieren, überfliegt Yong-Dao meine Jubiläumsfolge.

»Danke. Lass uns über den Baron reden.«

»Ich verneige mich vor deinem Talent, Charlotte!«

»Können wir jetzt weitermachen?«

»Nur eine Frage: Ist es wirklich die richtige Idee für eine Jubiläumsfolge, dass die Hauptfigur tablettensüchtig wird und einen Selbstmordversuch unternimmt?« Plötzliche Stille im Raum. »Ist es wirklich die richtige Idee?« – Nicht nur für meine Ohren klingt es so, als hätte der Krümel gerade den Kuchen herausgefordert. »Ich spüre da keine Emotionalität in der Figur«, ergänzt Yong-Dao – und spielt mir meinen Lieblingsspruch lächelnd zurück.

»Selbstmord? Renata?!« Die Huber Sabine lässt aufgeschreckt die Fotostrecke über Victoria von Schweden und ihren Ehemann, Fitnesstrainer Daniel, sinken.

»Selbstmord – passt das zu einem Liebesengel?«, fragt Yong-Dao.

»Selbstmordversuch!«, korrigiere ich. »Leute!« Ich werde energisch. »Sie kann doch nicht nonstop Paare verkuppeln und einem dämlichen Stallburschen hinterherrennen. Es muss doch mehr geben in ihrem Leben als den Liebesschmus.«

Maren, eine unserer Storyeditorinnen, meldet sich vorsichtig: »Ich habe das Gefühl, seit ein paar Monaten ist unsere Renata ganz schön deprimiert.«

»Erst ihre Kleptomanie.«

»Dann ihr Ausraster mit der Heugabel.«

»Jetzt ein Selbstmordversuch.«

Mein Team trägt die Ereignisse der vergangenen Monate vor, und langsam dämmert es mir: Nicht jeder im Raum scheint meine Einschätzung zu teilen, dass ich gestern Nacht einen Geistesblitz hatte.

»Vielleicht würden sich unsere Zuschauerinnen über eine Renata freuen, die auch mal wieder lächelt«, sagt Yong-Dao, und die Huber Sabine ergänzt:

»Vielleicht kommt das von deinem Liebeskummer mit dem Marius.« Sie spielt Seelsorgerin und legt ihre Hand auf meinen Arm.

»Ach, das ist doch alles Quatsch!«, stelle ich klar. »Ich möchte, dass wir uns jetzt über Folge 2497 unterhalten!«

»Wäre es nicht wichtiger, doch über unsere Hauptfigur zu reden?«, fragt Yong-Dao.

Ich fixiere ihn wieder mit meinem Laserblick, der ihm ins Gedächtnis brennen soll, dass er vor drei Jahren noch Kaffeekoch-Praktikant bei *Lenzen & Partner* war und dass ich es war, die Friedhelm vorgeschlagen hat, ihn als meinen Stellvertreter zu *Renata* zu holen. Mein Blick soll ihn an seine wesentlichen Aufgaben bei *Renata* erinnern: mir den Rücken freihalten, meine Arbeit lobpreisen, über meine Witze lachen! Mein Blick scheint ihn auch heute zu beeindrucken: Rote Flecken sprießen auf seinem Hals.

»Ich war ja letzte Woche mit Friedhelm essen«, sagt er nervös, aber mit wachsendem Selbstbewusstsein, »und er wünscht sich, dass ich mehr Verantwortung übernehme. Mir ist das schrecklich peinlich, ich bin schließlich nur der Stellvertreter. Who the fuck am I?«

Who the fuck are you? Du bist eine hinterhältige Kröte, die mit Friedhelm essen geht, das bist du! Und jetzt fängst du auch schon an, genauso albern wie Friedhelm zu sprechen. »So, Yong-Dao!« Ich stehe voller Entschlossenheit auf und beuge mich zu ihm rüber. »Ich möchte jetzt, dass wir über deine Liebesgeschichte zwischen Baron von Papenburg und dem Zimmermädchen Loretta reden. Habe ich mich klar genug ausgedrückt?«

»Charlotte«, er lächelt mich liebenswürdig an, »niemand will dir ans Bein pinkeln.«

Doch, genau das tust du. Dein dicker Strahl wässert gerade mein Knie!

»Ich möchte aber trotzdem, dass wir über Alternativen für unsere Jubiläumsfolge nachdenken«, sagt er unbeeindruckt davon, dass ich immer noch vor ihm stehe. »Jemand Ideen? Anyone?«, fragt er in die Runde, immer noch mit Flecken am Hals. Das sind keine Angstflecken, nein, der Kerl ist in Putschlaune!

Die anderen lassen ihre Blicke verunsichert zwischen ihm und mir hin- und herwechseln. Wer hat hier im Raum das

Kommando? Dies ist ein archetypischer Moment, fast wie aus einem Tierfilm. Vor meinem geistigen Auge betritt Tierexperte Heinz Sielmann den Raum und kommentiert mit nasaler Unaufgeregtheit die Situation:

SIELMANN

Ein junger Schimpanse hat sich provozierend auf den Lieblingsast der geachteten Herdenführerin gesetzt. Wie wird die Anführerin der Herde auf den neuen Rivalen reagieren?

Mein innerer Sielmann formuliert gerne Fragen, liefert aber selten Antworten. Weshalb mein Hirn ohne Sielmanns Hilfe mögliche Szenarien durchspielen muss:

Szenario eins: Die Herdenführerin gibt klein bei. Sie lässt den Rivalen auf ihrem Lieblingsast sitzen. Ein Zeichen der Schwäche. Die anderen Schimpansen der Herde werden schon bald über sie herfallen und sie mit Kot beschmeißen. Auch bei Affen ein Zeichen von mangelnder Sympathie.

Szenario zwei: Sie kämpft um ihren Ast.

»Charlotte«, höre ich Yong-Daos tadelnde Stimme, »möchtest du dich auch an der Diskussion beteiligen? Setz dich doch ruhig.«

Die Würfel sind gefallen: Szenario zwei! Ich werde Yong-Dao von meinem Ast schubsen! Ich setze mich in aller Ruhe. »Selbstverständlich werde ich mich an der Diskussion beteiligen. Aber wenn ich eine schöne Idee habe, bitte nicht gleich *abklatschen*!«, antworte ich mit der größten Liebenswürdigkeit, die ich aufbieten kann.

Grinsen und Gelächter im Raum. Yong-Daos Miene versteinert. Ich habe auf den traurigen Tiefpunkt seines 29-jährigen Lebens angespielt, der immer Tiefpunkt bleiben wird, ganz egal, in welches Fettnäpfchen er noch hineintritt. Yong-Dao war vor sechs Monaten Kandidat bei *Wer wird Millionär?*. Die meisten Kandidaten lächeln erfreut, wenn sie eine Frage richtig beantworten. Der eine oder andere Kandidat zeigt dem Publikum eine Siegerfaust. Und es gibt den Kandidaten Yong-Dao, der nach Beantwortung der 8000-Euro-Frage mit einem lauten »Yeah!« aufspringt, um mit Günther Jauch ein cooles »High Five« zu machen. Nur dass Günther Jauch keine Lust hat, mit ihm abzuklatschen und sich von ihm wegdreht, was Yong-Dao leider zu spät bemerkt – sodass seine Tatze krachend im Gesicht des Moderators landet. Günther Jauch geht taumelnd zu Boden und sitzt erst nach einem außerplanmäßigen Werbebreak wieder auf seinem Stuhl. Mit einer dicken Beule am Kopf, aber ohne Yong-Dao als Kandidaten. Die Bildzeitung und Millionen von Internetusern haben Yong-Dao nicht vergessen und ihm als »Yong, der Jauch-Klatscher« auf Titelseiten, in YouTube-Clips und sogar auf T-Shirts ein Denkmal gesetzt.

»'tschuldigung, jetzt beteilige ich mich an der Diskussion«, sage ich mit unschuldigem Lächeln. »Ich brauche auch keinen Telefonjoker, Herr Jauch.«

Wieder Gelächter im Raum. Endlich fällt auch bei Sabine der Groschen: »*Sie* waren das? Beim Herrn Jauch? Ja, das hab ich auch gesehen.« Sie kichert. Zum ersten Mal an diesem Tag bin ich für ihren Wortbeitrag dankbar.

Yong-Daos Gesicht wird fahl. Die Flecken an seinem Hals leuchten inzwischen wie meine abgelegte Lippenstiftfarbe Neon Purple. »Wir hatten doch ausgemacht, dass wir nicht darüber reden«, stößt er gedemütigt hervor. Seine Mundwinkel sind schaumig vor Aufregung. Sehr uncool.

SIELMANN

Die Herdenführerin hat den Rivalen angegriffen. Er taumelt. Gleich wird er von seinem Ast fallen.

Ich habe ihn unterhalb der Gürtellinie attackiert und schäme mich, wenn auch nur ein bisschen. Er hat angefangen!

»Ich war im Januar in Thailand, da kennt man den YouTube-Clip auch«, feixt Benno.

```
                SIELMANN
        Auch rangniedere Tiere aus der
        Herde attackieren nun den Rivalen.
```

»So what?!« Yong-Dao springt plötzlich von seinem Stuhl auf und schaut in die Runde. »Gut, ich habe mich total lächerlich gemacht. Und die Welt hat zugesehen. Na und?!«

Ich bin irritiert. Hat er eine Therapie gemacht, nimmt er Koks? Woher kommt dieser souveräne Umgang mit seinem Trauma? Wieso kann er mir plötzlich mein schärfstes Schwert aus der Hand schlagen?

»Hat jemand ein Problem damit, dann soll er es jetzt sagen. Also? ...« Fordernd schaut er in die Runde. Stille. Niemand hat ein Problem damit – warum auch?

```
                SIELMANN
        Der Rivale hat den Angriff pa-
        riert. Er ist auf dem Ast sitzen
        geblieben.
```

»Schön«, sagt Yong-Dao. »Dann können wir jetzt endlich über die Jubiläumsfolge reden.«

»Moment, wir sind noch nicht fertig!«, platzt mir der Kragen. »Seit Tagen sägst du an meinem Stuhl, bewirbst dich auf meinen Posten, paktierst mit einer Putzfrau!«

»Putzfrau?«

»Du hast gesagt, es gäbe einen zweiten Ausgang. Es gibt keinen zweiten Ausgang!«, schleudere ich ihm entgegen und freue mich bereits auf seine kläglichen Ausreden.

»Doch, natürlich gibt es einen zweiten Ausgang. Er befindet sich in der Teeküche.« Die anderen nicken zustimmend. »Aber ich fürchte, da kommst du selten hin. Du ziehst es schließlich vor, dir den Tee von uns zubereiten zu lassen.« Wieder nicken die anderen. Mein Mund öffnet sich und möchte eine schlagfertige Gegenrede formulieren, doch mein Hirn versagt ihm den Dienst. Touché!

SIELMANN

Die Herdenführerin ist unterlegen.

Der Revierkampf ist entschieden, mein Schicksal besiegelt. Mein innerer Sielmann verlässt den Raum, es gibt nichts mehr zu kommentieren. Ich spüre, wie die Blicke der anderen auf mir liegen. Sogar die Huber Sabine schaut mich mitleidig an. So tief bin ich gesunken! Der Impuls, mich im Unterholz zu verkriechen und meine Wunden zu lecken, durchfährt mich.

»Ich fand deine andere Jubiläumsfolge auch sehr schön, Charlotte«, sagt sie tröstend.

»Welche andere?«, frage ich.

»Da ist doch noch eine andere Jubiläumsfolge auf deinem Computer. Da, wo der Florian die Renata küssen will.«

Jetzt verstehe ich – und es missfällt mir. Sie erzählt der Runde von *ihrer* Jubiläumsfolge, dem Text, den sie unter dem unheilvollen Einfluss einer Überdosis Prinzregententorte in meinen Laptop gewurstfingert hat.

Ich beuge mich zu ihr und flüstere scharf: »Sei still!«

»Ich wollt ja nur helfen«, murmelt sie.

»Florian versucht, Renata zu küssen?«, hakt Yong-Dao nach.

»Ach!« Meine Hand macht eine Bewegung, die maximale Verachtung zum Ausdruck bringt.

Er überlegt. »Warum eigentlich nicht? Unsere Zuschauer warten jetzt seit einem gefühlten Jahrhundert darauf, dass die zwei zur Sache kommen.«

»Vergesst es einfach«, sage ich.

»Ich würde das gerne mal lesen«, sagt er.

»Ich auch«, ergänzt Urte schüchtern.

Ich grinse in die Runde. »Leider ist alles schon gelöscht – und ich kann mich an absolut nichts mehr erinnern.«

»Aber du hast es doch ausgedruckt«, sagt die Huber Sabine.

»Nein, habe ich nicht.«

»Aber ich hab's doch gesehen. Du hast es in deine Jackentasche gesteckt.«

»Nein, habe ich nicht.«

»Aber es steckt in deiner Tasche.«

»Nein, tut es nicht.«

»Charlotte, warum schaust du nicht einfach in deiner Jackentasche nach?«, fragt Yong-Dao und wird von den fordernden Blicken der anderen unterstützt. Man glaubt mir nicht. Ich komme mir wie eine Diebin vor, die vor dem Kaufhausdetektiv die Taschen ausleeren muss. Aber wenn es hilft, allen zu zeigen, dass keine Alternativversion in meiner ... Meine Hand zieht zwei gefaltete DIN-A4-Blätter aus meiner Jackentasche.

»Ah siehst, hab ich es doch richtig gesehen«, freut sich die Huber Sabine. Sie muss mir die Blätter in die Tasche gesteckt haben, als wir uns umarmt haben. »Ganz verkalkt bin ich halt doch nicht.« Sie zwinkert mir fröhlich zu, am liebsten würde ich ihr die Dauerwelle vom Kopf reißen.

21

YONG-DAO IST SEIT ZEHN MINUTEN über den Text gebeugt, wir sehen nur seinen roten Wuschelkopf. Fünf teuer bezahlte Medienschaffende, zwei unbezahlte Praktikanten und eine vollkommen überbezahlte bayerische Hausfrau blättern gelangweilt in *Echo-der-Frau*-Heftchen und müssen auf sein Urteil warten. Ich erfahre, dass Prinz Daniel von Schweden Basketball, Fußball, Eishockey und Motocross zu seinen Hobbys zählt, und mache mir zugleich Vorwürfe: Ich hätte sofort klarstellen sollen, dass nur der erste Teil des Textes von mir ist. Sogar ein Yong-Dao wird erkennen, dass der zweite Teil von jemandem geschrieben wurde, dessen Sprachvermögen das Niveau einer Twitternachricht von Bruce Darnell hat.

Yong-Dao schaut von seiner Lektüre auf. Sein Gesicht formt ein breites Grinsen: »Wow!!!«

Ich mache erneut meine maximal verächtliche Handbewegung.

»Nein, nein, nein. *So* stelle ich mir eine Jubiläumsfolge vor. Und alles so warmherzig formuliert.« Er liest: »›Die wunderschöne Renata trägt Liebe in ihrem sanften Herzen.‹ – Charlotte, das ist … wow!«

Ich beginne mich über seinen Enthusiasmus zu wundern. Was bezweckt er damit? Warum lobt er die Rivalin?

Die Huber Sabine beugt sich stolz zu mir und flüstert: »Vielleicht hab ich ja wirklich Talent.«

»Ich bin allerdings wirklich überrascht vom Wendepunkt am Schluss«, sagt Yong-Dao. »Aber echter Knaller!«

Ich nicke. Mit Nicken fährt man gut im Leben, auch wenn man keine Ahnung hat, wovon die Rede ist. Was für ein Wendepunkt? Welcher Schluss? Vielleicht hätte ich ihren Text doch zu Ende lesen sollen. »Welchen Wendepunkt genau meinst du denn, Yong-Dao?«

Er lacht amüsiert. »Du verarschst mich! Das hier hast *du* geschrieben?«

Ich zögere. Die anderen schauen mich an. Warten auf eine Antwort.

»Charlotte?«

Szenario 1: Ich erzähle die Wahrheit – eine bayerische Hausfrau ist mein Ghostwriter. Nein, schlecht fürs Image!

Lieber Szenario 2: »Jedes Wort von mir«, sage ich und lächle.

»Respekt!« Yong-Dao schiebt die Blätter hinüber zu den anderen: »Müsst ihr lesen! Total emotional!«

Lobt er mich, um mich kleinzumachen? Was hat er vor? Unauffällig, aber leider vergebens versuche ich, einen Blick auf den Text zu erhaschen.

»Halleluja!« Olaf schnalzt mit der Zunge.

»Alter Verwalter!«, ergänzt Benno mit hochgezogenen Brauen.

»Ich bin berührt«, sagt Urte.

Yong-Dao springt erneut von seinem Stuhl auf: »Das müssen wir sofort mit Friedhelm bekaspern.«

»Friedhelm ist im Urlaub«, sage ich.

»Ja und?«, fragt er.

»Man kann ihn nur auf seinem Privathandy erreichen. Nicht mal ich habe die Nummer.«

Yong-Dao hält mir lächelnd sein iPhone mit Friedhelms Nummer entgegen: »Muss mir das peinlich sein?«

Ich frage mich, was mich nervöser machen sollte: die Tatsache, dass Yong-Dao Friedhelms private Handynummer besitzt, oder dass ich immer noch nicht die leiseste Ahnung habe, was am Ende von Folge 2500 passiert?

22

»DANN SPUCKT SIE MAL AUS, eure geniale Idee!« Telefonkonferenz. Friedhelms Stimme scheppert ungeduldig aus dem schwarzen Plastikding, das wie ein Mini-UFO auf dem Konferenztisch thront und mich an Senso erinnert, jenes Kinderspiel mit vier abwechselnd aufleuchtenden Farbfeldern, das in keinem pädagogisch ambitionierten Kindergarten der Achtziger fehlen durfte.

»Wo bist du denn eigentlich im Urlaub?«, frage ich.

»Sorry, ich kann jetzt gerade schlecht reden«, antwortet er. Normalerweise brüstet er sich immer gerne mit den Namen seiner exklusiven Ferienorte, doch heute ist er seltsam zugeknöpft.

»Ich habe da wirklich eine schöne Idee für unsere Jubiläumsfolge.« Yong-Daos Spucketropfen landen auf dem schwarzen Ding.

Hat er gesagt »ich«? Versucht er gerade meine Idee als seine zu verkaufen? Meine Idee, die eigentlich die Idee der Huber Sabine ist, nur, dass er das nicht weiß.

»Florian und Renata kommen endlich zur Sache«, säuselt Yong-Dao begeistert in das schwarze Ding, und Friedhelm trompetet begeistert zurück:

»Ihr wisst: Ich bin immer dafür, dass ein Mann und eine Frau zur Sache kommen.«

»Aber es kommt noch besser«, sagt Yong-Dao. »Am Ende der Folge habe ich einen genialen Wendepunkt für dich!«

Das ist allerdings nicht *dein* Wendepunkt, Sackgesicht! Das also bezweckst du: Du willst dich mit meinen Federn schmücken. Energisch ziehe ich das schwarze Ding in meine Richtung: »Hallo, Friedhelm, die Jubiläumsfolge stammt natürlich von mir. Yong-Dao, gib mir mal meine Outline, ich möchte das gerne selbst vortragen.« Bevor er antworten kann, habe ich ihm die Outline der Huber Sabine aus der Hand gerissen. Ich versuche, mich in dem Text zu orientieren: »Jedenfalls, Florian lädt Renata mitternachts in den Stall ein … Geheimes Rendezvous … Der ganze Stall mit Rosen geschmückt …«

»Und dann kommen die beiden zur Sache. Habe ich verstanden.« Friedhelm ist heute wirklich ungeduldig. »Wo ist jetzt der geniale Wendepunkt?«

»Genau, der kommt ganz am Ende der Folge … Renata und Florian … wollen sich küssen, doch dann … geht die Stalltür auf … und in der Tür steht Renatas letzter Freund … letzter Freund?!«

»Ihr letzter Freund?«, echot es ebenfalls überrascht aus dem schwarzen Ding.

»Da muss ich mich wohl verschrieben haben«, sage ich. »Ihr letzter Freund war schließlich Johannes von Papenburg.«

»Richtig! Johannes von Papenburg!«, triumphiert die Huber Sabine. »Hallo, Herr Dr. Georgis, hier ist übrigens die Sabine Huber.«

»Ja, ja, hallo! Der Johannes von Papenburg, der von Marius Nachtweih gespielt wird?«

»Nein, nein, das ist natürlich Quatsch«, sage ich.

Friedhelm überlegt. »Marius Nachtweih. Die letzte Marktforschung hat gezeigt: Frauen lieben den Nachtweih. Da hatten wir ihn leider schon abgefackelt, denn du wolltest bekanntlich einen Knalleffekt, Charlotte.«

Trotz meiner plötzlichen Schockstarre zwinge ich einen locker-leichten Tonfall in meine Stimme: »Wir alle wissen: 4,7 Millionen Zuschauerinnen haben Johannes von Papenburg als lebende Fackel gesehen. Er ist verbrannt, verkohlt, zu Asche geworden – und mit ihm natürlich auch Marius Nachtweih.«

»Ich fand den Marius immer schon wahnsinnig sexy«, meldet sich die Praktikantin, deren Namen ich mir immer noch nicht merken kann. Und nun auch nicht mehr merken werde, denn ich werde sie bei nächster Gelegenheit feuern!

»Ich auch«, sagt Maren.

»Oh ja!«, haucht Urte.

Friedhelm lacht. »Alle Weiber finden ihn scharf! Geiler Einfall, Charlotte!«

»Aber alle haben seine Asche gesehen!«, versuche ich den Geist einzufangen, den die unselige Huber Sabine aus ihrem kitschverseuchten Hirn herausgelassen hat. Ich hoffe inständig, dass niemand die Panik wahrnimmt, die in mir aufsteigt und zu einem Tsunami anschwillt. »Stute Bonny hat sogar ihr Geschäft auf der Asche von Johannes von Papenburg verrichtet. Noch nie war eine Figur im deutschen Fernsehen toter!«

»Na und? Bobby Ewing war auch tot und ist wieder aufgetaucht, um es Pamela Barnes in der Dusche zu besorgen«, sagt Friedhelm. »Der Tod ist doch im Entertainment schon lange kein Grund mehr, eine populäre Figur nicht zurückzuholen. Ich sage nur: Jesus Christus. Gekreuzigt. Comeback am dritten Tag.«

»Aber Marius steht uns bestimmt nicht mehr zur Verfügung«, wende ich ein.

»Ich dachte, die Idee kommt von dir?«, wundert sich Friedhelm.

»Natürlich, doch jetzt sehe ich ihre Schwächen.«

»Der Nachtweih kann bestimmt! Habe erst vor Kurzem einen Bettelbrief von ihm bekommen – wegen eines Films auf Esperanto oder so einem Unfug. Der braucht Geld!«, freut er sich, weiß er doch, dass Geldnot schon immer die beste Voraussetzung war, einen Schauspieler von der künstlerischen Qualität einer Rolle zu überzeugen. »Gut! Dann holen wir ihn zurück!«

»Aber …«

»Sorry, ich muss!« Knack. Tut. Tut. Das Gespräch ist zu Ende. Alle nicken sich begeistert zu und fangen an zu tuscheln. Aufregung und Vorfreude im Team, nur nicht bei Charlotte Bredencamp. Ich trete der Huber Sabine unter dem Tisch unsanft gegen das Schienbein und flüstere ihr zu: »Wenn Marius der Jesus ist, bist du der Judas!«

Sie läuft rot an – vor Scham, aber auch vor Euphorie. »Ich hätt wirklich nicht gedacht, dass sich jemand für meine Idee interessiert.«

»Wow, unser Marius kommt zurück.« Urte ist immer noch ganz betört von der Vorstellung.

»Siehst du, was du angerichtet hast!«, zische ich der Huber Sabine zu.

»Jetzt werdet ihr euch jeden Tag sehen!«

»Eben drum!« Meine Hand verkrampft sich zur Faust. Mein innerer Sielmann meldet sich ein letztes Mal:

SIELMANN

Einem rohen Urinstinkt folgend, möchte die gefallene Herdenführerin das artfremde Tier anfallen und in Stücke reißen.

23

»ICH BRAUCHE WIRKLICH NUR eine kurze Auskunft«, sage ich. Ich sehe seine unnachgiebigen Augen und verstehe, es muss sein. »Kann ich nicht wenigstens sitzen?« Wieder diese Augen. So verdient man also 85 Euro in der Stunde. Ich gebe dem fordernden Blick von Dr. Langhans nach und lege mich auf seine Couch. »So schnell hat mich noch kein Mann flachgelegt«, scherze ich. 85 Euro! Dafür erwarte ich, dass er meinen Witz wenigstens mit einem Lächeln quittiert. Doch sosehr mein Blick das Gestrüpp seines Weihnachtsmann-Vollbartes zu durchdringen versucht, ich erahne nur das unbewegte Mienenspiel eines Menschen, der entweder konzentriert zuhört oder sich zu viel Botox spritzen lässt.

»Warum sind Sie zu mir gekommen?«, fragt er mich.

»Empfehlung. Die Frau meines Chefs. Susa Georgis.«

Er nickt.

»Es herrscht da ein gewisser Erwartungsdruck, dass ich Ihnen einen Besuch abstatte, auch wenn ich wirklich nur eine kleine Auskunft brauche«, sage ich. »Ich arbeite für eine Serie. *Renata – Engel der Liebe.* Schon mal gehört?«

»Ich habe keinen Fernseher.«

Wieso überrascht mich das bei diesem Kerl nicht? »Jedenfalls, es gibt da einen Fan, eine Hausfrau. Sie will auch ein Liebesengel sein und versucht, mich mit meinem Exfreund zu verkuppeln.«

»Wie kann ich Ihnen helfen?«

»Mein Leben war in perfekter Ordnung. Bis die Dampfnudel aufgetaucht ist. Ich würde gerne wissen, wie man ihr den Liebeswahn wieder austreiben kann. Vielleicht Tranquilizer? Sedativa? Geben Sie mir einfach ein Rezept, und schon bin ich weg.«

»Ich fürchte, so einfach ist das nicht.«
»Die Frau ist aber gefährlich. Sie spinnt!«
»Wir sollten einen anderen Terminus verwenden.«
»Wenn jemand ballaballa ist – um einen anderen ›Terminus‹ zu verwenden –, wäre ihm da nicht am schnellsten mit ein paar Pillen geholfen? Ich habe gehört, die Psychopharmaka hätten heutzutage kaum noch Nebenwirkungen.«
»Warum veranlassen wir nicht gleich eine Zwangseinweisung der Dame?«
Sarkastisch oder ernst gemeint? Sein unbewegtes Gesicht verrät nichts. Ich beschließe, hoffnungsvoll zu sein: »Ginge das?«
»Natürlich nicht.«
»Habe ich befürchtet.« Ob ich ihn frage, ob er einen Kollegen kennt, der in dieser Beziehung nicht ganz so hüftsteif auftritt? Nein, vergeudete Zeit! Ich richte mich auf und schwinge meine makellos epilierten Beine von seiner abgeranzten Couch. »Ich merke, wir kommen hier wirklich nicht zusammen. 85 Euro?«
»Erzählen Sie mir doch noch ein bisschen von sich und Ihrem Exfreund.«
Oh nein, Freund Kirsche! Wenn du glaubst, dass ich dir jetzt mein Herz ausschütte, bist du schiefgewickelt.
»Wir haben noch 45 Minuten. Wäre doch schade, mir Geld fürs Nichtstun zu geben!« Er lächelt. Dieser Gedanke gefällt mir in der Tat nicht.
»Da gibt's nicht viel zu erzählen«, sage ich.
»Legen Sie sich wieder hin, bitte.«
Missmutig strecke ich mich wieder auf der Couch aus und räkele mich zurecht. Für so viel Geld will ich wenigstens bequem liegen. »Marius war ein gigantischer Fehlgriff. Punkt.«
»Ich verstehe.«
»Gut. Denn mehr gibt's dazu nicht zu sagen.«
»Wie haben Sie sich kennengelernt?«
Ich zögere.
Er schweigt.

»Na, wie man sich eben so kennenlernt. Wie haben Sie Ihre Frau kennengelernt?«

»Hausmusik. Wir spielten im selben Bratschenquartett.«

»Nein, so ganz bestimmt nicht!«

»Sondern?«

»Kurz vor Weihnachten, vor vier Jahren. Ich begleitete eine Freundin auf eine Party, und da stand dieser Typ …« Moment mal! Wo ist hier die Notbremse? Ich steuere mitten auf einen Seelenstriptease zu. Muss man beim Therapeuten eigentlich immer die Wahrheit erzählen? »Jedenfalls, es war seine Geburtstagsparty, und er starrte mich die ganze Zeit an …«

Nein, man muss nicht! Die Wahrheit ist leider, *ich* habe *ihn* angestarrt.

»… irgendwann quatschte er mich an …«

Ich habe *ihn* angequatscht.

»… und er erzählte mir von seiner Theatertournee durch Kuba. Das bemitleidenswerte Leben eines Kleinkünstlers ….«

Ich war schwer beeindruckt und habe spontan meine wenigen Brocken Spanisch herausgekramt.

»… dabei fand ich ihn noch nicht mal attraktiv …«

Ich habe ihn mit den Augen ausgezogen. Natürlich fand ich ihn attraktiv. Besonders heiß fand ich seine zupackenden Unterarme. Ich bin Unterarm-Fetischistin, erwähnte ich das schon? Männer mit dürren Unterarmen haben bei mir keine Chance. Männer wie dieser Therapeut!

»… aber aus irgendeinem Grund blieb ich bis morgens …«

Eigentlich war ich hundemüde an diesem Abend, aber drei Red Bull haben mich wach gehalten.

»… bis neben ihm nur noch eine dürre Rothaarige und eine spanische Logopädin auf der Party waren. Die beiden Mädels waren scharf auf ihn und dachten, sie könnten einfach bei ihm übernachten. Die ganz billige Nummer! Mir war ganz klar, dass sie überhaupt nicht sein Typ waren. Irgendwann dampften sie ab …«

Tatsächlich ist *Marius* irgendwann ins Bett gegangen, und ich habe um acht Uhr morgens mit zwei wildfremden Frauen in seiner Küche gesessen. Jede hat nur darauf gelauert, dass die beiden anderen endlich verschwänden. Nach einer Stunde schleppender Konversation über die Verfehlungen des spanischen Königshauses, die Vorhand von Rafael Nadal und die geplante Kondomserie von Enrique Iglesias hat es mir gedämmert, dass ich hier nachhelfen musste. Ich habe den beiden von Marius' tragischer Multiple-Sklerose-Erkrankung erzählt. Eine dreiste Lüge, aber sie hat funktioniert.

»Es war schon wahnsinnig spät, und irgendwo musste ich ja schlafen …«

Ich hätte leicht ein Taxi nehmen können, habe es aber vorgezogen, mich nur im Slip zu ihm ins Bett zu legen.

»… er nutzte die Situation schamlos aus …«

Ich habe die Situation schamlos ausgenutzt.

»… und so lernten wir uns kennen.«

So haben wir uns tatsächlich kennengelernt.

Er nickt und glaubt jedes Wort. Ein psychologischer Leichtmatrose! Einfach hinters Licht zu führen. Kein Wunder, dass Susa auf ihn steht. »Warum habe ich das Gefühl, dass Sie mir nicht die Wahrheit erzählen?«, fragt er.

»Vielleicht sind Sie ein schlechter Therapeut?«

Er schweigt. Ich hasse dieses Schweigen. Ich nehme mir vor, meine Mitmenschen in Zukunft ebenfalls anzuschweigen, um die Wahrheit aus ihnen herauszupressen. Schweigen ist eine Waffe, effizient wie Daumenschrauben.

»Na gut, ich fand ihn ein kleines bisschen sexy«, gebe ich zu. »Und vielleicht habe ich mich auch ein wenig in ihn verliebt. Aber das war wirklich eine Verirrung. Hilft Ihnen das jetzt weiter?«

»Ja! Sie beginnen, sich zu öffenen. Ich würde Sie gerne nächste Woche wiedersehen.«

»Wieso das denn?«

»Eine seriöse Psychoanalyse braucht 180 bis 250 Sitzungen. Wir sollten uns darüber unterhalten.«

»180 bis 250 Sitzungen?!«

»Ich kann Sie nicht zwingen, aber es täte Ihnen bestimmt …« Ich werde nie erfahren, wie sein Satz zu Ende gegangen ist, denn in diesem Moment habe ich seine Praxis bereits verlassen.

24

DIE PERFEKTE TRAINERIN erkennt Talent und fördert es. Alex' Talent ist seine ungewöhnlich lange, geschmeidige Zunge. Er kann damit seine Nasenspitze berühren. An diesem Morgen leite ich Alex' talentierte Zunge zwischen meine Beine und freue mich darüber, wie sehr er sich ins Zeug legt. Wie ausgewechselt!

In den vergangenen Tagen und Wochen hat seine Leistung nämlich stark nachgelassen. Allzu oft hat er sich nach seinem Orgasmus zur Seite gerollt und vergessen, dass da noch jemand auf der anderen Seite des Bettes lag. Aber heute … Tempi passati!

Während mich Alex mit perfekter Zungenrotation ins Reich der Sinne entführt, grüble ich über den Grund für dieses starke Comeback. Ob sich mein Körper über Nacht wie durch Zauberhand in die siedend heiße Barbiepuppenfigur verwandelt hat, nach der jeder 21-Jährige lechzt? Ein kurzer Blick nach unten genügt: nein, keine Zauberhand. Keine Barbiepuppe, nur Charlotte! Ich beschließe, den Grund für Alex' neuen Enthusiasmus nicht weiter zu erforschen und seinen leidenschaftlichen Einsatz als Kompliment an meine Weiblichkeit zu verstehen. Im Geiste klopfe ich mir auf die Schulter: Das Modell »Alex« funktioniert eben doch.

Sicher, es gab in den letzten Tagen den einen oder anderen Rückschlag. Momente, in denen die Trainerin zweifelte. Wo sie glaubte, sie hätte ihren Schützling auf der falschen Webseite kennengelernt. Bei www.miet-dir-einen-sohn.de oder – treffender – bei www.miet-dir-einen-unselbststaendigen-unreifen-lerngestoerten-sohn.de.

Doch heute zeigt mir Alex, dass er sein Geld wert ist. Genau genommen kostet er mich ja auch gar kein Geld, abgesehen von den Süßigkeiten und Säften, die er regelmäßig aus meinem Vorratsschrank »abgreift«.

Ich erinnere mich an das gestrige Gespräch mit dem Therapeuten. Denke an Marius. Natürlich, Marius hat sich als Freund disqualifiziert. Aber selbst wenn man seine Sexsucht außer Acht ließe: Alex bräuchte den Vergleich mit ihm nicht zu scheuen. Im Geiste lasse ich Marius und Alex zum Dreikampf antreten:

Disziplin Zungenbeherrschung: Klarer Vorteil für Alex. 1:0 für den jungen Mann aus Berlin-Reinickendorf.

Disziplin Konversationsfähigkeit: Alex erhöht auf 2:0. Gut, er hat nicht viel zu sagen. Intellektuelles Brachland. Aber er will sich auch gar nicht mitteilen. Ernste Gespräche sind die Ausnahme, und ihre Niveaulosigkeit ist verzeihbar. So neulich nach dem Roland-Emmerich-Spektakel *2012* bei der müßigen Diskussion, ob die Maya vielleicht doch recht hätten und die Welt im Jahr 2012 untergehen würde. Ganz anders hingegen bei Marius. Mit ihm spielte man immer ein bisschen Maybrit Illner, wobei meine Rolle die der unsympathischen Vertreterin des Establishments war, während Marius grundsätzlich Partei für die Schwachen der Gesellschaft ergriff.

Disziplin Romantik. Ein schwieriger Punkt. Auch hier war Alex bis dato kaum in Erscheinung getreten. Terra incognita. Marius hingegen … Ich muss meine Überlegungen zur dritten Disziplin unterbrechen. Alex leistet ganze Arbeit und bringt mich zum Höhepunkt. Erschöpft lasse ich meinen befriedigten Körper in die Kissen sinken. Er verschwindet in der Küche und kommt mit einem Bettfrühstück zurück. Ich bin ergriffen: Das Modell »Alex« funktioniert nicht nur – es ist ein Zukunftsmodell! Ich denke an all die Frauen in meinem Alter, die mich mit Häme überziehen würden: Sich einen 13 Jahre jüngeren Hengst bei poppen.de anlachen, wie kann man nur! Wie erbärmlich! Doch ihre Empörung ist purer Neid. Dieselben Frauen müssen mit ansehen, wie sich der Kerl auf ihrer Couch mit den Jahren in einen Hefekloß verwandelt.

»Musst du heute nicht in die Schule?«, frage ich ihn, während ich versuche, mein steinhartes Frühstücksei zu köpfen. Vielleicht hätte ich ihm sagen müssen, dass man Eier nicht zehn Minuten kocht.

»Scheiß auf die Schule.«

»Aha«, sage ich und entscheide mich schnell, nicht nachzufragen.

»Ich habe endgültig verkackt.«

Ich nicke. Ich will das eigentlich nicht wissen.

»Meine Eltern haben voll den Aufstand gemacht.«

Ich nicke erneut. Die armen Eltern, haben's auch nicht leicht mit so einem Bengel.

»Mein Vater hat mich gekickt.«

»Was heißt das genau?«

»Rausgeflogen bin ich!«

»Ach so.« Eine Frage liegt in der Luft, und ich traue mich kaum, sie zu stellen. »Und wo wohnst du jetzt?«

»Keine Ahnung. Hier?«

Ich lache glockenhell. Ich wusste gar nicht, dass Alex auch Humor hat. Bis mir schlagartig der Grund für sein starkes »Comeback« bewusst wird. Er meint das ernst. Er will *hier* wohnen! Ich lache nicht mehr.

Wir streiten uns. Ich teile meine 115 Quadratmeter bereits mit einer oberbayerischen Hausfrau und ihrem Rauhaardackel. Die Aufnahmekapazität für skurrile Gäste ist damit mehr als erschöpft. Am Ende setze ich mich durch. Jedenfalls ein bisschen: Alex bekommt eine Gnadenfrist von einer Woche. Gott hat die Welt in sieben Tagen erschaffen. Für eine Granate wie Alex müsste es also zu schaffen sein, eine neue Wohnung/Zimmer/Notunterkunft bei Freunden/Klassenkameraden/neuer Fickfreundin zu finden. Damit er merkt, dass ich es ernst meine, setze ich einen »Freundschaftsvertrag« auf, der die Zahl »Sieben«

in doppelt unterstrichenem Fettdruck festhält. Ich komme mir ein bisschen kleinlich vor, als ich ihn den Vertrag unterschreiben lasse, aber er muss begreifen: Die blonde Frau mit der schönen Wohnung meint es ernst! Ich denke erneut über das Zukunftsmodell »Alex« nach. Es hat doch Schwächen.

25

ES IST 23:38, und ein qualvoller Samstag geht zu Ende. Ein Samstag, der schlecht begann und katastrophal endete.

8:45: Ich wache mit starken Kopfschmerzen auf. Neben mir entdecke ich den schlafenden Alex. Ich erinnere mich, er wohnt seit drei Tagen bei mir. Ich schalte mein iPhone an. Eine SMS von Friedhelm aus dem Urlaub, die sich allerdings nicht wie ein klassischer Urlaubsgruß liest: »Marius Nachtweih: Was hast du unternommen?«

Seit dem verhängnisvollen Story-Meeting am Montag habe ich Marius' geplantes *Renata*-Comeback erfolgreich verdrängt und absolut gar nichts unternommen. Ich lese Friedhelms Nachricht ein zweites Mal. Die Kopfschmerzen werden stärker.

9:05: Die Huber Sabine rumpelt in meiner Küche herum. Ich erinnere mich, auch sie wohnt bei mir. Es ist mal wieder Zeit für ein klärendes Gespräch mit ihr: Sie hat eine Porzellanpuppe im »Romantik-Kleid« beim Shopping-Sender QVC bestellt – und natürlich gibt es nur einen adäquaten Platz für die süßlich grinsende Puppe: mein Lignet-Rose-Sideboard.

»In dieser Wohnung dulde ich keine Puppen, Pinguine, Teddybären, verzierten Eier, Jesusfiguren oder alles andere, was dir gefällt«, stelle ich klar.

»Aber heut ist doch ein besonderer Tag«, erwidert sie.

Alex erscheint nur in Unterhose in der Küche – und ich vergesse zu fragen, was am heutigen Tag besonders ist. Ein Fehler, wie sich noch herausstellen wird. Alex' halb erigiertes Glied zeichnet sich unmissverständlich und nicht unbeeindruckend ab. Sabine kichert backfischhaft, dreht sich aber nicht um. Das dekadente Berlin hat eindeutig einen schlechten Einfluss auf sie. Ich habe immer noch Kopfschmerzen.

»Kann ich Tae Bo machen?«, fragt Alex mich.

Ich begreife nicht.

»Frühsport.«

Ich verstehe immer noch nicht.

9:13: Alex trägt ein Muscle-Shirt mit asiatischen Schriftzeichen und eine Ballonseiden-Sporthose mit Knopf-Verschluss, im Jugendsprech »Schnell-Ficker-Hose« genannt. In meinem Fernseher läuft eine DVD: Ein schwarzer Muskelprotz namens Billy Blanks führt Fitnessübungen vor. »Kick, kick, push«, brüllt er. Alex und die 25 Rasseblondinen aus dem Video machen die Übungen nach. »You're a star! You're a superstar!«, schreit Billy. Alex nickt zustimmend. Sein Schweiß tropft auf meinen handgeknüpften Nepalteppich.

9:27: Ich verziehe mich ins Bad, um zu telefonieren. Die Bässe von Alex' Fitnessvideo wummern von ferne. Ob ich Friedhelm einfach so anrufen kann? Er ist immer noch im Urlaub. Aber er hat mir eine SMS geschrieben. Und er hat gesagt, wenn es etwas Wichtiges gibt, kann ich ihn jederzeit sprechen. Am Wochenende, am Heiligen Abend, auf der Beerdigung von Susa. So hat er es wortwörtlich gesagt. Einmal habe ich ihn am Ostersonntag angerufen, und er hat mir ein zweiwöchiges Telefonverbot erteilt.

Tut-Tut … Das Freizeichen. Mein Herz pocht. Ich bin nervös. Nicht nur, weil ich seinen Urlaub störe, sondern auch, weil ich mit ihm über eine Entscheidung sprechen muss, die er eigentlich schon gefällt hat.

Friedhelms Anrufbeantworter. »Doktor Friedhelm Georgis. Nachrichten jetzt.« Seine Stimme ist ungeduldig. Subtext: »Lieber Anrufer, du hast besser einen guten Grund, mir auf die Mailbox zu quatschen.« Vielleicht hätte ich mir aufschreiben sollen, was ich sagen möchte? Ob ich einfach schnell auflegen soll? Aber Friedhelm würde meine Nummer erkennen. In diesem Moment ertönt das unerbittliche Biiiieeep! seiner Mailbox.

»Friedhelm ...« Ich gebe meiner Stimme eine stabile Tonlage. Leider verschlucke ich die letzte Silbe. Mein Friedhelm klingt wie »Friedhm.« – »Fried-helm«, wiederhole ich. So ist es gut! Mario Adorf hätte nicht besser intoniert »Ich störe dich nur ungern in deinem Urlaub. Charlotte hier übrigens ...« Konzentration, Charlotte! Konzentration! »... Wir müssen noch mal über Marius Nachtweih sprechen und ...«

Die Toilettentür wird aufgerissen. Ein hechelnder Alex steht vor mir. »Muss piss...« Ich halte ihm den Mund zu. Mein iPhone rutscht mir aus der Hand und knallt in die Badewanne. »Sorry!«, murmelt er. »Telefonsex?«

Ich schiebe den feixenden Alex aus der Tür und schnappe mir mein Handy: »Entschuldige bitte, Friedhelm. Mein kleiner Bruder ... von dem ich dir noch gar nicht erzählt habe. Wie gesagt, ich würde gerne ...« Biiiieeep. Die Ansagezeit ist abgelaufen.

9:36: In Gedanken formuliere ich eine zweite Nachricht für Friedhelm. Eine Nachricht, welche die Peinlichkeiten der ersten tilgen wird. Eine Nachricht, die rhetorisch so geschliffen sein wird, dass ihr Generationen von Schulkindern andächtig lauschen werden, so wie ich als Schulkind Kennedys »Isch-bin-ein-Berliner«-Rede lauschen musste. Ein Klingeln an der Tür reißt mich aus meiner Fantasie. Eine verärgerte Stimme raunzt mich durch die Gegensprechanlage an:

»Frau Bredencamp, hier Süleyman. Ihr Nachbar von unten.«

Was will der denn? Und vor allen Dingen: Warum steht er nicht vor der Wohnungstür, sondern verwendet die Gegensprechanlage an der Haustür? Herr Süleyman, Vorname unbekannt, lebt seit drei Jahren in der Wohnung unter mir, ist einer der wenigen Türken am Prenzlberg und geht ins selbe Fitnessstudio wie ich. Er ist einer von diesen furchtbar unangenehmen »Jauchzern«. Egal ob beim Spinning-Kurs oder bei Hot Iron, er nervt seine Umwelt mit seinem aufgedrehten Quieken, Wiehern und Jauchzen. Muss man denn der ganzen Welt mitteilen, dass man Freude an der Leibesertüchtigung hat?

»Frau Bredencamp, hören Sie mich?«

»Ja.«

»Haben Sie ein neues Sportgerät oder so was?«

Ich ahne, dass Alex' Stampfen vor meinem Fernseher Süleymans Decke zum Vibrieren bringt. Vermutlich rieselt schon der Putz.

»Das geht nicht, Frau Bredencamp!«

»Na und? Sie quieken ja auch!«

»Was?!«

»Vergessen Sie's!«

»Ich führe jetzt ein Lärmprotokoll gegen Sie.«

9:55: Nur mit Mühe kann ich Alex dazu bringen, sein Fitnessvideo vorzeitig abzubrechen. Die Huber Sabine möchte mir nun endlich miteilen, warum der Tag etwas ganz Besonderes sei. Doch erneut klingelt es an der Tür. Wütend reiße ich die Tür auf. Etwa schon wieder Herr Süleyman?

Ein junger Mann in Uniform überreicht mir einen hübsch dekorierten Fresskorb, so üppig, dass man damit ein ganzes Waisenhaus glücklich machen könnte. »Mit den besten Empfehlungen von Dr. Friedhelm Georgis«, sagt er hübsch lächelnd.

10:05: Tuut-Tuut. »Doktor Friedhelm Georgis. Nachrichten jetzt.« Biiiieeep.

»Fried-helm. Hier ist noch mal Char-lot-te«, sage ich. Oh ja, Mario Adorf wäre stolz auf mich. »Ich habe gerade deinen wun-der-bar-en Prä-sent-korb erhalten. Ich danke dir! Vermutlich möchtest du mir deinen Goodwill demonstrieren! Angekommen!« Ich lese meinen Text von einem Zettel ab. Nichts kann schiefgehen. Wenngleich ich merke, dass meine Aussprache etwas steif gerät. Wahre Könner weichen im richtigen Moment von ihrem Text ab und improvisieren. »Ganz, ganz lecker! Auch wenn ich allergisch auf Pistaziennüsse reagiere«, improvisiere ich. »Aber das konntest du ja nicht wissen«, schiebe ich hinterher. »Auch wenn ich es dir schon öfters erzählt habe, lieber Friedhelm«, ergänze ich etwas beleidigt und beschließe, ab jetzt nur noch vom Blatt zu lesen. »Jedenfalls, ruf mich doch mal zurück. Es geht um Marius Nachtweih.« Sehr gut. Ich bin hart in der Sache, aber verbindlich im Ton. »Tschühüs.« Ich lege auf und ärgere mich über mein viel zu softes »Tschühüs«, das nun nicht mehr rückgängig zu machen ist. Ich habe eine Symphonie mit einem Triangelschlag beendet.

10:13: Edi liegt mir zu Füßen und zerfleischt ein weiteres *Cosmopolitan*-Heft, während ich mir im Bad die Fußnägel lackiere. Ich nehme den Kläffer kaum noch zur Kenntnis. Seit Alex hier wohnt, sehe ich Edi in einem neuen Licht. Der sauberere, vielleicht sogar klügere Mitbewohner. Mein Handy klingelt. Mein Körper spannt sich: Friedhelm!

»Charlotte, hast du mir auf mein Handy gesprochen?« Ich kann ihn kaum verstehen, er flüstert.

»Ja.«

»Sorry, habe die Nachrichten gelöscht. Was gibt's denn?«

»Kannst du ein bisschen lauter reden?«

»Geht nicht. Ich darf eigentlich gar nicht telefonieren. Wenn Susa mich erwischt ...«

»Ich dachte, du bist im Urlaub.«

»Von wegen! Paartherapie! Im Kloster! Ich will eine ehrliche Antwort von dir: Hältst du mich für einen attraktiven Mann? Ganz ehrliche Antwort!«

»Absolut!«, ist meine ganz und gar unehrliche Antwort.

»Siehst du«, sagt Friedhelm, »und Susa behauptet, ich würde

mich zu sehr gehen lassen. Nur weil ich ein Bäuchlein bekommen habe.«

»Fette Wampe«, korrigiere ich im Geiste und frage mich, ob ich mich darüber freuen soll, dass er vor mir die Details seines Ehelebens ausbreitet.

»Ja, ich gebe es zu, mein rechter Zehennagel ist eingewachsen und eitert jetzt«, ergänzt Friedhelm. »Aber das ist doch menschlich!«

Doch, jetzt bin ich mir sicher: Ich will nicht ein Wort darüber hören!

»Aber hast du dir mal Susa angeschaut?«, fragt er mich und lässt mir keine Chance zu antworten: »Nur noch Haut und Knochen!«

»Wirklich? Ist mir gar nicht aufgefallen.«

»Ist die Huber Sabine da?«

»Wieso?« Ich marschiere in die Küche, gebe mein Handy an sie weiter und höre Friedhelms dröhnende Stimme an ihrem Ohr:

»Frau Huber, wie gefällt Ihnen Ihr Präsentkorb?«

Ich spule den Satz im Geiste zurück. Er hat gesagt: *»Ihr* Präsentkorb.«

»Das ist alles für Sie!« Friedhelm lacht mit öligem Charme. Es ist wirklich erstaunlich, in welcher Geschwindigkeit er seine Rolle von Friedhelm, dem gepeinigten Ehemann, zu Friedhelm, dem formgewandten Gebrauchtwagenverkäufer, wechseln kann.

Die Huber Sabine bedankt sich artig für ihr Präsent. Neidisch blicke ich auf den Korb, den ihre Stummelfinger bereits fest umklammern. Ich ärgere mich, dass ich nicht schon zugelangt habe. Sogar die Pistazien hätten mir unter diesen Umständen geschmeckt.

»Ich weiß gar nicht, womit ich so was verdient habe«, sagt sie.

In der Tat! Das frage ich mich auch.

»Sie haben einen fantastischen Einfluss auf Charlotte«, sagt

Friedhelm. »Das Creative Fusing funktioniert! Charlotte hat endlich wieder geniale Ideen. Den Nachtweih zurückzuholen war eine geniale Idee!«

Ehe die Huber Sabine eine Lobeshymne auf Marius anstimmen kann, nehme ich ihr das Telefon aus der Hand: »Genau darüber müssen wir reden, Friedhelm.«

»In der Tat! Der Nachtweih will nämlich nicht zurückkommen«, sagt Friedhelm. »Ich habe vor einer halben Stunde mit ihm telefoniert.«

Ich grinse. »Das ist ja furchtbar!« Ich grinse immer noch.

»Du hast seinen Esperanto-Film zerstört und ihn einen schlechten Schauspieler genannt!« Seine Stimme wird frostig. Ein neues Rollenfach: Friedhelm, der furchteinflößende Bösewicht. »Unsere Quote ist heute schon wieder gesunken. Unter acht Prozent! Da lässt man solche Späße lieber sein.« Seine Stimme wandert jetzt unter den Gefrierpunkt. Autoverkäufer Friedhelm hat sich endgültig verabschiedet. Ich spreche jetzt mit Friedhelm, dem glatzköpfigen Weltbeherrscher und Über-Schurken aus einem James-Bond-Film. Der Typ, der irgendwann im Film seinen inkompetenten Handlanger ins Piranha-Becken schmeißt – und genau dieser Handlanger bin ich.

»Was schlägst du vor?«, frage ich. Zum ersten Mal in diesem Telefonat würde ich gerne wieder über Friedhelms Ehe reden.

»Du entschuldigst dich und holst ihn zurück«, sagt er. »Oder um es auf eine einfache Formel zu bringen: K.i.i.d.A!«

»Ich verstehe nicht.«

»Kriech ihm in den Arsch!«

»Du weißt doch, ich bin eine ehrliche Haut. Menschen in den Arsch kriechen liegt mir nicht.«

»Okay! Kann ich verstehen! Kann ich auch nicht!«

»Gut. Ich bin ehrlich gesagt etwas erleichtert, dass du meinen Standpunkt verstehst. Danke, Friedhelm!«

»Logisch. Du weißt ja, wie wichtig es mir ist, dass du dich mit meinen Entscheidungen wohlfühlst.«

»Schön! Haben wir das geklärt. Sonst noch was?«

»Nein.«

Gut! Ich stoße einen stummen Jubelschrei aus und kann gar nicht glauben, dass ich Friedhelm die Rekrutierung von Marius so schnell ausreden konnte.

»Doch warte!«, sagt er. »Habe ich dir eigentlich schon erzählt, dass wir sparen müssen?«

»Ja.«

»Ich bin mit Dietlef über alle Stellen im Konzern gegangen, und er hat mich gefragt: Warum brauchen wir eigentlich zwei Chefautoren bei *Renata?«*

»Wir haben ja auch nur einen. *Eine!«*

»Ich habe mich gleich hinter dich gestellt. Ich bin auch wirklich gegen so ein Rennen mit Yong-Dao.«

»Was für ein Rennen? Zwischen mir und Yong-Dao? Ihr wollt ihn aber nicht bevorzugen, bloß weil er ein Mann ist?«

»Keine Sorge. Niemand wird rausgeschmissen.«

»Wer redet denn von so was?«

»Niemand!«

»Am Ende schmeißt ihr einen von beiden raus?!« Ich versuche ruhig zu bleiben. Doch Friedhelm beherrscht wie kein zweiter die hohe Kunst, Menschen zu verunsichern.

»Ich bin dagegen, Charlotte! Totally dagegen! Und nur weil Dietlef das in den nächsten zwei Wochen durchboxen will …«

»In zwei Wochen?! Schon in zwei Wochen?!«

»Es gibt keinen Grund zur Panik. Und du weißt: Ich bin für Chancengleichheit! Auch wenn manche Frauen sich wirklich saublöd anstellen.« Er lacht. »Sorry, schlechter Scherz!«

»Wirklich in zwei Wochen?!«

»Jetzt lass uns noch mal wie erwachsene Menschen über den Nachtweih reden. Möchten wir da nicht lieber ein positives Signal an Dietlef senden?«

Ich schweige.

»Charlotte?«

»Ja, gut, ich hole ihn zurück.«

»Danke, Charlotte!« Friedhelm hat wieder gute Laune. Und auch die Huber Sabine nickt zufrieden, sie hat unser Gespräch eifrig mitgehört. Friedhelms Ton wird schlagartig flatterig: »Susa kommt! Ich muss Schluss machen. Wir sprechen uns!«

10:25: Verstört lege ich mein Telefon nieder und ziehe mich auf meinen Balkon zurück. Was für ein wunderbares Dilemma! Wenn ich meinen Job behalten will, muss ich Marius zurückholen. Doch um ihn zurückzuholen, müsste ich ihm in den Arsch kriechen. Was ungefähr so schlimm ist, als müsste sich Deutschland bei den Griechen für Nana Mouskouri und die 100 Milliarden Euro bedanken, die wir in der letzten Wirtschaftskrise an unsere Freunde in Südeuropa überweisen mussten. Kurz: Die Situation ist äußerst unerfreulich. Dennoch muss es einen Ausweg geben. Und ich meine damit: Es muss eine ganz konkrete Lösung geben, welche das gefeierte Gehirn von Charlotte Bredencamp finden könnte, wenn … ja, wenn es heute nicht von infernalischen Kopfschmerzen geplagt würde.

Aus unerfindlichen Gründen erinnere ich mich an unser viertägiges Heilfasten-Team-Event: Susa hat gesagt, wenn sie ein echtes Problem habe, würde sie »in sich hineinhorchen und mit ihren Gehirnarealen kommunizieren«. Ich habe damals zustimmend gelächelt. Eines meiner Gehirnareale hat gleichzeitig das Wort »Eso-Scheiß!« kommuniziert.

Gut, liebe Gehirnareale, in dieser äußersten Notsituation sollt ihr eure Chance bekommen. Teilt mir eure konstruktive Meinung zu meinem Dilemma mit, ich höre zu.

Ich warte, horche in mich hinein, horche weiter, nichts passiert. Danke, Susa, toller Tipp! Ich will mir gerade eine weitere Verzweiflungs-Aspirin einwerfen, da:

AREAL FÜR KARRIEREPLANUNG
Friedhelm hat recht: Kriech Marius in den Arsch!

Okay, das ist ein überraschender Anfang. Sicher noch nicht die Lösung, aber ein Anfang.

AREAL FÜR MENSCHENRECHTE
Er hat dich mit gefühlten 99 Prozent des Teams betrogen. Und jetzt sollst du ihm in den Arsch kriechen?!

AREAL FÜR KARRIEREPLANUNG
Ohne Arschkriechen kein Job! Aus mit Mini Cabrio! Aus mit 115 Quadratmetern im Szene-Kiez! Aus mit Platinum-Mitgliedschaft im Fitnessstudio!

Das Karriere-Areal hat eine quakende Männerstimme. Ich stelle es mir ein bisschen wie Guido Westerwelle vor. Die Stimme des Areals überschlägt sich dramatisch:

AREAL FÜR KARRIEREPLANUNG
Aus mit allem, was einen Menschen ausmacht!

AREAL FÜR DOKUMENTATION
Fakt ist, liebe Charlotte: Du hast es Friedhelm bereits zugesagt. Ich zitiere: »Ich hole ihn zurück.«

GROSSHIRN

```
Ein voreiliges Versprechen. Wann
lernst du, dass solche Entschei-
dungen mit mir abzustimmen sind?
```

Die Huber Sabine steckt ihren Kopf auf den Balkon hinaus und unterbricht meinen fruchtlosen inneren Dialog. »Sieh es als Chance«, sagt sie, als hätte sie der Diskussion lauschen können und als wollte sie nun das Schlusswort sprechen.

Ich würde sie gerne schlagen. Seit es menschliches Leid gibt, sollen Menschen Katastrophen als »Chance« begreifen. Als Gott Adam und Eva aus dem Paradies geworfen hat, hat er sicher auch gesagt: »Bastelt euch Lendenschürze und seht es als Chance!« Nur dass Gott bestimmt »Chance« gesagt hat – und nicht wie die Huber Sabine »Schaaahse«.

»Der Marius und du, ihr wärt so ein schönes Paar«, sagt sie, »und wenn du ihm eine Schaaahse gibst …«

An dieser Stelle platzt mir der Kragen:

»Merkst du nicht, in was für einer Blase du lebst?«, brülle ich sie an.

Sie schaut mich eingeschüchtert an.

»Liebesengel. Große Gefühle. Menschen, die sich bis zum Tod lieben. Das ist doch alles Tinnef!«

»Ich glaub, du bist ein bisserl aufgeregt.«

»Oh ja!«

»Warum?«

»Was du da im Fernsehen siehst, ist …« Ich muss einen Vergleich finden, der ihrem oberbayerischen Intellekt angemessen ist: »… ist wie die Pelle einer Weißwurst. Ohne Inhalt!«

»Ich versteh nicht.«

»Fernsehen ist wie eine Weißwurstmaschine. So weit kannst du mir folgen?«

Sie nickt unsicher.

»Leute wie du haben Sehnsucht nach Liebe und Romantik.

Deshalb kaufen sie Weißwurst.«

»Wieso? Eine Weißwurst kauf ich, wenn ich Hunger auf eine Weißwurst habe.«

»Was ich sagen will, ist: Fernsehen bedient Sehnsüchte. Du wünschst dir, da wäre Weißwurst. Aber da ist keine Weißwurst. Es wird nie eine geben!«

Sie schaut mich fragend an.

»Weißwurst ist eine große Illusion. Es gibt nur Weißwurstpelle. Das ist wie bei Platon und den Menschen in der Höhle. Alles ist Illusion. Okay, das führt jetzt zu weit.«

Die Huber Sabine denkt nach. Vielleicht hat sie ja doch begriffen, was ich ihr sagen will. »Also wir in Bayern sagen ja ›Haut‹ und nicht ›Pelle‹, und die Weißwürste essen wir ja sowieso nur bis mittags und eigentlich essen wir sie nicht, sondern wir zuzeln sie – und im Grunde mag ich sowieso lieber Schweinswürstl.«

Zwecklos! Vollkommen zwecklos!

VEGETATIVES NERVENZENTRUM

Cool down, Charlotte! Dein Magen ist schon wieder ganz nervös.

AREAL FÜR DOKUMENTATION

Wir haben übrigens dein Wurstgleichnis geprüft. Wir hätten da noch ein paar Fragen.

Es klingelt an der Tür. Herr Süleyman? Ein weiterer Fresskorb von Friedhelm für die Huber Sabine? Oder zur Abwechslung ein Geschenk für Alex? Auch er hat ja ganz bestimmt einen »fantastischen Einfluss« auf mich. Ich rechne mit dem Schlimmsten.

Die Huber Sabine schaut auf die Uhr und beginnt zu strahlen: »Das ist er!«

Ich ahne, diesmal reicht es nicht aus, mit dem Schlimmsten zu rechnen.

11:52: Er sitzt an meinem Teakholz-Küchentisch und löffelt seine »Leberknedlsuppn« in sich hinein. Er ist ein Fremdkörper in meiner Küche. In meiner Wohnung. In meinem Viertel. Ja, eigentlich in ganz Berlin. Er ist heute Morgen bereits um fünf Uhr aufgestanden, hat »ritsch, ratsch einen Kaffee geext« und sich dann in seinen 5er-BMW-Jahreswagen gesetzt, um 700 Kilometer von Rottau nach Berlin zu brettern. Unter seinem Schnauz grinst der Huber Adi zufrieden hervor und signalisiert nonverbal: Die Suppe schmeckt ihm. Ich ziehe die Huber Sabine ins Nachbarzimmer.

»Dein Mann kann hier nicht übernachten. Die Wohnung ist voll!«

»Aber der Herr Dr. Georgis hat mir doch gesagt, dass …«

»Ist mir scheißegal!«

»Nur eine Nacht. Morgen fährt er ja schon wieder.«

»Geht ins Hotel!«

Die Huber Sabine beginnt zu weinen. »Ich hab mich doch so auf ihn gefreut. Und außerdem hab ich gedacht, du freust dich, ihn kennenzulernen! Aber ich hab schon verstanden.« Dicke Tränen rinnen über ihre geröteten Wangen. Sie tut mir leid.

»Na gut, von mir aus. Aber nur eine Nacht!«, sage ich. Was passiert mit mir? Die Kopfschmerzen müssen schuld sein.

AREAL FÜR KARRIEREPLANUNG

`Wusste ich's doch! Du fällst um!`

AREAL FÜR MENSCHENRECHTE

`Nein, ich finde, das ist eine große Geste. Mir gefällt dieser neue Zug an dir!`

Überglücklich stellt sie sich auf Zehenspitzen und schlingt ihre dicken Ärmchen um mich. Der Vorwurf, ich sei umgefallen, nagt an mir. Muss ich meinen Gehirnarealen eigentlich die ganze Zeit zuhören, oder darf ich auch mal was sagen?

SPRECHERIN VON CHARLOTTE

Charlotte Bredencamp ist nicht umgefallen. Im Lichte der angestrengten Lage wollte sie vielmehr ein nachhaltiges Signal der Entspannung senden.

Lautes, hämisches Gelächter.

Können Hirnareale lachen?

13:30: Ein üppiges Mahl geht zu Ende. Die Huber Sabine hat groß aufgetischt. Ich gestehe, die bayerische Küche beginnt mir zu schmecken.

»Bei so einem Essen lässt es sich hier aushalten!« Alex fährt sich zufrieden über den Bauch.

Ich sende ihm einen Blick, der sagt: »Noch vier Tage, mein Freund, dann bist du raus aus meiner Wohnung!«

Der doppelte Espresso aus meiner verchromten Nespresso-Maschine macht Adi gesprächig. Wie der Stammesälteste in einem Beduinenzelt teilt er mit uns die Neuigkeiten aus seiner fernen Heimat Rottau: Dem Wasmeir Toni ist das Fahrrad gestohlen worden. Der Dechant Hans hat sich einen Carport gebaut. Und: Der Tchibo im Ort verkauft jetzt »Finger-Schlagzeuge«.

»Wer will denn so was?«, frage ich belustigt.

Im gleichen Moment überreicht mir Adi stolz sein Mitbringsel: ein Finger-Schlagzeug. »Du arbeitest doch im Entertainment, und da habe ich mir gedacht …«

Mit äußerster Anstrengung formen meine Lippen ein »Dankeschön«. Was geht manchen Menschen bei der Auswahl ihrer Geschenke durch den Kopf? Denken sie überhaupt nach? Habe ich jemals einem Bekannten ein vollgerotztes Taschentuch geschenkt, nur weil er Hals-Nasen-Ohren-Arzt ist?

Wie sein angetrautes Weib ist auch der Huber Adi kein Meister des Geschichtenerzählens. Mit viel Wohlwollen könnte man seinen Anekdoten ohne Pointe immerhin etwas Postmodernes bescheinigen. So etwa dem Histörchen über seinen Azubi Mario, einen »echten Sauhund«, der nach einer Schulterverletzung Adis Warnungen in den Wind geschlagen hat und zum Mountainbiken gefahren ist.

»Und was ist passiert?«, frage ich nach und hoffe, das qualvolle Zuhören möge nun mit einem schaurig-schönen Ende belohnt werden. Vor meinem geistigen Auge sehe ich bereits einen Schulterknochen, der sich durch rohes Fleisch bohrt. Sanitäter, die mit einem Helikopter in den bayerischen Alpen landen und sich Kommandos zubrüllen. Einen Azubi, der weint und bereut. Hätte er doch bloß auf den Adi gehört!

»Nix ist ihm passiert«, sagt Adi. »Aber was da alles passieren hätte können!«

17:22: Ich habe mich in mein Schicksal ergeben. Im Fernsehen läuft die Sportschau. Mit heiligem Ernst verfolgt Adi auf Eurosport die Zusammenfassung der historischen Regionalliga-Begegnung TuS Geretsried gegen TSV Ampfing. Seine Anspannung ist übermenschlich und kann nur durch stete Griffe in Sabines Fresskorb gelöst werden. Der Korb ist bereits zur Hälfte geleert. Adis treues Weib assistiert ihrem Gatten und schält eilfertig für ihn die Pistazien.

Ich begreife: Dies ist eine Welt, in der ein Mann noch ein Mann ist und eine Frau eine Servicekraft. Werbepause. Adi geht zur Toilette und übergibt die Fernbedienung der Person seines Vertrauens – Alex.

23:34: Der Tag geht zu Ende. Aus der Kammer der Huber Sabine dringt Kichern und Lachen. Ihr Mann und sie amüsieren sich lautstark. Ob sie sich gerade mit Schweinchenmasken auf dem Kopf gegenseitig auspeitschen? Ich vermute, die Wahrheit ist weniger spektakulär. Sicher liegen sie auf dem Bett und lesen gemeinsam *Fix und Foxi.* In jedem Fall klingen sie glücklich. Unvermutete Traurigkeit trübt meine Laune. Traurigkeit und sogar ein bisschen Eifersucht auf das Glück der Huber Sabine.

AREAL FÜR SELBSTMITLEID

Schau mal, diese schlichte Frau hat die große Liebe gefunden. Und was hast du, einsame Charlotte?

Ich habe Alex! Er liegt neben mir und ist in eine Impromptu-Jam-Session mit meinem Finger-Schlagzeug vertieft. Vermutlich in der Hoffnung, sich hier einen neuen Karrierepfad erschließen zu können.

26

SONNTAGVORMITTAG. Adi hat bereits den Heimweg nach Rottau angetreten. Die Huber Sabine räumt die Küche auf. Sie wirkt seltsam still. »Dein Adi ist aber früh abgefahren.«

Sie nickt stumm.

»Ich dachte, ihr wolltet noch im Reichstag frühstücken gehen?«

Wieder nickt sie.

Ich orte Enttäuschung in ihrem Gesicht. Mein Hirnareal für Klatsch und Tratsch läuft warm. »Aber das Wochenende mit ihm war schön?«

Sie antwortet nicht. Sie will nicht darüber reden.

Aber *ich* will darüber reden, liebe Sabine! Seit zwei Wochen rührst du in meinem Seelenfrieden herum wie in der Tasse Ovomaltine, die du jeden Morgen andachtsvoll zum Frühstück trinkst, als wäre es Lourdes-Wasser. Du musst also verzeihen: Jetzt möchte *ich* mal rühren! »Du wirkst irgendwie niedergeschlagen«, sage ich mit demselben mitfühlenden Unterton, den sie für ihre Marius-Inquisitionssitzungen verwendet. Nur verdeckt er bei mir Schadenfreude. Warum soll es dieser grundheiteren Gemütsfrau nicht auch mal so schlecht gehen wie mir?

»Passt schon. Ich bin nur ein bisserl müd, weil ich schon um sechs Uhr aufgestanden bin, um noch die Wäsche vom Adi zu machen.«

»Darf ich das noch mal zusammenfassen«, sage ich und bohre meinen Finger tiefer in ihre Wunde: »Du bist also extra früh aufgestanden, um seine Dreckwäsche zu waschen und zu bügeln – und er hat noch nicht mal Zeit, mit dir frühstücken zu gehen?«

»Ja, ich bin enttäuscht. Ein bisserl!«

»Aha!« Vielleicht ist die Weißwurst eben doch keine Weißwurst, sondern nur Haut, möchte ich triumphieren, verzichte aber auf das Rechthaben, denn sie wirkt wirklich sehr niedergeschlagen.

»Außerdem … heute ist doch mein Geburtstag.«

»Was?! … Das sagt du jetzt erst?« Ich schüttle ihr etwas steif die Hand und liefere meinen Standardglückwunsch ab: »Kummer, sei lahm, Sorge, sei blind, es lebe das Geburtstagskind!« Sie lächelt müde. Adis plötzliche Abreise muss sie wirklich sehr enttäuscht haben. Plötzlich tut sie mir richtig leid. Es ist wirklich alarmierend, wie leicht ich mich von ihrem Kummer beeindrucken lasse. Ich muss entschieden dagegen ankämpfen, schließlich arbeite ich in einer Branche, in der nichts karrierehemmender ist als Mitgefühl. »Und warum ist er so früh abgereist?«

»Weiß nicht. Er hat nicht reden mögen.«

»Aber vielleicht hättest du ja reden mögen!«

Sie antwortet nicht.

»Du hast dich gestern den ganzen Tag für ihn in die Küche gestellt. Du schickst ihm sogar das Essen mit der Post. Heute ist dein Geburtstag. Ich finde, du darfst ein bisschen selbstbewusster auftreten! Die Kerle verarschen einen sonst nämlich ruck, zuck.«

»Ich mag ihm doch nichts vorschreiben! Und außerdem: Er hat mich ja extra zum Geburtstag hier in Berlin besucht. Er wollt halt nur nicht frühstücken.«

»Nein, nein, wir nehmen ihn jetzt nicht in Schutz. Dann gehen *wir* eben frühstücken«, sage ich aus einer Laune heraus. Vielleicht liegt es auch daran, dass mir eine glorreiche Idee kommt: »In den Reichstag!«

Ihre Miene hellt sich auf. »Wirklich?«

Wie sich herausstellt, muss unsere Frühstücksidee gestrichen werden. Man muss ungefähr ein Jahr im Voraus Plätze reservieren, um im Restaurant des Reichstags zu frühstücken. Eine gigantisch lange Menschenschlange windet sich aus dem Gebäude, das mich mit seinem pseudoantiken Rumpf und seiner modernen Glaskuppel immer an eine greise Frau mit riesiger Silikonbrust erinnert.

»Wollen die alle frühstücken?«, fragt sie.

»Nein. Der Reichstag hat viele Attraktionen.«

»Ja, klar, das Parlament.«

»Richtig!« Ich erkenne meine Chance, meine Idee zu verwirklichen: ein Crashkurs in Emanzipation. »Und wer wählt unser Parlament, Sabine?«

»Du stellst heute Fragen. Ja wir!«

»Goldrichtig! Wir! Männer und Frauen!« Es wäre doch gelacht, wenn ich der Huber Sabine heute nicht eine kleine Lektion erteilen kann. Ich bin zwar nicht Alice Schwarzer, aber frühmorgendliches Aufstehen, um dem holden Gatten die Unterhosen zu bügeln, geht gegen meine solidarische weibliche Ehre. Sie schaut mich mit leerem Blick an. »Männer *und* Frauen!«, wiederhole ich.

»Der Adi und ich gehen nicht mehr zur Wahl, denn der Bürgermeister von Rottau bringt sein Auto nicht mehr in die Werkstatt vom Adi.«

»Frauen – wir! – haben für unser Wahlrecht lange und unter Opfern gekämpft.« Wie eine Jeanne d'Arc balle ich kämpferisch die Faust und werfe einen hastigen Blick auf meinen Wikipedia-Ausdruck. »Im Januar 1919 durften wir zum ersten Mal in Deutschland wählen. Verstehst du, was ich damit sagen will?«

Die Huber Sabine ist sich nicht sicher, was ich ihr damit sagen will, und wirft Edi einen Hilfe suchenden Blick zu. Auch er ist sich nicht sicher, was ich damit sagen will.

»Wir haben nicht für unser Wahlrecht gekämpft, damit wir hundert Jahre später unseren Männern die Pistazien schälen.«

Wieder diese absolute Leere in ihrem Blick. Ich ahne: Meine Aufbereitung des Themenkomplexes »Gleichberechtigung, Emanzipation und Feminismus« ist zu akademisch geraten. Wie würde RTL2 diesen Gegenstand anpacken?

Manfred und Ramona blicken uns aus dunklen Augen an. Die beiden Schabrackenhyänen des Berliner Zoos sind echtes Nischenprogramm. Die Horden von Kindern, die in die große Raubtierhalle strömen, schenken ihnen nur wenig Beachtung und laufen sofort zur Hauptattraktion der Halle, zu Ludwig II., einem ausgewachsenen Löwenmännchen mit prachtvoller Mähne. Was für ein Poser!

»Schön sind's nicht«, bemerkt die Huber Sabine und mustert das ausgebleichte Fell der beiden, das an einen abgetretenen Teppichläufer erinnert.

»Wusstest du, dass bei den Hyänen das Weibchen der Boss ist?«

»Nein.«

»Was will uns das sagen?«, frage ich und schreite sogleich zur Antwort: »Es ist kein Naturgesetz, dass wir den Männern dienen. Bei den Hyänen bekommt immer das Weibchen den ersten Brocken Fleisch.«

»Lernst das alles im Biologiestudium?«

»Sogar das höchstrangige Männchen ist dem niedrigstrangigen Weibchen sozial unterworfen. Ramona würde niemals auf die Idee kommen, ihrem Manfred die Unterhosen zu bügeln, kapierst du? Also jetzt im übertragenen Sinn.«

Sie lacht, vermutlich über die Vorstellung einer bügelnden Hyäne.

»Von der Hyäne lernen heißt siegen lernen«, sage ich.

Plötzlich hat sie an den Tieren etwas entdeckt. »Das ist auf jeden Fall der Manfred!« Sie deutet kichernd in das Gehege.

»Nein, das ist Ramona. Du erkennst sie an den Zitzen.«

»Aber der hat doch einen ...«

»*Sie* hat einen Pseudo-Penis. Sieht aus wie ein Penis, ist aber eine Klitoris. Einzigartig bei Säugern. Männchen haben keine Chance, sich mit dem Weibchen zu paaren ohne dessen vollständige Kooperation. Wie gesagt, von der Hyäne lernen …«

Ramona ist nur einen Meter von uns entfernt. Hinter ihren Gitterstäben zerbeißt sie einen Knochen und stört sich nicht daran, dass wir ihr genau zwischen die Beine schauen. Die Huber Sabine studiert fasziniert Ramonas behaarten Pseudo-Penis. Ein echter RTL2-Moment. Das Kunststück ist vollbracht.

»Wenn man so lange verheiratet ist, hat man dann eigentlich noch Spaß im Bett?«

Es ist bereits spätnachmittags, und wir haben endlich ein schattiges Plätzchen im Café des Zoos gefunden, um ein verspätetes Frühstück zu bestellen. Trotz drückender Hitze mussten die Huber Sabine und Edi sich nach den Hyänen noch unbedingt 20 weitere Tierarten anschauen. Höhepunkt des langen Nachmittags war der unvermeidliche Eisbär Knut, der sich in nichts von anderen Eisbären unterscheidet und dessen ausgestellte Trägheit mich an die Typen aus dem *Big-Brother*-Container erinnert, die ja bekanntlich auch fürs Nichtstun Ruhm ernten.

»Du stellst ja Fragen.« Sie lacht verschämt. »Spaß im Bett?« Sie überlegt. »Die Luft ist halt ein bisserl raus. Man wird nicht jünger.« Die Heiterkeit verschwindet aus ihrer Stimme. Wehmütig, fast traurig nippt sie an ihrem Geburtstags-Prosecco. Sie zeigt mir ihren alten Führerschein. Ein Foto von ihr, als sie 20 Jahre jünger war und 20 Kilo weniger wog. Ich bin überrascht, wie hübsch sie mal war. »Ich bin viel zu dick!«, jammert sie.

»Die Männer in Bayern mögen doch was zum Anfassen!«

»Beim Adi bin ich mir da fei nicht sicher. Und er ist doch noch so fesch! Aber ich …« Sie stockt. »Ich hab schon so viele Diäten probiert. Nichts hilft!«

Ich nicke verständnisvoll und versuche zu übersehen, dass sie gerade einen dicken Tortenhappen mit Sahne in ihren Mund wuchtet.

»Die Männer schauen mich nimmer an!« Ihre Augen werden feucht. Ich befürchte einen selbstmitleidigen Gefühlsausbruch und bereue meine indiskrete Neugier, die allerdings tatsächlich von aufrichtigem Interesse getrieben wurde. Ich kann mir einfach nicht vorstellen, wie man mit ein und demselben Mann 25 Jahre lang Spaß im Bett haben soll. »Dabei schau ich die Männer schon noch gern an«, sagt sie. Sie hat sich wieder gefangen und zeigt auf den wohlgeformten Hintern unseres jugendlichen Kellners. »So was nennen wir in Bayern einen Stockerl-Hintern.« Ich grinse und bin froh, dass die gute Laune in den Zoo zurückgekehrt ist. »Und jetzt, Charlotte, trink aus!« Sie ruft den Stockerl-Hintern-Kellner zum Zahlen herbei. »Du hast mich heute den ganzen Tag eingeladen. Ich hab da was in der Zeitung entdeckt, eine Überraschung.«

»Ich muss aber heute Abend – äh – noch unbedingt meine Wäsche waschen.« Ich ärgere mich über meine lasche Ausrede. Für Fälle wie diese habe ich doch eigentlich mehrere kraftvolle Notlügen parat. Darunter die angeblich lebensrettende Knochenmarkspende für eine todkranke Freundin.

»Ich dacht, ich soll eine Hyäne sein?«

»Wieso?«

»Weil ich mich heut was trauen werd, was ich schon immer machen wollt.«

»Aha. Was hast du denn da in der Zeitung entdeckt?«

Sie antwortet mit geheimnisvollem Lachen. Ich bin nicht sicher, ob ich das vertrauenerweckend finde.

Das Taxi setzt uns vor dem Berliner Velodrom ab. Alex ruft an, sodass ich mich nicht auf die Plakate konzentrieren kann, die mir verraten würden, welcher Weltstar heute Abend sein Können zum Besten gibt. Eine aufgeregt tuschelnde Menschenmenge reißt uns zum Eingang mit. Alex' laut schreiende Stimme kommt aus meinem Handy: Herr Süleyman habe gerade mit dem Vermieter vor der Tür gestanden und sich über ihn beschwert. Nur weil er aus Versehen sein Fahrrad an das von Süleyman gekettet habe. Süleyman hätte deshalb angeblich die Hochzeit seiner Cousine verpasst. Worauf Alex sich gewundert habe, warum Süleyman sich kein Taxi leisten könne. Was Süleyman als unverschämten Angriff auf seine türkische Herkunft begriffen und Alex mit einem Anwalt gedroht habe. Woraufhin Alex ihm Schläge angedroht habe. Doch er könne mich beruhigen: Er hätte die schwierige Situation mit diplomatischer Bravour gemeistert. Der Vermieter bäte mich lediglich dringend um einen Anruf.

Stark beunruhigt beende ich das Telefonat. Die Huber Sabine hat in der Zwischenzeit Eintrittskarten gekauft. Sie drückt mir einen Plastikbecher mit Pink Champagne in die Hand und schiebt mich in die prall gefüllte Halle. Erst jetzt nehme ich wahr: Das Publikum besteht nur aus Frauen! Hunderte von ihnen, aufgetakelt, kreischend, schwitzend, hyperventilierend. Und nicht ein Mann. Ich beginne mich unwohl zu fühlen und erkundige mich brüllend, was denn jetzt die Überraschung sei.

»WA-WA-WA-DALE!«

»WIE BITTE?! HOWARD CARPENDALE?« Angsterfüllt schiele ich zum Notausgang. Fünf Meter. Mit einem energischen Handkantenschlag gegen das Doppelkinn einer grell geschminkten Mammutfrau könnte ich mir vielleicht noch rechtzeitig einen Fluchtweg freischlagen.

»NEIN«, brüllt sie begeistert, »CHIP-PEN-DALES!«

»ABER SIND DAS NICHT DIESE …«

TA! Ein Gitarrenakkord bringt die Halle zum Vibrieren. Das Kreischen hallt von den Wänden zurück. TA-TA-TA! Donna Summers »Hot Stuff«. Gott, die Achtziger! Die Frauen um mich herum klatschen in Erwartung der Stars enthusiastisch im Rhythmus und treffen fast sicher den Takt. Acht Kerle marschieren in Anzug, Hemd und Fliege auf die Bühne. Die Musik verstummt. Angespannte Stille. BUMM! Eine Explosion, Kunstnebel, wildes Lichterflackern. Die Anzüge gleiten von ihren Körpern. Die acht Kerle jetzt in Stringtangas, ansonsten nackt, wie Gott und ein täglich sechsstündiges Work-out sie schuf. »Looking for some hot stuff!« setzt der Song wieder ohrenbetäubend ein. Im Gleichtakt wackeln uns jetzt durchtrainierte Pobacken entgegen. Die Frauen sind nicht mehr zu halten. Der wabbelnde Oberarmlappen der Mammutfrau klatscht gegen mein Gesicht. Ich schäme mich. So tief bin ich gesunken. Mein dunkelster Moment. Die Welt, die ich mir erschaffen habe, ist ein perfekt konzertierter Lifestyle-Kosmos. Ich trinke Latte macchiato aus Limited-Edition-Nespressokapseln mit Aeroccino-geschäumter Milch und einem winzigen Schuss Amaretto-Sirup. Ich habe alle *Sex-in-the-City*-Folgen im amerikanischen Original gesehen und besitze über 50 iPhone-Apps. Die Chippendales passen nicht in meine Welt.

»Macht mir ein Kind, Chippendales!«, brüllt die Mammutfrau, rasend vor Erregung.

»Das ist der Donny!«, schreit mir die Huber Sabine begeistert zu und fotografiert mit durchgeweichter Dauerwelle den Schwarzen, der auf seinem unglaublichen Bauchmuskel-Sixpack gerade ein Luftgitarren-Solo hinlegt. Ich lächle gequält. Ich muss hier raus! Ganz schnell! Jetzt sofort einfach nur raus! Doch gerade als ich mich durch die Menschenmenge drücken will, bilden die Mammutfrau und ihre zwei besten, nicht minder voluminösen Freundinnen einen undurchtrennbaren Riegel der Begeisterung. Ich wechsle die Richtung. Doch auch hier: Sackgasse! Zwei Sanitäter kümmern sich um den ersten kollabierten Fan und blockieren den Durchgang. Fast fühlt es sich an, als wollte mir Gott ein Zeichen senden:

»Schau dir die Chippendales an, Charlotte! So etwas Affengeiles habe *ich* erschaffen!«

Ich spüre den festen Griff der Huber Sabine an meinem Arm. »Du willst aber nicht schon gehen?«, brüllt sie.

Ich zögere.

»Charlotte?!« Beunruhigt schaut sie mich an. Sie wäre wohl sehr enttäuscht, wenn ich jetzt einfach abhauen würde. Ich spüle meinen Pink Champagne hinunter und werfe meine Arme kreischend in die Luft. Was soll's! Macht mir ein Kind, Chippendales!

27

SEIT WANN SCHNARCHT ALEX? Die Morgensonne blendet mich. Mit schwerem Kopf und hastig wieder zugekniffenen Augen taste ich nach seiner Nase, um sie ihm zuzuhalten. Das Schnarchen verstummt und wird zu einem Röcheln. Aber irgendwas stimmt nicht. Alex' Gesicht wirkt so … weich? Ich öffne die Augen: Die Huber Sabine ratzt neben mir im Bett! Plötzlich bin ich hellwach. »Was machst du hier?« Ich rüttle sie aus dem Schlaf.

»Ich wollt dich wecken. Und da muss ich wohl noch mal eingeschlafen sein.« Ich mustere sie. Sie ist angezogen. Gott sei Dank!

Auf der anderen Seite meines De-Luxe-King-Size-Bettes wacht Alex auf, wirft einen verunsicherten Blick auf das ungewohnte Arrangement und stolpert aus dem Raum.

Sie strahlt mich an: »Ich hab heut Morgen schon herausgefunden, wo wir mit ihm reden können.«

»Mit wem?«

»Marius!«

»Marius?«

Ich erinnere mich. Marius! Exfreund! Der Typ, den ich für *Renata* zurückholen muss. Scheiße! Ich taste nach einem Glas Wasser. Wo kommen diese verfluchten Kopfschmerzen her?

»Er arbeitet gar nicht weit von hier.«

»Er *arbeitet?*« Ich schaue auf meinen Wecker. Schon zehn Uhr. Ich muss zur Arbeit! »Wann war ich gestern im Bett?«

»*Wir* waren heute um fünf Uhr morgens im Bett.« Sie seufzt. »Das war eine Nacht, davon werd ich meinen Enkerln noch erzählen!«

»Fünf Uhr?!« Ich versuche mich zu erinnern. Der Reichstag fällt mir ein. Die Hyänen. Die Chippendales. Ich rieche plötzlich billiges Frauenparfum und Babyöl. Wieso Babyöl?

»Du warst letzte Nacht recht durstig!« Sie kichert.

»Ich habe einen totalen Filmriss! Habe ich wirklich so viel getrunken?« Bilder kehren zurück, undeutlich und verzerrt. Ich erkenne die Mammutfrau. Wir prosten uns auf der Toilette zu. Sie bietet mir einen Joint an. Natürlich werde ich ablehnen! Ich rauche keine Joints mehr seit dem Studium. Der Flashback belehrt mich eines Besseren: Wie ein hungriges Baby an Mutters milchspendender Brust ziehe ich begeistert an dem Joint und inhaliere ... Und ziehe noch mal ... Und noch mal ... Dann Dunkelheit. Wo ist der Rest der Nacht geblieben? Was ist mit dem Duft von Babyöl? Vermutlich ist es besser, wenn ich die Antwort niemals erfahre. »Wo arbeitet er denn?«, frage ich mit belegter Stimme. Meine Zunge fühlt sich an wie die Innenseite eines Bauarbeiterhandschuhs – am Ende eines langen Arbeitstages.

»Marius? Auf dem Alexanderplatz.«

»Auf dem Alex?«

Sie kichert. »Man kann ihn gar nicht verfehlen!«

28

SEIT ICH ARBEITE, führe ich eine Liste mit Gruseljobs. Eine Liste, die ich heraushole und betrachte, wenn ich mich mal wieder über meinen eigenen beschissenen Beruf ärgere. Eine Liste der moralischen Erbauung also, die den liebevollen Titel trägt: »Lieber werde ich Schwester Charlotte im rumänischen Schweigekloster, als einen Job zu machen wie …«

Hier meine Top 5:

- Oben-ohne-Moderatorin auf 9Live
- Selbstmordattentäterin (egal für welchen Zweck)
- Referendarin für Religion, Kunst und Ethik an der Rütli-Schule
- Erektionsgehilfin bei Pornofilmen, genannt »Fluffer«
- Junge Geliebte von Dieter Bohlen/Lothar Matthäus/Silvio Berlusconi

Zugegeben, der letzte Eintrag ist kein Job im engeren Sinn, das Kriterium »lieber rumänische Nonne« trifft dennoch zu. Marius habe ich es zu verdanken, einen neuen Spitzenreiter auf meine Liste setzen zu können: den Wurstwalker.

Der Wurstwalker ist eine wandelnde Würstchenbude. Vor seinen Bauch hat er einen mobilen Grill geschnallt. Auf seinem Rücken trägt er eine riesige Propangasflasche sowie einen noch größeren Sonnenschirm. Es sieht fast so aus, als hätte der Wurstwalker einen Propeller auf dem Rücken und könnte wie Karlsson vom Dach einfach davonfliegen. Exakt das Gegenteil ist der Fall: Nur mit Mühe kann er einen Fuß vor den anderen setzen. Seine 30 Kilo schwere Ausrüstung zieht ihn zu Boden.

Wurstwalker Marius sehen wir bereits von Weitem. Niemand kann ihn verfehlen. Er trägt eine knallgelbe Polyester-Uniform und passend zur lächerlichen Ausrüstung einen gequälten Gesichtsausdruck. Ich triumphiere innerlich: Dieser Job ist eine einzige Demütigung. Es kann eigentlich nur ein Kinderspiel sein, Marius davon abzuwerben und für *Renata* zu rekrutieren.

AREAL FÜR MENSCHENRECHTE

Ach, der Arme!

»Moment mal«, will ich klarstellen, »wer ist hier das Opfer?!«

AREAL FÜR MENSCHENRECHTE

Aber schau doch mal! Er verkauft jetzt Würstchen! Und das alles, weil du ihn bei *Renata* rausgeschmissen hast!

Merke: Gehirnareale sind wie Kollegen. Sie fallen dir bei der ersten Gelegenheit in den Rücken.

»Ach, der Arme verkauft jetzt Würschtln. Und das bei dieser Hitze!«, sagt auch die Huber Sabine. Sie und mein Areal für Menschenrechte sollten sich zum Kaffee verabreden. Sie würden sich bestimmt prächtig verstehen.

Ich möchte ihr erklären, dass »der Arme« schnelles Geld bei anderen täglichen Serien verdienen könnte, aber dass er sich offenbar entschieden hat, nur noch künstlerisch wertvolle Filme auf Esperanto, Klingonisch oder in der Sprache der neuseeländischen Eingeborenen zu machen.

Noch wenige Meter trennen uns von Marius. Unsere Blicke kreuzen sich. Die alte Wut kommt in mir hoch.

AREAL FÜR KARRIEREPLANUNG
Freundlich bleiben! Du brauchst ihn!

Mein westerwellsches Karriere-Areal wird mir zunehmend unsympathischer. Ich schlucke meine Aggressionen hinunter und begrüße Marius mit einem hart erzwungenen Lächeln.

Er lächelt nicht, sondern empfängt mich trotzig mit: »Ich weiß, du findest das bestimmt rasend komisch, aber ich bin stolz auf meine Arbeit. Das ist ehrliche Arbeit.«

Ein Kunde hält ihm wortlos zwei Euro hin. Marius legt ihm mit der Zange eine Grillwurst auf ein Brötchen und löst die mit einem Klettverschluss befestigte Ketchup-Flasche von seinem Gürtel. Er drückt eine rote Linie auf das Brötchen. »Mehr!«, meckert der Kunde und mustert streng die Zugabe. »Zu viel! … Nein, nein, nein!… Auf die ganze Schrippe! …« Nach gefühlten drei Minuten ist es Marius gelungen, ein Wurstbrötchen zu erzeugen, das der anspruchsvolle Kunde abnimmt. Mit einem gemurmelten »Schmeckt alles scheiße« zieht er ab. So sieht also ehrliche Arbeit aus.

»Wenn ihr wegen *Renata* hier seid, vergesst es!«, sagt Marius. »Ich verkaufe meine Seele nicht an Menschen, die Kunst zerstören.« Ich ärgere mich über seinen selbstgerechten Tonfall. »Es gibt nichts zu besprechen«, sagt er, »habe ich auch schon Friedhelm gesagt.«

Es gibt nichts zu besprechen. Wunderbar! Alles bestens! Warum stimme ich ihm nicht einfach zu und mache mich auf Nimmerwiedersehen vom Acker, sprich Alexanderplatz? Was unternehme ich schließlich seit der Trennung nicht alles, um ihm nicht mehr über den Weg zu laufen? Ich habe meinen Friseur gewechselt und meine Lieblingsvideothek, ich habe den Kontakt mit zwei liebenswerten gemeinsamen Bekannten abgebrochen, und ich fahre jeden Tag einen zehnminütigen Umweg zur Arbeit, um nicht an Marius' Wohnung vorbeizukommen.

»Es gibt nichts zu besprechen« klingt in meinen Ohren also nach einer vorzüglichen Idee. Das einzige Problem heißt Friedhelm! In Millisekunden spiele ich seine zwei möglichen Reaktionen auf Marius' Weigerung durch.

Die verständnisvolle: »Du hast es wenigstens probiert, Charlotte!«

Die weniger verständnisvolle: »Du hast Schande über PriTV gebracht! Du wirst nie wieder für PriTV arbeiten. Und auch nicht deine Kinder und Kindeskinder!«

Variante zwei erscheint mir unwahrscheinlich, leider aber immer noch wahrscheinlicher als Variante eins, weshalb ich beschließe, meine Mission zu Ende zu führen.

Doch die Huber Sabine kommt mir wieder mal zuvor: »Die Charlotte hat Ihre Filmkassetten repariert.«

Ich halte ihm einen Stapel DVDs unter die Nase. »Unser Techniker hat deine ›Kunst‹ auf DVDs überspielt. Es ist alles vollständig erhalten.« Ich warte auf Marius' euphorische Reaktion, doch er nickt nur knapp:

»Gut, ich denke darüber nach. Jetzt müsst ihr eine Wurst kaufen!« Ich will keine Wurst, trotzdem gebe ich ihm Geld. Er drückt mir einen Haufen Senf auf mein Wurstbrötchen. Den schärfsten. »Und jetzt essen!«, befiehlt er unnachgiebig. Ich kämpfe mit mir und lasse schließlich meine Zähne durch Ketchup, Senf, Wurst und labbriges Brötchen gleiten. Die Huber Sabine isst ebenfalls ein Wurstbrötchen. Ich frage mich, ob aus Solidarität oder weil sie eine Stunde nach unserem Frühstück schon wieder hungrig ist. Als wir das Sühnebrötchen aufgegessen haben und mein Mund von dem Senf noch fürchterlich brennt, wenden wir uns wieder Marius zu.

»Ich habe darüber nachgedacht«, sagt er. »Möchtest du mich denn wirklich zurückhaben?« Ich zögere.

```
            AREAL FÜR KARRIEREPLANUNG
Come on, Charlotte! Natürlich
willst du ihn zurück! Oder willst
du, dass Yong-Dao, der Blödmann,
deinen Job bekommt?
```

»Klar will ich dich zurück bei *Renata*«, sage ich.

»Quatsch! Du hasst mich.« Er studiert mein Gesicht. »Nein, ich komm nicht zurück. Vergiss es!« Ich fühle mich ihm ausgeliefert und werde richtig wütend. Wenn ein Canossagang nicht hilft, dann muss ich eben schärfere Geschütze auffahren. Selbst schuld, Marius! Hier kommt meine Gegenstrategie:

»Hey, dich kenne ich doch!« Ich tue überrascht und aufgeregt und zeige dabei auf Marius. »Ja, ja, ich kenne dich!!!« Ich schreie so laut, dass sich der halbe Alexanderplatz nach uns umdreht. »Du bist doch der Typ aus dem Fernsehen! Marius Nachtweih!« Ich ernte einen verächtlichen Blick von Marius, der begreift, was ich vorhabe. »Du bist doch von dieser Fernsehserie. *Renata*!«, rufe ich.

Zwei picklige Teens bleiben stehen und schauen sich Marius genauer an. »Stimmt, den habe ich schon mal im Fernsehen gesehen«, sagt Pickelteen 1, und Pickelteen 2 ergänzt: »Krass! Und jetzt macht der so 'n Otto-Job!« Pickelteen 1 zückt sein Handy und lichtet seinen Kumpel mit Marius ab. »Ey, kannste mal so richtig doof schauen?«, bittet er Marius. »Als wäre dir das total peinlich, dass wir dich erkannt haben?« Jeder normale Mensch in Marius' Situation würde an dieser Stelle gedemütigt vor den Teenagern flüchten, doch Marius bewahrt eine stoische Gelassenheit. Jetzt begreife ich endlich: Marius ist wirklich stolz auf seinen neuen Scheißjob! Ist er nicht Ausdruck seiner künstlerischen Integrität? Ein wahrer Künstler muss für seine Kunst leiden! Bestimmt fühlt er sich wie ein Märtyrer und trägt seinen Grill mit einem Gefühl von Aufopferung und Größe. Die Herausforderung, Marius zurückzugewinnen, ist größer, als ich dachte.

»Das ist Marius Nachtweih!«, schreie ich noch mal so laut ich kann. Diesmal werden drei Frauen auf Marius aufmerksam.

»Stimmt, das ist wirklich der Nachtweih aus dem Fernsehen! Aus *Renata!* Da kauf ich gleich 'ne Wurst!« Die Frauen stellen sich hinter seinem Wurstwalker an, wieder lächelt er geduldig. »Machen Sie uns ruhig 'nen Herz aus Ketchup aufs Brot. Wir sind echte Fans!«

Ich dränge mich dazwischen und lasse die Ladys einen kurzen Blick in meine Plastiktüte mit DVDs werfen. »Ich habe exklusives Filmmaterial von Herrn Nachtweih.«

Plötzlich, von einer Sekunde auf die andere, wird Marius wütend: »Charlotte, das sind *meine* DVDs.«

»Erst wenn du zurückkommst«, kontere ich. Gut! Endlich habe ich ihn am Haken. Spät, aber doch! »Ein Film von und mit Herrn Nachtweih«, sage ich triumphierend zu den drei Damen. »Einmal ist er sogar splitterfasernackt!«

Die Frauen lachen. »Na, das wollen wir sehen! Was wollen Sie denn dafür haben?«

»Umsonst. Sie müssen mir nur versprechen, dass Sie die Nacktszene ins Internet stellen. Mit Ihrer Lieblingsmusik!«

»Nein, nein, nein, das ist mein Film!«, geht Marius verbal dazwischen, doch die Damen sind schon zu aufgeheizt von dem Gedanken an den nackten Marius.

»Passt denn Schlagermusik dazu?«, fragt eine interessiert.

»Passt perfekt!«, sage ich.

»Es reicht!«, brüllt Marius.

»Kommst du zurück?«

»Vergiss es!«

»Ich kann ab jetzt jeden Vormittag mit deinen DVDs auftauchen – ich habe noch jede Menge Kopien zu Hause!«, drohe ich.

»Das ist Erpressung!«

»Richtig! Kommst du zurück?«

29

DIE HUBER SABINE UND ICH verlassen den Alexanderplatz. Sieg auf der ganzen Linie, aber ich weiß nicht, ob ich lachen oder weinen soll. Marius wird zu *Renata* zurückkehren. Ich habe ihn zurückgeholt, ohne ihm in den Arsch zu kriechen – die gute Nachricht. Die schlechte: Ich habe Marius zurückgeholt – und werde ihn ab jetzt fast täglich sehen. Immerhin werde ich zehn Minuten früher bei der Arbeit ankommen. Der kleine Umweg, um ihm aus dem Weg zu gehen, wäre nur noch lächerlich.

»Du kannst schon eine rechte Bissgurke sein«, stört die Huber Sabine meine Gedanken.

»Was soll das denn heißen?«

»Dass du nicht nett warst zu ihm!«

Wieso muss ich mich eigentlich permanent bei ihr rechtfertigen? Ich werde mich nicht mehr rechtfertigen. Punkt! Nicht für mein Verhalten gegenüber Marius. Noch ein Punkt! »Er war ja auch nicht gerade nett zu mir«, sage ich, und es klingt verdächtig nach einer Rechtfertigung.

»Kannst du ihm wirklich nicht verzeihen?«

Verzeihen? Das Hirnareal für Dokumentation steuert einen Einspieler zum Thema »Verzeihen« bei: Charlotte als achtjähriges Schulkind, mit Zahnspange und Zöpfen. Stolz trägt sie ihre neue beste Freundin bei sich: Roller Skating Barbie. Eine Stunde später: Die kleine Charlotte ist einem Nervenzusammenbruch nahe. Egon Petzold, Ekelpaket aus der 4a, hat Barbies Kopf abgesägt. Charlotte schwört: Eines Tages wird sie sich rächen. 24 Jahre später: Charlotte, jetzt erfolgreiche Chefautorin, läuft Egon zufällig über den Weg. Er ist immer noch ein Ekelpaket und verkauft jetzt »Finanzdienstleistungen«. In einem unbeobachteten Moment bricht Charlotte den Spiegel von Egons Porsche ab. Auge um Auge. Barbiekopf um Porschespiegel. Das Hirnareal beendet seinen Einspieler mit einem rot unterstrichenen Fazit: »Charlotte tut sich schwer mit dem Verzeihen!«

»Er hat mir recht leidgetan, der Marius«, sagt die Huber Sabine, »ich glaub, es geht ihm gar nicht gut als Würschtlverkäufer.«

»Na ja, jetzt geht es ihm ja bald wieder besser – und mir dafür umso beschissener. Habe ich schon erwähnt, dass ich ihn hasse?«

Sie schaut mich mit großen Augen an. Ich kenne diesen verklärten Blick. Sie befindet sich jetzt ganz tief in ihrer Liebesengel-Blase. »Aber irgendwelche guten Seiten muss er ja gehabt haben. Sonst wärst nicht zwei Jahre mit ihm zusammen gewesen, gell?«

»Gute Seiten? Keine.«

AREAL FÜR DOKUMENTATION

Na ja, da könnte ich dir schon welche aufzählen.

Nein, stop it! Diese Diskussion werden wir jetzt nicht führen!

SPRECHERIN VON CHARLOTTE

Charlotte möchte diese Diskussion nicht führen!

VEGETATIVES NERVENZENTRUM

In den ersten Monaten mit ihm schwebtest du ja wirklich auf Wolke sieben. Wow!

SPRECHERIN VON CHARLOTTE

Das ist keine gute Seite. Das ist Anfängerglück. Der erste Rausch.

AREAL FÜR DOKUMENTATION

Er hat regelmäßig für dich gekocht.

GROSSHIRN

Seine Crème Brûlée war très excellent!

AREAL FÜR DOKUMENTATION

Und er hat nach dem Kochen sogar deine Küche sauber gemacht.

SPRECHERIN VON CHARLOTTE

Gut, aber außer der Crème Brûlée und der sauberen Küche hatte er irgendwelche positiven Seiten?

AREAL FÜR DOKUMENTATION

Er hat dir zum Geburtstag ein Überraschungswochenende nach Barcelona geschenkt.

VEGETATIVES NERVENSYSTEM

Und wir hatten wirklich viel Spaß im Bett!

GROSSHIRN

Man konnte sich angeregt mit ihm unterhalten.

SPRECHERIN VON CHARLOTTE

Gut, gut. Aber außer der Crème Brûlée, der sauberen Küche, dem Überraschungswochenende, dem Spaß im Bett und der einen oder anderen guten Unterhaltung?

AREAL FÜR MENSCHENRECHTE

Er hat nie versucht, dich zu verändern. Er hat deine Schwächen akzeptiert. Und davon gibt es eine Menge. Soll ich aufzählen?

Nein!

AREAL FÜR SELBSTMITLEID

Ja, ja, es ist nicht leicht, einen Partner zu finden, der einen liebt, so wie man ist!

»Charlotte, du weinst ja«, sagt die Huber Sabine.

»Ist der Wind.«

»Du hast noch ganz viele Gefühle für ihn, siehst du!«

»Unsinn!«

»Liebe stirbt nicht – sie schläft nur«, haucht sie.

»Hör auf mit den *Renata*-Zitaten!«

»Aber wenn's doch wahr ist!«

»Würdest du dem Adi eigentlich verzeihen, wenn er halb Rottau vögeln würde – und den Rest von Bayern noch dazu?«

Sie überlegt. Tränen schießen ihr in die Augen. Die Vorstellung, dass ihr Götter-Adi es mit einer anderen … mit hundert anderen treiben könnte, ist einfach zu viel für sie. »Wenn der Adi sich entschuldigen würd und sich ändern würd, dann würd ich ihm verzeihen. Ja!«

Ich fasse es nicht! »Siehst du! Genau darin liegt der Unterschied. Erstens, Marius hat sich nicht entschuldigt. Zweitens, er hat sich nicht geändert. Und drittens, egal was passiert: Ich werde ihm nie verzeihen! Weißt du eigentlich, wie weh das tut, betrogen zu werden?«

»Ich kann's mir vorstellen.«

»Bei *Renata* wussten sie alle Bescheid, aber nicht einer hatte den Mut, mir die Wahrheit zu sagen. Dann tut es richtig weh!«

Sie lächelt mich mitfühlend an. An guten Tagen würde ich jetzt mit einem schlagfertigen Spruch den Ernst der Situation überspielen. Heute ist kein guter Tag.

30

MEINE WELT ist ein perfekt konzertierter Lifestyle-Kosmos. Ich trinke Latte macchiato aus … Okay, das hatten wir schon. Was jedenfalls überhaupt nicht in den Kosmos passt, sind dunkle schmierige Flecken im Waschbecken. Nach einer Nacht, von der ich bis jetzt nicht weiß, was wirklich passiert ist, und der anstrengenden Begegnung mit Marius auf dem Alexanderplatz habe ich den Rest des Tages freigemacht. Jetzt stehe ich im Bad und studiere mein Waschbecken. »Alex!«, brülle ich. Er hält ein dickes Sandwich in den Händen, als er mitsamt Hund zu mir ins Bad schlendert. Brösel fallen auf meine Majolikafliesen und werden von Edi eifrig aufgeleckt. Mein Zeigefinger deutet anklagend auf die Flecken. »Was ist das?«

»Ich lege Wert auf Mundhygiene.«

»Und die Flecken?«

»Weißt du, was ein Zungenschaber ist?«

»Nein. Möchte ich das wissen?«

»Jeder Mensch sollte einen Zungenschaber verwenden. Die ultimative Antwort gegen Mundmief. Hatte ich jemals Mundmief?«

»Ja, ja, dein Atem ist toll. Verflucht, wie kommen diese Flecken in mein Waschbecken?«

»Wenn ich Kaffee trinke, sieht meine Zunge so aus …« Er streckt mir seine talentierte, jetzt aber dunkel belegte Zunge entgegen. »Aber mit dem Zungenschaber verschwindet der Belag.«

»Nicht ganz!« Angewidert zeige ich auf die Flecken in meinem Waschbecken. »Mach das sofort weg! Und wenn wir schon dabei sind: Ab heute kein Nasenbohren mehr in meiner Gegenwart!«

»Ich halte mir doch immer die Hand davor!«
»Du bist eklig!«

Seit fünf Tagen ist Alex mein »Gast« – und die Idee, das locker-flockige »Arrangement« mit ihm für ein »Zukunftsmodell« zu halten, erscheint mir nur noch absurd, eine dumme Idee aus einer längst vergangenen Zeit. Vielmehr muss ich mir eingestehen, dass ich in die berühmt-berüchtigte Internetfalle getappt bin. Man liest die Geschichten überall, und man schmunzelt über die Doofheit der anderen. Von einsamen Nerds/Freaks/Man-möchte-gar-nicht-wissen-was, die sich im Internet unsterblich in rattenscharfe, aber schrecklich einsame 19-Jährige verlieben, die sich am Ende natürlich auch nur als einsame Nerds/Freaks/Man-möchte-gar-nicht-wissen-was entpuppen. Wie bescheuert ist das denn!, denkt man amüsiert. So was kann mir niemals passieren … Und das *hätte* mir eigentlich auch nicht passieren dürfen: Denn *ich* war ja auf der topseriösen Webseite poppen.de und habe nicht den Erstbesten zu mir nach Hause bestellt, sondern mir eine komplette Viertelstunde für die Auswahl meines Märchenprinzen genommen. Wie also konnte das Experiment so schieflaufen? Wieso habe ich die größte aller denkbaren Nieten aus dem Topf gezogen?

Das Problem mit Alex ist nicht mal, dass er ein sozialer Autist ist, der seine Umwelt mit Kaffeeflecken und Fitnessgestampfe in den Wahnsinn treibt. Das Problem mit ihm ist auch nicht, dass er jemandem Böses will – denn das will er nicht. Eigentlich ist er sogar ein lieber Kerl. (Der Kannibale, der Menschen zum Verspeisen im Internet gesucht hat, war vermutlich »eigentlich« auch ein lieber Kerl. Dieses Argument zählt also leider nicht viel.) Das Problem mit Alex ist vielmehr: Er ist vollkommen unfähig, ein geregeltes Leben zu führen, so sehr zerstreut sich seine – zugegebenermaßen vorhandene – Energie. Sein Tag beginnt mit einem grandiosen Vorhaben (Chinesisch lernen!), das dann spätestens beim Mittagessen von einem noch grandioseren

Vorhaben abgelöst wird (Unterhosenmodel werden!). In Anbetracht dieser hochfliegenden Pläne findet Alex natürlich keine Zeit für die niederen Aufgaben des Lebens. Profane Dinge, wie den Abwasch machen oder jemandem die Tür öffnen, wenn es klingelt. Noch im Mittelalter hatten sie wenig Mitleid mit einem wie ihm. Spätestens nachdem er die Schließung des Burgtors vergessen hätte, hätten sie ihn zur allgemeinen Belustigung mit Ruten durchs Dorf getrieben. Erst in unserer aufgeklärten Zeit gibt es soziale Menschen wie mich, die ihn durchfüttern. Womit wir beim größten Problem angelangt sind: Alex hat sich bisher nicht eine Sekunde darum bemüht, eine neue Bleibe für sich zu finden. Auch die Übergangslösung, bei Freunden unterzukommen, scheidet aus. Alex hat keine Freunde. Er ist zwei Jahre älter als alle anderen in seiner Klasse. Irgendwie gäbe es da wenig Wellenlänge zwischen ihm und den anderen Gymnasiasten, erklärt er mir, und ich glaube ihm aufs Wort.

Die Wurzel allen Übels ist Alex' Aufmerksamkeitsstörung. Die Tabletten dagegen schluckt er leider viel zu unregelmäßig, denn meistens vergisst er ihre Einnahme. Außerdem hat er spitzgekriegt, dass er sie zu Geld machen kann: Er vertickt sie an Studenten im Examensstress. Sie steigerten die Konzentrationsleistung auf angeblich unglaubliche Weise, auch bei völlig normalen Menschen. An den Unis seien sie bereits ein großer Renner. In den USA gebe es dafür schon einen Begriff: »Gehirndoping«. Eine Tablette hat er mir geschenkt. Seit meinem Filmriss in der Chippendales-Nacht habe ich mir allerdings fest vorgenommen, bis zur Rente von allen Drogen die Finger zu lassen, auch wenn das Wort »Gehirndoping« durchaus seinen Reiz ausübt.

Mein Entschluss steht fest: Alex wird nicht länger in meinem Bett übernachten. Seit er nur noch ein ungebetener Gast in meinem Leben ist, hat sich jede Form von Erotik zwischen uns verabschiedet. An diesem Abend lege ich für ihn eine Matratze in der Küche aus. Er muss spüren, dass die Uhr tickt, dass seine Zeit in meiner Wohnung abläuft.

Alex schmerzt die Verbannung in die Küche weit weniger, als ich gehofft habe. Er wirkt beinahe ein bisschen erleichtert, so als wäre der Sex mit mir nur eine lästige Pflicht gewesen, von der er nun entbunden wurde.

»Mit wie vielen Frauen hast du eigentlich schon bei poppen.de geschlafen?«, frage ich.

»Du warst die Erste.«

»Ach so?«

»Du warst überhaupt die Erste.«

»Wie?! Du warst noch Jungfrau?«

»Genau. Hast du gar nicht gemerkt, was?« Er feixt mit dem ungerechtfertigten Stolz eines Spätzünders.

Ich fühle mich nicht mehr gut. Spätestens jetzt weiß ich: Ich habe tatsächlich zielsicher die Niete aus dem Topf gegriffen. Den gescheiterten Abiturienten mit Aufmerksamkeitsstörung, den Tabletten-Dealer, die 21-jährige Jungfrau. Mehr Niete geht nicht!

»Technik und so habe ich mir alles bei Pornos abgeschaut.«

»Ja. Ganz toll.«

»Ich habe es drauf, hast du doch gemerkt! Könnte auch zwei Frauen befriedigen. Wenn du mal 'ne jüngere Freundin mitbringen willst ...«

Ich werfe einen Blick auf meine Uhr, denn ich will es ganz genau wissen: noch drei Stunden und 17 Minuten bis Mitternacht. Und dann noch exakt zwei Tage, dann wird Alex ausziehen. Ich wünsche ihm viel Glück für den Rest seines Lebens!

31

ALS DIE HUBER SABINE und ich am nächsten Morgen im Büro eintreffen, begrüßt uns Yong-Dao gut gelaunt:

»Marius Nachtweih hat heute Morgen seinen unterschriebenen Vertrag durchgefaxt. Er kommt nachher noch vorbei und begrüßt die alten Kollegen.«

Der Gedanke, dass ich Marius von nun an jeden Tag sehen werde, erinnert mich an eine Frage, die ich in den letzten 24 Stunden erfolgreich verdrängt habe: Wie werde ich mit der Situation umgehen? Soll ich kalt lächelnd wegschauen, wenn wir uns in der Kantine über den Weg laufen? Soll ich ihn, wie in schlechten Highschool-Filmen, demonstrativ anrempeln? Soll ich einfach jedes Mal auf den Boden rotzen, wenn wir uns begegnen? Im Gegensatz zu mir freut sich die Huber Sabine uneingeschränkt auf Marius' Ankunft und strahlt.

»Sehen Sie, Frau Huber«, sagt Yong-Dao, »so schnell geht das bei uns beim Fernsehen!«

Sie nickt glücklich.

»Charlotte«, er wendet sich wieder mir zu, »möchtest du dir dann asap Gedanken machen, wie wir Marius in die neuen Plots einbinden?«

»Asap« ist Yong-Daos Lieblingswort und steht für »as soon as possible«. Früher, wenn ich ihm Aufgaben gegeben habe, hat er eifrig genickt und ein zackiges »Wird asap erledigt!« von sich gegeben. Doch jetzt, wo er sich für den neuen Herdenführer und Affen auf meinem Ast hält, glaubt er, *er* könne asap erledigen lassen.

»Entschuldigung, Yong-Dao, aber wer ist noch mal die Chefautorin von *Renata*?«, frage ich mit schneidender Stimme.

»Du natürlich.«

»Wer ist ihr Stellvertreter?«

»Ich.«

»Wer hatte die brillante Idee, Marius zurückzuholen?«

»Charlotte, du weißt, ich halte nichts von dieser Aufrechnerei. Und Friedhelm …«

»Jetzt pass mal auf, Freundchen«, ich unterbreche ihn scharf, »du hast mir keine Asap-Anweisungen zu geben! Haben wir uns verstanden?« Ich packe wieder meinen Laserblick aus und starre ihn an. Er lächelt kühl zurück. Wir sitzen jetzt gemeinsam auf dem Ast. Es ist ein Wettbewerb. Ein Rennen zwischen uns, und irgendwann wird Friedhelm einen von uns beiden einfach vom Ast runterfegen. »Ob wir uns verstanden haben, Yong-Dao?«

Er schaut durch mich hindurch, als wäre ich ein Geist, zaubert ein Lächeln auf sein Gesicht und wendet sich der Huber Sabine zu: »Wie gefällt es Ihnen in Berlin, Frau Huber?«

Sie hat unseren Schlagabtausch neugierig verfolgt, überlegt kurz, ob sie dazu Stellung beziehen soll, entscheidet sich schließlich dagegen. »Berlin ist eine Weltstadt!«, sagt sie artig.

»Aber Bayern ist doch auch nicht schlecht«, sagt er.

»Bayern ist meine Heimat.«

»In Berlin ist das ja schick, über Bayern zu lästern«, sagt Yong-Dao. »Neid, Frau Huber, Neid! In Bayern gibt es gutes Essen, saubere Straßen, schöne Frauen! Und mit dem letzten Punkt meine ich auch Sie!«

Die Huber Sabine wehrt geschmeichelt ab. Doch Yong-Dao hat sie mit seinen Komplimenten von Rudis Reste-Rampe längst eingespeichelt. Jetzt hält sie ihn für den nettesten Menschen auf dem Erdball. Was mich besonders daran ärgert: Bis vor zwei Wochen hielt ich ihn auch noch für einen der netteren Menschen auf diesem Planeten. Einen etwas dümmlichen, aber netten Zeitgenossen, der zu mir aufschaut wie ein treuer Hund. Vor lauter Sabber habe ich sein Revolvergebiss mit 300 beißlustigen Haifischzähnen übersehen.

»Sie können stolz auf Ihr Bayern sein, Frau Huber. Da trifft die Tradition die Moderne. Laptop und Lederhose!« Würde sie nicht aus Bayern stammen, sondern aus dem tiefsten Albanien, Yong-Dao würde an dieser Stelle sicherlich den einzigartigen Charme der albanischen Blutrache preisen. »Aber bei unserer Charlotte gefällt es Ihnen auch nicht schlecht, nicht wahr?«

Bei *unserer* Charlotte? Habe ich richtig gehört?

»Ich und die Charlotte sind schon richtig gute Freundinnen«, antwortet sie. »Am Sonntag haben wir eine richtige Sause gemacht.«

»Ach? Erzählen Sie mal!« Yong-Dao wird neugierig.

Sie kichert. »Wir waren bei den Chippendales.«

Yong-Dao bleckt sein Revolvergebiss, der Hai hat eine Blutspur gerochen. »Das will ich aber ganz genau wissen.« Er versucht, die arglose Landpomeranze auszuhorchen, um es gegen mich zu verwenden.

»Unser Yong-Dao muss jetzt arbeiten«, beende ich schroff das Gespräch. Ich schiebe die Huber Sabine in den Lift und bin erleichtert, als sich die Fahrstuhltür hinter uns schließt. Für den restlichen Vormittag schicke ich sie in die Kantine und lade sie ein, sich am Buffet zu bedienen.

32

»ICH HABE EUCH IMMER GESAGT, dass ich *Renata* zum Kotzen finde.« Wohl selten in der Geschichte des Fernsehens begann ein Comeback mit vergleichbar offenen Worten. Marius Nachtweih hat das gesamte *Renata*-Team in der großen Produktionshalle um sich geschart. Wie immer trägt er abgerissene Jeans. Niemand soll verpassen, was für ein Rebell er ist. Keiner darf darüber im Zweifel gelassen werden, wie sehr er unsere Serie verachtet. Kein »Hallo« oder wenigstens ein pseudocooles »Freunde der Sonne, da bin ich wieder« kommt ihm über die Lippen. Stattdessen einfach nur dieser eine vernichtende Satz. Er findet unsere Serie zum Kotzen!

An dieser Stelle müsste sich eigentlich Entrüstung breitmachen. »Wait a minute, wie redest du über unsere Serie?!«, müsste Yong-Dao sagen. »Diese Serie bezahlt meine Dachterrassenwohnung in Mitte, meine überteuerten Designerklamotten, meine 150 geschmacklosen Handtaschen«, müsste Julia Luise Körting empört einwerfen, und »Baron« Gernot Tellmann müsste ergänzen: »… sowie meinen Alk und meine Puffbesuche.«

Die Wirklichkeit sieht anders aus. Marius Nachtweih findet unsere Serie zum Kotzen, und die Schauspieler und Teammitglieder applaudieren ihm für seine mutigen offenen Worte. Das hätte schon längst mal jemand aussprechen müssen, so scheint es.

»Schon gut!«, wehrt Marius ab. »Ihr seht, ich bin trotzdem zurückgekommen. Und nicht etwa, weil ich dazu erpresst wurde …«, er wirft mir einen finsteren Blick Marke Al Pacino zu, »… sondern weil ich die Kohle brauche, um gute Filme zu machen.«

Schon wieder Applaus. Warum? Ich werde nicht applaudieren. Unsere kalten Blicke treffen sich.

»Ich find's schön, dass der Marius so honest ist«, kommentiert Yong-Dao, und Julia Luise Körting und zwei weitere Schauspielerinnen überreichen Marius freudestrahlend ein Willkommensgeschenk, ein T-Shirt, bedruckt mit einer Szene aus seiner Abschiedsfolge: Marius als lebende Fackel. Darunter der Spruch »Beauty never dies!«.

»Okay, Marius, welcome back«, sagt Yong-Dao, »ich weiß nicht, ob du es mitbekommen hast, aber wir gehen die Dinge bei *Renata* jetzt mehr im Team an.« Subtext: Er ist jetzt am Drücker.

»An der Struktur hat sich aber im Kern nichts geändert«, sage ich. Subtext: Ich bin jetzt am Drücker.

»Wenn du oder irgendjemand anders etwas auf dem Herzen hat, kann er immer zu Charlotte kommen – oder in letzter Konsequenz zu mir«, ergänzt Yong-Dao.

»Und wenn mein Stellvertreter euch nicht weiterhelfen kann, dann am Ende am besten doch zu mir«, ergänze ich.

»Und wenn das nicht hilft«, sagt Yong-Dao, »dann einfach zu mir. Ich habe den schnellen Draht zu Friedhelm.«

Marius' Gesicht bleibt stoisch. Unser Kompetenzgerangel interessiert ihn nicht. Er schüttelt allen alten und neuen Kollegen die Hand. Schließlich bin auch ich an der Reihe.

»Willkommen zurück«, sage ich.

»Bin ich wirklich willkommen?«, fragt er.

Ich zögere. Spätestens jetzt sollte ich zu dieser Frage einen klaren Standpunkt beziehen. Den Standpunkt einer erwachsenen, unabhängigen Frau. Also doch erst mal auf den Boden rotzen? »Man muss sich nicht mögen, um miteinander zu arbeiten, nicht wahr?«

Er antwortet nicht – und mustert mich.

»Lass uns miteinander auskommen«, sage ich und meine es auch so.

Er nickt knapp und wendet sich ab. Wir werden uns arrangieren.

33

NACH DREI JAHREN der Zusammenarbeit mit Friedhelm genügt mir ein kurzer Blick, um zu wissen, mit welchem Friedhelm ich es zu tun habe. Heute ist es Friedhelm, der gepflegte Althippie. Er trägt einen weißen Anzug aus Leinen und eine braune Ledertasche mit einem Drachensymbol. Täusche ich mich, oder hängt da wirklich eine Muschelkette um seinen Hals? Friedhelm und Susa halten Händchen, als sie in mein Büro schweben. Der Aufenthalt im Kloster scheint ein voller Erfolg gewesen zu sein.

»Gut siehst du aus«, sagt er und gibt mir drei Begrüßungsküsschen. Er strahlt: »Du hast es geschafft! Der Nachtweih hat unterschrieben!«

»War nicht einfach«, sage ich und ergänze in Gedanken: »Und hat mich ein riesiges Stück Selbstachtung gekostet.«

»Die Presse ist schon voll drauf abgefahren. Wir haben es natürlich als Geheimnis verkauft und angeblich ein Leck im Team gehabt. Bald geht die Quote ab! Applaudissimo!«

Ich nicke knapp und nehme mir fest vor, mich nicht von Friedhelms Komplimenten einlullen zu lassen. Ich könnte mich später daran erinnern wollen. Ein Fehler, denn Friedhelm selbst erinnert sich grundsätzlich nicht an seine Komplimente.

»Siehst du, Susa, ich habe dir immer gesagt, die Charlotte kriegt das hin.«

»Aber viel zu dunkel ist das hier!«, sagt Susa, eilt an mein Fenster und reißt den Vorhang auf. »Licht ist die Quelle des Lebens!«

»Moment mal!«, möchte ich ihr entgegenhalten. »Seit wann darf man einfach in fremde Büros marschieren, Vorhänge aufreißen und Binsenweisheiten zum Besten geben?!«

»Du bist wieder im Rennen, Charlotte!«, sagt Friedhelm.

»War ich denn jemals *aus* dem Rennen?«

»Du bist wieder back in the game!«

Von meinem Büro aus blicke ich durch die Glastür auf das Großraumbüro, in das mein Kontrahent Yong-Dao gerade wie auf Zuruf kommt. Er entdeckt Friedhelm, winkt ihm zu und macht eine kumpelige Geste, die irgendwas bedeuten muss zwischen »Lass uns nachher telefonieren« und »Lass uns nachher um die Häuser ziehen und Studentinnen flachlegen«. Yong-Dao hat die Huber Sabine im Schlepptau. Sie zeigt ihm etwas auf seinem Laptop. Er lacht. Benno kommt hinzu. Er macht große Augen und prustet los.

»Wir hatten übrigens eine äußerst lehrreiche Zeit im Kloster«, sagt Friedhelm.

»Wir haben die Ursache unseres Eheproblems ergründet«, sagt Susa, und ich ahne, diese Ursache werden sie mir in Kürze mitteilen.

»Ich habe zu viel gearbeitet«, sagt Friedhelm, »und dabei Susa vernachlässigt.«

Sie schenkt ihm ein gnädiges Lächeln und drückt seine Hand.

»Ich habe ihr versprochen, dass ich ihr ›eine Pforte zu meiner Welt öffne‹«, sagt er.

Ich bekomme Angst: Ob ›seine‹ Welt möglicherweise auch ›meine‹ Welt ist? Lass die Pforte zu!

»Deshalb habe ich sie heute gebeten, mich zu begleiten.«

»Friedhelm hat viel begriffen im Kloster. Wir haben jetzt auch seine Ernährung umgestellt. Er isst zu fett!«

Friedhelm stimmt ihr zu. Das Opfer sympathisiert mit seinem Peiniger. Ein schwerer Fall von Stockholmsyndrom.

Erneut werde ich abgelenkt. Hinter dem Rücken meiner beiden Besucher, im Großraumbüro, herrscht Unruhe. Benno, Urte, Olaf, Maren und die namenlose Praktikantin haben sich um Yong-Daos Laptop versammelt. Brüllendes Gelächter. Glucksende Heiterkeit. Verbunden mit verstohlenen Blicken in meine Richtung.

»Ich habe zu Friedhelm schon gesagt, es wäre schön, wenn Renata auch mal eine Zeit lang zum Heilfasten ins Kloster gehen würde«, sagt Susa.

»Ja«, murmele ich unkonzentriert. Was geht da draußen vor?

»Siehst du, Friedhelm, sie findet die Idee auch schön.«

»'tschuldigung.« Ich stürme an den beiden vorbei ins Großraumbüro und drehe den Laptop auf Yong-Daos Tisch zu mir herum: Das Display zeigt eine enthemmte Huber Sabine, drei halb nackte Chippendales mit eingeölten Brustwarzen und eine dumm grinsende Schlampe, die aussieht wie ich.

Mein Team johlt und klatscht, als wäre dies der Ausflug eines Kegelclubs, der gerade auf seinen frivolen Höhepunkt zusteuert.

»Charlotte, ich kann mich gerne auch mal nackig machen«, feixt Benno, »aber ich fürchte, für mich zahlst du keinen Eintritt.« Das Gackern eines entfesselten Hühnerhaufens folgt. Ich checke die Website und begreife: Die Huber Sabine hat ihre Fotos von unserer Chippendales-Nacht auf die Homepage des *Renata*-Fanclubs Oberbayern stellen lassen. Jener Nacht, an die ich mich nicht mehr erinnern kann, die mir aber nun auf Yong-Daos Laptop gnadenlos im Schnelldurchlauf wieder ins Gedächtnis gerufen wird.

»Mach das sofort weg!«, fordere ich ihn auf. Meine Stimme hört sich seltsam piepsig an.

Yong-Dao lächelt unschuldig. »Sabine wollte uns nur ihre Fanclub-Seite zeigen. Ich hatte keine Ahnung, dass du da auch drauf bist.«

»Ich hab dem Yong-Dao gesagt, die sollen dich erst fragen«, schaltet sich aus dem Hintergrund schuldbewusst die Huber Sabine ein, »weil es ja doch ein bisserl privat ist.«

»Ja, in der Tat, das ist privat!«, schimpfe ich. »Was machen die Fotos auf dieser Webseite?«

»Aber Charlotte, steh doch dazu. Jeder muss sich mal amüsieren«, heuchelt Yong-Dao.

Auf dem Bildschirm beträufle ich den blanken Hintern des südamerikanischen Chippendale-Tarzans mit Babyöl. Das ist so abgeschmackt! Doch die Frau auf dem Laptop wirft dem Kerl einen lüsternen Kussmund zu. Dope ist ein Geschenk des Teufels! Ich will gerade Yong-Dao zur Seite stoßen und seinen Laptop aus dem Fenster schmeißen, als ich Friedhelms Stimme hinter mir höre:

»Charlotte, bist du das?«

»Das verschwindet gerade!«

»Was ist das denn? Was machst du da?«, erkundigt sich Susa.

»Ich glaube, Charlotte ist das peinlich«, sagt Yong-Dao.

Das nächste Foto. Die Mammutfrau, die den Joint mit mir geteilt hat. »Die Jana reist zu jedem Chippendales-Auftritt in Deutschland«, erklärt die Huber Sabine. Ich bin dankbar, dass es auch Fotos ohne mich gibt. Die Huber Sabine lacht: »Sie ist ein richtiges Groupie.« Wir sehen erneut Jana. Jetzt nach dem Auftritt, Arm in Arm mit zwei verschwitzten Chippendales. Ihr Armumfang ist ähnlich beeindruckend wie der der Kerle. »Den Angelo und den Maurice kennt sie jetzt schon seit vier Jahren. Und dann sind wir alle noch zusammen ausgegangen.«

»Ich glaube, wir sollten das jetzt wirklich beenden«, sagt Yong-Dao pro forma. Entrüsteter Protest vom Kegelclub. Natürlich lässt er die Diashow einfach weiterlaufen: Angelo, Maurice, Jana, die Huber Sabine und ich schlürfen mit gigantischen Strohhalmen eine fluoreszierende Flüssigkeit aus einer Plastikwanne und grimassieren in die Kamera. Die Aufnahme ist im QDorf entstanden, Berlins heißester Großraumdisco, ein Mekka für Friseusen und frischgebackene Fachabiturienten.

»So hätte ich dich gar nicht eingeschätzt«, sagt Friedhelm. Es klingt nicht nach einem Kompliment.

»Creative Fusing! Wir hatten doch abgemacht, dass ich mich mit Haut und Haaren unter die Zielgruppe mische«, erkläre ich selbstbewusst. »Und trotzdem alles ganz zivil, wie du siehst.«

Lautes Lachen im Raum, das nächste Foto: Ich balanciere barfüßig und mit nach oben geworfenen Armen auf den Schultern von Angelo und Maurice. Für Sabines Kamera haben die zwei Muskelmänner ihre Oberkörper entblößt. Das gesamte menschliche Inventar des QDorfs jubelt uns begeistert zu.

»Und das macht man dann halt so«, erkläre ich die seltsamen Riten der Zielgruppe und bewahre auch dann noch ein tapferes Lächeln, als auf dem nächsten Foto auch ich oben ohne zu sehen bin. »Wie beim Karneval in Rio. Man will ja kein Spielverderber sein!«

Friedhelm wirkt wenig überzeugt. »Scheiße! Charlotte!«, murmelt er.

»Wie gesagt, alles für die Quote.«

Er und Susa starren mich mit einer Mischung aus Mitgefühl und Abscheu an. Mit Wehmut erinnere ich mich an Friedhelms stürmisches »Applaudissimo«. Er lässt mich stehen und klopft Yong-Dao zum Abschied väterlich auf die Schulter. Dann sind er und Susa verschwunden.

»Schluss jetzt damit!« Meine Ansage ist laut und unmissverständlich. Doch selbst mein Tonfall eines Drill Sergeants im Bootcamp zeigt keine Wirkung.

»Das sind *meine* Fotos, Schluss damit!«, springt mir die Huber Sabine bei.

»Aber Sabine«, Yong-Dao spendiert ihr einen seiner treuherzigsten Gesichtsausdrücke, und er hat ein ganzes Supermarktregal davon, »wir wollten uns wirklich nur deine Webseite anschauen. Nicht wahr?« Der Kegelclub stimmt ihm gut gelaunt zu.

»Nein, du willst dich über die Charlotte lustig machen!« Ich habe sie noch nie so energisch erlebt. Ich habe sie überhaupt noch nie energisch erlebt. Ich wusste gar nicht, dass sie diesen Zug in sich trägt. Resolut klappt sie den Laptop zu. Die Party ist mit einem Schlag vorbei. Gespannte Blicke fixieren mein

Gesicht. Wie werde ich mit dem peinlichen Moment umgehen?

Nur keine Schwäche zeigen, stimme ich ein inneres Mantra an. Keine Wut zeigen, keine Scham, keine Schwäche! »Am Wochenende soll das Wetter schön werden«, werfe ich fröhlich in die Runde. Die Versammlung löst sich enttäuscht auf.

»Oje«, sagt Yong-Dao mit kunstvoll gespielter Zerknirschung, »wenn ich nur gewusst hätte, dass dir das so unrecht ist! Ich hoffe wirklich, dass wir in dieser Firma bald wieder übers Wetter reden.«

»Eigentlich müsste ich stinksauer auf dich sein«, sage ich, während ich den Flur entlangeile. Die Huber Sabine watschelt mir atemlos hinterher.

»Bist du nicht?«

»Doch! Natürlich! Wie kannst du so einen Mist ins Internet stellen?«

»Das war nicht ich. Der Luis vom Fanclub hat das ins Internet gestellt.«

»Ja, aber das waren deine Fotos.«

»Ich rufe ihn gleich an. Die Fotos verschwinden sofort.«

»Gut!«

»Entschuldige bitte! Ich hab das nicht gewollt.«

»Glaube ich dir sogar.«

»Entschuldigung angenommen?«

»Niemals! Aber ich fand's gut, dass du dem Mistkerl die Meinung gesagt hast.«

»Dem Yong-Dao?«

Ich nicke.

»Hab ich heute Morgen schon gemerkt, dass der versucht, mein Freund zu werden«, sagt sie.

»Du kannst ja richtig energisch sein!«

»Es ist ein gutes Gefühl, wenn man sich nicht alles von den Männern gefallen lässt!«

»Endlich sprechen wir eine Sprache, Sabine!«

»Ich bin eine Hyäne.« Sie lacht.

»Genau! Roarrrrr!«

»Roarrrrr! Gell, Edi, roaarrrr!« Sie lacht erneut. »Ich, du und der Edi gegen den Rest der Welt. Nicht wahr, Charlotte?«

»Nein, so würde ich das nicht sagen.«

34

ICH WERDE MICH mit Marius nicht arrangieren können. Es handelt sich um ein Naturgesetz – und es steht bereits wenige Stunden fest, nachdem Marius an diesem Morgen zu *Renata* zurückgekehrt ist. Es war mühevoll genug, mit ihm die Weltstadt Berlin zu teilen. Wie also soll ich mit ihm ein und dieselbe Firma teilen? Schon an seinem ersten Arbeitstag laufen wir uns drei Mal über den Weg.

Das erste Mal im Flur vor der Kantine. Er nickt mir kurz zu. Eigentlich eine neutrale Geste, aber dann fällt mir zum ersten Mal ein graues Haar bei ihm auf, und ich muss daran denken, dass ich mir früher immer gewünscht habe, ein graues Haar bei ihm zu entdecken. Es war nur so eine kleine, verkitschte Idee von mir, die ich niemals ausgesprochen hätte, nicht einmal unter Folter, aber: Wenn ich ein graues Haar fände, dann würden er und ich zusammen alt werden.

Eine halbe Stunde später ist es mir endlich gelungen, den Gedanken an Marius' graue Haare abzuschütteln und mich auf meine Arbeit zu konzentrieren. Marius kommt in mein Büro, er hat eine Frage zu seiner Rolle. Ein kurzes Gespräch, das ich unbedingt dazu nutzen möchte, einen Minuspunkt bei Marius zu entdecken. Etwas, das ich bisher übersehen habe, vielleicht einen gekrümmten Finger oder einen dicken Leberfleck. Schon ein kleiner, ein winziger, ein mikroskopischer Makel würde mir ein gutes Gefühl für den Rest des Tages geben. Leider leistet er sich nicht die kleinste Unvollkommenheit und lässt stattdessen in mir ein anderes, wirklich abscheuliches Gefühl wachsen: ein Gefühl der Bewunderung für ihn. Marius hat diesen verfluchten Anspruch an seine Arbeit. Natürlich, er lästert über unsere Serie und behauptet, er mache alles nur wegen der Kohle. Und eigentlich könnte er sich wie der Rest des Schauspielerensembles damit zufriedengeben, den facettenlosen Gutmenschen Johannes von Papenburg »runterzuspielen«. Solange er seinen Text beherrscht und dabei schwiegersohnkompatibel aussieht, ist die Welt für unsere vier Millionen Zuschauerinnen in Ordnung. Aber Marius kann gar nicht anders, als den von ihm verkörperten Charakter bis in den letzten Winkel zu begreifen. Warum trinkt Johannes von Papenburg Hagebuttentee, wo er doch vergangenes Jahr noch ein Kamillenteetrinker war? Wieso sagt ein höflicher Mensch wie Johannes »danke« und nicht »danke schön«? Weshalb fährt er – ein Freund der Natur – ein Auto, das neun Liter frisst? Aus irgendeinem Grund glaubt Marius offenbar, dass die Chefautorin von *Renata* die Antworten kennt. Doch die Chefautorin denkt pragmatisch: Warum sich Fragen stellen, die sich die Zuschauerinnen hinter ihren Bügelbrettern in Rottau, Zweibrücken oder Bad Salzuflen in hundert Jahren nicht stellen?

Die dritte Begegnung spielt sich wieder auf dem Flur ab. Marius kommt aus der Männertoilette. Und plötzlich steigt in mir eine Erinnerung hoch, die ich eigentlich hinuntergewürgt habe wie einen sauren Schluck Milch. Vor sechs Monaten kam Marius auch aus der Toilette. Als er mich sah, wirkte er irgendwie so süß überrascht. Ich hatte spontan Lust auf ihn und schob ihn zurück auf die Männertoilette. Und genau in diesem Moment kam Julia Luise Körting aus einer Kabine und rückte sich ihren BH zurecht. Eine Minute später erfuhr ich, dass Marius und sie auf der Toilette gevögelt hatten. Eine Stunde später erfuhr ich, dass Marius mit zwei Dritteln aller Frauen im Team gevögelt hatte. Einen Tag später erfuhr er, dass er keinen Job, keine Wohnung und keine Freundin mehr hatte.

Die Frauen bei *Renata* scheinen an Marius' erstem Tag nur zwei Arten von Blicken zu kennen: den mitleidigen und den lasziven. Der mitleidige Blick gilt mir. Er sagt: »Du Arme. Wir wissen alle, wie er dich betrogen hat. Muss ja wirklich schrecklich für dich sein, dass er jetzt wieder so unverschämt sexy hier herumspringt!« Der laszive gilt Marius. Er sagt: »Hey, Marius, du bist ja wieder Single. Und ich im Grunde auch. Der Kerl in meiner Wohnung ist nur ein Saison-Dekostück. Also, lass uns doch mal einen Kaffee trinken gehen!«

Marius' Wirkung auf Frauen ist unheimlich. Ja, er sieht gut aus. Aber das erklärt nicht mal zur Hälfte seine Anziehungskraft. Er ist nicht mal ein klassischer Schönling. Sein Gesicht ist etwas zu markant und nicht besonders symmetrisch. Seine Nase sogar leicht schief. Es muss seine Ausstrahlung sein. Marius strahlt mit jeder Pore aus, dass er ein »Unbesitzbarer« ist. Ein einsamer Rebell, idealistisch und nur sich und seinem Gewissen verpflichtet. Man kann ihn nicht um den Finger wickeln – so wie er selbst andere nicht um den Finger wickelt oder mit Komplimenten umgarnt. Ich glaube, er hat keine von den Frauen, mit denen er geschlafen hat, angebaggert. Ich glaube, er hat noch nicht mal mit ihnen geflirtet.

Eine namenlose Praktikantin mit asymmetrischem Pony steht in meinem Büro und fragt mich, ob ich ihr Marius vorstellen könne. Vielleicht weiß sie, dass er und ich zusammen waren, vielleicht auch nicht. Es spielt keine Rolle. Ich will mir das nicht antun. Ich will nicht zusehen, wie sich die kleine Praktikantin unsterblich in Marius verliebt, ich will nicht mitbekommen, wenn es den ersten Stutenbiss in ihre verletzliche Flanke von der genauso verliebten Kollegin aus der Buchhaltung gibt, ich will nicht dabei sein, wenn die Tränen der Enttäuschung fließen. Ich will mir das ganze Theater ersparen, denn es erinnert mich viel zu sehr an mein eigenes beschissenes Drama. Ich habe unterschätzt, wie tief der Stachel sitzt. Marius muss wieder raus aus dieser Produktion, aus meinem Leben, am besten aus Berlin und Europa – so einfach ist das! Einziges Problem: Es dürfte schwierig werden, Friedhelm davon zu überzeugen. »Schwierig« im Sinne von »total unmöglich«. Wieder so ein Dilemma.

35

ZUM KONZENTRIERTEN NACHDENKEN ziehe ich mich auf die kleine Zusatztoilette unter dem Dach unserer Produktionsfirma zurück. Hierhin verirrt sich höchstens Georg Tellmann, wenn er ungestört seinen Flachmann leeren will. Doch Ruhe und Konzentration liefern heute nicht das erhoffte Resultat.

GROSSHIRN

Tja, Charlotte, jetzt hast du den Salat! Den Nachtweih wirst du nicht mehr los!

KLEINHIRN

Ja, mies gelaufen!

Die Zusammenarbeit mit meinen Gehirnarealen habe ich mir grundlegend anders vorgestellt: wie in einem Scheinparlament einer mittelamerikanischen Bananenrepublik. Ich, weise Alleinherrscherin, äußere einen klugen Gedanken. Sie, treu ergebene Parteifunktionäre, spenden Beifall. Ab und zu trägt ein Areal mit äußerster Behutsamkeit ein Argument vor, das die Debatte bereichert, dann wieder Applaus, bis hin zu frenetischen »Charlotte! Charlotte!«-Chören. Doch weder Beifall noch Behutsamkeit wollen mir meine Areale spendieren – stattdessen regnet es Aufmüpfigkeit und Schadenfreude.

GROSSHIRN

Ich habe vor Jahren schon gesagt: Lass die Finger von dem Nachtweih. Allein die Löcher in seinen Hosen!

SPRECHERIN VON CHARLOTTE

Ruhe! Wie können wir Charlottes Dilemma lösen? Wie wird sie Marius los, ohne sich gegen Friedhelm zu stellen?

AREAL FÜR KARRIEREPLANUNG

Charlotte, was ist mit den Tabletten in deiner Tasche?

AREAL FÜR MENSCHENRECHTE

Nein, wir dopen nicht!

Ich greife in meine Tasche. Tatsächlich. Alex' Tablette gegen seine Aufmerksamkeitsstörung. Ich habe ganz vergessen, dass ich sie dorthin gesteckt habe.

AREAL FÜR KARRIEREPLANUNG

Komm schon, runter mit dem Stoff!

Ich zögere.

AREAL FÜR KARRIEREPLANUNG

Sich wehren bringt doch nichts. Dir ist klar, dass wir deine Hand auch ohne deine Zustimmung aktivieren können?

Ich »aktiviere« meine Hand selbst, stecke mir die Tablette in den Mund und würge sie trocken herunter, denn ich habe gerade kein Wasser zur Hand. Nichts passiert. Ich warte und suche derweil auf Quotenmeter.de nach Kollegen, die mit ihren Serien schlechte Quoten gemacht haben. Nicht mehr viele haben schlechtere als *Renata.* Ich schließe den Laptop und horche in mich hinein. Passiert endlich was? Nein, nichts passiert.

AREAL FÜR KARRIEREPLANUNG

Enttäuschend. Alles beim Alten.

AREAL FÜR MENSCHENRECHTE

Hab's doch gleich gesagt: Keine Macht den Drogen!

KLEINHIRN

Wenn ihr ein bisschen reflektieren würdet, wüsstet ihr, dass der Wirkstoff einer Tablette mindestens eine halbe Stunde benötigt, um in die Blutbahn zu gelangen.

GROSSHIRN

»Reflektieren«? Wie redet denn unser Kleinhirn plötzlich?

KLEINHIRN

Wir haben viel Zeit mit substanzlosen Wortbeiträgen verschwendet. Ab heute folgen wir meinen Direktiven!

AREAL FÜR DOKUMENTATION

Unser Kleinhirn ist gedopt!

AREAL FÜR KARRIEREPLANUNG

Klar, das Doping wirkt bei dem Areal, wo es am meisten zu holen gibt.

KLEINHIRN

Meine Lösung: »Mission Charlotte!«

GROSSHIRN

Eine hohle Phrase, nichts weiter.

KLEINHIRN

Mit einem einzigen genialen Schachzug wirst du, Charlotte, Marius aus der Serie kegeln und gleichzeitig unseren Rivalen Yong-Dao in seine Schranken weisen. Zwei auf einen Streich!

GROSSHIRN

Nein, das geht nicht.

KLEINHIRN

»Geht nicht« war gestern! Du hattest deine Chance, Großhirn, jetzt bin ich am Zug. Mission Charlotte!

36

»WAS PASSIERT, wenn du ein rohes Stück Fleisch auf den Grill legst?«

Die Huber Sabine versteht meine Frage nicht.

»Einfach nur antworten«, sage ich. Es ist ein milder Frühlingsabend, und wir lassen einen fidelen Edi die Nachbarschaft des Prenzlbergs erkundigen. Eine Joggerin überholt uns, sie trägt Po-straffende Sportschuhe und schiebt im Laufschritt einen Kinderwagen vor sich her. Natürlich ist es ein Bugaboo, das wichtigste Statussymbol dieses von einer Babyschwemme gepeinigten Stadtteils. An ihrer Seite ihr bestimmt schon 40-jähriger Lebensgefährte auf einem Skateboard. Ziemlich gewagt. Setzt in diesem Alter nicht schon die Osteoporose ein? Ein bisschen mehr »Rottau« täte diesem Kiez wirklich gut!

Die Huber Sabine versteht meine Frage immer noch nicht.

»Das Fleisch brutzelt, wird braun, verkohlt irgendwann«, sage ich, »richtig?«

»Freilich. Aber warum?«

»4,7 Millionen Zuschauerinnen haben gesehen, wie Johannes von Papenburg verbrannt ist. Wie müsste Johannes von Papenburg daher aussehen, wenn sich herausstellt, dass er auf wundersame Weise überlebt hat?«

Die Huber Sabine denkt nach und verzieht ihr Gesicht. »Das mag ich aber nicht sehen.«

»Eine Kraterlandschaft von verbranntem Fleisch und Narben. So müsste er doch aussehen, nicht wahr?«

»Na, das mag ich nicht sehen!«

Fanfaren! Die Huber Sabine hat exakt die Antwort geliefert, auf die mein gedoptes Kleinhirn spekuliert hat. »Mission Charlotte« kann beginnen!

»Warum fragst mich so was, Charlotte?«

»Ach nichts.« Eine weitere Bugaboo-Mutter drängelt sich an uns vorbei und fährt mir dabei in die Fersen. Normalerweise hätte ich sie auf gut Berlinerisch angeschnauzt – obwohl man hier am Prenzlberg ja mittlerweile eher schwäbelt –, aber ich habe zu gute Laune und lasse das bedauernswerte Opfer des hier herrschenden Gebärzwangs an mir vorbei. »Die Antwort auf deine Frage von neulich ist übrigens ein klares ›Nein‹.«

Sie schaut mich fragend an.

»Ob ich Kinder will. Nein!«

»Aber Kinder …«

»Weiß du, was passiert, wenn ein Baby zur Welt kommt?«

»Ein kleines Wunder?«

»Wenn der Kopf des Babys durch den Geburtskanal dringt, wird ein kleines bisschen Kot aus dem Anus der Mutter in den Mund des Babys gedrückt, der es mit den Keimen der Mutter impft. Ist das nicht eklig?!« Sie schaut mich mit großen Augen an und lacht unsicher. »Verstehst du: Allein die Geburt ist eine einzige perverse Zumutung. All die Mütter und Kinder tun mir einfach nur leid. Stichwort ›Kinder‹: Alex war heute Abend gar nicht zu Hause. Er wird doch nicht etwa schon ausgezogen sein?«

»Ich hab ihm Geld fürs Kino gegeben.«

»Was?!«

»Er ist doch noch ein Bub. Seine Wäsche war auch ganz schmutzig. Ich hab drei Maschinen gewaschen.«

Ich glaube, mich verhört zu haben. »Der Bub muss aber auf eigenen Beinen stehen. Der Bub verlässt uns nämlich morgen. Dann ist sein letzter Tag!«

»Der Alexander weiß doch gar nicht, wohin«, sagt sie. »Der ist völlig orientierungslos. Geld hat er auch keins. Und wenn er eins hätt, er könnt nicht damit umgehen.«

»Not my fucking problem. Das ist englisch und …«

»Das hab ich schon verstanden. Das ist herzlos!«

»Ich bin aber nicht Mutter Teresa aus Kalkutta, sondern Charlotte Bredencamp vom Prenzlberg. Und der Alexander ist kein Leprakranker, sondern eine Zufallsbekanntschaft. Du fühlst dich ja auch nicht für jeden verantwortlich, den du beim Fleischer triffst.«

Das runde Gesicht der Huber Sabine strafft sich. Mein Vergleich missfällt ihr. Ein Lächeln huscht über ihre Lippen. Entweder ist ihr gerade eingefallen, dass ein Stück Torte auf sie im Kühlschrank wartet, oder sie hatte gerade einen genialen Einfall. »Hast du heute Abend schon was vor, Charlotte?« Sie schaut mich erwartungsvoll an.

37

DIE HUBER SABINE nickt mir eifrig zu. »Du tust das Richtige!«, sagen die Augen des selbst ernannten Liebesengels, und meine antworten mit:

»Ich kann nicht glauben, dass ich mich auf diesen Mist einlasse.«

Mein Mini Cooper hält vor dem Bungalow in Berlin-Reinickendorf. Hier also leben die Eltern von Alexander Grunske. Ich zögere. Sie muntert mich auf:

»Du wirst sie überzeugen, ihn wieder zurückzunehmen.«

Zurücknehmen? Wie ein paar Pumps, die doch nicht passen? Der Vergleich ist menschenverachtend. Aber treffend. »Ich weiß überhaupt nicht, wer seine Eltern sind«, sage ich und spiele im Geiste eine mögliche Begrüßung durch: »Hallo, mein Name ist Charlotte Bredencamp. Ich hatte unverbindlichen Geschlechtsverkehr mit Ihrem Sohn und möchte, dass Sie ihn zurücknehmen.« Schließlich gebe ich mir einen Ruck und steige aus dem Wagen. Sie will mir folgen. »Du bleibst hier«, stelle ich klar. »Ich brauche keinen Babysitter.«

»Bitte, kommen Sie.« Die Eltern von Alex wirken nicht sonderlich erstaunt, als ich vor ihrer Tür stehe, sie führen mich in ihr eher karg eingerichtetes Wohnzimmer. Ich versinke in einem Ohrensessel und blicke mich um: Bücherregale mit deutschen Klassikern, einige wenige Bilder an den Wänden, eine Harfe direkt neben meinem Sessel. Ich möchte lustvoll über die Saiten streichen, sehe aber den strengen Blick des Vaters, sein messerscharfer Seitenscheitel wirkt wie festzementiert. Alex ist so speziell, ich weiß nicht, was ich erwartet habe. Jedenfalls keine Harfe und keinen Vater mit Seitenscheitel. Alex' Mutter – sie trägt ein gesteiftes Hemd, das mich an einen ritterlichen Brustpanzer erinnert – schaut mich neugierig an:

»Sie möchten mit uns über Alexander sprechen?«

Ich nicke.

»Sie wollen wahrscheinlich wissen, warum er nicht länger in diesem Haus wohnen darf?«

Ich nicke erneut.

»Wir haben ihn in seinem Zimmer mit einer Zigarette erwischt«, sagt der Vater.

»Einem Joint?«

»Einer Zigarette. Lucky Strike.« Die Eltern tragen einen Ausdruck auf ihren Gesichtern, als hätten sie herausgefunden, dass Alex von seinem Zimmer aus einen Kinderpornoring betreibt.

»Ist das nicht ein bisschen … streng? Wegen *einer* Zigarette?«

Die Eltern bleiben stumm.

»War es wirklich nur eine Zigarette?«

»Ja, das ist streng«, sagt der Vater.

»Alexander lernt jetzt eine wichtige Lektion für sein Leben«, sagt die Mutter.

»Wir haben ausgeprägte moralische Maßstäbe«, ergänzt der Vater.

Sie schweigen wieder. Stille im Raum.

»Wie meinen Sie das?«

Die Augen von Vater und Mutter beginnen zu leuchten. Ich begreife, in welche Falle ich getappt bin. Ich habe eine »Wie meinen Sie das?«-Frage an zwei Menschen gestellt, die nur auf diesen Moment gewartet haben. Die bereits ihren gesamten Bekanntenkreis verloren haben, denn das Thema »moralische Maßstäbe« sprengt jeden lustigen Spieleabend. Die sogar schon den Briefträger vergrault haben und jetzt seit Tagen wie Spinnen in ihrem Netz geduldig auf den Moment lauern, wo sie zuschlagen können. Wo jemand »Wie meinen Sie das?« fragt. Vater und Mutter richten sich in ihren Sesseln auf und sammeln sich. Ich kann förmlich das Quietschen von Stahl hören. Ihre inneren Schleusentore öffnen sich, und ein Wortschwall ergießt sich über mich:

»Wir leben in einer verrotteten Zeit!« Der Vater.

»Eine Zeit, wo Jugendliche sich ins Koma trinken.« Die Mutter.

»Wo Männer im Internet Pornografie konsumieren.«

»Wo Frauen ihre Jungfräulichkeit wegschmeißen, als könnte man sie für fünf Euro am nächsten Kiosk zurückkaufen.«

»Wo es schick ist, sich Kokain zu spritzen.«

»Und Babys abzutreiben.«

»Die Politiker: verrottet!«

»Die Manager: korrupt!«

»Und das Fernsehen sendet 24 Stunden am Tag Schmutz!«

»Schmutz, Dreck, Kloake!«

»Aber irgendwann ist unsere Langmut erschöpft!«

»Sehr bald!«

Vater und Mutter greifen im Gleichtakt zu ihrem Glas Wasser und kühlen die erhitzten Gemüter. Ich fühle mich äußerst unwohl, erinnere mich an den irren Killer aus dem Film *Sieben,* dessen Langmut ebenfalls erschöpft ist und der die verrottete Großstadt von Fettwänsten, Callgirls und Geldhaien säubert. Er würde gut in die Runde passen. An seiner Seite vielleicht noch Eva Herman.

»Gehören Sie eigentlich irgendeiner Gruppe an? Irgendeiner Sekte?«, frage ich etwas nervös. Die Eltern sind nicht überrascht, diese Frage kennen sie.

»Keine Sekte«, sagt der Vater.

»Wir gehören zur Freikirche der Siebenten-Tags-Adventisten«, erklärt die Mutter stolz. »Wir haben unsere eigenen Prinzipien!«

»Ach so.« In diesem Moment erinnere ich mich dunkel daran, dass Alex das Wort »Adventisten« fallen ließ und ich dachte, es hätte mit Advent und Weihnachten zu tun.

»Fragen Sie ruhig, Frau Müller«, sagt der Vater, »wir haben keine Scheu, über unseren Glauben zu reden.«

»Müller?«

»Sind Sie nicht Frau Müller?«, wundert sich die Mutter. »Seine ehemalige Mathematiklehrerin. Eine Frau Müller hat sich uns gestern telefonisch angekündigt.«

»Nein.«

»Wer sind Sie dann?«

Ich suche schweigend nach einer passenden Antwort. Die Eltern werden misstrauisch. Man könnte eine Stecknadel fallen hören. »Sind Sie denn überhaupt eine Lehrerin von ihm?«

»Ähhh …«, sage ich und schiebe ein gemurmeltes »nur im weitesten Sinn« hinterher. Eine Antwort, die für die Eltern leider nicht präzise genug ist. Ihre Augen fixieren mich stumm und fordernd. Hastig greife ich zu meinem Glas Wasser.

»Ist Ihnen nicht gut?«

»Wo finde ich Ihre Toilette?«

Das Toilettenfenster führt direkt in den Garten der Familie Grunske. Von der Kloschüssel aus springe ich durch das geöffnete Fenster und zerpflüge mit den Absätzen meiner Lederstiefel ein akkurat mit Tagetes bepflanztes Blumenbeet. Als ich keuchend beim Wagen ankomme, erwartet mich schon die Huber Sabine mit einem perplexen »Charlotte?!«. Eilig lasse ich den Motor an und beschleunige den Wagen mit quietschenden Reifen. Jeden Moment kann der Vater mit einem Scharfschützengewehr aus dem Bungalow treten und mich mit einem sicheren Schuss in den Nacken niederstrecken.

38

»DU KANNST IHN nicht einfach rausschmeißen!« Die Huber Sabine serviert mir einen Teller mit einem weiteren teuflischen Schmankerl aus dem Süden. Wurstsalat: fein geschnittene Fleischwurstscheiben, Zwiebeln und Essig. Aus dem Wohnzimmer hören wir das laute »Bumm« einer Panzerfaust, gefolgt von einem dumpfen »Pflatsch«, als würde eine überreife Melone auf dem Bordstein zerplatzen. Alex pustet auf meinem Laptop nuklearmutierten Zombies die Rübe weg. Einer muss den verfluchten Job machen! Bumm! Pflatsch!

»Und er ist ja wirklich noch ein Bub«, sagt die Huber.

Bumm! Pflatsch!

»Es war ein Fehler, mit seinen Eltern zu reden!«, sage ich.

Sie schaut mich fragend an.

Ich zeige in Alex' Richtung: »Das Produkt von zwei Irren. Aber das ist mir egal!«

Bumm! Pflatsch!

»Wenn ihr in Bayern Asylanten ausweist, dann interessiert es euch doch auch nicht, wo die herkommen«, sage ich.

»Ich hab mal Kekse gebacken fürs Asylantenheim. Das sind recht nette Menschen!«

»Es bleibt dabei: Morgen zieht er aus!«, sage ich, doch es will mir nicht gelingen, meiner Stimme Entschlossenheit zu verleihen. »Morgen zieht er aus« klingt verdächtig nach einer Reihe von anderen Sätzen, die trotz häufigen Wiederholens nie Realität werden:

»Heute Abend nur ein kleines Glas Wein.«

»Die Kilos werden purzeln.«

»Ich werde nur kaufen, was ich wirklich brauche.«

39

ZEHN JAHRE ERFAHRUNG im Seriengeschäft haben mich zu einer profunden Erkenntnis über das wahre Wesen von Schauspielern geführt: Sie sind ein renitentes Pack! Sie lieben es, schwierig zu sein. Ich wiederhole: Sie lieben es. Ihre zarten Künstlerseelen hungern nach Aufmerksamkeit. Schon im Kindergarten müssen sie aufs Töpfchen, wenn die anderen Kinder brav ihren Mittagsschlaf halten. Auf der Schauspielschule dann sagt man ihnen: Kämpft für eure Vision! Und das heißt im Klartext: Seid schwierig! Macht euren Mitmenschen das Leben zur Hölle! Nervt sie mit euren Migränen, esoterischen Eingebungen, bizarren Wünschen. Ihr seid Künstler, also fühlt euch ganz allein eurer Kunst verpflichtet. Eure Maxime soll heißen: »Macht immer das Gegenteil!« Man verlangt von euch, den Hamlet im mittelalterlichen Prinzenkostüm zu geben? Reißt euch die Klamotten vom Leib – spielt ihn nackt! Macht immer das Gegenteil! So einfach ist das. Und Marius, Gralshüter des künstlerischen Anspruchs, stellt keine Ausnahme dar.

Mit dieser Erkenntnis munitioniert, tage ich mit Yong-Dao und Marius darüber, wie wir den »wiedergeborenen« Johannes von Papenburg in die Serie wiedereingliedern. Die Huber Sabine sitzt an meiner Seite – ich habe sie ganz bewusst heute mitgenommen – und strickt summend. »Bevor wir über irgendwas anderes reden«, sage ich, »müssen wir klarstellen: Johannes von Papenburg hat keine Narben!«

Marius und Yong-Dao starren mich an. Ich kann sehen, wie sich das Räderwerk in ihren Köpfen knirschend in Gang setzt: Johannes von Papenburg? Narben? »Mission Charlotte« nimmt Kurs!

»Die Zuschauerinnen erinnern sich nicht mehr daran, dass

Johannes von Papenburg verbrannt ist«, sage ich. »Und überhaupt: Wir können ihnen keinen total vernarbten Hauptdarsteller zumuten.«

»Wieso denn nicht?«, fragt Marius. Ich erkenne ein erstes renitentes Flackern in seinen Augen. Bravo, bravissimo. Weiter so, Marius! Mach das Gegenteil!

»Ja, wieso nicht?«, will auch Yong-Dao wissen. Betont lässig verschränkt er die Arme hinter seinem Kopf und lehnt sich in seinem Stuhl zurück. »Ich bin hier der Alpharüde«, lautet die Botschaft. »Das ist mein Meeting, meine Serie, mein Erdball.«

»Narben. Brandwunden. Ein verunstaltetes Gesicht. Da gehen die Zuschauer nicht mit«, sage ich.

»Wir dürfen die Zuschauer niemals unterschätzen. Never ever«, hält Yong-Dao, wie von mir vorhergesehen, dagegen und spricht damit eine Plattitüde aus, die bei keiner echten Fernsehbesprechung fehlen darf. Genauso wenig wie das beliebte Gegenstück: »Wir dürfen die Zuschauer niemals überfordern. Never ever.«

»Fragen wir doch einfach eine Zuschauerin!« Ich wende mich an die Huber Sabine. Sie schaut von ihren Stricknadeln auf und blickt Marius treuherzig an:

»Ich bin Ihr größter Fan, hab ich ja schon gesagt.«

Marius lächelt gequält. Fans sind ihm ein Graus, spätestens seit er vor zwei Jahren für Promotionzwecke einen Fantag mit einem arbeitslosen Neonazi verbringen musste, der zwar nicht wirklich Fan von *Renata* war, dafür aber Marius permanent zum Hitlergruß überreden wollte.

Sie wird traurig: »Den Gedanken, Sie mit Brandwunden zu sehen, mag ich gar nicht ertragen!«

Bingo! Genau diesen Satz wollte ich von ihr hören. Ab diesem Zeitpunkt wird alles laufen wie beim Domino Day. Ein Stein fällt auf den anderen: Marius wird sich empören, dass eine strickende Hausfrau ihm in seine Kunst pfuscht. Yong-Dao wird sich auf seine Seite schlagen, natürlich und an erster

Stelle, um mir eins auszuwischen, vermutlich aber auch, weil er gar nicht kapiert, wie hirnrissig die Idee ist. Gemeinsam werden Marius und Yong-Dao die Narbenmaske durchsetzen. Ich aber werde mich geschlagen geben, nicht ohne Friedhelm heute noch eine E-Mail zu schreiben, dass ich dagegen bin. Friedhelm vertraut mir nicht mehr, die Maske bleibt beschlossene Sache, und damit sind die Folgen unausweichlich: schockierte Fans, sinkende Quoten, ein tobender Friedhelm. Yong-Dao wird gefeuert, er ist verantwortlich für dieses Desaster. Und auch Zombie Marius muss gehen, denn die weiblichen Fans haben sich für immer von ihm abgewandt. Ein genialer Plan!

»Du hast es gehört, Marius, sie will dich nicht verunstaltet sehen«, sage ich.

Marius lächelt die Huber Sabine freundlich an: »Sie haben so eine positive Ausstrahlung. Das ist mir schon neulich aufgefallen.«

»Ich war immer schon ein fröhlicher Mensch, Herr Nachtweih!«

»Ich bin Marius.«

»Sabine.«

»Du findest also, ich soll so aussehen wie früher, Sabine?«

»Du hast uns immer gut gefallen.« Sie kichert verlegen.

Er nickt verständnisvoll. Er scheint sie wirklich zu mögen. Verflucht noch mal, was ist das hier? Eine Tupperparty? Wo ist dein »Rebel Yell«, Marius? Er nimmt sich einen Keks aus einer Glasschale. Kein Aufbegehren gegen romantische Kitschbedürfnisse in Sicht. Jemand muss gegensteuern!

»Gut. Dann haben wir das ja entschieden: keine Maske!«, sage ich und hoffe, dass sich Marius endlich an sein unverbrüchliches Prinzip erinnert, immer das Gegenteil zu fordern.

»Ich würde gerne noch mal darüber nachdenken«, sagt er.

»Worüber denn?!« Ich fahre ihn mit gespielter Entrüstung an. »Marius, wir machen hier kein Arthouse! Am Ende sitzt Johannes von Papenburg noch im Rollstuhl. Ich glaub's wohl!«

»Wieso denn nicht?« Das renitente Flackern kehrt in seine Augen zurück. Endlich!

»Weil die Zuschauerinnen dich nicht als Krüppel wollen! Wann kapierst du das endlich?« Wimmernd verschiebe ich meinen Mund, als wäre mein Gesicht halbseitig gelähmt.

»Doch, genau so machen wir's!« Marius springt entschlossen auf. Der Künstler ist erwacht! »Tom Cruise in *Vanilla Sky* – Narbengesicht. Javier Bardém in *Das Meer in mir* – vom Halswirbel abwärts gelähmt. Mathieu Amalric in *Schmetterling und Taucherglocke* – konnte nur noch seine Augen bewegen.«

»Aber das waren ja keine Telenovelas, oder?«, wirft Yong-Dao verunsichert ein. »Und, wenn ich mich richtig erinnere, auch keine Zuschauermagneten.«

»Zuschauermagneten«, wiederholt Marius mit einem Unterton von Geringschätzung.

Gut so, Marius, mach uns den Guerillero!

Marius nimmt Yong-Dao ins Visier: »*Renata* könnte viel mehr sein als eine kleine, schäbige Telenovela. Das ist unsere Chance! Beginnen wir jetzt!«

Yong-Dao zögert. In diesem Moment scheint er zu spüren, dass er einen Fehler macht. Doch er kann nicht mehr zurück, Marius hat ihn schon infiziert. »Beginnen wir jetzt«, wiederholt Yong-Dao andächtig. Er lacht, ist überrascht über seine eigene Courage. »Ja, beginnen wir jetzt! Shaka!«

Fassungslos und wütend schaue ich von einem zum anderen und spiele die schlechte Verliererin. Gar nicht so leicht, zu verbergen, wie glücklich ich bin: Ja! Beginnen wir jetzt mit einem entstellten Johannes von Papenburg. Enden wir mit einer triumphierenden Charlotte! Shaka!

40

»ICH HABE DIE GANZE NACHT meinen Film geschnitten.« Marius besucht mich in meinem Büro. Er hat tatsächlich Augenringe vom Schlafentzug. Märtyrertum für die Kunst.

»Schön. Und jetzt?«

»Du weißt ja, es geht um Völkerverständigung«, sagt er.

»Ja, ich weiß. Esperanto, die Sprache der Völkerverständigung, die dummerweise nicht mal *ein* Volk versteht.«

»Ich musste gerade über unseren kleinen Streit im Meeting nachdenken.«

»Wir haben uns nicht gestritten. Du kriegst deinen Willen: Du darfst jetzt als Elefantenmensch herumlaufen.«

»Mir ist aufgefallen: Wie wollen wir an Völkerverständigung glauben, wenn wir das noch nicht mal im Kleinen hinkriegen?«

»Ich will ja auch nicht an Völkerverständigung glauben. Ohne Kriege wären die Nachrichten doch langweilig.«

»Gut, dass ich weiß, dass du das nicht ernst meinst.« In Marius' männlich herber Rebellenschale schlummert ein idealistischer Kern. Er glaubt tatsächlich an Völkerverständigung. Und an Esperanto – ausgerechnet diese Kunstsprache – als selig machende Brücke zum Weltfrieden. Als wir noch zusammen waren, haben wir sogar eine ganze »Esperantokolonie« besucht, in Ostdeutschland, und Marius hat sich mit einem Rudel aufgekratzter Rentner auf Esperanto unterhalten. Natürlich hätte er sich einfach auf Deutsch mit ihnen verständigen können, aber dieser Irrsinn schien niemandem aufzufallen. »Ich glaube, du bist immer noch ziemlich wütend auf mich, Charlotte.«

»Wieso? Wir arrangieren uns doch.«

»Ich führe den Film am Sonntagabend bei mir zu Hause vor. Willst du auch kommen?«

»Ich?!«

»Du warst die Erste, der ich von *La larmoj de la klaŭno* erzählt habe, und du hast ihn bis zum Ende begleitet.«

»Bis zur Mikrowellenentsorgung!«

Er ignoriert meine Spitze. »Es würde mir sehr viel bedeuten, wenn du kommst.« Er nickt knapp und verlässt mein Büro.

41

SEIT ICH DENKEN KANN, arbeitet Neele Frickenbach als Maskenbildnerin bei *Renata.* Trotz ihrer jungen Jahre, sie ist in meinem Alter, ist sie echtes Telenovela-Urgestein. Und irgendwie ekelt man sich auch immer ein bisschen vor ihr, was vermutlich an ihren schiefen Zähnen liegt, kleine Stummel, die sie ihrem Gegenüber gnadenlos präsentiert, wenn sie lacht. Und sie lacht gern und wiehernd. Ich würde deshalb niemals den Fehler machen, in Neeles Gegenwart Witze zu machen. Seit Jahren kursiert bei *Renata* die Anekdote über den Schauspieler, der für seine Tagesrolle ein falsches Gebiss von Neele verpasst bekommen musste. Als er Neele kennenlernte, dachte er, sie hätte sich zum Spaß eine Kostprobe ihres Könnens in den Mund gesteckt, und gratulierte ihr zu ihrem schaurigen Handwerk. Trotz ihrer Gruselzähne ist Neele bei *Renata* beliebt. Es ist putzig, wie sehr sie sich anstrengt, ihr optisches Defizit wettzumachen. Sie ist vielleicht die einzige Frau, der ich es nicht übel nehme, dass sie mit ihren riesigen Brüsten schamlos hausieren geht.

»Also, hast du verstanden?«, frage ich. »Mach ihm eine echte Horrormaske.« Sie nickt. Ihr Atelier ist pures Chaos, aber so war es schon immer.

»Dann brauche ich viel Latex«, sagt sie. »Bist du eigentlich auch bei seiner Filmpremiere?«

»Weiß nicht.« Marius hat gesagt, es würde ihm viel bedeuten, wenn ich käme. Und wenn ich es nicht besser wüsste, hat er es so gesagt, als würde *ich* ihm viel bedeuten. Was für ein Heuchler!

»Viel Latex, ja?«, fragt sie. »Aber dann schwitzt er sich zu Tode.«

»Nimm halt nicht mehr als notwendig.« Ich will gehen, bleibe aber irritiert stehen. Warum schaut Neele mich die ganze Zeit so schuldbewusst an?

»Darf ich dich was Persönliches fragen?«

Ich nicke zögernd.

»Wegen Marius. Ist das nicht schrecklich? All die Frauen in der Firma. Oder weißt du, mit welchen er …?«

»Doch, das weiß ich! Also wissen nicht. Aber als Frau spürt man das.«

»Aber hast du mit denen mal geredet, Charlotte? Ob er wirklich mit genau denen … von denen du glaubst, dass er mit ihnen …«

»Sag es doch einfach, Neele.« Ihre übervorsichtige Art fällt mir auf die Nerven. »Ob er wirklich mit all diesen Frauen Beischlaf vollzogen hat? Gerammelt? Gebumst? Geschnackselt, geschustert, gepoppt? Wolltest du das fragen?«

Sie nickt etwas erschrocken.

»Ich bin darüber hinweg. Zu 100 Prozent! Marius muss jetzt mit den Konsequenzen leben.«

»Was denn für Konsequenzen?«

»Konsequenzen.«

»Aber er darf doch sogar wieder anfangen bei *Renata.*«

»Hast du noch Fragen zur Maske, Neele?«, fahr ich sie an, ein bisschen zu heftig. Sie schaut mich erneut erschrocken an.

»'tschuldigung, wollte nicht indiskret sein«, sagt sie eingeschüchtert. »Also, wegen der Maske. Ich glaube, ich kriege das so hin, dass es nicht zu schlimm für ihn wird. Es gibt da atmungsaktives Material.«

»Einverstanden.«

Sie schaut mich schon wieder so seltsam an. Als würde ihr etwas auf der Seele brennen. »Vor zwei Jahren, als wir noch 30 Prozent Marktanteil hatten und Friedhelm ein Riesenrad gemietet hat …« Sie hält inne.

»Ja?«

»Und wir gefeiert haben. Und wir alle ziemlich blau waren …«

»Ich war an dem Abend nicht in Berlin.«

»Genau.« Sie senkt ihren Blick schuldbewusst zu Boden.

Jetzt fällt der Groschen. »Sekunde … Du?! Mit ihm?«

»Na ja, eher er mit mir.«

Ich starre sie an.

Sie lacht nervös, ihre Stummel winken mir zu. »Das muss man nicht hochspielen. War nichts Großes. Wobei, ich dachte immer, ich hätte Orgasmusschwierigkeiten, aber hat gleich geklappt.«

»Ach so.« Ich starre sie immer noch an und habe Mühe, Haltung zu bewahren.

»Mein erster Maskenvorschlag kommt dann morgen, ja?«

Ich nicke, bin mit meinen Gedanken immer noch bei ihr und Marius. Kalte Wut steigt in mir auf. Jetzt erinnere ich mich wieder: An diesem Abend schickte er mir eine süße kleine SMS, er würde mich vermissen. Wahrscheinlich bediente eine Hand sein Handy, während die andere Hand in Neeles Ausschnitt vergraben war. Sie muss merken, woran ich gerade denke:

»Tut mir wirklich aufrichtig leid«, sagt sie, »ich war total blau.«

Langsam erwache ich aus meiner Schockstarre und werde wütend: »Ich habe doch gesagt, ich bin darüber hinweg! Bist du taub?«

»Gut. Da bin ich erleichtert. Dann ist ja alles klar.«

Wieso erzählt sie mir das überhaupt? Verspricht sie sich Absolution? »Ich finde übrigens nicht, dass du dieses atmungsaktive Material nehmen solltest.«

»Nicht?«

»Keine Experimente! Nimm viel Latex. Schauspieler verdienen genug Geld. Die können ruhig ein bisschen schwitzen!«

»Aber Marius hat empfindliche Haut.«

»Nein, nein, keine Gnade. Ich will, dass du ihn verunstaltest, hast du mich verstanden?«

»Ja.«

»Das ganze Programm: Brandblasen. Rotes Fleisch. Verkohlte Haut. Ganz viel Latex!«

»Ja. Ich glaube, du bist *doch* sauer!«

»Mach ihn zum Monster!«

»Wenn du's sagst.«

»Und überhaupt, dein Raum hier sieht aus wie Sau! Neele, was für eine Schlamperei!« Ich fege ein paar Schminktiegel vom Tisch. Mit zitternder Stimme fragt sie:

»Wirklich alles in Ordnung?«

»Ich muss jetzt weiter«, sage ich und haste zur Tür.

»Falscher Ausgang.« Neele zeigt auf die andere Tür.

»Passiert mir hier jedes Mal«, sage ich.

»Nein, zum ersten Mal«, sagt sie.

An diesem Abend muss ich alleine sein. Ich lasse mich trösten von Johnny und Baby, die mit hundertprozentiger Sicherheit auch heute wieder zueinanderfinden werden.

Neele Frickenbach! Was tun sich in dem Mann für Abgründe auf, von denen selbst ich nichts ahnte!

42

EINE LETZTE ZIGARETTE vor dem Einschlafen auf meinem Balkon. Ich genieße die Stille. Es ist bereits kurz vor Mitternacht, doch das Thermometer zeigt immer noch über 25 Grad. Ein dreifaches Hoch auf den Klimawandel!

Unter mir auf dem Balkon studiert Herr Süleyman hochkonzentriert einen Bildband über Barockorgeln. Als er mich sieht, fuchtelt er verärgert mit den Armen durch die Luft, so als könnte mein Rauch ihn jemals erreichen.

Die Huber Sabine kommt zu mir auf den Balkon. Ihre Augen sind rot.

»Sabine, alles okay?«

Sie bricht in Tränen aus und wirft sich mir an den Hals. Ein tiefes Seufzen kommt aus meinem Innersten. Kann man denn nicht mal in Ruhe eine Zigarette rauchen? Da hat man eigentlich ein Schweineglück gehabt, statistisch gesehen jedenfalls. Anders als 80 Prozent der Menschheit fristet man sein Dasein nicht in einer Wellblechbaracke, die man sich mit einer lärmenden Großfamilie teilen muss – und dann bestraft einen der Herrgott auf diese hinterhältige Art und Weise. »So, jetzt erzähl mal, was los ist«, sage ich behutsam. Sie wird es mir ja sowieso erzählen. Ich kann also ruhig ein bisschen Anteilnahme vortäuschen.

»Ich kann ihn nicht erreichen.«

»Du kannst *wen* nicht erreichen?«

»Den Adi! Er müsste doch eigentlich um diese Zeit zu Hause sein!«

»Vielleicht probierst du es in einer Stunde noch mal?«

»Gestern hab ich mit ihm geredet, aber er war so … du weißt schon.«

»Abwesend?«

»Ja. Und bei mir anrufen tut er auch nie!« Sie beruhigt sich wieder, ist jetzt nur noch traurig und unsicher. »Manchmal denk ich, er findet mich nimmer attraktiv.«

»Wie kommst du denn auf so was?« Eine rhetorische Frage. Ich könnte locker fünfzig Gründe aufzählen.

»Ich würd gern so ausschauen wie du, Charlotte.« Sie lacht und zupft an meinem indigoblauen Strickkleid mit Raglanärmeln. »Du hast so einen tollen Geschmack!«

»Danke.« Applaus von der falschen Seite ist auch Applaus, tröste ich mich. Sie holt ein Stofftaschentuch aus ihrer Handtasche und schnäuzt sich lautstark. Willkommen im »Club der vom Leben in den Arsch Getretenen«, möchte ich frohlocken, doch sie tut mir leid. Freundschaftlich öffne ich eine Packung Erdnusslocken für sie.

»Mit meinen Kleidern trau ich mich gar nicht auf die Party«, sagt sie.

»Welche Party?«

»Dem Marius seine Filmparty.«

»Ach so, das. Das ist keine Party.«

»Er hat mich persönlich eingeladen. Aber so wie ich aussehe …« Sie schaut mich hilflos an, als müsste mich dieses Problem interessieren. Als wüsste ich eine Lösung dafür. Als wäre ich bereit, ihr bei der Umsetzung dieser Lösung zu helfen.

43

But I will never be your stepping stone. Mein Lieblingssong von Duffy rieselt dezent aus den Lautsprechern. Die Boutique meines Vertrauens ist keine von diesen albern hippen Klamottenbuden mit gepiercten, vollkommen ahnungslosen Verkäuferinnen Anfang 20. Im Jill&James wird der Kunde kompetent beraten, was leider auch seinen Preis hat. Die elegante Verkäuferin bietet uns freundlich Kaffee an.

»Gern!« Die Huber Sabine steckt ihren Kopf kurz aus der Umkleidekabine.

»Ich auch«, sagt Alex, »aber bitte Latte macchiato mit frisch gemahlenen Bohnen.«

Die Verkäuferin mustert Alex etwas irritiert und zieht sich zurück. Alex' Präsenz erfüllt an diesem Samstagnachmittag wie eigentlich auch in jedem anderen Moment seines Lebens keine konkrete Aufgabe. Es ist mir allerdings lieber, ihn in meinem Blickfeld zu haben, als ihn alleine in meiner Wohnung zurückzulassen.

»Gleich bin ich so weit.« Der Kopf der Huber Sabine taucht erneut auf. »Heut ist mein Tag!«, sagt sie mit fiebrigem Elan und verschwindet wieder.

»Schon gut«, murmele ich ihr hinterher. Ich weiß nicht, warum ich mich immer wieder von ihrem inbrünstigen Bäuerinnencharme beeindrucken lasse und heute Nachmittag meine spärliche Freizeit für Shopping mit ihr opfere. Sie muss eine Art hypnotische Kraft besitzen. Wie Rasputin, der die Zarenfamilie ins Verderben geführt hat.

Sie wirft den Vorhang ihrer Kabine zur Seite und präsentiert stolz ihr indigoblaues Strickkleid mit Raglanärmeln.

»Wir laufen nicht im Partnerlook herum!«, sage ich streng.

»Aber ich will aussehen wie du«, antwortet mein oberbayerischer Avatar.

»So gehen wir nirgends hin!«

»Also kommst du doch mit zur Party?«

»Es ist keine Party, sondern eine Filmpremiere. Eine Party gibt es höchstens *nach* Marius' Film. Ich bezweifle aber, dass die Zuschauer dann noch dafür in der Laune sind.«

Alex kommt aus einer zweiten Kabine, mit einer Military Lederjacke, die ihm zwar wirklich sensationell gut steht, aber ganz bestimmt weit über 500 Euro kostet. »Hast du deine Goldene dabei?«

»Vergiss es!«, sage ich.

»Ich will das Baby doch nur für die Party anziehen – am Montag bringe ich alles wieder zurück. Geht doch, oder?« Alex wendet sich an die Verkäuferin, die ihm gerade seinen Kaffee Latte serviert und mit eisigem Lächeln antwortet.

»Du gehst auf keine Party!«, sage ich.

»Ich hab ihn eingeladen«, sagt die Huber Sabine.

»Ist mir egal. Die einzige Party für ihn ist die, die ich schmeiße, wenn er endlich auszieht.«

»Ey, deshalb will ich ja auf die Party. Vielleicht werde ich entdeckt.«

»Als was denn?«, frage ich.

»Keine Ahnung. Schauspieler? Model? Oder eine ältere Frau verliebt sich in mich. So was wie du, nur attraktiver und mit mehr Asche. Oder so wie bei *Notting Hill* – ich lerne Julia Roberts kennen, und wir werden ein Liebespaar.«

»Julia Roberts kommt heute Abend nicht.«

»Abwarten. Das Leben ist voller Chancen und Möglichkeiten!«

»Nicht für dich, Alex. Sabine, zieh endlich das Kleid aus! Wir finden was anderes Hübsches für dich.«

»Ach was, da drüben ist dein Ex. Und nicht alleine!«, sagt Alex.

Ich höre Frauenkichern. Sechs Kleiderstangen von uns entfernt führt Marius seine Therapie-Blondine zum Shoppen aus. Eine blutjunge Südamerikanerin – man muss sich fragen, ob sie schon volljährig ist – kommt zudem mit einem Nichts von Sommerkleid aus einer Garderobe und dreht sich lachend vor ihm. Schamlos! Marius sieht mich und grüßt. Ich tue so, als würde ich ihn gerade erst entdecken, und bewege für den Bruchteil einer Hundertstelsekunde meinen Kopf, um zurückzugrüßen. »Wo waren wir stehen geblieben?«, frage ich die Huber Sabine.

»Ist bestimmt nicht leicht, wenn er hier mit anderen Weibsleuten …«

»Die da?! Unsinn!«

Erneut heiteres Kichern von Marius und seinen Mädels.

»Mann, was für Deko-Schnecken!«, sagt Alex.

»Deine unqualifizierten Kommentare sind unerwünscht!«, fahre ich ihn an und spüre Marius' Blick in meinem Rücken.

»Was machst du da?«, fragt Alex.

»Was meinst du?«

»Deine Flossen sind auf meinem Arsch!«

»Ich rücke dein Hemd zurecht.«

»Du fasst mich doch seit Tagen nicht mehr an!«

»Ah-ha-ha!«, lache ich laut. Gut, es mag gekünstelt sein. Aber sechs Kleiderstangen weiter wird es natürlich klingen, derselbe Effekt wie in der Oper. »Ah-ha-ha!« Schau Marius, ich habe Spaß mit einem knackigen Jungmann. »Ah-ha-ha!« Gemeinsam kümmern wir uns um die arme Huber Sabine, damit sie sich auf deiner Premiere nicht wie ein Rottauer Nachtschattengewächs vorkommen muss. Der coole Typ und ich, wir sind Brangelina, sehen sexy aus und setzen uns für die Schwachen auf der Welt ein. »Ah-ha-ha!« Alex und die Huber Sabine schauen mich an, als hätte ich den Verstand verloren.

»Ich glaub, die Charlotte ist ein bisserl eifersüchtig.«

Wieder das Kichern aus der Tiefe des Raums. Man kennt

es von Kindern. Oder dementen Omis. Oder von einem Kerl und zwei Schlampen, die in einer Umkleidekabine ihren Intimschmuck erforschen. Ich wirble herum. Zehn Schritte bis zur Kabine. Mit zorniger Wucht reiße ich den Kabinenvorhang aus seiner Verankerung – und blicke in die verängstigten Gesichter der beiden Frauen.

Aber wo ist Marius?

»Charlotte?« Er taucht neben mir auf. »Bist du verrückt?!«

»Ist die da auch aus deiner Sextherapie?« Ich zeige anklagend auf die Südamerikanerin.

»Geht dich das irgendwas an?«, fragt er.

»Besorgst du dir jetzt aus jedem Kontinent eine Sexsüchtige? Fehlen nur noch die schwarze Gazelle und die niedliche Asiatin mit den Blaslippen – und dann feiert ihr Orgien in allen Umkleidekabinen Berlins?« Ich rede schnell und laut. »Widerlich! Wenn man euch sieht, wünscht man sich ein bisschen mehr Islam in diesem Land.«

Jetzt tauchen auch die Huber Sabine und Alex auf.

»Bist du fertig?«, fragt Marius.

»Nein! Du weißt ganz genau, das ist *mein* Laden! Wieso schleppst du deine Bunnys hierher?«

»Linda kennst du ja schon. Und das ist Dörthe. Ist auch *ihr* Laden.« Marius lächelt mich schlecht gelaunt an. »Und auch, wenn es dich wirklich nichts angeht: Wir drei sind einfach nur befreundet.«

»Das ist alles?«, frage ich. »Wir sind einfach nur befreundet?«

»Richtig: Einfach nur befreundet. Linda arbeitet als Assistentin im Therapiezentrum, und Dörthe ist ihre Freundin.«

»Schwachsinn!« Ich gebe mir keine Mühe, meine Wut zu bremsen. »Eine originellere Ausrede fällt dem Großschauspieler nicht ein, was? ›Wir sind einfach nur befreundet.‹ Ha!«

»Woran dachtest du denn?« Seine amüsierte Ruhe macht mich rasend.

»Das sind Linda und Dörthe. Die beiden sind lesbisch und

haben ein Kind aus Vietnam adoptiert«, schreie ich ihn an, »Oder: Das sind Linda und Dörthe, meine Halbschwestern, die ich letzte Woche im Internet entdeckt habe. Oder: Das sind Linda und Dörthe – die beiden sind eigentlich Männer. ›Wir sind einfach nur befreundet‹ ist noch nicht mal eine gute Ausrede!«

»Das ist keine Ausrede«, mischt sich Linda ein. »Ich arbeite wirklich im Therapiezentrum. Etwas mit jemandem aus der Gruppe anzufangen wäre ein absolutes Tabu!«

»Ich finde das richtig beleidigend, was du vom Stapel lässt«, ergänzt Dörthe. So aus der Nähe betrachtet, muss ich zugeben, dass sie weder richtig jung noch richtig hübsch aussieht. Streng genommen sieht sie noch nicht mal südamerikanisch aus. Auch der Name »Dörthe« spricht nicht wirklich für südamerikanische Provenienz. Ich muss mal wieder zum Augenarzt.

»Niemand arbeitet härter an sich als Marius!« Jetzt wieder Linda.

»Aber du scheinst das ja alles besser zu wissen«, setzt Dörthe nach.

»Sie heißt Charlotte«, ergänzt Linda vorwurfsvoll.

»Ich finde, du schuldest Marius eine Entschuldigung, Charlotte«, sagt Dörthe sauer. Angespannte Stille. Wieder die Blicke, die an mir haften wie Sekundenkleber.

»Die beiden sind übrigens wirklich lesbisch«, sagt Marius.

»Lesbisch, Therapie, ihr verarscht mich doch all…« Ich verstumme schlagartig. Linda gibt Dörthe einen innigen Zungenkuss. Alex schnalzt erfreut mit der Zunge.

»Eingetragene Lebensgemeinschaft«, kommentiert Marius, und die küssenden Frauen strecken mir wie Stinkefinger ihre Ringfinger entgegen, an denen Ringe blitzen, die tatsächlich verdächtig nach Eheringen aussehen.

»Ah-ha-ha!« Ich will mich würdevoll zurückziehen – und renne beinahe gegen die nächste Kleiderstange.

44

EINE ERSTE PIROUETTE, eine zweite, eine dritte. Auf Wolke sieben schwebend, dreht sie sich vor meinem Schlafzimmerspiegel. Sie ist ein neuer Mensch. Guter Geschmack hat sie berührt wie der Zauberstab einer guten Fee: Eine Rüschen-Tunika kaschiert geschickt ihr Hüftgold. Dazu eine gut geschnittene Bluejeans und Schaft-Sandaletten, die ihre Beine verlängern. Ihr Leben als Hausfrau ohne Stilgefühl, aber mit Neckermannkatalog ist nur noch eine blasse Erinnerung. »Das hab ich alles dir zu verdanken!«, sagt die Huber Sabine strahlend.

»Gefällt es dir wirklich? Schön.«

»Alles dir zu verdanken.«

»Ja, ja, schon gut.«

»Ich hab was für dich!« Rote Flecken leuchten auf ihren Wangen. Sie ist aufgeregt. »Ich war bestimmt in vier oder fünf Läden.« Sie zückt ein Schmucketui und öffnet es.

Was wird das? Ein Heiratsantrag? Ich befürchte Schlimmes, aber damit habe ich nicht gerechnet: Ich schaue auf einen Ring aus Acrylglas, auf dem – wie ein Zapfen – ein rosaroter Pinguin hockt.

Sie bemerkt meine Irritation. »Hyäne gab's keine.«

»Was ist das?« Würde gerade ein UFO vor meiner Haustür landen, der Ton meiner Frage wäre derselbe.

»Freundschaftsring. Ich hab auch einen.« Sie lächelt stolz und holt aus ihrer Tasche einen zweiten Pinguinring. »Den stecken wir uns an den Finger.«

Meine Hände wandern instinktiv in meine Hosentasche. »Das ist … interessant.«

»Einer guten Freundin schenkt man einen Freundschaftsring.« Sie strahlt mich an.

»Aber du und ich, wir sind doch sehr … unterschiedlich.« Ich lächele sie aufmunternd an. »Außerdem wirst du ja bald wieder nach Bayern zurückkehren. Deine drei Wochen laufen schließlich nächste Woche ab.«

»Eigentlich gefällt es mir hier gerade recht gut.«

»Und dann wissen wir nicht, ob wir den Kontakt halten können. Rottau – das ist doch ganz schön weit weg.«

»700 Kilometer.«

»Es fühlt sich viel weiter an.«

»Wir können telefonieren.«

»Wir haben doch alle viel zu tun.«

»Ich und der Adi können dich auch mal in Berlin besuchen.« Sie hält inne, muss an den Adi denken, wird traurig. »Ich hab heute früh mit ihm telefoniert. Er war wieder recht unfreundlich.«

»Tut mir leid«, sage ich tröstend.

»Ja, danke!« Sie nickt bedrückt, dann erinnert sie sich an die Freundschaftsringe und bekommt wieder gute Laune: »Und wenn wir nicht nach Berlin kommen, kommst du eben nach Rottau. Im Winter, wenn der Christkindlmarkt in Rosenheim öffnet …« Sie bemerkt meinen abwehrenden Blick und ist enttäuscht. »Du magst gar nicht mit mir befreundet sein, gell?«

»Doch.« Es kommt einen Tick zu spät und zu gedehnt. »Aber man darf nicht leichtfertig mit so was umgehen. Freundschaftsringe, hey, das ist eine große Nummer! Eine echte Verpflichtung! Und wir sind wirklich verschieden. Ich bin eine moderne Großstadtfrau, die im Berufsleben steht, und du …« Ich krame nach einer positiven Formulierung. »Du hast diese wunderbar erdverbundene Aura.«

»Ein Landei bin ich, sag's ruhig.« Sie ist traurig. Eine peinliche Pause entsteht. »Ich hab nicht so viele gute Freunde. Meine alte Schulfreundin Rosi vielleicht. Aber die ist ein bisserl stehen geblieben im Kopf.« Ich bin überrascht, diese Worte ausgerechnet aus ihrem Mund zu hören. »Und die Söhne sind auch schon groß. Der Schorsch ist gerad mit seiner Freundin in Italien, und der Hubsi ruft auch nie an.«

Ich nicke. Was soll ich auch sonst tun? Aus der Haustür flüchten?

»Ich weiß schon, wir sind unterschiedlich. Am Anfang bin ich dir auf die Nerven gegangen. Hab ich schon gemerkt. Aber jetzt hab ich halt gedacht, wir sind Freundinnen. Hast du doch selbst gesagt.«

»›So was *wie* Freundinnen‹, habe ich gesagt. Man muss da schon präzise sein. Ich bin eine Frau des Wortes, wie du weißt.« Ich nippe an meinem Glas Wasser und würde jetzt gerne das Thema wechseln.

»Du findest den Ring hässlich, gell?«

»Ja.«

»Sehr hässlich?«

»Ja.«

Sie ist enttäuscht und trinkt auch einen Schluck. »Ich find das halt toll, wie du dein Leben lebst. Du hast so eine schöne Wohnung, dein Beruf ist so aufregend, und wir haben so tolle Sachen erlebt in Berlin. Chippendales!« Sie muss unwillkürlich kichern.

»Chippendales …« Auch ich muss wider Willen lächeln. Trotz des Laptop-Waterloos, das mir meine Chippendales-Eskapade in meinem Büro eingebrockt hat. Ich blicke erneut auf den Pinguinring, und ihr Steinpinguin in meinem Bad fällt mir ein. »Warum eigentlich immer Pinguine?«

»Weil sie wirklich alles für den anderen geben!« Ihre Augen leuchten. »Ich hab ganz einen herzigen Film über Kaiserpinguine gesehen: Das Männchen watschelt wochenlang über das Eis am Südpol, bis es sein Weibchen findet und sich mit ihm paart. Das Weibchen legt ein Ei, und dann muss es wochenlang über das Eis zum Meer watscheln, um Nahrung zu holen. Und das Männchen wartet und brütet das Ei aus.« Ihre Augen leuchten immer noch. Sie springt auf und untermalt gestenreich: »Es hockt zwei Monate auf dem Ei und balanciert es auf den Füßen. Es rührt sich erst wieder von der Stelle, wenn das Weibchen mit Nahrung zurückkommt. Ist das nicht toll?«

»Warum bekommen sie ihren Nachwuchs nicht gleich am Meer, dort, wo es Nahrung gibt?«, frage ich nach. »Kommt mir reichlich kompliziert vor.«

Wieder dieser enttäuschte Blick von ihr.

»Ja, ja, habe ich schon verstanden. Ganz tolle Tiere«, schiebe ich hinterher.

Sie nickt etwas beleidigt.

Ich will die schlechte Stimmung heben: »Muss man denn so einen Freundschaftsring unbedingt am Finger tragen?«

»Wo denn sonst?«

»Ich bewahre ihn auf, einverstanden?«

Sie überlegt und freut sich. »Einverstanden.«

»Freundin?«

»Freundin!« Sie lacht glücklich und breitet die Arme aus.

»Keine Umar…« Zu spät. Sie zerrt mich an ihren Busen und ist glücklich.

An diesem Abend lege ich den Pinguinring in mein Schmuckkästchen. Neben den Verlobungsring meiner Mutter, den ich geerbt habe, als sie vor fünf Jahren gestorben ist. Ich mixe mir das dritte Glas Campari Orange des Abends; ich glaube, ich bin schon etwas angetüdelt. Meine beste Freundin Thea fällt mir ein, sie arbeitet jetzt für Audi in Indien. Während unserer Studienzeit, in unserer winzigen Berliner Zweizimmer-WG in Friedrichshain, haben wir einen ganzen Sommer Campari Orange gebechert und mit Theas altem Golf Cabrio die Großstadt unsicher gemacht. Spontan wähle ich Theas Handynummer. Ich trinke noch einen Schluck Campari. Sie scheint nicht zu Hause zu sein. Plötzlich eine Stimme am anderen Ende der Welt:

»Yes … hello?«

»Thea?!«

»Yes.«

»Hey, Schatzi!«, jauchze ich feuchtfröhlich in mein Telefon. »This is Charlotte!«

»Charlotte?!«

»Charlotte!«

»Charlotte. Natürlich …« Ihre Stimme ist ausdruckslos. Erkennt sie mich denn nicht?

»Thea! Hier ist Charlotte!«

Endlich kapiert sie: »Mensch, Charlotte! Sorry, die Verbindung ist schlecht, und ich habe schon geschlafen. Es ist drei Uhr morgens hier.«

»Oh, habe ich dich geweckt? Tut mir leid. Habe ich wohl zurück- und nicht vorgerechnet. Tut mir echt leid.«

»Ich habe morgen früh eine unglaublich wichtige Präsentation!«

»Tut mir wirklich leid. Aber morgen ist doch Sonntag!«

»Ja, auch sonntags wird hier gearbeitet!« Sie hat plötzlich einen hysterischen Unterton in der Stimme, den ich noch aus unserer Studentenzeit kenne. »Ich werde heute Nacht bestimmt nicht mehr einschlafen können. War eh schon irre aufgeregt.« Sie beruhigt sich. »Was wolltest du denn, Charlotte? Ist was passiert?«

»Ich wollte eigentlich nur mal wieder quatschen.«

»Ach so. Ja, natürlich. Mann, ich kriege bestimmt kein Auge mehr zu!« Schon wieder der hysterische Unterton.

»Stimmt, das Problem hattest du ja schon während des Studiums. Wenn du einmal aus dem Schlaf gerissen wirst …«

»Ich bin durch mein mündliches Examen gefallen, weil du mich damals mitten in der Nacht aus den USA angerufen hast. Erinnerst du dich?«

»Richtig! Da habe ich mich ja auch vertan mit Vor- und Zurückrechnen.«

»Die werden mich morgen lynchen.«

»Wollen wir lieben wann anders telefonieren?«

»Ja, wäre mir ehrlich gesagt lieber. Der Stress ist gerade brutal.«

»Okay, dann gute Nacht.«

»Gute Nacht. Bis bald. Ist denn alles okay bei dir?«

»Ja, alles okay.«

»Gut, dann bis bald.« Sie legt auf. Ich seufze und trinke noch einen Schluck. Und noch einen. Und noch einen. Noch mal fällt mein Blick auf den Pinguinring. Ich schiebe mir den Ring für einen kurzen Moment an den linken Ringfinger und muss wieder lächeln.

45

ES GIBT HUNDERT GUTE GRÜNDE, warum ich nicht auf Marius' Premierenfeier gehen sollte. Der wichtigste: Marius. Der zweitwichtigste: sein Film. Der drittwichtigste: die 12 548 Euro, die ich in diesen Film »investiert« habe. 12 548 Euro, die er in 18 Minuten verfilmtes Esperanto verwandelt hat.

»Du hier?!« Julia Luise Körting grüßt mich schnippisch und schiebt ihren Größe-Null-Schauspielerkörper durch die Menschentraube in Marius' Wohnung/Loft/Atelier. 180 Quadratmeter unrenovierte Industrieetage in der ehemaligen staatlichen Desinfektionsanstalt von Friedrichshain. Eine Wohnung, so roh und so minimalistisch eingerichtet, dass sie jedem Berliner Szenehipster Neidtränen in die Augen treibt. Wobei Marius es vermutlich gar nicht darauf anlegt, cool zu sein. Ich glaube vielmehr, er wollte sich einfach nicht mit der Einrichtungsfrage beschäftigen. Ein paar Sonnenstühle vom Sperrmüll, eine riesige Filmleinwand, eine Matratze auf dem Fußboden: Mehr braucht ein Künstler nicht. Und sollte Marius weiterhin so gut bei *Renata* verdienen, wird er es sich irgendwann sogar leisten können, dieses zugige Fußballfeld zu heizen.

Yong-Dao taucht neben mir auf. »Du hier?!«

»Ja, ich hier!« Langsam werde ich zickig.

»Ich freue mich riesig!« Er lächelt – wenn ich es nicht besser wüsste, würde ich sagen: Er lächelt *herzlich* – und taucht wieder in der Menschenmenge ab. Alle von *Renata* sind hier. Niemand soll denken, ich würde mich verstecken, nur weil dies die Feier meines verhassten Exfreundes ist, oder weil ich bei *Renata,* nett formuliert, gerade einen schlechten Lauf habe. Mein Erscheinen soll ein Zeichen der Stärke setzen. Alle sollen sehen: Ich bin noch nicht besiegt. I will survive!

Zwischen den Köpfen in der Menge sehe ich, zum wiederholten Mal, Alex. Er trägt einen Ausdruck von Geschäftigkeit zur Schau und versucht damit zu verbergen, dass er seit einer Stunde orientierungslos seine Kreise zieht und keine Menschenseele kennt. Er lehnt sich an eine Wand, kontrolliert sein Handy, wartet darauf, entdeckt zu werden. Keine Nachricht. Von wem auch? Er wechselt zur nächsten Wand, wartet darauf, entdeckt zu werden, kontrolliert wieder sein Handy. Immer noch keine Nachricht.

»Ist das da eigentlich dein neuer Lover?« Benno taucht neben mir auf.

»Der?« Ich deute auf Alex, der sich gerade freut, dass er auf Marius' Loserkumpel Gregor trifft. Zumindest einen Menschen kennt Alex, und vielleicht wird er jetzt wenigstens als Barista entdeckt. »Wie kommst du denn auf so was?«, frage ich Benno.

»Der hat mich vorhin auf der Toilette zugetextet. Meinte, er würde gerne mit mir ›Projekte‹ machen. Habe gar nicht verstanden, was er meint.«

»Keine Ahnung, wer das ist«, sage ich.

»Was machst *du* eigentlich hier?«, meint Benno unvermittelt.

Ich drücke ihm mein leeres Glas in die Hand und lasse ihn stehen.

Das Fußballfeld ist verstummt. 80 Köpfe starren konzentriert auf Marius' Leinwand. Ich korrigiere: 80 Köpfe starren auf die Leinwand und *versuchen,* sich zu konzentrierten. Und wenn sie sich nicht gerade eine Zigarette anzünden, mit ihrem Nachbarn tuscheln oder eine SMS-Salve verschicken, gelingt ihnen das auch fast. Ein Handy klingelt. Ein irritierter Blick von Marius. Nervös kauert er auf einem Stuhl. Schuldbewusst wird das Handy abgestellt. Der Film beginnt: *La larmoj de la klaúno,* zu Deutsch *Die Tränen des Clowns.* Und da ist er auch schon – ein bunt geschminkter Clown, verkörpert von Marius Nachtweih, dem Regisseur, Autor, Cutter, Komponisten und Kabelträger des Meisterwerks. Mit wehmütigem Blick streift der Clown durch eine der verträumtesten Gegenden Deutschlands: Berlin-Neukölln, im nasskalten November. Die triste Stimmung hätte der Film auch durch Sonnenschein nicht verloren, denn natürlich ist dieses Arthouse-Juwel in Schwarz-Weiß gedreht. »Kie estas mia frato, kie mia fratino?« Der Clown schaut mit weltschmerzverzerrtem Gesicht in die Kamera. Der Untertitel verrät uns: »Wo ist mein Bruder, wo meine Schwester?«

Unvermittelt plärrt ein weiteres Handy los: »Ich will zehn nackte Friseusen.«

»Sorry!« Benno kramt in seiner Tasche und sucht sein Telefon.

Der Clown begegnet einem marokkanischen Drogendealer und fragt ihn mit kindlicher Neugierde, warum er Crystal Meth verkaufe. Eine Hommage an Saint-Exupérys *Der kleine Prinz:* Der melancholisch nachdenkliche Clown trifft weitere verlorene Seelen. Eine 15-jährige Mutter, einen türkischen Familienvater, eine deutsche Putzfrau. Man muss Marius immerhin zugutehalten: Er glaubt fest an seine Botschaft, was auch immer die Botschaft sein mag. Hehre Ziele also. Enden meistens in schrecklichen Filmen mit Clowns in Neukölln.

»Zehn nackte Friseusen. Mit richtig feuchten Haaren«, krakeelt das Handy. Die Deckenbeleuchtung geht an. Marius stellt den Beamer aus. Stumm, bleich und mit waidwundem Blick stellt er sich vor sein Publikum.

»Ich hab's gefunden.« Benno hält sein Handy hoch. »Aber geiler Klingelton, was?«

Marius starrt durch die Zuschauer hindurch. Er ist ins Mark getroffen. Betretenes Schweigen im Publikum. »Am besten, wir amüsieren uns jetzt einfach wieder«, flüstert er.

Das Auditorium scheint erleichtert. Jeder lässt noch zwei Alibi-Sekunden größter Betroffenheit verstreichen, dann stürzen alle in Richtung Buffet.

»Schade, ich fand es deep«, sagt Yong-Dao. »Ich mache dir einen Caipi, Marius, okay?«

»Mach mir zwei«, sagt er und wirkt plötzlich sehr allein. Ich stelle mich zu ihm.

»Ich glaube, du wolltest mit diesem Film tatsächlich etwas ausdrücken«, sage ich und merke, dass meine Wortwahl unglücklich ausgefallen ist.

»Was willst du?«, fragt er unfreundlich. Ich bereue es, dass ich ihn trösten wollte. »Dich lustig machen?«

»Schon gut«, sage ich und bin dankbar, als sich Thomas, unser neuer Praktikant, zu uns gesellt und den Druck von mir nimmt, alleine über Marius' Esperantostreifen reflektieren zu müssen.

»Charlotte!« Neele Frickenbach wankt mir aus der Toilette entgegen. Ihr Stummelgebiss lacht mich an. Es ist weit nach Mitternacht, und nicht nur sie hat sich ausgiebig an Marius' improvisierter Cocktailbar bedient. Zwei Singapore Slings haben meine Reaktionszeit verdoppelt, zu spät wende ich den Blick von Neeles Nilpferdgebiss ab. Sie wird ernst: »Wir müssen mal reden.« Sie hakt sich bei mir unter und zieht mich in eine stille Ecke. »Marius war heute in der Maskenprobe. Ich weiß nicht so recht …«

»Wo ist das Problem?«

»Es ist ganz schön heftig geworden.« Neele zeigt mir Fotos von der Probe: Marius ist nur noch der klägliche Rest von einem Menschen. Ich starre auf sein grotesk verunstaltetes Gesicht, eine Fratze wie aus einem Horror-B-Movie, mit tassengroßen Brandblasen und weggeschmolzener Kieferpartie. »Meinst du nicht, dass wir übertreiben?«, fragt Neele besorgt.

Natürlich übertreiben wir! Jeder Praktikant, jeder Kabelträger, jeder Filmstudent im ersten Semester würde erkennen, dass dieses verstörende Zerrbild eines Gesichts im krassen Kontrast zur wohlig harmlosen Telenovela-Tonart steht, auf die unsere Zuschauerinnen geeicht sind.

»Ob wir die Leute damit nicht verschrecken?«, fragt sich Neele.

Ich blicke hinüber zu Marius. Er leckt noch immer die Wunden seiner verpatzten Filmpremiere und betrinkt sich mit »Baron« Georg Tellmann, der sich darüber freut, heute Nacht jemanden zum Mitsaufen gefunden zu haben. Der abgefüllte Baron umarmt Marius überschwänglich, der es einfach geschehen lässt, so niedergeschlagen ist er. Jetzt bloß kein Mitgefühl mit Marius, hämmere ich mir ein. »Es ist genau richtig so, Neele«, sage ich.

»Na gut, wenn du es sagst. Weil wir drehen ja morgen früh schon. Und dann geht es so auch auf Sendung.«

»Gut.« Sehr gut! Morgen früh sind Marius' und Yong-Daos Karriereenden besiegelt. Mission Charlotte holt zum letzten Schlag aus.

Neele nippt unsicher an ihrer Bowle. »Ich hätte da letztens wohl etwas taktvoller zu dir sein sollen.«

»Taktvoller?« Ich tue so, als hätte ich keine Ahnung, wovon sie redet.

»Du weißt schon, ich habe dir doch erzählt, dass Marius und ich …«

»Ach, das!«

»Ihr wart damals erst ganz frisch zusammen. Ich wusste das nicht!«

»Gut.« Ich stelle nonverbal klar, die Sache ist erledigt.

»Wir wussten das im Grunde alle nicht. Ihr habt eure Beziehung ja nicht öffentlich gemacht.«

Nonverbal funktioniert bei Neele nicht. »Die Sache ist für mich erledigt«, sage ich klar und deutlich.

»Ich frage mich natürlich schon, ob du mir noch böse bist.«

»DIE SACHE IST FÜR MICH ERLEDIGT!«

Ein Grüppchen *Renata*-Mitarbeiter dreht sich neugierig nach mir um und wundert sich.

»Weil, wenn du noch böse bist …«

»Hallo?! Spreche ich serbokroatisch?!« Die Musikanlage steht direkt neben mir. In einer späteren Analyse wird man sagen:

Es war das Quäntchen Pech, das aus einem angespannten Moment eine Katastrophe gemacht hat. Entschlossen reiße ich den Stecker der Anlage aus der Steckdose an der Wand. Die Musik geht mit einem Ruck aus, weitere Köpfe drehen sich in meine Richtung, das Gemurmel verstummt. Ich habe plötzlich die Aufmerksamkeit der gesamten Firma für mich. Das letzte nüchterne Hirnareal will einen Gedanken der Warnung artikulieren, doch ich bin schneller: »Sorry, Leute, die Musik geht gleich weiter. Ich wollte nur sagen …« Was wollte ich eigentlich sagen? »Ich bin nicht mehr böse!«

»Ey, was will die Tussi?« Ein Typ, ich glaube, er ist eine Aushilfe in der Personalabteilung, ruft aus der Menge heraus.

»Nicht mehr böse. Auf Marius!«, ergänze ich.

Marius befreit sich aus der Schulterumarmung des Barons und schaut mich mit alkoholunterlaufenen Augen perplex an.

»Und ich freue mich sehr, dass er zurückgekehrt ist zu *Renata*.« Ich klatsche. Einige wenige folgen meinem Beispiel.

»Mach mal wieder die Mucke an!« Wieder die Aushilfe.

»Okay, es geht weiter«, sage ich. »Amüsiert euch!« Meine Hand will die Anlage wieder einstecken, aber eine Kleinigkeit muss ich noch loswerden: »Und es ist mir wirklich egal, dass Marius jede Frau im Raum gevögelt hat!«

Nervöses Gelächter. Die Huber Sabine taucht neben mir auf und flüstert mir zu: »Wir lassen lieber wieder die Musi spielen.«

Nein, jetzt rede ich! Ich werde wieder laut: »Ich habe doch immer gewusst, dass er ein mieses Dreckschwein ist, das seinen Rüssel in jedes Trüffelloch stecken muss. Aber drauf geschissen, ich bin wirklich nicht böse.«

»So, jetzt werde ich auch mal wütend!«, sagt Marius.

»Soll er doch ruhig am Alex stehen und Würstchen verkaufen!«, sage ich.

»Jetzt wird's sehr privat«, sagt die Huber Sabine nervös.

»Tu nicht so, als wäre das alles meine Schuld!«, schreit Marius mich an.

»Etwa nicht? Habe ich dir jemals eine E-Mail geschrieben: ›Fick alles, lass nichts aus!‹«

»Wir passen doch eh nicht zusammen!«

»Was soll das denn heißen?!«

»Wirklich schon spät!« Erneut ein hilfloser Beschwichtigungsversuch der Huber Sabine.

»Ruhe!«, bellt die Aushilfe. Sie hat Geschmack gefunden an unserem Schlagabtausch. Wann hat man das schon mal? *Big Brother* live! Auch Alex löst sich aus der Menge und beginnt mit seinem Handy zu filmen.

»Also, was soll das heißen: ›Wir passen nicht zusammen‹?« Wütend reiße ich Alex das Handy aus der Hand und warte auf Marius' Antwort.

»TV-Karriere, sanierter Altbau, Nespresso-iPhone-Mini-Cooper-Fetisch. Das bin ich nicht!«, spuckt er aus.

»Stimmt, dein Lebensentwurf ist ja eher das Modell afrikanischer Hirsebauer: kein Geld, immer was zu vögeln.«

»Hier zum Beispiel!« Er zeigt auf seine Industrieetage. »Lächerlich! Viel zu groß! Wie soll ich das heizen? Genau das denkst du!«

»Quatsch! Wie spießig wäre das denn!«

»Aber genau hier wohne ich gerne! Und vögle jede Frau, die mir passt!«

Klacks! Ein Batzen Guacamole klatscht in sein Gesicht. Meine Hand hat ihn vom Buffet dort hinbefördert. Ein Raunen geht durch den Raum: Ich habe unseren Telenovela-Star tätlich angegriffen! Marius wischt sich mit einer Serviette wütend die Guacamole von der Wange – und unternimmt nicht das Geringste, um zum Gegenschlag auszuholen. Sein gewaltloser Widerstand – als wäre er Gandhi! – macht mich nur noch rasender. »Jetzt wehr dich wenigstens!«, schreie ich ihn an. Klacks! Ich habe einen Löffel Kichererbsenpaste gegen sein Hemd gefeuert. »Nie wehrst du dich!« Wieder das Raunen aus der Menge.

»Da ist noch Zaziki«, meldet sich Benno zu Wort.

Klacks! Ich lasse einen Schneeball Zaziki auf Marius' Hose landen.

Marius erwacht endlich aus seiner Schockstarre und stampft mit Wut im Blick auf mich zu. Will er auf mich losgehen? Soll er doch! Dann machen wir's hier aus, vor allen. Ich gehe geschmeidig in die Abwehrhaltung, die ich als Studentin im Frauen-Selbstverteidigungskurs der VHS gelernt habe. Ich versuche mich daran zu erinnern, ob ich erst den rechten oder den linken Fuß nach vorne stellen soll, meine Knie wackeln geschwächt vom Alkohol. Marius schiebt mich einfach zur Seite und greift nach einer halb vollen Flasche mit hochprozentigem Zuckerrohrschnaps. »So, jetzt schau mal!« Er schüttet einen halben Liter Cachaça auf ex in sich hinein. Das gut gelaunte Gelächter im Publikum verstummt. Bis zu diesem Zeitpunkt haben Marius und ich erstklassiges Entertainment auf RTL2-Niveau geboten, jetzt aber fällt der Moment aus der Tonlage. »Der ganze Abend ist doch eh schon total im Arsch«, murmelt er und wischt sich die Lippen ab. Der Clown ist zur tragischen Figur geworden.

Ein weiteres Handyklingeln plärrt in den Raum: »Geh jetzt an dein Handy ran, denn es ist ein Opfer dran.«

46

URTE UND MAREN sind die letzten Partygäste. Untergehakt und sich gegenseitig stützend stolpern sie hinaus aus Marius' Industrieetage ins abgeranzte Treppenhaus mit den total authentischen Graffitis. Langsam lichtet sich der Dunst, den der Alkohol in meinem Hirn hat aufziehen lassen. Ein unrühmlicher Abend geht zu Ende.

»Schon spät, was?« Ich mache auf heiteren Small Talk.

Urte und Maren nicken wortlos.

»Die Sache mit der Guacamole war übrigens abgesprochen.«

Noch ein knappes Nicken, verbunden mit einem mitleidigen Blick: netter Versuch, Charlotte!

Verdammt noch mal, ich bin hier immer noch der Chef. Ich erwarte ein zackiges: »Natürlich war das abgesprochen. Ansonsten würdest du doch niemals mit Guacamole durch die Gegend werfen. Wie peinlich wäre das denn!« Die beiden wanken die Treppe hinunter und sind verschwunden.

Aus der Toilette dringen die Würgegeräusche eines Volltrunkenen: Marius. Die Huber Sabine »assistiert« ihm. Sie will ihn heute Nacht nicht alleine lassen, hält es für zu riskant. Wer weiß, auf welche dummen Gedanken er im Vollsuff kommen könnte. Ich gehe auch und lasse die beiden zurück. Ein absurder Gedanke schleicht sich ein: Wer weiß, auf welche dummen Gedanken sie beide heute noch kommen könnten. Schließlich fing zwischen ihm und mir auch alles mit einer langen Partynacht an. Nein, ausgeschlossen! Er und sie, allein der Gedanke ist abwegig!

Mein Taxi prescht durch das nächtliche Berlin. Dicke Tropfen trommeln auf die Windschutzscheibe. Die Großstadt schläft, und nur ein Penner mit Tüte auf dem Kopf huscht durch den Regen. Moment mal … »Sofort anhalten!«, schreie ich.

Der Taxifahrer bremst scharf und lächelt mich schief an: »Aber für dich doch immer gerne, Schnucki! Kennste den?«

Ich habe richtig gesehen: Der Penner ist unser neuer Praktikant Thomas, offensichtlich auch auf dem Nachhauseweg. Ich öffne ihm die Autotür. »Wohnst du auch am Prenzlberg?« Er nickt. »Dann steig ein.«

Dankbar und durchnässt nimmt er auf der Rückbank Platz. Pfützen bilden sich vor ihm auf der Fußmatte.

»Warum nimmst du kein Taxi?«

Er zuckt mit den Schultern. Ich ahne, er hat kein Geld. Er hätte sich eine Notlüge ausdenken können. »Ich liebe den Sommerregen« oder so ähnlich, aber zu lügen hätte nicht zu ihm gepasst. Ich gebe ihm ein Taschentuch, damit er seine Brille putzen kann. Vorsichtig trocknet er die Gläser. Sein Brillenbügel ist in der Mitte durchgebrochen und wird notdürftig von Tesafilm zusammengehalten. Dr. Thomas Mazzoleni ist schon 43 Jahre alt und hat seine Doktorarbeit über das Spätwerk eines italienischen Philosophen geschrieben, dessen Namen ich weder kannte noch mir merken konnte. Emotionslos schilderte er mir während unseres Bewerbungsgesprächs vor zwei Wochen seinen Werdegang: Eigentlich wollte er Karriere an der Uni machen, hätte sogar seine Habilitation über das rätselhafte Frühwerk eines süddeutschen Philosophen begonnen, dessen Namen ich weder kannte noch mir merken konnte. Doch dann hätte er sich mit seinem Professor überworfen. Irgendein Expertenstreit über die richtige Methode, das Frühwerk zu begreifen. Als ob es dafür eine richtige Methode gäbe! Jetzt habe er sich für den Schritt in die Praxis entschieden, erklärte er mir mehr trotzig als stolz. Ein Praktikum bei *Renata* solle der Einstieg in eine Drehbuchkarriere sein. Er wolle ein Biopic über einen baskischen Philosophen schreiben. Ich brauche nicht zu erwähnen, dass ich seinen Namen weder kannte noch mir merken konnte.

»Ich fand Marius' Film äußerst bereichernd«, sagt er und trocknet mit dem Taschentuch nun auch seine Haare, »ein intellektueller Genuss.«

»Mmmhhhmmmhhh.« Ich gebe einen betont schläfrigen Laut von mir, der jede weitere Konversation zu diesem Thema im Keim ersticken soll.

»Für mich reiht sich der Film als philosophisches Gleichnis in die zeitgenössischen Diagnosen einer ethisch zersplitterten Welt der ›Anderen‹ ein.«

Ich schaue ihn lange an. »Fühlst du dich eigentlich wohl bei *Renata*?«

Lange Pause, dann: »Geht so.« Seit er Praktikant ist, fühlt sich vor allem Benno wohl. Endlich muss ein anderer den Kaffee holen, und Benno kann nach unten treten. »Der Professor«, wie Benno Thomas spöttisch nennt, ist ein dankbares Opfer. Benno hat herausgefunden, dass Thomas unter einer krankhaften Angst vor Hühnern leidet. Vorgestern scheuchte Benno ein Huhn durch unser Büro, ein Riesenspaß für ihn und seine zwei Mittäter aus der Technikabteilung. Thomas zeigte die gesamte Bandbreite an Angstreaktionen, flüchtete auf seinen Schreibtisch und bekam eine Panikattacke. Schließlich gelang es Urte und mir, das Huhn wieder einzufangen. Statt Benno zu feuern, beließ ich es bei einer Rüge. Benno ist beliebt bei den Kollegen. Ich fürchte, beliebter als ich.

»Wenn dir Benno zu sehr auf den Wecker geht, sagst du's mir, ja?« Ich frage mich, woher meine plötzliche Fürsorge für Thomas kommt. Etwas an ihm rührt mich. Ich weiß noch nicht, was es ist.

»Nein, nein. Mit dieser Herausforderung muss ich schon alleine zurechtkommen. Ich muss endlich lernen, Konflikte auszutragen. Das sieht mein Therapeut auch so. Jetzt rede ich schon wieder viel zu viel. Hier wohne ich übrigens.«

Das Taxi hält. Er bedankt sich höflich und verschwindet im Dunkel der Nacht. Es hat aufgehört zu regnen, die Pfützen spiegeln die Straßenbeleuchtung. Ich schaue ihm hinterher. Was für eine seltsam flüchtige Begegnung. Mir fällt *Der Kleine Prinz* ein. Und all die merkwürdigen Gestalten, die er auf seiner Reise durchs Weltall trifft.

47

ALS MICH MEIN TELEFON um fünf Uhr morgens aus tiefen Träumen reißt, ist mein Unterbewusstsein sich schon sicher, wer dran ist:

```
                    HUBER SABINE
          Charlotte?

                    ICH
          Weißt du, wie viel Uhr es ist?!

                    HUBER SABINE
          Es ist passiert!

                    ICH
          Du und Marius?

                    HUBER SABINE
          Es ist passiert. Ich bin 18 Mal
          zum Höhepunkt gekommen.
```

»Charlotte?«

»Ja?«

Es ist nicht die Huber Sabine, sondern Marius: »Ich liebe dich!« Stille. »Ich liebe dich, hast du gehört?«

»Marius, du bist betrunken!«

»Ich liebe dich!«

»Gute Nacht!« Mein Hörer landet krachend auf der Gabel. Im Gegensatz zu modernen Geräten hat mein gusseisernes Antiktelefon tatsächlich noch eine Gabel. Ich habe es extra für Telefonate wie dieses gekauft.

48

AM MORGEN DANACH ignoriert mein Schädel hartnäckig die Überdosis Aspirin, welche die Überdosis Alkohol von letzter Nacht bekämpfen soll. Mein Gehirn arbeitet nur auf halber Kraft, versäumt es allerdings nicht, mich daran zu erinnern, wie peinlich ich mal wieder war.

Doch nichts kann meine Vorfreude trüben, als ich zur Arbeit fahre. In der Produktionshalle von *Renata* wartet das Team mit gespannter Erwartung auf den Beginn des Drehtages. Gleich wird Marius in neuer Monstermaske am Set erscheinen. Einige haben bereits die Fotos von Neele gesehen und mit großer Zurückhaltung reagiert, nur der zottelige Tonmann – ein ausgewiesener Experte geschmackloser Horrorfilme – hat allen *Renata*-Machern überschwänglich zu dieser kreativen Glanzleistung gratuliert. Ein untrügliches Zeichen dafür, dass die Zuschauerinnen die Maske verabscheuen werden!

Angeführt von der Huber Sabine, strömt ein lärmendes Grüppchen Frauen in die Halle. Der Berliner *Renata*-Fanclub. Ganz bewusst habe ich sie für diesen Drehtag eingeladen. Sicherlich noch heute werden sie die verstörende Begegnung mit ihrem Idol Marius Nachtweih in die Foren aller *Renata*-Fanclubs hinaustragen und damit eine Lawine der Zuschauerentrüstung lostreten.

Plötzliche Stille. Er kommt! Gefolgt von Neele und einem Aufnahmeleiter, tritt Marius in die Kulisse. Aber?! …

»Wo ist deine Maske«, frage ich ihn irritiert, denn er sieht so aus, wie Johannes von Papenburg schon immer ausgesehen hat: glatt rasiert, frisch geföhnt und keine noch so winzige Narbe im Gesicht.

Neele zuckt entschuldigend mit den Schultern.

»Was?!«, fahre ich sie an. »Wir drehen jetzt, ihr müsst sofort in die Maske!«

»Er will nicht«, sagt sie.

»Was heißt, du willst nicht?«, frage ich ihn.

»Ich dachte, mit so einer Maske im Gesicht könnte ich Kunst machen.«

»Aber genau das willst du doch, nicht wahr?!«, frage ich nervös.

Marius sammelt sich kurz. Die erwartungsvollen Blicke des gesamten Teams und aller Fanfrauen ruhen auf ihm. »Verdammt noch mal, Charlotte, ich wollte meinen Kopf durchsetzen. Gegen deinen Willen!«

»Aha.« Man muss mir anhören, dass ich mit allem gerechnet habe, nur nicht damit.

»Du hast gesagt, du willst die Maske nicht. Also ist es so. Du bist hier der Boss, nicht wahr?«

Ein erstauntes »Doch!« kommt aus meinem Mund. Auch Yong-Dao ist über Marius' Bekenntnis zu überrascht, um Einspruch zu erheben.

Marius wird ernst: »Was ich gestern Nacht am Telefon gesagt habe, meine ich auch so.«

»Wat hat er denn gesacht?«, hakt Erika neugierig nach, einer der drei Fanfrauen-Klone, die in meiner Küche saßen.

Ich schweige demonstrativ.

Die Huber Sabine lächelt glückselig. »Er hat gesagt, dass er sie liebt!«

Die Fanfrauen stoßen einen Seufzer der Begeisterung aus.

»Er war total betrunken«, stelle ich klar, »und ist es jetzt offensichtlich noch immer!« Ich schaue die Huber Sabine säuerlich an: »Woher weißt du das überhaupt?«

»Sie war dabei!«, sagt Marius und geht einen Schritt auf mich zu. »Gestern Nacht, als ich über der Kloschlüssel hing, habe ich in einen tiefen Abgrund gesehen. Und dann hat mir Sabine ein paar Dinge erklärt.« Er nickt ihr anerkennend zu.

Sie läuft rot an; Erika und die anderen klopfen ihr stolz auf die Schulter.

Ich blicke nach links und rechts, in die neugierigen Blicke des Teams, das nach gestern Nacht einen weiteren Teil meiner Beziehungstelenovela mit Marius frei Haus geliefert bekommt. »Marius, was zum Teufel willst du?«, frage ich ihn wütend.

»Mir geht eine Frage nicht aus dem Kopf«, antwortet er. »Wenn alles zwischen uns tot ist, warum streiten wir dann mit so viel Leidenschaft?«

»Ein frisch geschlachtetes Hühnchen. Der Kopf ist ab – die Beine zucken noch.«

»Da zuckt noch viel mehr«, sagt er und fixiert mich mit seinem Blick. Ich weiß nicht, was die Fanfrauen in diesem Blick erkennen, doch sie jauchzen erneut vor Entzückung. Missgünstige Blicke hingegen von den Frauen im Team, allen voran von Julia Luise Körting. Auch wenn ich Marius' Schmierentheater nicht im Geringsten ernst nehme, die Teamfrauen scheint es eifersüchtig zu machen, und das beunruhigt mich.

49

ALS ICH IN MEINEM BÜRO im Internet die Fanforen durchkämme, entdecke ich erste Berichte über Marius Nachtweih. Doch statt Schimpf und Schande angesichts einer neuen Horrormaske erntet er Lob und Begeisterung: Er hätte sich vor den Fans zu seiner Liebe zu einer Autorin bekannt. Die Fanfrauen beschreiben sie als »nicht mehr ganz jung und einigermaßen hübsch«. Trotzdem, die Frauen in den Foren jubeln: So ein gefühlvoller, romantischer, toller Mann! Sollte es jemals Unsicherheit über Marius' Beliebtheit bei den Fans gegeben haben, spätestens seit heute haben sie ihn fest in ihre schwer pumpenden Herzen geschlossen. Schwer vorzustellen, dass es jemals wieder anders sein sollte. Marius wird bei *Renata* bleiben dürfen, bis er alt und grau ist.

Und auch Yong-Dao hat Mission Charlotte nicht ein Jota geschadet. Er darf jetzt im Einzelbüro residieren, *meinem* Einzelbüro, während ich mir ein neues Büro mit Urte teilen muss. Nach der Chippendales-Diashow ist Friedhelm zum Ergebnis gekommen, dass Yong-Dao gerade besser »performt«, und wollte ihm deshalb nicht seinen vehement vorgetragenen Wunsch nach einem Einzelbüro abschlagen. Dies ist Friedhelms Erklärung des Sachverhalts. Yong-Daos Version hingegen ist, Friedhelm hätte ihn wieder mal genötigt, auch wenn es Yong-Dao natürlich total unangenehm wäre, dass ausgerechnet er jetzt in mein Einzelbüro einziehen dürfte. Er sei ja nur der Stellvertreter! Frustriert resümiere ich: Mission Charlotte ist grandios gefloppt! Als hätte man ein Marilyn-Manson-Special im ZDF-Weihnachtsprogramm ausgestrahlt.

SPRECHERIN VON CHARLOTTE

Wer übernimmt die Verantwortung für dieses Debakel?!

Wenigstens meine Sprecherin hat erkannt, dass jetzt Köpfe rollen müssen! Totes Schweigen. Ihre Stimme hallt, als wäre mein Schädel vollkommen ausgehöhlt.

SPRECHERIN VON CHARLOTTE

Niemand?

Niemand.

SPRECHERIN VON CHARLOTTE

Also, wenn das so ist … bin ich jetzt auch mal weg.

Ein Knacksen, als hätte jemand das Telefon aufgelegt. Stille. Meine Sprecherin hat sich als Letzte aus dem Staub gemacht. Ach, haut doch alle ab!

»Was willst du?«, frage ich kalt, als Marius hereinkommt. Urte schaut neugierig von ihrem Schreibtisch auf. Ich packe ihren Bürostuhl, rolle ihn samt Urte zur Tür hinaus und schlage die Tür hinter ihr zu. Marius und ich sind alleine. Ein Zustand, den ich noch vor Tagen unbedingt vermeiden wollte. Und den ich auch jetzt noch so schnell wie möglich beenden möchte: »Du musst dich nicht entschuldigen. Du hast mich mit deiner Show blamiert, aber egal, du hattest deinen großen Auftritt.«

»Ich will mich nicht entschuldigen.«

»Auch gut. Also?«

»Ich will, dass wir über *uns* reden. Zum ersten Mal!«

»Du meinst es wirklich ernst, was?«

»Ja.«

»Okay. Reden wir. Ich halte dich immer noch für ein Schwein. Und jetzt hast du eine eitle Laune: ›Mal schauen, ob ich die kleine Charlotte noch mal rumkriege.‹ Und dann geht alles wieder von vorne los.«

»Du hasst mich wirklich, was?!«

»Natürlich!«

»Und du hasst die ganze Welt!«

»Mann, was für eine Liebeserklärung! ›Wir passen nicht zusammen‹ – deine Worte gestern Nacht, schon vergessen?« Ich setze ein distanziertes Lächeln auf. »Sonst noch was?«

Er lässt einen gut gepolsterten Umschlag auf meinen Tisch fallen.

»Was ist das?«

»Geld von der Bank und ein Gehaltsvorschuss. 12 548 Euro – mit Dank zurück. Ich habe dir Geld geschuldet, schon vergessen?«

»Natürlich.« Ich kann nicht glauben, dass sich in dem Umschlag mehr als 50 Euro befinden, auch wenn er tatsächlich wieder gutes Geld bei *Renata* verdient. Doch das Geld ist echt, auch nach mehrmaligem Prüfen.

»Das ist keine eitle Laune!«, sagt er und verschwindet aus der Tür. Ein Schrei ertönt. Auf dem Flur geht Urte zu Boden, sie hat an der Tür gelauscht. Marius hilft ihr auf. Trotz heftiger Schmerzen lächelt sie ihn schwärmerisch an.

50

»WAS HAST DU IHM GESAGT?!«

Die Huber Sabine schaut auf. Die bebende Wut in meiner Stimme scheint sie nicht sonderlich aus der Fassung zu bringen. Sie werkelt in meiner Küche herum. »Schau. Ich sortier deine Gewürze. Alles schön alphabetisch.«

»Was hast du Marius gestern Nacht ins Ohr geflüstert? Was für ›Dinge‹ hast du ihm erklärt?«

»Ja, der Marius. Mei, war der blau!«

»Macht man das so in Bayern? Erst schenkt man sich Freundschaftsringe, dann sticht man sich hinterrücks nieder? Also, was hast du ihm gesagt?«

»Nicht viel.«

»Glaube ich nicht.«

»Ich hab ihm gesagt, dass es sich lohnt, für die Liebe zu kämpfen.«

»Und weiter?!«

»Und dass das zwischen dir und dem Alexander erledigt ist. Aber das sieht ja ein Blinder.«

»Und weiter?!«

»Das war's.«

»Das war alles?«

»Ich hab ihm natürlich gesagt, dass du unglaublich unter der Trennung leidest.«

»Das stimmt doch gar nicht!«

»Und dass ich in dein Herz gesehen hab.«

»Blödsinn!«

»In deinem Herzen wird immer ein Zimmer leer stehen, in das er einziehen kann. Das hab ich ihm gesagt.«

»So, das hast du gesagt? Und er hat nicht gelacht?«

»Nein. Ich glaube, er ist ein großer Romantiker.«

Ich starre sie fassungslos an. »Verräterin!«

»Das ist halt, was ich spür.« Sie schaut mich kleinlaut an. »Habt ihr noch mal gesprochen?«

»Ja! Er hat mir seine Schulden zurückgezahlt. Er meint es wirklich ernst.«

»Ah.« Sie muss ihren ganzen Körper anspannen, um nicht laut loszujubeln.

»Er hat gesagt, ich würde die ganze Welt hassen!«

»Ach so?«

»Findest du das am Ende auch, Sabine?«

»Wo ich dich kennengelernt hab, hast auf mich ein bisserl unzufrieden gewirkt. Aber seitdem ich hier bin, wirkst du immer glücklicher.«

»Schau mich an: Sieht so jemand aus, der glücklich ist?«

»Weiß nicht.«

»Das ist die schlimmste Zeit meines ganzen Lebens!«, schreie ich sie an.

»Pssst! Der Alexander schläft schon.«

»Was?!«

»Er war heute recht müd und ist ein bisserl früher ins Bett gegangen.«

»Es ist sieben Uhr abends!«

»Ich glaube, er war wirklich …«

»ALEX?!«, brülle ich durch die Wohnung. Meine Wut will an einem Schwächeren abreagiert werden.

»Morgen bist du hier verschwunden!«, blaffe ich in mein verdunkeltes Schlafzimmer. Er öffnet schwerfällig die Augen und greift nach einem angebissenen Käsebrot, das ohne Teller auf meinem Nachttisch vor sich hin trocknet. »Hast du verstanden?!«

Er blinzelt mich schuldbewusst an: »Sorry, war müde.«

»Was suchst du in meinem Bett, Alex?! Nicht mit den Fettfingern die Bettdecke anfassen!«

»Musst du so schreien?«

»JA! Morgen bist du verschwunden, sonst hole ich ein libanesisches Räumkommando. HAST DU DAS VERSTANDEN?!«

»Ich habe nachgedacht.«

»Selbst wenn ich dir das zutrauen würde: Ist mir egal.«

»Die haben mich alle behandelt wie einen Loser! War voll für'n Arsch, die Party.«

Das Gespräch nimmt eine unerwartete Wendung. Seine Aufrichtigkeit erlaubt mir, noch mehr Häme über ihn auszugießen: »Niemand hat dich entdeckt? Ach was!«

»Ich habe echt geile Ideen, man muss mich nur machen lassen. Wie du auf der Party ausgeflippt bist, das hätte ich geil im Internet platzieren können. Aber du hast mich einfach gestoppt! Menschen wie du hindern mich am Erfolg! Ich bin kein Loser!«

»Doch, bist du! Du hast kein Abi, du hast kein Geld, du liegst einer fremden Frau auf der Tasche, an die du dich mit dreisten Lügen in einem Sex-Portal herangemacht hast. Das muss man ja alles nicht negativ sehen. Es gibt bestimmt etliche Loser auf der Welt, die eigentlich ganz tolle, begabte Menschen sind. Ich kenne keinen, aber das heißt nichts.«

»Beschaff mir einen Job!«

»Wenn du kein Loser sein willst, musst du dir selbst einen besorgen.«

»Besorg mir einen Job, damit ich Kohle habe, um auszuziehen. Dann bist du mich endlich los.«

Das klingt nach Erpressung. Das ist Erpressung. Andererseits ist es auch eine nicht zu verachtende Chance. »Was für einen Job?«

»Ich brauche Action. Also nicht nur doof malochen wie die anderen Hampelmänner. Und die Kohle muss stimmen, ist ja klar.«

»Klar. Sonst noch was?«

»Grundsätzlich bin ich flexibel. Halt keine körperliche Arbeit. Keine Nachtarbeit. Generell keine Arbeit, wo man früh aufstehen muss.«

»Verstehe.«

»Keine Arbeit, wo man viel lesen muss. Du weißt, Bücher und ich – schlechtes Tennis. Keine Arbeit, wo ich irgendeine komische Tracht tragen muss. Ich mache mich nämlich nicht zum Affen! Und natürlich keine Arbeit mit Kids, Omis oder Behindis.«

»Natürlich nicht.«

»Und? Was denkst du?«

»Hast du einen Führerschein? Kannst du Auto fahren?«

»Ja, natürlich!«, sagt er eingeschnappt.

Ich zücke mein iPhone, wähle eine Nummer und stelle auf laut.

Gunnar, unser Produktionsleiter, meldet sich: »Yo.«

»Charlotte hier. Kannst du noch einen Fahrer gebrauchen?«

»Yo.« Gunnar ist kein Mann der großen Worte.

»Gut. Dann schicke ich dir morgen früh ein junges Talent vorbei.«

Alex schaut mich fragend an: »Was genau mache ich denn?«

»Du fährst Schauspieler durch die Gegend«, erkläre ich ihm.

Er reagiert nicht.

»Glückwunsch, du hast einen Job!«, sage ich.

Alex beugt sich über mein Handy: »Alrighty. Gunnar, habe ich das richtig verstanden?«

»Yo.«

»Alexander mein Name. Kannst mich ruhig Alex nennen. Oder Alex the man. Oder Alejandro. Die Latin-Lover-Variante.« Alex lacht.

Schweigen am anderen Ende der Leitung.

»Kannst du mir den Job kurz erklären? Man will sich ja nicht leichtfertig entscheiden.«

»Du fährst Schauspieler durch die Gegend«, sagt Gunnar. Wieder Schweigen.

»Und welche Schauspieler? Slash Schauspielerinnen?« Alex grinst ungeniert.

»Keine Ahnung. Interessiert mich nicht«, sagt Gunnar.

»Gunnar hat mit den Jahren ein wenig sein Feuer verloren«, sage ich leise zu Alex.

»Noch Fragen, Alexander?«, tönt es aus meinem Handy.

»Ey, jede Menge.«

»Gut, stell sie Charlotte. Wir sehen uns morgen um vier.« Er legt auf.

Alex starrt irritiert auf mein Telefon. Er überlegt. »Echter Deppen-Job. Na ja, vier Uhr, da kann ich wenigstens noch in Ruhe baden.«

»Vier Uhr morgens.«

Er lacht, als hätte ich einen Scherz gemacht. Bis meine stoische Miene ihm signalisiert: kein Scherz. Bittere Realität.

51

MIT TRIPPELSCHRITTEN wieselt Edi über das überschwemmte Kopfsteinpflaster. Ich drücke mich an die Häuserwand. Es gießt Sturzbäche, die staubige Hitze der letzten zwei Wochen hat endlich einem reinigenden Gewitter Platz gemacht. Wobei ich immer noch nicht glauben kann, dass ich mich ausgerechnet bei diesem Wetter bereit erklärt habe, mit ihm Gassi zu gehen. Vielleicht will ich einfach nur ein paar Minuten garantierte Ruhe haben. Vielleicht hoffe ich auch auf ein Wunder, das es mir erspart, über Marius' Lass-uns-reden-Angebot nachzudenken – auch wenn für mich natürlich längst feststeht, dass ich seine Einladung zum Gespräch ablehnen werde. Das Wunder könnte sein, dass ich in die Arme meines Traummannes stolpere. Alex' *Notting-Hill*-Fantasie fällt mir ein. Der Traummann könnte ein Hollywoodstar sein. George Clooney auf Berlin-Stippvisite, frisch getrennt, total offen für ein neues Abenteuer. Wir verbringen eine heiße Nacht in seiner Adlon-Suite. Er führt mich ins Gelobte Land der Multiorgasmen, während Edi mit einer Portion Schabefleisch aus der Fünf-Sterne-Hotelküche verwöhnt wird. Am nächsten Morgen lese ich ihm ein *Renata*-Drehbuch vor. Er hat gerade für eine Rolle Deutsch gelernt, ist hingerissen von meinem Wortwitz und besteht darauf, dass ich das Drehbuch zu seinem nächsten 100-Millionen-Dollar-Film schreibe. Seine unwiderstehlichen Grübchen lächeln mich an, er hat sich in mich verliebt. Mehr noch, ich bin die erste von 758 Frauen, bei der er spürt: Dieses Mal ist es echte Liebe.

Meine kleine Fantasie endet jäh. Edi, der alte Spielverderber, zieht mich laut winselnd in eine trübe Seitenstraße. Plötzlich ist er nicht mehr zu bremsen. Mit der ganzen Kraft seines für die Dachsjagd gezüchteten Dackelkörpers zerrt er an seiner Leine. Irgendwas will er mir zeigen. Als krimigeschulte Fernsehzuschauerin erwarte ich nicht weniger als eine Leiche, die nackt und ohne Kopf im Gebüsch liegt. Doch stattdessen führt er mich zu einem BMW mit Rottauer Kennzeichen. Ich bin irritiert: Fuhr nicht der Huber Adi so ein Auto? Doch Edi zieht mich schon weiter.

Eine Trattoria. Durch die verregnete Scheibe entdecke ich Adi. Er nimmt Platz bei einer Frau. Ich sehe von hinten ihr wallendes rotes Haar, das in einen tief ausgeschnittenen Rücken fällt. Er schaut in unsere Richtung. Rasch ducke ich mich und halte dem winselnden Edi die Schnauze zu.

Als eine halbe Stunde später Adi und die Frau – es ist zu dunkel, um ihr Gesicht zu erkennen – aus dem Lokal kommen und im Regen verschwinden, habe ich mir bereits die Eierstöcke wund gefroren. Völlig durchnässt folgen Edi und ich den beiden mit viel Abstand; Edi kläfft und jault, als wolle er Enfant terrible in der Hundeschule spielen.

Meine Vorsichtsmaßnahme ist vollkommen überflüssig: Die beiden haben nur Augen und Ohren füreinander. An einer Ampel müssen sie warten. Rotes Licht fällt auf Adis gefesseltes Gesicht. Sie drückt ihn gegen den Ampelpfahl und küsst ihn leidenschaftlich. Ihre Arme schlängeln sich wie Pythons um ihr paralysiertes Opfer. Verzaubert lässt er den Regenschirm fallen und streicht ihr durchs nasse Haar. Wow! Kommt da gerade Dampf aus einem Kanalgitter? *Neuneinhalb Wochen* am Prenzlberg! Edi hat aufgehört zu winseln. Das Ganze scheint auch ihn schwer zu beeindrucken, vermutlich würde er so was gerne mit seiner Katzendame von nebenan machen, wenn sie ihn endlich ranlassen würde. Ich nutze den Moment, um dichter an die beiden heranzukommen, will endlich das Gesicht der rothaarigen Männerverschlingerin sehen. Zu spät, die Ampel schaltet auf Grün.

Drei Straßenzüge weiter verschwinden Adi und die mysteriöse Rothaarige in einem Neubau. Ein Opa kommt mir entgegen und öffnet schimpfend seinen Regenschirm.

»Die Frau, die Ihnen gerade entgegengekommen ist«, frage ich, »kennen Sie die?«

»Frau Summer. Mehr sag ick nich.« Er lässt mich stehen.

»Mehr wollt ick ooch nich hören«, murmele ich ihm schlecht gelaunt hinterher und schaue auf das Klingelschild: »H. Summer«. Seltsamer Name.

Im dritten Stock wird es hell, die Fenster gehen auf. Bonnie Tylers *Total Eclipse Of The Heart* schallt aus dem Fenster, so laut und pompös, dass sogar das Prasseln des Regens verstummt. Vermutlich wälzen sich die beiden bereits auf dem Fußboden vor dem geöffneten Kühlschrank und beschmieren ihre nackten, vor Lust bebenden Körper mit Kräuterdip.

Die Huber Sabine kommt mir und Edi fürsorglich mit einem Handtuch entgegen. Ich will so schnell wie möglich ins Bad.

»Bist mir noch böse?«, fragt sie.

»Schon okay«, sage ich.

»Wirklich? Du wirkst so …« Sie lässt mich nicht vorbei und zwingt mich, ihr in die Augen zu schauen. »Charlotte, irgendwas ist doch.« Ich zögere.

ICH

Dein Adi vögelt gerade eine rothaarige Schlampe.

Ihr Gesicht entgleist wie ein ICE. Ihr Unterkiefer zittert. Tränen rollen ihr aus den Augen.

Okay, zu brutal. In Gedanken spiele ich eine sanftere Variante durch.

ICH

Sabine, setz dich mal.

HUBER SABINE

Ist was passiert?

ICH

Dein Adi ist in Berlin.

HUBER SABINE

Mein Adi?

ICH

Es gibt vage Hinweise darauf, dass er eine Affäre mit einer anderen Frau hat.

Ihr Gesicht entgleist wie ein ICE. Ihr Unterkiefer zittert. Tränen rollen ihr aus den Augen.

Nein, ich kann ihr die Wahrheit nicht sagen. Nicht heute Abend. Ich entscheide mich, das Problem zu vertagen. Nicht aus Feigheit, sondern … Edi befreit mich aus meinem Dilemma: Er kratzt jaulend an der Wohnungstür und will wieder nach draußen. Seit er gesehen hat, wie sein Herrchen Adi in dem fremden Haus verschwunden ist, ist er nicht mehr zu beruhigen.

»Edi, mei, bist du heut ein unruhiger Bazi!«, sagt sie. »Ich muss noch mal hinaus mit ihm.«

»Nein!«

»Wieso?« Sie schaut mich überrascht an.

»Weil … er sich sonst erkältet. Außerdem hat er brav groß und klein gemacht, Ehrenwort.«

»Erkältet?«

»Der muss jetzt erst mal geföhnt werden.« Ich schnappe mir das widerborstig zappelnde Fellknäuel, flüchte ins Bad und sperre hinter mir die Tür zu.

Von draußen höre ich ihre verunsicherte Stimme: »Charlotte? Wirklich alles gut?«

52

»BIOOBST AUS DEM BIODORF BRODOWIN«, sagt Susa stolz. Eine Hausangestellte serviert Obstsalat. Yong-Dao und ich schauen knapp von unseren iPhones hoch und nicken Susa so freundlich zu, wie es die Höflichkeit gegenüber der Gattin des Chefs gebietet. Eigentlich hält sie uns nur von dringender Arbeit ab. Wir warten auf Friedhelm, der uns in seine Villa zum Frühstück eingeladen hat, um »etwas Wichtiges zu besprechen«.

»Fantastisch!«, schmettert Yong-Dao, als er das verschrumpelte Obst probiert. »So muss Obst schmecken! Fan-tas-tisch!!!« Susa bedankt sich für das Kompliment mit einem beglückten Blick. Wie immer ist er mir um eine Schleimlänge voraus. Und wie immer trägt *sie* an diesem Tag ein weißes Kleid. »Weiß ist die Farbe des Friedens«, erklärte sie mir neulich ungefragt, und ich war geneigt zu antworten, dass Weiß die Farbe ist, die Stoffe durchsichtig macht, weshalb man ihre hängenden Brüste erkennen kann. Ich wende mich wieder meinem iPhone zu und gehe in Gedanken zum gestrigen Abend zurück: Wer ist »H. Summer«? Meine gerade eingeleitete Internetrecherche wird unterbrochen, als Friedhelm zur Tür hereinkommt.

»Friedhelm!« Yong-Dao springt auf und begrüßt ihn mit brüderlicher Umarmung. »Heute schon Zeitung gelesen?!« Yong-Dao zieht eine *BZ* aus der Tasche.

»Ja, habe ich gesehen«, sagt Friedhelm.

»Ist doch irre, oder?«

Die *BZ* titelt in großen Lettern: »Jürgen Drews: Sex mit Gabriele Pauli!«

»Ich habe gerade mit den beiden telefoniert«, sagt Yong-Dao euphorisch. »Sie freuen sich schon riesig auf ihre Rolle.«

»Wer sind diese Menschen?«, erkundigt sich Susa.

»Jürgen Drews ist ein begnadeter Entertainer«, erklärt Yong-Dao, »Gabriele Pauli ein Politstar. Ich habe beide für Gastrollen angeworben. Renata wird sie verkuppeln, und dann lassen die beiden es richtig in der Scheune krachen, if you know what I mean!« Er zwinkert Susa spitzbübisch zu, und berauscht von seinem eigenen Genius, klopft er auf die Zeitung: »Jürgen Drews! Jürgen Fucking Drews! Und das alles, weil wir begonnen haben, out of the box zu denken.« Mit »wir« meint er natürlich sich. »Wir waren früher vielleicht ein bisschen hasenfüßig …« Dieses Mal meint »wir« mich. »… aber jetzt sind wir pures Dynamit!« »Wir« ist wieder er. »Und das ist jetzt wirklich kein Vorwurf gegen dich, Charlotte.« Hochzufrieden schaufelt Yong-Dao weiteres Bioobst in sich hinein. Er stutzt. »Friedhelm, alles okay?« Endlich hat auch er bemerkt, dass irgendeine Laus über die Innereien vom Big Boss gekrabbelt ist.

Friedhelm antwortet mit einem vernichtenden Blick. »Wir haben gegenüber letzter Woche schon wieder einen halben Prozentpunkt verloren.«

Yong-Dao lacht unsicher. »Na ja, noch sind die zwei ja nicht auf Sendung, aber wenn …«

»Toilettenzwerge hat uns heute Morgen das Sponsoring gekündigt«, unterbricht Friedhelm ihn mit Grabesmiene. Man kennt diesen Gesichtsausdruck aus Film, Funk und Fernsehen, entweder wenn Kommissare Angehörige über die Ermordung ihres Liebsten informieren, oder wenn Jurymitglieder Kandidaten aus Castingshows schmeißen.

Auch ich stülpe eine Betroffenheitsmiene über mein jubelndes Gesicht: »Toilettenzwerge? Aber von denen bekommt PriTV doch …«

»600 000 Euro im Jahr!« Susa legt Friedhelm tröstend den Arm um die Schulter.

»Ich habe von dir echte Innovationen erwartet«, sagt Friedhelm zu Yong-Dao verächtlich. »Stattdessen präsentierst du mir ein Tischfeuerwerk. Jürgen Drews, allein wenn ich den Typen sehe, kriege ich die Pimpernellen!«

Yong-Dao schluckt und schrumpft in Friedhelms Designersessel um mindestens zehn Zentimeter.

»Ja, mit so jemanden gewinnen wir keinen Blumentopf«, stimme ich Friedhelm zu. »Und das soll jetzt überhaupt kein Vorwurf gegen dich sein, Yong-Dao.«

»Du hast es doch auch nicht hingekriegt«, fährt mich Friedhelm an. Auch ich schrumpfe um etliche Zentimeter. »Ihr kriegt es doch beide nicht hin!«

Ob das heißt, das »Rennen« zwischen Yong-Dao und mir ist unentschieden ausgegangen? Können wir beide unseren Job behalten? Oder werden wir beide gefeuert? Es scheint nicht der passende Augenblick zu sein, um nachzufragen.

»Friedhelm und ich sind uns einig, dass das eine ganz diffizile Situation ist«, meldet sich Susa zu Wort. Wurde sie eigentlich zu diesem Meeting eingeladen, oder darf sie einfach nur deshalb mitreden, weil sie zufälligerweise gerade im selben Raum ist? Warum lassen wir dann nicht auch die Hausangestellte mitreden? Und da draußen vor dem Fenster schwitzt ein Gärtner. Lassen wir ihn rein, auch er möchte sich ganz bestimmt mitteilen!

»Der Sender verliert langsam die Geduld mit *Renata*«, sagt Friedhelm gereizt.

»Nicht, Liebling! Negativer Stress setzt freie Radikale frei.« Wieder Susa.

»Gott sei Dank hatte ich eine echte Erleuchtung!«

»Friedhelm und ich sind uns einig«, sagt Susa, »dass wir *Renata* mit neuen Augen betrachten müssen.« Von was redet sie da eigentlich? Sie und *Renata*? Das ist so weit entfernt voneinander wie ihre letzte Fastenkur im Schweigekloster vom Rosenmontag im Kölner Karneval.

»Susa hat überragende Kompetenz im zwischenmenschlich-kommunikativen Bereich«, erklärt uns Friedhelm.

»Ich bin ausgebildete Kommunikationstrainerin«, sagt sie.

»Und ich habe das ›Besser-Snacker-Diplom‹ von Ültje«, würde ich ihr am liebsten entgegenhalten.

»Susa wird den kreativen Prozess bei *Renata* neu sortieren«, sagt Friedhelm. »Sie ist natürlich nicht eure Chefin.«

»… Ich glaube auch nicht an einen autoritären Führungsstil …«

»… aber natürlich werdet ihr gut mit ihr zusammenarbeiten …«

»… Man kann sehr gut mit mir zusammenarbeiten …«

»… Susa hat fantastische Ideen! …«

»… Ich habe mir viele Gedanken gemacht …«

»… Ich will, dass ihr ihre Ideen unterstützt …«

»… Ich will euch von meinen Ideen überzeugen …«

»… Ihr werdet tun, was sie sagt!«

»… Manchmal muss man Menschen zu ihrem Glück zwingen.«

Stille. Sogar Yong-Dao sieht wenig glücklich aus. Normalerweise würde er Friedhelm an dieser Stelle zu dessen mutiger Idee gratulieren, doch auch er kapiert anscheinend, dass sein Stündlein geschlagen hat. Er verschwindet auf die Toilette. Vermutlich wird er sich aufhängen. Ich spiele mit dem Gedanken, seinem Beispiel zu folgen.

53

»SUSA GEORGIS! Das lasse ich mir von ihm nicht bieten!« Zeternd nehme ich am Kantinentisch Platz. Und teile meine Jobsorgen ausgerechnet mit dem Menschen, der dafür nicht schlechter qualifiziert sein könnte – der Huber Sabine.

»Also zu mir war der Herr Dr. Georgis immer sehr nett.« Sie löffelt einen Berg Schlagsahne von einem Berg Erdbeeren.

»Du weißt ja, von wem ›nett‹ die Schwester ist?«, frage ich.

»Nein.«

Ich pflücke eine Erdbeere von ihrem Erdbeerberg. Wut steigt in mir hoch beim Gedanken an Friedhelm. Grimmige Entschlossenheit erfüllt mich: »Ich steige aus bei *Renata!*«

Sie schaut mich erschrocken an. »Nein, das darfst du nicht sagen! Das darfst du noch nicht mal denken!«

»Doch, ich tu's. Ich habe die Nase voll.«

»Aber was wird dann aus *Renata?*«

»Ist doch nur noch Schrott. Ist es schon immer gewesen.«

Das wirkt. Voller Entrüstung springt sie von ihrem Platz auf.

Hansi, unser Kantinen-Abräumer und früherer Hausmeister im *Renata*-Ensemble, schaut zu uns rüber. »Alles in Butter mit der Sahne?« Er lacht über sein lauwarmes Witzchen. Gut, dass wir den Mann aussortiert haben.

»Der hat den Absprung auch geschafft und ist jetzt wieder ein nützlicher Teil der Gesellschaft«, murmele ich.

Sie setzt sich wieder und flüstert mir eindringlich zu, als gelte es, einen Selbstmörder vom Sprung in die Tiefe abzubringen: »Für uns Fans ist *Renata* doch jeden Tag wie ein kleines Geschenk. Wie ein Strauß Blumen, über den man sich freuen kann. Wie ein Stückerl Schokolade, das … Charlotte, hörst du mir überhaupt zu?«

»Was hast du gerade gesagt?«

»Dass du nicht aufhören darfst!«

»Ich muss los!«

»Jetzt?!« Sie schaut verwundert auf die kalorienarmen Satéspieße auf meinem Teller, die ich nicht angerührt habe.

»Wie ein Strauß Blumen« – ohne es zu wissen, hat sie mir gerade das perfekte Stichwort gegeben. Ich springe von meinem Platz auf. Auch ohne Internetrecherche weiß ich jetzt, wer »H. Summer« ist!

54

»HAZEL SUMMER – BLUMEN & MEHR«. Zufrieden fische ich das Blumenzellophan mit dem bedruckten Aufkleber aus unserem Altpapier, wo es natürlich nichts zu suchen hat, denn es ist aus Kunststoff und müsste bereits längst in der gelben Tonne entsorgt sein. Aber korrekte Mülltrennung überfordert Alex intellektuell. Heute bin ich ihm allerdings dankbar dafür: Vor gut einer Woche hat Adi seine Sabine in Berlin besucht und ihr einen popeligen Strauß Schnittblumen mitgebracht. Blumen von »H. Summer«.

Hazel Summer ist das, was Connaisseure von Pornos liebevoll »MILF« nennen, eine Abkürzung für *Mothers I'd like to fuck.* Dieses Kürzel ist mir geläufig, seit ich Alex vor zwei Tagen beim Masturbieren vor meinem Laptop überrascht habe und er mich in die Geheimnisse der Internet-Pornografie eingeweiht hat. Hazel Summer jedenfalls ist MILF reinsten Wassers: Anfang 40, mit hochtoupierten roten Haaren, einer hautengen Lederhose und einem bauchfreien Tank-Top, das auch die Blicke des unaufmerksamsten Gegenübers auf ihr neckisches Bauchnabel-Schmetterlings-Piercing lenkt. Für ihr Alter mag sie ja noch gut in Form sein, doch alles in allem steht mir eine fatale Kreuzung aus Lolita und Mrs. Robinson aus *Die Reifeprüfung* gegenüber. Wo bleibt die Würde des Alters?

»Wie kann ich dir helfen?«, begrüßt sie mich und lässt ihre linke Augenbraue zucken. Eine eingeübte Geste, die ihr vermutlich eine faszinierend-mysteriöse Aura verleihen soll. Ich bin die einzige Kundin in ihrem winzigen Blumenladen in der Kollwitzstraße, keine fünf Minuten von meiner Wohnung entfernt.

»Ich suche … Autoreifen«, sage ich und lasse nun auch meine Augenbraue zucken. »Nein, nein, Scherz. Blumen natürlich.« Ich lache kurz, sie lacht sofort mit. Nach diesem genialen Ice-Breaker traue ich mich, mit der Tür ins Haus zu fallen: »Sag mal, heißt du wirklich Hazel Summer?«

»Künstlername. Hazel Summer ist die Hauptfigur aus einer britischen Detektivserie. Nie gehört?«

»Nein. Nie.« Vermutlich reden wir von einer trashigen Fernsehserie aus ihrer Jugend, doch sie lächelt geheimnisvoll, als würde es sich um verborgene Schriftrollen handeln, zu denen nur sie Zugang hat.

»Also Blumen? Das kriegen wir hin!«, sagt sie. »Für einen besonderen Anlass oder will ›frau‹ sich einfach nur ein bisschen verwöhnen?« Ihre violetten Fingernägel machen Luft-Anführungsstriche. Dabei lässt sie ihr Becken kurz kreisen, als wäre es ein Bauchtanz.

»›Frau‹ fährt nach Bayern. Was schenkt man denn da für Blumen? Kennst du irgendjemanden aus Bayern?«

Sie mustert mich kurz. Ahnt sie was? War ich zu forsch?

»Nö. Ich war noch nie in Bayern«, sagt sie.

»Klar, wer will da schon hin.«

»Letzte Woche hatte ich aber einen Kunden aus Bayern.« Sie grinst plump vertraulich. Selbst wenn ich sie und Adi nicht in Beinahe-Kopulation am Ampelpfahl beobachtet hätte, wüsste ich spätestens jetzt, dass dieser Kunde mehr als Blumen von ihr bekommen hat. Ich rekonstruiere, wie die zwei sich kennengelernt haben:

Er hat Blumen für die Huber Sabine gekauft; sie hat mit ihm geflirtet, und das Automechaniker-Landei mit Rotzbremse war sofort von dieser geheimnisumwitterten Softpornogöttin verzaubert. Vermutlich hat sie ihm unter einem Vorwand ihre Nummer zugesteckt: »Ruf mich ruhig an, wenn du die wirklich aufregenden Orte in Berlin kennenlernen willst«, oder so ähnlich. Schon am nächsten Tag hat er sich gemeldet und musste deshalb früher abreisen. Und jetzt ist er heimlich nach Berlin zurückgekehrt. Venusfalle Hazel hat zugeschnappt!

Ich lächle ebenfalls plump vertraulich zurück: »Ich glaube, ich habe eine Schwäche für bayerische Männer. Also die, die ich aus dem Fernsehen kenne. Edmund Stoiber. Waldemar Hartmann …« Oh Gott, jetzt wird es unglaubwürdig. »Also die nicht. Aber …«

»Der Michael Mittermeier ist doch ein Hübscher. Und total lustig.«

»Genau, total süß!« Wir lachen erneut, als wären wir alte Freundinnen.

»Der Mann in meinem Blumenladen war auch ein Hübscher.«

»Nein!«, sage ich und zwinkere ihr zu. »Das klingt ja fast so, als wäre da was gelaufen.«

»Hier läuft so einiges, Schwester.« Wieder das Augenbrauen-Zucken. Ihr Repertoire ist wirklich eingeschränkt.

»Geht mich ja eigentlich nichts an. Ist es etwas Ernstes?«

Sie winkt ab, die Vorstellung amüsiert sie. »Ach, weißt du, mein Laden ist so verdammt gut, ich hätte es verdient, dass hier echte Stars reinkommen. Und die Casting-Allee ist gleich um die Ecke. Aber glaubst du, Brad Pitt hätte sich hier ein einziges Mal hereinverirrt? Fehlanzeige! Na ja, bis es so weit ist, nehme ich halt Bayern.«

»Aufregend!«

»Bist aber ganz schön neugierig«, sagt sie, »und irgendwoher kennen wir uns. Ich fühle das.«

»Ich muss jetzt los«, sage ich eilig. »Geld vergessen. Komme später noch mal vorbei!«

»Moment!« Sie stellt sich mir mit düsterem Gesichtsausdruck und weit aufgerissenen Augen in den Weg.

Ich werde nervös. Sollte sie mich gestern Abend gesehen haben, als ich den beiden gefolgt bin? Hat sie mich durchschaut?

»Mein Laden heißt doch Blumen und *mehr.*« Sie lächelt plötzlich und zeigt auf ein Schild an der Wand: »Hazel blickt in deine Zukunft. Fünf Euro.«

»Ah, verstehe!«, sage ich. »Ich dachte schon, das *mehr* stünde für – äh – etwas anderes.«

Das rothaarige Orakel vom Kollwitzplatz grinst: »Du kriegst eine Freinummer. Du bist ein ganz tiefer Mensch, ich spüre das.«

»Ich habe das ganz seriös gelernt«, sagt sie und sortiert kleine Knochen, die wie Mikadostäbe vor mir auf dem Tisch ausgebreitet liegen und die vermutlich niedlichen Kaninchen oder Meerschweinchen inneren Halt gegeben hatten. »Du brauchst also keine Bedenken zu haben.«

Wieso sollte ich Bedenken haben? Natürlich hat sie es gelernt. So wie man lernen kann, mit Außerirdischen, seinem verstorbenen Chihuahua oder mit Gemüse zu kommunizieren.

»Das Knochenwerfen arbeitet mit dem verborgenen Wissen unseres Unterbewusstseins«, erklärt sie mir. »Durch die Kombination aus diesem Wissen und dem, was wir gegenwärtig wahrnehmen, zieht es eine Schlussfolgerung für die Zukunft.«

Ich nicke. Alles hochwissenschaftlich in Hazels Blumenklitsche. Wahrscheinlich hat die NASA schon Studien mit ihr gemacht.

Sie wirft die Knöchelchen und lässt sie wild durcheinanderfallen. Dann studiert sie sie mit ausdrucksloser Miene. »Du hast ein Geheimnis mitgebracht«, verkündet sie.

Ich schweige.

»Du weißt etwas, doch du möchtest es vor mir geheim halten.«

Ich schweige weiter.

»Es geht um den Mann einer anderen Frau. Deshalb bist du hier!«

Ich werde nervös, nur ein ganz kleines bisschen. Sollte sie

wirklich der Wahrheit auf der Spur sein? Und herausfinden, dass ich sie eigentlich nur aushorchen wollte? Sollte ich lieber schnell flüchten, bevor sie mich in ihr geheimes Verließ unter dem Blumenladen sperrt? Oder aber sollte ich die Chance nutzen, um die wesentlichen Fragen an mein weiteres Leben zu formulieren? Zum Beispiel: Was wird aus mir und George Clooney?

Hazel reißt ihre Augen auf und stiert an meinem Kopf vorbei ins Leere. Soweit ich mich erinnere, hängt dort ein verblichener Kalender eines Blumengroßhändlers. Das Juni-Bild zeigt ein Pin-up, das sich zwischen Strelizien räkelt. »Jetzt sehe ich alles ganz scharf und deutlich!«

»Und?«

»Du hast dich verliebt in den Mann einer fremden Frau. Den Mann deiner … Chefin?«

Ich habe keine Chefin. Ich hatte nie eine Chefin. Selbst während meiner Aushilfstätigkeiten im Studium hatte ich niemals auch nur eine einzige Chefin. »Genau, der Mann meiner Chefin«, lüge ich.

»Du arbeitest in der … Tourismusbranche?«, fragt sie.

»Richtig!« Ich heuchele überwältigtes Erstaunen und mache mir mittlerweile wenig Hoffnung, dass sie mich über meine Zukunft mit George aufklären kann.

»Du fragst dich, ob du und der Mann, ob ihr im Sommer gemeinsam in den Urlaub fahren werdet. Nach …« Sie überlegt. »Patagonien!«

»Patagonien, genau! Wow!« Ich strahle. »Woher weißt du das alles?«

»Ich habe das gelernt, schon vergessen?«

»Natürlich.«

»Das Wichtigste ist, du und er, ihr werdet glücklich.«

»Schön, wir werden glücklich!« Ich täusche grenzenlose Begeisterung vor. »Wir werden glücklich, ich und mein … Hans-Uwe!«

»Hans-Uwe?« Ihr Mienenspiel verrät Irritation. Sie schaut in ihre Knöchelchen. »Komisch. Ich dachte, er würde anders heißen. Marius?«

In einem antiken Spiegel hinter Hazel kann ich deutlich die Eruption sehen, die mein Gesicht erschüttert. Spontan fällt mir dazu meine schnittige Formulierung von neulich ein: Gesichtszüge, die entgleisen wie ein ICE.

55

»WAS SOLL DAS?«

Die Huber Sabine, Alex und Marius hocken in trauter Runde in meiner Küche, als ob sie ein Biergarten in Rottau wäre.

»Du kannst ihn hier nicht einfach reinlassen!«, sage ich vorwurfsvoll zu ihr und deute anklagend auf Marius. »In meiner Wahrnehmung ist das nämlich immer noch meine Wohnung!«

»*Ich* habe ihn reingelassen«, sagt Alex.

»Du auch nicht!«

»Das ist Marius Nachtweih!«, sagt er barsch. Dann lächelt er Marius mit Ehrfurcht an, einer Gefühlsregung, die ich bis dato nicht von ihm kannte und von der ich auch nicht gedacht hätte, dass er sie überhaupt in sich hätte.

»Ja und?!«, frage ich.

»Marius Nachtweih! Hallo?! Der Star unserer Serie!«

»Ich brauche wirklich einen Termin beim Ohrenarzt. Gerade habe ich verstanden ›*unsere* Serie‹.«

»Ja, unsere Serie.«

»Weil du *einen* Tag als Fahrer gearbeitet hast?« Bereits heute Mittag rief Alex mich an und prahlte. Er hatte gerade Julia Luise Körting von zu Hause abgeholt und »durfte« zehn Minuten im Flur ihrer Dachterrassenwohnung auf sie warten. Zehn süße Minuten im Epizentrum des Showgeschäfts! Dass Julia ihn zusammenfaltete, weil er ihre Toilette benutzen wollte, konnte Alex' Glück nicht trüben. Jetzt also war *Renata* auch *seine* Serie.

»Ich fahre vielleicht nur Schauspieler durch die Gegend«, sagt er, »aber wir führen total interessante Gespräche.«

Die Huber Sabine mischt sich ein: »Jetzt freu dich doch. Der Bub mag seinen Job. Das wolltest du doch.«

Ich nicke. Ist ja gut. Mit ausdrucksloser Miene wende ich mich an Marius: »Was willst du hier?!«

»Ich muss mit dir reden.«

»Ich will nicht mit dir reden! Welchen Teil davon verstehst du eigentlich nicht?«

»Ich muss mit dir über deinen Job reden.«

Über *meinen* Job?

Mangels Alternativen an Rückzugsmöglichkeiten in meiner übervölkerten Single-Wohnung bitte ich Marius, mir in mein Schlafzimmer zu folgen. Er muss stehen. Ich biete ihm keinen Stuhl an, er soll nicht glauben, dass er jemals wieder willkommen wäre in meinem Schlafzimmer. »Also?« Meine Stimme ist hart. Kalt. Unnahbar. Ich habe lange geübt.

»Sabine hat mir erzählt, du willst hinschmeißen?«

»Ich hasse das alles nur noch. Wir arbeiten für die Klosteine-Industrie!«

»Wissen wir doch schon lange.«

»Das sagst *du*? Ausgerechnet?! Wann hat die Klosteine-Industrie das letzte Mal einen Film auf Esperanto finanziert?«

»Ich weiß, dass du an deiner Serie hängst. Schlaf noch mal darüber, Charlotte.«

»Ich werde doch nur noch gedemütigt. Und da fällt mir auf, dass du mich auch gedemütigt hast. Und jetzt fällt mir auf: Wir führen hier ein ziemlich intimes Gespräch. Und dann fällt mir auf: Das passt nicht zusammen. Geh jetzt bitte.«

»Gut, wenn du meinst.«

»Ja!«

»Klar.« Marius nickt mir zu und geht.

»Warte mal.«

Er hält inne, er ist schon an der Tür.

»Was gefällt dir eigentlich an mir, Marius? Ich meine, ich weiß selbst, dass ich eine tolle Frau bin. Absolut begehrenswert. Aber in deinen Augen hasse ich schließlich die ganze Welt. Ich verstehe nicht, warum du überhaupt noch ein Wort mit mir wechseln willst.«

Er denkt kurz nach und lächelt.

»Was soll das denn heißen?«

»Denk mal darüber nach …« Er lächelt geheimnisvoll und will nun endgültig gehen.

»Marius!«

»Ja?« Geduldig dreht er sich noch mal um und wartet.

»Mach mal die Tür zu. Ich muss dir was erzählen.«

Er schließt hinter sich die Türe: »Ich höre.«

Ich winke ihn zu mir heran und spreche im Flüsterton: »Die Sabine wird von ihrem Mann betrogen.«

»Was?!« Er schaut mich fragend an. Ich weiß nicht, was in mich gefahren ist. Ich könnte mich ohrfeigen, dass ich ihm diesen Brocken hingeworfen habe. Er wollte schließlich gerade gehen! Aber mit irgendjemandem muss man sich wohl austauschen. So als Frau, die herausgefunden hat, dass ihre bayerische Einquartierung von ihrem Schnauz-Adi Hörner aufgesetzt bekommt. Frauen können so etwas einfach nicht schweigend verarbeiten, sondern müssen darüber reden. Und sei es mit dem Kerl, der ihnen selbst die Hörner einer ganzen Ziegenherde aufgesetzt hat.

»Ich habe herausgefunden, dass ihr Mann sie mit einer gepiercten Blumenverkäuferin namens Hazel Summer betrügt«, fasse ich die Fakten nüchtern zusammen.

Er runzelt die Stirn. »Kein Scherz? Klingt nach Porno.«

»Ist es auch. Sabine schickt Essen nach Rottau. Und Adi vögelt 500 Meter Luftlinie von hier eine Wechseljahre-Lady-Gaga.«

»Hast du es ihr schon erzählt?«

»Nein! Und ich finde nicht, dass du mir auf diesem Gebiet moralische Ratschläge geben solltest!«

»Nein, aber du rechtfertigst dich gerade. Du scheinst ein schlechtes Gewissen zu haben.«

»Quatsch!«

»Gut, dann nicht.« Er packt seinen treuesten Hundeblick aus und lächelt mich an.

Etwas kribbelt in meinem Magen. Ich muss dringend wieder die Grenzanlage samt Todesstreifen zwischen mir und ihm erneuern! »Dieser Beagle-Blick ist wirklich albern. Probst du für eine Rolle?«

»Du hast ein Geheimnis mit mir geteilt. Da darf ich dich doch ein bisschen anlächeln, nicht wahr?«

»Am besten gehst du jetzt.«

»Er scheint dir zu gefallen, mein Blick.«

»Die schwere Zeit als Würstchenverkäufer hat dein Urteilsvermögen getrübt.«

Wie von Geisterhand geht meine Stereoanlage an. Barry White säuselt *Now I'm gonna make love to you.* Weinrotes Schummerlicht. Ich ziehe Marius auf mein Bett. Unsere Zungen umschlängeln sich wie die Tentakel liebestoller Tintenfische.

ICH

Mit wie vielen Frauen hast du es eigentlich gemacht, als wir zusammen waren?

MARIUS

1353.

Scraaaatsch! Barry unterbricht neidisch sein Lied.

»Geh jetzt!«, sage ich.

»Woran hast du gerade gedacht?«

»Stromrechnung.«

»Stromrechnung?«

»Genau. Stromrechnung. Ökostrom. Atomstrom. Solche Sachen.«

»Aha.« Er lächelt hintergründig und geht.

56

»WIR WOLLEN HEUTE über die Geschichten bei *Renata* reden«, sagt Susa.

»Nein! Wollen wir nicht!«, möchte ich ihr entgegenschleudern. Doch mein Karriere-Erhaltungstrieb ist stärker, und so bringe ich ein verkrampftes Lächeln über die Lippen.

»Wie können wir sie besser machen?«, fragt Susa in die Runde. »Wie können wir wieder besser den Geschmack unserer Zuschauerinnen treffen?«

Mein Autorenteam, die Huber Sabine und ich verlieren uns im größten Konferenzsaal des Hauses, intern auch »Schlachthof« genannt. Nur Yong-Dao war schlau genug, sich am heutigen Tag des »Kreativ-Workshops« krankzumelden.

Die Huber Sabine meldet sich: »Ich bin ja, seit ich denken kann, Fan von *Renata.* So, wie die Charlotte die Geschichten schreibt, geht mir das Herz auf.«

»Natürlich«, sagt Susa. Sie lächelt mitleidig und etwas ungeduldig. Wie man lächelt, wenn der fünfjährige Sohn eines Hartz-IV-Empfängers seinen Vater in Schutz nimmt.

»Susa, das klingt für mich, als wolltest du heute grundlegend über unsere Geschichten reden«, sage ich mit der freundlichsten Stimme, die ich zustande bringe. »Dafür haben wir aber unser Futuremeeting. Das nächste ist erst wieder in zwei Monaten.«

Sie schaut mich enttäuscht an. »Entschuldigung, Charlotte, ich spüre, dass du gerade versuchst, mich auszubremsen.«

»Nein, gar nicht!«

»Ich spüre, dass du negative Energie in den Raum trägst.«

»Aber nein! Was für negative Energie? Ich wollte nur das konkrete Ziel dieser Veranstaltung verstehen.«

Sie lächelt mich an wie den oben zitierten Fünfjährigen. »So, wolltest du das? Dann machen wir weiter, denn dann beantwortet sich deine Frage von selbst. Wie ihr seht, sind noch etliche Plätze leer. Natalie!« Susas neue Assistentin Natalie öffnet von außen die Tür, sie trägt ebenfalls ein weißes, wallendes Gewand, als wolle sie den Susa-Georgis-Doppelgänger-Wettbewerb gewinnen. Stimmen vom Flur. Natalie führt ein schnatterndes Grüppchen in den Raum. Ich erkenne zwei verhuschte Jungfern aus der Buchhaltung, einen Pferdeschwanzträger von unserer Computerhotline, eine angejahrte Sachbearbeiterin aus der Personalabteilung, Kantinen-Hansi, seinen pickligen Azubi und zwei dunkelhäutige Männer im Blaumann, die ich noch nie gesehen habe. Es ist, als hätte Susa versucht, diejenigen Mitarbeiter unserer Produktionsfirma an einen Tisch zu bringen, die am allerwenigsten mit den Inhalten unserer Serie vertraut sind. Etwas unsicher und schüchtern nehmen sie Platz.

»Und die reden jetzt alle mit?!«, frage ich.

Die verhuschten Jungfern hören die Verachtung in meiner Stimme und senken den Blick.

Susa stellt sich schützend vor sie: »Kreativität schlummert in jedem von uns! Wenn wir *Renata* wieder erfolgreich machen wollen, können wir es uns nicht leisten, Potenzial brachliegen zu lassen!«

Wie zum Hohn kommt ausgerechnet Alex zur Tür hinein.

»Was willst du denn hier?!«, fahre ich ihn an. Selbstbewusst lümmelt er sich in einen Stuhl am Kopfende des großen Konferenztisches.

»Alexander hat mich heute von zu Hause abgeholt«, sagt Susa.

»Genau, er ist Fahrer!«

»Er hat während der Fahrt eine sehr kluge Bemerkung gemacht. Ich spüre, dass er ein Zugewinn für unsere Runde sein wird. Alexander?«

Alex nickt geschmeichelt und trompetet seine »kluge Bemerkung« in den Saal: »Also, wenn ich Filme schaue, Hollywood und so, will ich ständig ein Bam sehen! Bam, bam, bam!«

»Oh, ein ›Bam‹! Ich spüre hier eine Menge Zugewinn!« Meine Stimme trieft vor Hohn.

»Charlotte, das sind Killerphrasen«, sagt Susa. »Würdest du Alexander bitte ausreden lassen?«

»Ein Bam!«, sagt er. »Eine Bohrinsel fliegt in die Luft – bam! Oder eine Sexszene mit zwei scharfen Frauen – bam! Oder einem Kerl wird der Kopf abgehackt – bam! Eben bam, bam, bam.«

»Ich finde Alexanders Gedanken äußerst anregend«, sagt Susa, »auch wenn für mich so ein ›Bam‹ etwas vollkommen anderes wäre. Vielleicht eine leidenschaftliche Begegnung zwischen einem jungen Mann und einer älteren Frau.« Ihre Augen glänzen. Ich ahne, die ältere Frau ist sie selbst, der junge Mann der gut aussehende Gärtner, den ich beim Frühstück in ihrem Garten entdeckt habe. »Worum es Alexander geht, ist völlig richtig«, fährt sie fort. »Lasst uns die Zuschauerinnen belohnen! Als wären sie Pilger, denen auf ihrem Jakobsweg regelmäßig eine Orangenscheibe oder ein Apfelschnitz beschert wird.«

Alex, von der Genialität seines Gedankens berauscht, springt auf: »Genau. Das meine ich mit Bam! Wir brauchen alle drei Minuten ein Bam!«

Erschrocken starre ich ihn an. Das unvermeidliche Verhängnis trat weit schneller ein als befürchtet: Zwei Tage als Fahrer, an der äußersten Peripherie des Showgeschäfts, haben gereicht, ihn zum »Homo BlaBla« zu machen. Man begegnet dieser Spezies vorzugsweise auf Berlinale-Empfängen, Premierenfeiern oder Xing-Get-togethers, wo sie mantragleich ihre überschaubaren Weisheiten für den Rest der Welt repetiert. Vor meinem geistigen Auge läuft eine kurze Montage ab:

Alex auf einer Filmpremiere. Ein Rudel saftiger Nachwuchsschauspielerinnen lauscht ihm interessiert:

ALEX

Wir brauchen alle drei Minuten ein Bam!

Laute Musik auf der Tanzfläche. Alex brüllt Moritz Bleibtreu - er hätte sich heute gerne amüsiert - ins Ohr:

ALEX

Wir brauchen alle drei Minuten ein Bam!

Alex auf dem Bahnsteig einer U-Bahn. Ein Alki starrt mit apathischem Blick ins Leere:

ALEX

Wir brauchen alle drei Minuten ein Bam!

»Was ist für euch ein Bam?« Susa schaut in die Runde. »Was wollt ihr sehen, wenn ihr *Renata* einschaltet?«

»Ich sage es, wie es ist«, meldet sich Benno, »ich sehe gerne hotte Babes.«

»Bedrohte Tiere. Besonders Buckelwale«, sagt Urte.

»Auch wenn ich eine Frau bin: eine ordentliche Schlägerei.« Eine Jungfer aus der Buchhaltung.

»Mercedes-Oldtimer.« Kantinen-Hansi.

»Computer mit Linux.« Der Pferdeschwanzträger aus der EDV.

»Warum nix kurdisch?« Einer der Blaumänner.

»Fantastisch!«, sagt Susa. Ich sehe, dass die Huber Sabine auch noch ein Bam beitragen möchte, aber mein strenger Blick bringt sie dazu, sich zu zügeln. »Alle drei Minuten ein Bam«, schreibt Susa beglückt auf ein Flipchart, als hätte die Runde gerade die Formel für Gold entdeckt.

»Aber ein Bam ist offensichtlich für jeden etwas anderes«, meldet sich Thomas zu Wort. Bisher saß er schweigend da, was ihm einhundert Punkte auf meiner persönlichen Sympathieskala eingebracht hat.

»Oh! Der Professor!« Benno grinst in die Runde. Wie ein hungriger Tiger auf einen Fleischbrocken, hat er schon auf eine Wortmeldung von Thomas gewartet.

»Bam ist nichts weiter als eine Projektionsfläche für unsere Wünsche und Erwartungen«, sagt Thomas.

»Projektionsfläche, hört, hört!« Wieder Benno.

Thomas treten Schweißtropfen auf die Stirn. Bennos Spott macht ihn sichtlich nervös. Er sammelt sich. »Das Problem scheint mir zu sein: Jeder von uns hat andere Erwartungen. Und wenn ein Bam für jeden etwas anderes ist, dann hat es doch gar keine Relevanz. Man kann es ja schließlich nicht jedem recht machen.«

Susa starrt Thomas wie versteinert an. Offenbar wird ihr in dieser Sekunde die logische Schwachstelle des großen Wurfs bewusst.

»Entschuldigung«, fragt sie gefährlich freundlich. »Und was machst *du* hier?«

Er knetet unruhig seine Hand. »Mein Name ist Dr. Thomas Mazzoleni. Ich bin 43 Jahre alt, arbeite seit Kurzem als Praktikant und …«

»Schon gut!«, unterbricht sie und lächelt ihn an. »Doktor, ja? Schön!« Ihr Mundwinkel verzieht sich für den Bruchteil einer Sekunde in eine Region, die sie für Momente beißenden Spotts reserviert hat. Thomas bemerkt es. Natürlich. Er senkt den Kopf.

»Also, ich wünsche mir, dass man etwas zum Thema Historischer Materialismus sieht«, meldet sich Hansis Azubi.

»Historischer Materialismus, sehr wichtig, natürlich«, sagt Susa. Sie schaut gerührt in die Runde. »Ich finde es ganz zauberhaft, wie ihr euch alle einbringt.«

»Thomas hat recht: Das ist alles Bullshit!« Wie mit einer Lupara, der abgesägten Schrotflinte der sizilianischen Mafia, hat jemand gnadenlos die gerade wieder aufgekeimte Wir-haben-uns-alle-lieb-Stimmung niedergemäht. Ich war es.

»Charlotte, ich sage es noch mal: Killerphrasen!« Susa bleibt trotz ihrer Wortwahl sanft wie ein Wölkchen. Und ist genauso wenig zu packen.

Ich werde allmählich hilflos und wende mich an Urte und Maren, die ich zu den letzten Menschen im Raum zähle, die noch nicht ihren gesunden Menschenverstand außer Betrieb gesetzt haben. »Helft mir mal«, fordere ich die beiden auf. »Das ist doch Absurdes Theater!«

Urte putzt nervös ihre zentnerschwere Brille. »Wie gesagt, ich würde wahnsinnig gerne mal einen Buckelwal im Fernsehen sehen.«

»Unsere Serie spielt auf einem Gestüt in Brandenburg. Buckelwale?!«

»Alles Killerphrasen, Charlotte. Versuch mal, dich frei zu machen!«, ermuntert mich Susa, und Alex ergänzt: »Denk mal bam, bam, bam.«

»Vielleicht hat sie es ja einfach noch nicht verstanden«, sagt Susa. »Wer möchte Charlotte unseren neuen Ansatz erklären?«

Kantinen-Hansi zeigt selbstbewusst auf: »Ich habe es verstanden.«

»Ich auch!«, meldet sich der Hotlinemann mit dem Pferdeschwanz.

»Ich haben auch verstehen! Leicht wie Kind!«, ergänzt einer der Blaumänner.

Susa lächelt mich süßlich an. Ihr Blick sagt: Warum hast *du* es dann nicht verstanden, Charlotte? Ich fühle mich plötzlich wie eine geistig umnachtete Omi, die von allen belächelt wird. Wer ist in diesem Raum wahnsinnig? Wer normal? Es ist alles nur eine Frage der Mehrheitsverhältnisse!

57

KANN ZEIT SICH INS UNENDLICHE DEHNEN? Sie tut es jedenfalls. An jedem Abend der Woche im ZDF und jetzt gerade in meinem Büro. Mein Telefon wartet darauf, dass ich endlich die Nummer von Ingo Tiefenbach wähle. Ich halte den Hörer schon seit gefühlten zehn Minuten in der Hand und zögere immer noch. Wie soll ich das Telefonat eröffnen? Wie mit einem Kerl telefonieren, der mich seit 15 Jahren mit einem Grad an Geringschätzung behandelt, den er vermutlich sonst nur Hagelbeulen auf seinem geliebten Audi TT Cabrio entgegenbringt? In Gedanken spiele ich mein Telefonat durch …

ICH

Ingo? Charlotte hier … Genau, die Charlotte, die dich in der Strandbar genötigt hat, ihr einen Caipi zu spendieren … Richtig, die Charlotte, die dir dabei Algenschleim auf deinen Anzug gekleckert hat … Exakt, die Charlotte, die du eigentlich immer nur ignoriert hast. Man hat mir heute bei *Renata* den letzten Rest an Würde genommen. Man hat ihn wie einen Zigarettenstummel mit dem Schuh zerdrückt … Ja, danke, schöne Metapher, ich weiß. Jedenfalls, ich bin verzweifelt. Hast du einen Job für mich?

Mein Telefon wartet immer noch darauf, dass ich Ingo anrufe. Doch mein Plan, von ihm einen Job zu bekommen, scheint mir noch nicht ausgereift. Auf die Mitleidstour ist wohl noch niemand an einen Job gekommen. Jedenfalls nicht in der Entertainment-Industrie, die sich vermutlich seit jeher durch Brutalität auszeichnet. Wahrscheinlich herrschte sogar schon in der Steinzeit Erbarmungslosigkeit auf dem hart umkämpften Markt für Höhlenmalerei.

Ein Jobangebot zu bekommen, ist wie gutes Flirten. Sich unauffällig interessant machen und stets signalisieren, dass man Alternativen hat. Gut, dass ich diese Kunst beherrsche, denn es geht um Kommunikation – und nichts beherrscht eine Autorin besser! Aufgepumpt mit Selbstbewusstsein, wähle ich Ingos Nummer.

»Tiefenbach.« Ingos Stimme klingt knurrig. Wer wagt es, ihn beim Golfspielen zu stören?

»Ingo, Charlotte hier.« Ich gebe meiner Stimme einen Tonfall von tänzerischer Leichtigkeit.

»Wer?«

»Charlotte. Charlotte Bredencamp. Wir haben uns neulich im Oststrand wiedergetroffen …«

»Ach ja. Was gibt's?« Ingo scheint nicht mittanzen zu wollen.

»Wollte einfach mal wieder quatschen. Habe gerade Rückenwind bei *Renata.* Marius Nachtweih. Echter Coup!«

»Schön. Was gibt's denn?«

»Ich glaube, ohne mich wären sie hier ziemlich aufgeschmissen.«

»Was gibt's, Charlotte?«

Ich schätze, ich muss langsam zum Punkt kommen. »Ich habe gestern zufällig mal wieder *Fackeln der Liebe* gesehen. Und da ist mir aufgefallen, wie ähnlich unsere Visionen von gutem Drehbuchhandwerk sind.«

»Ich habe doch gesagt, ich habe keinen Job für dich!«

»Ah-ha-ha.« Da ist es wieder: Charlottes Lachen mit dem

Charme einer Vuvuzela. Dieser Flirt ist in die Hose gegangen. Bevor er auflegt und meine Telefonnummer sperrt, schiebe ich rasch hinterher: »Hast du zufälligerweise gehört, ob irgendwo anders Autoren gebraucht werden?«

»Es wird überall entlassen. Vergiss es!«, sagt er. »Okay, ich muss weitermachen.« Er will auflegen. Ich fühle mich wie eine abgewimmelte Telefonverkäuferin für Magnetfeldmatten. »Da fällt mir noch was ein«, sagt er.

Ich halte den Atem an: Möglicherweise eine vakante Chefautorenstelle? Mit 35 Urlaubstagen und fußbodenbeheiztem Tiefgaragenstellplatz?

»Ich habe neulich Beate aus dem Studium getroffen. Sie erzählte mir, du hättest mich früher angehimmelt. Stimmt das?«

»Ich? Ah-ha-ha! Klar, du bist schon attraktiv, aber ›anhimmeln‹ … vielleicht ein bisschen.«

»Schräg. Alle wussten doch schon damals, dass ich nur Models date.«

»Klar.«

»Okay, bis bald. Nimm es nicht persönlich!« Ingo legt auf.

Ich starre auf mein Telefon und brülle es an: »Arrogantes Arschloch!«

»Ich vermute, ausnahmsweise bin nicht ich gemeint.« Marius steht neben mir.

»WAS WILLST DU?« Ich kann ihn jetzt wirklich nicht gebrauchen.

»Wollte nur Hallo sagen!« Er lächelt mich an. Da ist er wieder, sein Beagle-Blick.

»Dieser Blick. Ich habe dir schon mal gesagt …«

»Was?«

`Mein Regal mit Castingvideos dreht sich, als stünde es auf einer Drehbühne. Die Rückseite des Regals ist ein Kamin: Feuer knistert darin. Barry White lässt seinen massigen Körper in ei-`

ner paillettenbesetzten Uniform zum Rhythmus grooven und singt *In Your Wildest Dreams.*

MARIUS

Ich habe noch mal nachgerechnet.
Es waren doch nur 1255 Frauen.

Kalte Dusche. Wie aufs Stichwort kommt Urte mit einer Gießkanne herein und wässert stumm die Kaktee, die auf meinem Fensterbrett vor sich hin kümmert.

»Wieder über die Stromrechnung nachgedacht?«, fragt Marius, lächelt und geht.

58

»ICH HAB HEUT den Dr. Georgis angerufen und ihm gesagt, dass der Kreativ-Workshop von seiner Frau ein rechter Schmarrn ist.« Die Huber Sabine hält mit Edi an einem Baum, wo er sein Geschäft verrichtet. Es ist schon nach zehn Uhr abends, doch die Prenzlberger Junisonne weigert sich noch immer standhaft, unterzugehen. Es ist kühler geworden, sie trägt ihre neue Jacke aus Vintage-Leder, die wir ihr ebenfalls im Jill&James gekauft haben.

»Das hast du Friedhelm wirklich gesagt?«, frage ich ungläubig und ein bisschen gerührt.

»Genau so!« Sie zieht eine Plastiktüte aus ihrer Jackentasche und entsorgt Edis warmes Häufchen. Das ist der Grund, weshalb ich mir nie einen Hund anschaffen würde, und es ist eine höhere Ironie der Schöpfungsgeschichte, dass ausgerechnet der Mensch, die Krone der Schöpfung, die Tretminen seiner Vierbeiner wegmachen muss.

»Und wie hat Friedhelm reagiert?«, frage ich, durchaus interessiert.

»Er hat gesagt, meine drei Wochen sind um. Er dankt mir für meine Offenheit. Und ich soll ihm eine Karte schreiben, wenn ich zurück bin in Bayern.«

Wir biegen in eine Sackgasse ein, deren totes Ende von einem Gebrauchtwagenhändler als Abstellplatz für Rostlauben genutzt wird.

»Ja, so was!« Sie deutet verwundert auf den etwas trostlosen Anblick. Unser üblicher Rundgang mit Edi führt am Haus von Hazel Summer vorbei, weshalb ich sie heute zu einer neuen Gassiroute überredet habe. Der Super-GAU muss verhindert werden. Nicht auszudenken, sollte sie nichts ahnend ihrem

Mann samt halb nackter Hazel über den Weg laufen. Leider habe ich übersehen, dass meine Alternativroute in einer Sackgasse endet. Edi winselt und zieht an seiner Leine. »Edi, was ist denn los?« Er hat am Ende der Straße einen Fußweg entdeckt; wenn mich mein innerer Kompass nicht täuscht, führt er genau in die Richtung von Hazels Haus.

Ich schaue auf die Uhr und spiele überrascht: »So spät schon?! Ich muss sofort nach Hause!« Doch Edi – er scheint sich daran zu erinnern, wo er zuletzt sein Herrchen gesehen hat – ist nicht mehr zu stoppen.

»Ich glaub, er will uns was zeigen, gell, Edi?« Sie lacht und folgt ihm mit schnellen Schritten. »Was meint er eigentlich damit?«, fragt sie keuchend.

»Wer?«

»Der Dr. Georgis.«

»Dass er dir dankt für deine Offenheit und du ihm eine Karte aus Bayern schreiben sollst. Sabine, meine Füße tun weh – neue Schuhe. Lass uns nach Hause gehen!«

»Aber er will uns ganz bestimmt was zeigen«, sagt sie und folgt ihm weiter. »Und was meint der Herr Dr. Georgis jetzt wirklich? Oder wie ihr hier sagt: Was ist der Subtext?«

»Der Subtext ist: …«, ich zögere, »deine Dienste für *Renata* sind nicht länger gefragt. Kehr nach Bayern zurück. Ruf ihn nie wieder an.«

Sie hält keuchend an, senkt den Blick und zupft sich eine imaginäre Fluse von ihrem Buntfaltenrock. Eine Geste, die ich schon öfter an ihr beobachtet habe, wenn sie enttäuscht ist. »Ich hab's mir fast gedacht.«

»Die drei Wochen sind ja auch um«, tröste ich sie.

»Trotzdem. Es fühlt sich nicht gut an. Meine Schwester Steffi arbeitet jetzt seit 24 Jahren bei der Rottauer Post, aber bei euch in Berlin ist das anders. Man ist schnell weg vom Fenster.« Liebe Sabine, wem erzählst du das?!

Wir eilen weiter, Edis Winseln steigert sich zum orgiastischen

Jaulen. Tatsächlich hat er uns auf einem Schleichweg direkt vor Hazels Haus gezerrt. Er verfügt über einen außerordentlichen Orientierungssinn.

»Edi, Schatzi, was ist denn heut los?!«

Meine schlimmsten Befürchtungen treffen ein: Ein 5er BMW hält auf der anderen Straßenseite in zweiter Reihe. Aus den Augenwinkeln sehe ich, wie Adi galant scherzend seiner Hazel die Beifahrertür aufhält. Es ist, als hätte das teuflische Gesetz von Murphy die zeitliche Abfolge unseres Spaziergangs orchestriert. Die Huber Sabine wird die beiden in den nächsten zwei Sekunden entdecken! Ihr ganzes Leben wird auseinanderfallen! Es sei denn …

»Bist du schon in den Wechseljahren?«, platzt es aus mir heraus.

»Wie bitte?!«

Edi hat sein Herrchen längst entdeckt und zieht wie ein Irrer an seiner Leine. »Hast du deine Wechseljahre? Du weißt schon: Hitzewellen, Stimmungsschwankungen …« Sie schaut mich irritiert an, mein Ablenkungsmanöver funktioniert. Auf der anderen Seite der Straße steigt Adi zurück in seinen BMW und bemerkt uns nicht. Er hat sich seinen Schnäuzer abrasiert und trägt ein T-Shirt mit Glitzersteinen von Ed Hardy. Verliebt lächelt er seiner Hazel hinterher, die im kürzesten Minirock von ganz Berlin die Straße überquert.

»Wechseljahre? Nein! Wieso?«

Die Huber Sabine wendet sich von mir ab und blickt auf die andere Seite der Straße. In diesem Moment beschleunigt Adi seinen BMW.

»Ach, nur so«, sage ich, »stelle mir das schrecklich vor.«

»Du bist in den letzten Tagen wirklich seltsam!« Sie hat Adis Wagen nicht gesehen. Ich atme erleichtert durch.

Hazel kommt auf uns zugewackelt, wir stehen immer noch vor ihrem Haus. Ich will mich wegdrehen, aber sie hat mich bereits erkannt. »Hey, Schwester!«, grüßt sie mich. Ihre Schulmädchen-Zöpfe wippen auf und nieder, als sie in ihrem Haus verschwindet.

»Kennst du die?«, will die Huber Sabine wissen.

Ich murmele etwas Unverständliches.

»Die war doch locker schon 40 und läuft rum wie die Marilyn Monroe. Glaubst du, so was mögen die Männer?«

»So was? Niemals!«

Wenig überzeugt schaut sie ihr hinterher.

Auf unserem Rückweg wirkt sie niedergeschlagen. Erfolglos versuche ich, ihre Laune durch eine extragroße Portion Zitrone-Zimt-Eis in meiner Lieblingseisdiele zu heben. Schweigsam leckt sie ihr Eis. Dann bricht es mit einem Seufzer aus ihr heraus: »Ich hab heut mit dem Adi telefoniert. Er hat schon wieder nicht lange reden mögen. Am Festnetz hab ich ihn nicht erreicht. In der Werkstatt auch nicht. Nur auf dem Handy. Er hat sich Urlaub genommen.«

»Wieso das denn?«

»Motorradtour mit dem Ramsauer Roli. Dabei können die beiden sich gar nicht mehr leiden.« Plötzliche Bitterkeit in ihrer Stimme: *»Ich* wollt mit ihm in den Urlaub fahren, nach Andalusien. Doch dafür hat er seit einem Jahr keine Zeit! Und Andalusien …«

»Ich weiß, die Renata schwärmt auch von Andalusien. Schon verstanden.«

»Genau! Ich muss dir was beichten, Charlotte.« Sie lächelt verzagt. »Es gibt einen Grund, warum ich das Angebot vom Dr. Georgis angenommen hab und so lange von Rottau weg bin.«

Ich studiere ihr Gesicht. »Kann es sein, dass du dich von deinem Adi schon länger etwas vernachlässigt fühlst?«

Offenbar überrascht es sie, dass ich sie durchschaut habe, aber eine bayerische Liebesputte ist nun mal keine Marilyn Monroe. Sie senkt den Blick und nickt traurig. »Ich wollt dem Adi zeigen, dass ich keine Selbstverständlichkeit bin.«

»Wie war das denn früher mit ihm?«

»Früher?« Edi verscheucht Tauben im Park, und sie erzählt mir von früher. Früher hätte ihr Adi jeden Sonntag Nürnberger Würstchen zum Frühstück gebraten, sie zu Spielen der Rottauer Eishockeymannschaft mitgenommen, sich ein Auto aus der Werkstatt »geliehen«, um mit ihr zum Gardasee zu brettern. Einmal hätten sie sich sogar »sehr gern gehabt«, nachts am Ufer des Sees. Vergeblich versuche ich, mir das Bild nicht vor Augen zu führen. Sie hätten sich geliebt, bis Adis Schnäuzer sich in ihrer Kruzifix-Kette verfing. Ich muss lachen, sie fängt an zu weinen: »Vielleicht hast recht. Es gibt keine Weißwurst.« Wenigstens gibt es Eis. Doch selbst das verschmäht sie und lässt es Edi auflecken. Sie muss wirklich deprimiert sein. »Was mach ich denn jetzt? Der Herr Dr. Georgis braucht mich nimmer, und am liebsten möcht ich nach Haus. Aber dann hält der Adi mich wieder für eine Selbstverständlichkeit.«

»Wäre möglich.«

»Soll ich zurück nach Rottau? Sag du's mir!«

Ungeahnte Möglichkeiten eröffnen sich: Seit die Huber Sabine in mein Leben getreten ist, ist vieles suboptimal verlaufen. Um nicht zu sagen, alles. Um nicht zu sagen, mein ganzes Leben ist aus den Fugen geraten, seit sie zum ersten Mal ihre Halbschuhe mit Zierstickerei auf meine kostbaren Dielen gesetzt hat. Ergo: Sobald sie weg ist, kann es eigentlich nur noch eine Richtung für mein Leben geben – steil nach oben. Wahrscheinlich wird sich bereits im Augenblick ihrer Abreise das Blatt wenden. Wie ein böser Fluch, von dem ein unschuldiges Opfer befreit wird.

Eine Abfertigungshalle des Berliner Flughafens. Die Huber Sabine verschwindet in der Sicherheitsschleuse. Ich winke ihr nach. Zack! Ich habe nicht auf den Weg vor mir geachtet und bin in ein Rudel kühlschrankbreiter Bodyguards gelaufen. Ein Elektroschock schmettert mich zu Boden. Benommen höre ich von fern eine Stimme.

BODYGUARD
Only a groupie, George.

Ich öffne die Augen und blicke in die samtweichen Augen von George Clooney. Er lächelt mich an.

Die samtweichen Augen von Edi, dem Rauhaardackel, schauen mich an und fordern den letzten Rest von meinem Eis ein.

»Also, Charlotte, was sagst: zurück nach Rottau oder nicht?«

Wie ein riesiges, knusprig gebratenes Hähnchen landet sie plötzlich vor mir: die gute Gelegenheit. Ich muss nur zugreifen und reinbeißen. »Rottau!« – nur dieses eine kleine Wort müsste mir über die Lippen kommen. »Ich finde, du solltest noch ein bisschen hierbleiben.« Habe *ich* das gerade gesagt? »Ich finde, jetzt ist ein schlechter Zeitpunkt, um nach Hause zu fahren.« Ja, diese Worte kommen aus meinem Mund. »Erstens, derzeit ist er doch eh on Tour. Zweitens, du bist eine tolle Frau. Du bist loyal, warmherzig, liebevoll. Du kannst kochen. Du weißt dich anzuziehen. Du hast gelernt, selbstbewusst zu sein. Jeder Mann müsste sich drei Finger und einen Zeh ausreißen, um mit einer Frau wie dir zusammen zu sein.« Unbemerkt von mir selbst muss ich wahnsinnig geworden sein. Was ist in mich gefahren? Ich fühle mich plötzlich wie die helfende Psychologin der imaginären RTL-Help-Show *Kleine Frau sucht große Liebe.*

Sie wackelt geschmeichelt mit dem Kopf und ihre Dauerwelle wippt nach. »Du lügst!«

»Nur ein kleines bisschen. Trotzdem, lass ihn zappeln!«

»Aber im Moment fühlt es sich gar nicht so an, als würde er zappeln.«

»Hab Vertrauen! Denk an Renata: Sie würde auch auf sich vertrauen.«

»Da hast du recht.« Sie fasst Mut, und jetzt schmeckt ihr auch ihr Zitrone-Zimt-Eis wieder, obwohl Edi schon daran geleckt hat. Sie lacht mich an: »Außerdem will ich noch mitbekommen, wie du dich mit dem Marius versöhnst. Meine Aufgabe ist noch nicht erfüllt!«

Ich nicke gequält und tröste mich mit meiner Flughafenfantasie. George Clooney hat mich verliebt angelächelt! Vor meinem geistigen Auge versuche ich die Erinnerung an ihn wachzurufen, doch stattdessen serviert mir mein hinterhältiges Hirn nur Bilder von Marius und seinem Hundeblick. Höchst irritierend!

»Hast recht, Charlotte, ich muss auf mich vertrauen. Ich bleib!«

Das knusprig gebratene Hähnchen vor mir spreizt seine gerupften Stummelflügel und fliegt hohngackernd von dannen. Wenigstens habe ich die gute Gelegenheit für einen guten Zweck geopfert. Ich entbinde mich in diesem Moment von der Pflicht, in der nächsten Weihnachtszeit eine Delfinpatenschaft oder Ähnliches zu übernehmen. Nicht dass ich das jemals zuvor gemacht hätte. Aber dieses Mal habe ich eine perfekte Ausrede. Tröstend lege ich ihr meinen Arm um die Schulter: »Ich habe das sichere Gefühl, dass der Adi sich bald bei dir melden wird.«

Sie schaut mich mit großen Augen an: »Ja? Wieso?«

59

ER KOMMT AUS HAZELS BLUMENLADEN, blinzelt in die frühmorgendliche Sonne und schlendert in Richtung Greifswalder Straße. Er bemerkt nicht, dass eine attraktive Blondine seinen Schritten folgt. Der Prenzlberg hat den Rottauer Automechaniker schon vollständig assimiliert: Er fläzt sich in den Stuhl eines Straßencafés und bestellt eine Bionade.

»Adi?!«, ruft die Blondine, als hätte sie ihn gerade zufällig vom Bürgersteig aus entdeckt. Er schaut auf und erkennt mich nicht. Vermutlich liegt es an meiner Sonnenbrille. Oder an meinem Haar, das ich nach der Chippendales-Nacht auf Schulterlänge kürzen ließ, quasi als reinigenden Akt.

»Kennen wir uns?« Er lächelt mich an. Ohne seinen Tropfenfänger unter der Nase ist er beinahe attraktiv. Hazel muss ihm außerdem verklickert haben, dass man in Berlin sein Handy nicht am Gürtel trägt, noch nicht mal in den Außenbezirken.

»Klar doch! Ich hatte mal in Rottau eine Autopanne, und du hast meinen Flitzer wieder startklar gemacht. Einen attraktiven Mann vergesse ich nie!« Ich erwarte ein eitles Hallodri-Grinsen von ihm, doch er fährt sich nervös durchs Haar. Mein Draufgängertum verunsichert ihn. »So ein Zufall! Das schreit nach einem Prosecco«, flöte ich und lade mich zu ihm an den Tisch ein. Er wirkt restlos irritiert. Die spanische Kellnerin versucht trotz fehlender Deutschkenntnisse meine Bestellung aufzunehmen. Nach weniger als fünf Minuten hat sie verstanden, was ich möchte, und ich kann mich wieder Adi zuwenden: »Was machst du in Berlin?« Ich strahle ihn an.

»Ja also …« Adi mustert mich immer noch verunsichert. »Doch, ich kenne dich!«

Ich nehme meine Sonnenbrille ab. Man hört förmlich, wie der Groschen bei ihm fällt: »Du bist die Charlotte!«

Ich ziehe sein Tchibo-Finger-Schlagzeug aus meiner Handtasche und spiele einen Tusch. »Sabine hat gar nichts davon erzählt, dass du in Berlin bist.« Meine Stimme hat jede Freundlichkeit verloren.

Er sucht nach Worten, stammelt etwas von »ganz zufällig hier« und »Überraschung für Sabine«.

»Da wird sie sich aber freuen. In der *Bildzeitung* steht übrigens, du vögelst eine Blumenschlampe namens Hazel Summer.«

Adis Kopf nimmt die rote Farbe seiner Holunder-Bionade an. Nach einer Schrecksekunde begreift er, dass diese Information unmöglich in der *Bild* stehen kann. Eine weitere Sekunde später wird ihm allerdings klar, dass zumindest eine Person sein schmutziges Geheimnis kennt: ich.

»Hat sie auch in deine Zukunft gesehen?«, frage ich. »Ich wette, sie hat dir eine Erektion prophezeit. Und dann hat sie kontrolliert, ob sie recht hat.«

Adi schaut ertappt nach rechts und links: »Weiß die Biene es schon?«

»Wie oft hast du sie schon betrogen?«

Er schweigt.

»Wie viele Frauen hast du schon auf deiner Hebebühne tiefer gelegt, Adolf?«

»Keine.«

»Blödsinn!«

»Keine. Ich bin doch eigentlich gar nicht so. Außerdem kennt sich in Rottau ein jeder.« Er schaut mich beschwörend an: »Hast du es Biene erzählt?«

»Nein. Und wenn du brav bist, wird sie es auch nie erfahren.«

Erleichterung und Verunsicherung huschen abwechselnd über sein Gesicht wie wechselnd blinkende Neonreklamen. »Was willst du dann von mir? Geld? Oder willst am Ende auch mit mir …«

»Nein! Ganz bestimmt nicht!« Ich werde böse. Was glaubt dieser Kerl eigentlich?! »Du holst jetzt sofort deine Sachen von deiner Bumsmarie, ext ritsch, ratsch einen Kaffee und ballerst die 700 Kilometer zurück nach Rottau. Dann rufst du deine Frau an und sagst … Los, sprich mir nach: …«

»Wie?«

»Das ist wie beim Beten. Nachsprechen: Ich. War. Unaufmerksam, liebe Sabine.«

»Ich war unaufmerksam.«

»Und ich habe dich vernachlässigt, liebe Sabine.«

»Und ich habe dich vernachlässigt. Was soll das?«

»Ich bereue und lade dich ein nach Andalusien, liebe …«

»Nein, das geht nicht!«

»Doch, du kannst das! Ich bereue und …«

»Die Hazel ist eine Wahnsinnsfrau. Also optisch ja sowieso. Aber auch alles andere. Den Blumenladen schmeißt sie ganz allein. Und gestern Abend waren wir vietnamesisch essen. Sogar da kennt sie sich aus!«

»Aber nicht mal euer bayerischer Ministerpräsident darf zwei Frauen gleichzeitig haben.«

»Und dieses Berlin, es gefällt mir. Ich pass hierher!«

»Das sehen wir Berliner aber ganz anders. Außerdem: Diese Stadt ist viel zu laut und dreckig für dich!«

»Genauso habe ich auch gedacht.« Ein glückseliges Lächeln huscht über sein Gesicht. »Und dann hab ich die Hazel kennengelernt! Ja! Das Leben brennt wieder. Das kann keine Sünde sein.« Er macht eine ausladende Geste: »Ein narrischer Ort! Ich mag das!« Ich frage mich, ob er wohl auch das an allen Körperstellen gepiercte Schwulenpaar am Nachbartisch in seine Sympathiebekundung miteinschließt. »Mit der Biene ist es halt doch nur immer Rottau.«

Es wird Zeit, dass ich ihn von seiner Wolke herunterstoße: »Deine Hazel ist eine Promi-Matratze, die auf Promis wartet. Du bist nur eine Übergangslösung, mein Freund!«

Wütend ballt er die Faust. »Du gehst!« Seine Augen haben sich zu Schlitzen verjüngt und feuern Blitze auf mich ab. Gut, dass er nur Bionade intus hat. Etwas eingeschüchtert rücke ich einen Meter von ihm ab und nehme meinen Mut zusammen:

»Nein, ich bleibe!«

Er kontert erneut mit einem Blitz, doch dann beruhigt er sich mühsam.

»Du hast dich wirklich verliebt, was, Adi?«

»Ja.« Er macht eine lange Pause. »Ja, das habe ich. Und es tut mir leid, dass ich gerade laut geworden bin. Du hast schon recht, beides geht nicht.«

Ich bin erleichtert: »Wenn es nach mir geht, wird Sabine niemals davon erfahren.« Ich rücke mit meinem Stuhl wieder näher an ihn heran. »Aber ich will, dass du zur Beichte gehst und aufrichtig bereust!«

»Nein, nein, du kapierst das nicht.«

»Doch, doch. Das bleibt alles unser kleines Geheimnis. Deiner Biene würde es das Herz brechen.«

»Charlotte, ich werde die Biene verlassen.«

»Was?!«

»Ich weiß, das hat sie nicht verdient.« Er nimmt einen traurigen Schluck aus seiner Flasche, ertränkt seinen Kummer in Bionade und philosophiert selbstmitleidig: »Man kann eben nicht alles haben im Leben. Man wird nicht Fußballweltmeister *und* Europameister. Außer man heißt Spanien. Aber ich bin nicht Spanien. Also kann ich nur eine Sache haben.«

60

ALS ICH AN DIESEM TAG von der Arbeit nach Hause komme, setze ich mich zu ihr an den Küchentisch, wo sie Bohnen schnippelt. Diese exotische Tätigkeit habe ich zuletzt bei meiner Großmutter beobachtet. Vor ungefähr dreißig Jahren, also fast noch in den schweren Nachkriegstagen. Sie schaut auf. Es war ein heißer Tag, normalerweise würde ich erst mal meine Klamotten wechseln, doch ich muss es schnell hinter mich bringen. Sie merkt, wie angespannt ich bin. »Heute schlechte Laune?«

»Sabine, ich muss mit dir reden.«

»Freilich. Aber dazu gehört eine gute Tasse Tee!« Wie eine Hausfrau in der Meister-Proper-Werbung wirbelt sie durch meine Küche und serviert mir vergnügt pfeifend Tee mit Keksen.

»Du bist gut drauf, was?« Ich bin dankbar, dass ich einen Aufhänger gefunden habe, unser klärendes Gespräch für einen kurzen Moment hinauszögern zu können.

»Ja. Ich hab aufgehört, mir Sorgen zu machen.«

»Oh! Gut!«

»25 Jahre! Der Adi und ich sind 25 Jahre verheiratet. Ich sollte ein bisserl mehr Vertrauen haben!«

»Hmmmmm.«

»Du sagst ja gar nichts, Charlotte.«

»Doch, doch.«

»Findest du nicht, dass ich Vertrauen haben sollte?«

»Es gibt schon Männer, die ihre Frauen auch nach 25 Ehejahren sitzen lassen.«

Sie starrt mich an. »Sitzen lassen? Mich? Adi? Einfach so?«

»Meistens kommt eine andere Frau ins Spiel. Irgend so was. Man hört und liest davon.«

Ihre gute Laune verabschiedet sich aus ihrem Gesicht. »Nein! So was würde der Adi mir niemals antun! Dann bring ich mich um!«

»Meinst du nicht im Ernst.«

»Doch!« Sie stopft sich nervös einen Keks in den Mund. »Dann bring ich mich um.« Sie zermalmt den Keks, als müsste sie der Brutalität ihres Gedankens Nachdruck verleihen. »Was wolltest du mir sagen?«

Ein langer Moment vergeht. Eine Sekunde, zwei, fünf, zehn Sekunden. »Ich muss noch mal los.«

»Jetzt noch?« Sie schaut mir überrascht hinterher, als ich in mein Schlafzimmer eile, um mir endlich ein frisches T-Shirt anzuziehen. Als ich zum Eingang haste, kommt mir Alex entgegen.

»Ich ziehe aus!«, schmettert er mir entgegen. Er wartet auf meine Reaktion und ist irritiert. »Nicht gut?«

»Doch. Natürlich! Grandios! Ich muss nur los.«

»Du freust dich gar nicht?«

Mein Hirn lässt eine Mini-Flashback-Sequenz ablaufen: die Zungenbelagflecken in meinem Waschbecken, der Beschwerdebrief von Herrn Süleyman, der onanierende Alex in meinem Zimmer. Fazit: Nichts könnte mich mehr erfreuen als Alex' Auszug. Das Einzige, was meine Euphorie bremst: Der Überbringer der frohen Kunde ist ausgerechnet der Verursacher aller Pein. Ich traue dem Braten nicht.

61

»CHARLOTTE?« Erstaunt öffnet Marius mir die Tür zu seinem Loft. Ich bin selbst überrascht, dass ich hier bin. Aber ich muss mit jemandem reden.

»Darf ich reinkommen?«

»Klar! Aber alles voll mit afrikanischen Gazellen und Asiatinnen mit Blaslippen.«

»Nicht witzig!« Ich trete ein, Marius ist nicht allein. »Thomas?«

»Ja, hallo, Charlotte, ich wollte eigentlich gerade gehen.« Überhastet stopft der »Professor« Unterlagen und DVDs in einen Supermarkt-Öko-Stoffbeutel. Ich kann nur ahnen, dass ihn die neue Situation überfordert und er einem Gespräch zu dritt aus dem Weg gehen möchte.

»Ich wusste gar nicht, dass ihr befreundet seid«, sage ich zu Marius.

»Wusstest du, dass Thomas seine Doktorarbeit über Gianfrancesco Bracciolini geschrieben hat?«

»Den Philosophen? Mmm, ja.«

»Vielleicht machen wir einen Film darüber. Was, Thomas?« Marius drückt ihn an sich. Thomas lächelt schüchtern, aber der Kontakt mit Marius scheint ihm gutzutun.

»Ich muss dann los.« Thomas verabschiedet sich steif von mir und geht. Marius schaut ihm hinterher: »Ich mag ihn. Das ist ein kluger Mensch!« Er bietet mir einen von seinen ausgebleichten Klappsonnenstühlen an, in denen selbst Gesunde sich Bandscheibenvorfälle holen. »Also, hallo erst mal. Ich freue mich! Es ist nur … überraschend!«

»Ich habe mich zu Hause ausgeschlossen.«

»Ach so.« Er studiert mein Gesicht, und ich kann erkennen,

dass er mir meine kleine Lüge nicht glaubt. »Wo ist Sabine? Warum hast du dich nicht in ein Café gesetzt und auf sie gewartet?«

»Geld vergessen.«

»Wie bist du dann hergekommen?«

»Schwarzgefahren.«

»Du fährst nie schwarz!«

»Doch! Und ich fahre sehr oft bei Gelb über die Ampel!«

»Aber du fährst nie schwarz! Dazu bist du viel zu angepasst.«

»Wird das hier ein Verhör?«

»Natürlich nicht.« Er lächelt. »Trinkst du Wein?«

»Ich habe es einfach nicht übers Herz gebracht, ihr die Wahrheit zu sagen.« Seit fast einer Stunde hänge ich mit steifem Rücken in Marius' Sonnenstuhl und bin bereits bei meinem dritten Plastikbecher Wein angelangt. Wir haben uns prächtig über die guten alten Zeiten bei *Renata* unterhalten. Fast hätte ich vergessen, dass ich eigentlich mit ihm über die Huber Sabine reden wollte. »Einfach nicht übers Herz gebracht«, wiederhole ich.

»Und deshalb bist du hergekommen? Um mit mir über Sabine zu reden?«

»Wie gesagt, ich habe mich ausgesperrt und … ja, deshalb bin ich hergekommen. Auch!«

»Schlechtes Gewissen?«

»Wegen Sabine? Hast du mich schon einmal gefragt. Nein! … Ja! … Vielleicht. Ich hätte es ihr heute sagen sollen. Aber sie würde sich umbringen. Ich finde, das ist ein sehr guter Grund, einem Menschen nicht die Wahrheit zu sagen.«

»Ich verstehe.« Er nickt aufmerksam mit dem Kopf, als hätte er einen Kurs für »aktives Zuhören« besucht.

»Meine Güte, du bist ja schlimmer als jeder Therapeut!«

»Warst du mal bei einem?«

»Was?! Nein!« Meine Sitzung bei Dr. Langhans zählt nicht.

»Jedenfalls, was ich sagen wollte …« Ich zögere. »Vielleicht bin ich dir moralisch doch nicht so haushoch überlegen, wie ich dachte. Marius, hast du keine richtigen Gläser?«

»Nein. Aber red weiter. Es wird gerade spannend.«

»Man glaubt es kaum, aber ich bin offensichtlich auch nur ein Mensch. Mit kleinen Schwächen. Deshalb bin ich bereit, mein Urteil über dich zu revidieren: Du bist kein riesengroßes Arschloch, nur ein großes.«

»Ich bin gerührt.« Er lacht.

»Ist ja trotzdem eine positive Entwicklung!«

»Danke für das Kompliment!« Wieder sein Beagle-Blick, der Millionen von Hausfrauen um ihren Verstand bringt, er muss gar nicht viel tun. Nein, ich will ihn nicht sehen, den Blick, und gehe zum Fenster. Auf der Straße verkauft ein Obdachloser eine Straßenzeitung …

Der Obdachlose schaut hoch zu mir, ich blicke in das barocke Gesicht von Barry White. Mit unverwechselbarem Timbre stimmt er ein zärtlich-souliges Uhhh-Uuuh an. Passanten bleiben stehen und beginnen im Rhythmus zu schnipsen. Ein einziges schlechtes 80er-Jahre-Musik-Video! Marius taucht hinter mir am Fenster auf. Ich sehe seine Reflexion in der Scheibe. Ein tiefer Blick. Ich umschlinge ihn und …

… küsse ihn. Ich küsse ihn wirklich! Der Rotwein ist schuld. Ich küsse den Mann, den ich eigentlich hasse.

Marius löst sich aus meiner Umarmung. Verwunderung in seinem Gesicht: »Was machen wir hier gerade?«

»Du baggerst mich seit Tagen an! Schon vergessen?«

»Ich dachte, wir reden mal. Ich würde dir gerne erklären, wie das alles passiert ist. Warum ich dich so verletzt habe.«

»Du hast mich nicht verletzt. Habe ich doch schon gesagt.«

»Doch, das habe ich!«

»Ich gehe jetzt lieber.« Ich suche nach meiner Jacke. »Das ist alles aufgewärmte Suppe!«

»Du weichst aus! Immer, wenn wir an diesen Punkt kommen, haust du ab!«

»Also gut, erzähl mir, warum du sexsüchtig bist. Was hast du in deiner Therapie herausgefunden?«

Er zögert. »Aber nur, wenn du es auch wirklich hören willst.«

»Ach, Marius, ich finde es ganz toll, dass du an dir arbeitest«, sage ich gönnerhaft. »Es interessiert mich leider nur nicht die Bohne. Was soll denn da rauskommen? Dein Vater hat dir die Anerkennung verweigert, jetzt holst du sie dir von Schlampen? Deine Mutter hingegen hat dich mit Liebe erdrückt, jetzt schläfst du mit jeder Frau, die dich höflich um einen Orgasmus bittet?«

Sein Gesicht ist versteinert. Gut, mag sein, dass ich etwas sarkastisch war, aber selbst schuld! Warum reitet er so auf dem Thema herum? »Reden willst du nicht, Charlotte? Aber ficken schon?«

»Määähg! Der Kandidat hat sich leider disqualifiziert. Und ich bin weg!« Ich suche hastig nach meiner Jacke und entdecke, dass sie sich in der körperfressenden Sonnenliege verfangen hat.

»Brauchst du Geld für den Nachhauseweg?«, fragt Marius. Er ist immer noch wütend.

»Nein danke, ich nehme mir ein Taxi.«

»Ich dachte, du hast kein Geld.«

»Richtig! Gut, dass du mich daran erinnerst!« Nach zwei sehr langen Minuten ist es mir endlich gelungen, meine Jacke zu befreien, und ich eile zum Ausgang.

62

»SO, DANN LASST MAL KRACHEN!« Friedhelm strahlt gut gelaunt in die Runde und lässt seinen XXL-Körper auf den Stuhl neben Susa plumpsen. Er hat Dr. Pelzberg im Schlepptau, der heute extra für diesen Termin aus München eingeflogen ist.

Die Tür des Konferenzraums öffnet sich. Neugierig begutachten wir die zehn Durchschnittsbürger, die am Konferenztisch des Marktforschungsinstituts Opinio Platz nehmen. Vor weniger als einer Viertelstunde waren diese zehn noch namenlose Konsumenten im Shoppingtempel Alexa, dann aber hat man sie auserwählt. Man hat sie angesprochen und zu Scharfrichtern auserkoren. Schonungslos sollen sie urteilen über Susas neuen Ansatz für *Renata.* Ein Job, den ich ihnen liebend gerne abnehmen würde.

Der Gesprächsleiter des Marktforschungsinstituts, ein gewisser Dr. Ralf Meir-Ertelbach, schält mit dicken Fingern eine DVD aus der Hülle.

Alex zappelt nervös auf seinem Stuhl. Im Gegensatz zu mir kennt er die DVD bereits. Er war Leistungsträger in Susas Kreativteam – neben Camilla, der Buchhalterin, Lothar, dem Hotline-Mann, und Dr. Langhans, Susas Therapeuten.

Langhans nimmt neben mir Platz und tut so, als würden wir uns nicht kennen. Ich erinnere mich daran, dass er keinen Fernseher besitzt, ahne aber, dass eine solche »Marginalie« keine Rolle für die Aufnahme ins Kreativteam gespielt hat.

Auch Yong-Dao gehört nun zum Team. Sein ursprünglicher Schock angesichts Susas Führung war von kurzer Dauer. Er begrüßt sie stürmisch mit mindestens zehn Küsschen und setzt sich auf den freien Platz neben Friedhelm.

Meine Teammitarbeit hingegen war unerwünscht. Zu viel negative Energie!

Der Raum wird verdunkelt, die Präsentation von Susas »kreativer Vision« beginnt: Eine sattgrüne Wiese leuchtet für eine kleine Ewigkeit auf dem Breitwandbildschirm. Dazu die zarten Klänge eines Klaviers – und die weniger zarten Klänge von zehn Menschen, die fressmaschinengleich die dargebotenen Käsecracker in sich hineinschaufeln. Ein bizarres Happening. Vermutlich wird gleich der erste Buckelwal ins Bild robben.

»Stopp!« Susa erhebt sich von ihrem Stuhl. »Bitte sofort stopp!«

Meir-Ertelbach unterbricht die Vorführung und macht das Licht an. Fragende Blicke in Richtung Susa, die sich zu Friedhelm beugt und ihm etwas ins Ohr flüstert.

»Susa, ich verstehe nicht.«

»Doch, doch, du hast mich verstanden.«

Friedhelms Hand streicht nervös sein Sakko glatt, ein unsicherer Blick in den Raum. »Meine Frau möchte, dass jetzt alle gehen. Wirklich alle, Susa?«

»Alle außer mir und den Probanden«, sagt sie und wendet sich freundlich an Dr. Langhans: »Björn, du bleibst natürlich auch.«

»Aber Susa …«, protestiert Friedhelm hilflos, Susas Forderung bringt ihn in große Verlegenheit. Wieder murmelt sie ihm etwas zu. »Das musst du den Leuten schon selbst sagen. Das wird mir jetzt zu doof!«

»Zu viel negative Energie?«, frage ich mit Häme im Gesicht.

»Irgend so was«, murmelt er abfällig, und es klingt wie »irgend so was total Bescheuertes von der verrückten Alten!«.

»Entschuldigt bitte, aber es sind einfach zu viele Menschen im Raum«, erklärt sie. »Ich möchte, dass die Probanden ihre Kritik in einer Atmosphäre der Ruhe und des Schutzes vortragen können. Ich benötige eine kreative Fruchtblase.«

Ein gequälter Blick von Friedhelm, der sofort von Susas gefürchtetem Lächeln gekontert wird.

»Friedhelm, ich spüre, du behandelst mein Anliegen mit Geringschätzung, und das enttäuscht mich.«

Wie ein gescholtener Schulbub rutscht er nervös auf seinem Stuhl hin und her. Am anderen Ende des Raumes tuschelt ein schlaksiger Teenager mit schwarzem Sweatshirt, schwarzen Fingernägeln und schwarz geschminkten Augenrändern mit seiner Nachbarin. Man wundert sich, dass ausgerechnet dieser »Fürst der Finsternis« dazu in der Lage sein soll, ein qualifiziertes Urteil über eine Serie wie *Renata* abzugeben. Jetzt aber urteilt er nicht über *Renata,* sondern über Susa und Friedhelm, und sein Urteil ist äußerst qualifiziert. »Die Alte hat ihn fest im Griff«, flüstert er spottend.

Friedhelm hat es gehört und wird ungehalten: »Es verlassen jetzt bitte alle den Raum! Alle außer den Probanden! Und entschuldige bitte, Dietlef, ein bisschen Chaos gehört zum kreativen Prozess.« Dr. Pelzberg nickt irritiert.

Gemeinsam erheben wir uns von den Plätzen, um zum Ausgang zu strömen. Ein strenger Blick von Susa zu Friedhelm, der auf seinem Stuhl sitzen geblieben ist.

»Ich etwa auch?«

Sie nickt.

Und wieder kommentiert der Teenager die Situation, diesmal mit einem boshaften Grinsen.

Friedhelm bemerkt es, reißt den Mund auf und möchte den Kerl am liebsten mit dem Kopf gegen den nächsten Türpfosten donnern. Im selben Moment wird ihm klar, dass es einen unvorteilhaften Eindruck hinterlassen würde, sollte sich der Manager eines großen deutschen Privatsenders mit dem jugendlichen Probanden einer Marktforschungsrunde prügeln. Aufgebracht schaut er auf die Uhr: »Ich habe jetzt sowieso einen Termin. Dietlef, kommst du?« Er drängelt sich an uns vorbei und verlässt noch vor uns den Raum.

»Die Männer immer schön an der kurzen Leine, wa?«, bemerkt der Grufti. Susa wirft ihm einen Blick zu, der zwischen seine Beine wandert und einmal feste zudrückt. Augenblicklich verstummt er.

63

ALEX ZIEHT AUS. Selten haben mich drei kleine Wörter mit so großem Glück erfüllt. Eine ganze Glücksbombe ist in meinem Inneren explodiert, als er mich heute Nachmittag im Büro anrief und mir bestätigte, was er bereits angekündigt hatte.

Jetzt, kurz nach Feierabend, bewundern die Huber Sabine und ich das Ergebnis seiner zähen Anstrengungen: Es ist ihm tatsächlich gelungen, etwas Eigenes für sich zu finden. Und anders als vermutet, handelt es sich dabei nicht um eine 150-Euro-Bude in einer versifften Bummel-Studenten-WG; einem dieser ganz wenigen Orte, wo man noch ein vollkommen authentisches Abbild studentischer Einrichtungsvorlieben der mittleren 90er-Jahre vorfinden kann, mit Betten aus Pappe und einem vergilbten Plakat von *Pulp Fiction.* Alex' neue Bleibe sendet vielmehr das Signal: Ein Mann will nach oben. 70 Quadratmeter im Luxus-Neubau, mit Nussholzparkett, Fußbodenheizung und privatem Liftzugang; gelegen im obersten Stockwerk, mit Naturstein-Dachterrasse und Panoramablick auf den Fernsehturm. »Alex sieht Alex«, scherzt Alex. Ich lache nicht, muss aber anerkennen: Diese Wohnung würde allerhöchsten Charlotte-Standards genügen. »Und hierhin, genau in die Mitte des Raumes, kommen ein fetter Flipperautomat und ein Billardtisch«, erklärt er uns stolz. »Alles schon bei ebay ausgesucht.« Der Gedanke, dass es bei zwei mittelgroßen Räumen wenig Platz für eine private Spielhölle gibt, scheint ihm nicht zu kommen.

»Ich hab mir deine neue Wohnung ehrlich gesagt ein bisserl anders vorgestellt«, gibt die Huber Sabine zu bedenken, »also normaler!« Sie sieht Alex' beleidigten Blick und zaubert einen kleinen Kaktus aus einer Tüte. »Für dich zum Einzug, Alexander! Weil ich finde, heut ist ein großer Tag, nicht wahr, Charlotte, heut ist ein großer Tag?«

Mit intensivem Kopfnicken stimme ich zu:

»Ja, ein großer Tag!«

»Wirklich ein großer Tag«, wiederholt sie und strahlt Alex wohlwollend an. In den vergangenen Tagen war sie merkwürdig still, unser Gespräch über Männer, die ihre Frauen nach jahrelanger Ehe fallen lassen wie eine heiße Kartoffel, hat Spuren bei ihr hinterlassen. Doch jetzt blüht sie auf und freut sich: »Alexander hat es geschafft, auf eigenen Beinen zu stehen!«

»Ja! Ein großer Tag«, stimme ich erneut zu. Der Grund meiner Freude ist allerdings weniger altruistisch als ihrer.

»Thanks!« Alex knipst ein Lächeln an und betrachtet den Kaktus. »Wenn ich ehrlich bin, Grünzeug passt nicht in mein Designkonzept.«

»Du präpotenter Fatzke!«, will ich ihm entgegenschleudern. Doch jetzt bloß keinen Eklat provozieren, der die gute Stimmung stören und Alex möglicherweise zu einem Rückzieher veranlassen könnte!

Der Vermieter – er hat uns die Wohnung aufgesperrt – kommt schnaufend in den Raum. Er ist nicht mehr der Jüngste und kaschiert seine Glatze mit drei langen Haarsträhnen, die diagonal ihre Bahnen über seine blanke Kopfhaut ziehen. Er entdeckt Alex: »So, Herr Grunske, wie fühlen wir uns?«

»Gut fühlen wir uns«, schmettert ihm Alex entgegen.

»Nehmen wir das Prachtstück?«

»Was sagt ihr? Nehmen wir das Prachtstück?« Alex schaut uns fragend an.

»Unbedingt!« Meine Antwort kommt wie aus der Pistole geschossen. Vielleicht sogar ein bisschen zu schnell. Ich schiebe hastig hinterher: »Aber so was will natürlich wohlüberlegt sein.«

»Nein, nein, du hast ja recht«, sagt Alex, »diese Wohnung rockt! Da darf ich nicht den Fehler machen, zu lange nachzudenken!«

Keine Sorge, mein Freund, dieser Fehler ist dir bisher höchst selten unterlaufen.

»Juti. Mieterauskunft ist okay«, sagt der Vermieter. »Brauchen wir nur noch ein paar Kleinigkeiten, um zur Unterschrift zu kommen.«

»Hast du nicht gesagt, ihr hättet schon alles geklärt?« Ich schaue Alex fragend an und versuche meine Nervosität zu verbergen. Wie gesagt, bloß keine Unruhe provozieren!

»Dachte ich auch«, sagt er. »Ich nehme die Wohnung!«

»Er nimmt die Wohnung!«, sage ich.

»Wir haben von dem jungen Mann immer noch keinen Nachweis über ein geregeltes Einkommen.«

»Kein Problem! Ich kriege festes Gehalt!«, sagt Alex. »Eintausenddreihundert Euronen!« Er dehnt die Zahl wie einen Kaugummi. So als würde er gerade ein Ass aus dem Ärmel ziehen und es dem Vermieter triumphierend auf den Tisch knallen.

»Diese Wohnung kostet 1000 plus Nebenkosten.« Der Vermieter lacht amüsiert. »Wovon wollen Sie leben, Herr Grunske? Ravioli?« Er kontrolliert ungeduldig sein Handydisplay, der nächste Kunde wartet schon. »Also, was machen wir jetzt?« Er schaut mich an. »Ist das eigentlich Ihr Sohn?«

»Geht Sie das irgendwas an?«, blaffe ich zurück.

»Gut! Wir können das auch alles abblasen.« Gereizt klappt er seine Mappe mit Alex' Mieterauskunft zu. Mein Traum von einem Leben ohne Alexander Grunske rückt plötzlich in weite Ferne.

»Warten Sie, warten Sie! Kennen Sie die Fernsehserie *Renata*?« Ich schenke ihm einen nonnenfrommen Blick, den ich mit einem Schuss Luderhaftigkeit würze. Männer in seinem Alter mögen das.

»Sieht meine Frau gerne. Und meine Freundin.« Er lacht anzüglich.

Was für ein widerlicher alter Sack! Ich lache trotzdem mit. Um Alex loszuwerden, würde ich noch viel mehr tun, als nur mein Rückgrat zu opfern. »Mein Name ist Charlotte Bredencamp«, sage ich, »und ich habe *Renata* erfunden.«

»Sabine Huber. Ich leite den Fanclub Oberbayern«, schiebt mein bajuwarischer Sidekick gewichtig hinterher.

»Ja und? Der junge Mann verdient nichts. Ich will eine Bürgschaft!«

»Alexander Grunske arbeitet für uns«, sage ich, »sein Talent ist seine Bürgschaft.«

»Ach, hören Se mir doch uff!«

»Glauben Sie mir, Sie werden bei *Renata* niemanden finden, der im Moment nicht von ihm schwärmt«, setze ich nach.

»Echt jetzt?«, fragt Alex begeistert und scheint zu übersehen, dass ich ihn anpreise wie ein Gemüsehändler sein verdorbenes Obst. Mit dem einzigen Unterschied, dass ich ihn heute Abend nicht in den Biokompost schmeißen kann, wenn ich ihn nicht loskriegen sollte.

Die Titelmelodie von *Renata* scheppert. Ein Handy. »Immer dieses Telefon!«, sagt Alex wichtigtuerisch und geht ran.

»Sehen Sie, er ist schwer beschäftigt«, flüstere ich dem Vermieter zu. Er winkt ab. Interessiert ihn nicht!

»Charlotte, darf ich dich mal sprechen?« Die Huber Sabine nimmt mich beiseite. »Glaubst wirklich, der Alexander kann sich so eine schöne Wohnung leisten?«

»Niemals!«, sage ich.

»Aber ist das anständig?«

»Er wohnt jetzt schon über eine Woche länger bei mir als vertraglich vereinbart«, sage ich. »Ist das vielleicht anständig?!«

Alex beendet sein Gespräch.

»Alles okay?«, frage ich.

»Gunnar hat mich gefeuert.« Seine Stimme ist leise, sein Gesicht aschfahl.

»Was?!«

»GEFEUERT!«, brüllt er aufgelöst. Ich habe ihn noch nie so erlebt. Selbst neulich nicht, als er sich eingestehen musste, dass er auf Marius' Party wie ein Loser behandelt wurde. Jetzt aber walzt die geballte Ladung Realität den Zaun nieder, mit dem er seine Lebenslüge beschützt hat. Verstört rennt er aus der Wohnung.

Ich stoße einen stummen Fluch aus. Der Vermieter grinst oberlehrerhaft, er hat es sich doch gleich gedacht. Dann nimmt er mich mit strengem Blick ins Visier: »Ich komme mir gerade etwas verarscht vor.«

»Wieso?«, frage ich, als hätte ich nicht die leiseste Ahnung, was er meint. »Sie bekommen Ihre Bürgschaft. Das ist gar kein Problem.«

»Wissen Sie was, ich will keine Bürgschaft!«, sagt er. »Ich will gar nichts von Ihnen oder Ihrem Sohn! Und jetzt raus aus meiner Wohnung!«

64

PLUS-MINUS-LISTEN helfen in allen Lebenslagen. Sie sind der Grund, warum ich Biologie studieren wollte und weshalb ich als 15-Jährige mit Silvio, dem flaumbärtigen Realschüler, alleine in den Zelturlaub gefahren bin. Beide Entscheidungen erwiesen sich im Rückblick als irrwitziger Missgriff. Dennoch, ich vertraue auf dieses wunderbare Instrument der Entscheidungsfindung. Das weiße Stück Papier liegt seit einer halben Stunde vor mir auf dem Bett und wartet auf weitere Einträge. Es ist schon zehn Uhr abends, ich habe Vanilla-Breeze-Duftkerzen angezündet, die mich in eine Stimmung innerer Aufgeräumtheit versetzen sollen. »M-A-R-I-U-S« steht da in großen Lettern geschrieben. Unter dem Pluszeichen: gähnende Leere. Dafür mehr als zwanzig Einträge unter dem Minuszeichen:

- Fremdgeher

Da ich die Bedeutung dieses Punktes unterstreichen möchte, habe ich alle pseudowitzigen Synonyme hinzugefügt, die mir das Internet angeboten hat:

- Multitasking-Romeo
- Auswärtsdribbler
- Stereo-Stelzbock
- Nudel-woanders-Reinstecker
- Kachelmann-Klon

Weitere Minuspunkte von Gewicht sind:

- Macht unerträgliche Filme

– Arbeitet für miese Telenovela
– Ist nicht George Clooney

Den Eintrag mit der Telenovela habe ich fairerweise wieder gelöscht. Schließlich würde er auch auf mich zutreffen.

Dann noch kleinere Punkte:

– Achtet im Supermarkt nicht auf Sonderangebote
– Niest sehr laut
– Ist nur 1,83 Meter groß

Mit 1,83 Meter ist Marius nicht wirklich klein, und im Grunde mag ich seine Größe, aber: Es sind keine Gardemaße. Ich erinnere mich, dass männliche Models auf dem Laufsteg in Mailand mindestens 1,90 Meter groß sein müssen. Dieser Minuspunkt gehört also ohne Frage auf meine Liste.

Ein Klingeln an meiner Wohnungstür reißt mich aus der Überlegung, ob Marius' Hände den internationalen Richtwerten für Handmodels entsprechen. Ich wundere mich, wer zu so später Stunde vor meiner Tür stehen könnte: Ein zorniger Herr Süleyman, weil meine elektrische Zahnbürste zu laut ist? Ein reumütiger Gunnar, der ohne Alex nicht mehr zurechtkommt? Oder … Marius? Meine Knie werden weich, es ärgert mich! Reden wollen sie nicht mehr mit mir, meine verfluchten Gehirnareale. Warum mischen sie sich dann immer noch ein?! In dieser Sekunde sendet eines von ihnen hinterrücks ein Signal an meine Knie und lässt sie weich wie Schmelzkäse werden. Hat denn hier niemand meine Plus-Minus-Liste gelesen?

»Ich lasse mich scheiden!« Ein Mann mit nassem Haar und hängenden Schultern steht vor meiner Wohnungstür. Nichts deutet darauf hin, dass dieser Ritter von der traurigen Gestalt der mächtige Fictionchef von PriTV ist. Ich lasse Friedhelm eintreten und frage mich, wo eigentlich heute Abend die Huber Sabine geblieben ist – in ihrem Zimmer ist sie jedenfalls nicht.

»0,4 Prozent Zustimmung für ihren Grüne-Wiese-Amoklauf!« Friedhelm nimmt wie selbstverständlich auf meiner Couch Platz, seine Finger picken ebenfalls wie selbstverständlich die letzten drei Wasabi-Nüsse aus einem Schälchen.

»0,4? Das ist eher … schlecht?« Ich kenne die Antwort. Doch ich möchte sie von ihm hören. Dieser Moment muss bis zur Neige ausgekostet werden!

»Eher schlecht? Das ist das schlechteste Ergebnis, seit es Programmmarktforschung gibt. Bis zum heutigen Tag war sogar fraglich, ob man so einen Wert überhaupt erreichen kann, selbst wenn man seine belegte Zunge abfilmen würde. 0,4 Prozent ist ein Stalingrad!«

Ich rufe die vier Gesichtsregungen ab, die ich in über 2000 konsumierten Telenovela-Folgen von unseren Schauspielern für solche Augenblicke gelernt habe: Ich nicke betroffen, schlucke hart, blicke schockiert und forme mit dem Mund stumm ein »Oh mein Gott!«. Gleichzeitig rennt mein gedankliches Alter Ego zum Fenster und lässt einen brüllend lauten Ausruf der Schadenfreude auf den Helmholtzplatz los:

```
                ICH
ICH HAB'S DIR DOCH GESAGT, ARSCH-
GEIGE!!!
```

»Und deshalb lässt du dich scheiden?«, frage ich, jetzt wieder mit betroffener Stimme.

»Sie gängelt mich und will überall mitmischen. Sie demütigt mich vor Dietlef. Und sie liefert mir am Ende 0,4 Prozent. Diese Ehe ist gefloppt! Ich habe heute Abend auf den Tisch gehauen und sie aus meinem Haus geschmissen!«

»Oh.«

»Ja, ›oh‹!«

»Und wo wohnt sie jetzt?«

»Ich wohne im Hotel. Nur vorübergehend.«

Friedhelm kommt aus der Küche mit einer Flasche Rotwein und zwei Gläsern.

»Diese Flasche ist eigentlich für besondere Anlässe«, sage ich.

»Warum hat mich keiner gewarnt?!«

»Diese Flasche ist wirklich … Ich habe dich gewarnt! Ich habe dir eine E-Mail geschrieben: ›Susas Kreativteam wird uns ins Verderben führen!‹«

Er hält inne. »Ja, das ist doch keine Warnung!« Er drückt mir ein Glas Wein in die Hand und prostet mir zu. »Cheers!« Er spült einen tiefen Schluck hinunter. Und noch einen. Und einen weiteren. Das Glas ist leer. »Ahhhh«, seufzt er. Ein Ausdruck höchsten Genusses, den Männer offensichtlich von sich geben müssen, wenn sie etwas Gutes zu sich genommen haben. Vielleicht handelt es sich um ein Ritual aus der Steinzeit. Der Herdenanführer darf als Erster das Mammut probieren und signalisiert der Herde mit seinem »Ahhhh«: »Mammut schön krisp!« Ein männliches »Ahhhh« bleibt nie allein im Raum stehen, sondern wird grundsätzlich von einem kleinen Monolog abgerundet. So auch bei Friedhelm: »Ein Mann ist wie Wein – mit jedem Jahr wird er besser«, sinniert er. »Ich habe Kohle, Macht, Charme. Und jetzt bin ich wieder solo! Ich müsste nur mit dem Finger schnippen, und schon hätte ich eine dickbrüstige Medientante auf dem Schoß sitzen.«

Ich nippe etwas verschüchtert an meinem Glas und kontrolliere unauffällig mein Dekolleté. Nicht allzu viel zu sehen. Gut!

Er versinkt in meiner Couch, zieht sich die Schuhe aus und lässt seine Sockenfüße auf meinem Couchtisch landen. Eilig lasse ich einen Nagelclip verschwinden: Friedhelm scheint sich bei mir wie zu Hause zu fühlen, er könnte am Ende auf die Idee kommen, sich die Zehennägel zu schneiden. Der Wein treibt eine Schweißperle auf seine Stirn. Er öffnet seinen obersten

Hemdknopf und lächelt mich an. Ich lächle zurück und frage mich, ob meine Mimik in der Lage ist, zu lächeln und gleichzeitig zu signalisieren: »Nimm deine Stinkfüße von meinem Couchtisch!«

»Merkwürdig eigentlich«, sagt er, »dass wir noch nie miteinander geschlafen haben.«

Ich lächle nicht mehr.

Er lächelt immer noch. Versonnen. Jovial. Leicht alkoholisiert. Kein forderndes Lächeln, sondern ein freundliches, das sagt: »Die Stimmung ist nett. Warum nicht eine Runde vögeln?«

Ein Blick zum Fenster. Da ist es wieder und landet auf meinem Fensterbrett: das knusprige Hähnchen; die gute Gelegenheit, die einfach nur gepackt und verschlungen werden will. Sex gegen einen guten Job. Ich habe mit einem 21-jährigen Schulabbrecher mit Aufmerksamkeitsschwäche geschlafen. Meine Qualitätsstandards lassen also durchaus Spielraum für einen 53-jährigen Fictionchef mit schütterem Haar und stinkigen Socken. »Nein, ich werde ganz bestimmt nicht mit dir schlafen!«

Friedhelm schaut erschrocken von seinem Weinglas auf. Ich explodiere:

»Du hast mich schon richtig verstanden! Überhaupt: Du kommst hier rein und trinkst ungefragt meinen besten Wein. Und nimm deine Stinkflossen von meinem Couchtisch!« Mit vereinten Kräften versuchen alle Areale in meinem Hirn, die Notbremse zu ziehen, doch es ist zu spät. Meine Worte schießen wie MP-Salven aus meinem Mund: »Ich finde es unverschämt, wie du mit mir umspringst: erst die Huber Sabine, dann Yong-Dao, jetzt auch noch dein Knochensack von Frau. Und dann hast du die Dreistigkeit, an Sex zu denken? Ich werde ganz bestimmt nicht mit dir schlafen! Niemals! Du bist mir viel zu fett und eklig!« Fertig. Ich fühle mich gut und hole mir meine Flasche Wein zurück. *Meine* Flasche!

»Ich wollte überhaupt nicht mit dir schlafen.«

»Blödsinn!«

»Du bist überhaupt nicht mein Typ, Charlotte!«

»Und warum findest du es dann merkwürdig, dass wir noch nie miteinander geschlafen haben?«

»Früher vielleicht. Als du schlanker warst. Und jünger.«

»Ich bin immer noch schlanker und jünger als du!«

»Ich erkläre doch nur, warum ich nicht mit dir schlafen will. Ganz wertfrei.«

»Friedhelm, du bist ein Arschloch! Ganz wertfrei!«

Die Stimmung ist frostig. Er hat wieder Schuhe an den Füßen und schlüpft in seine nasse Jacke, um zu gehen. »Ich habe Yong-Dao heute gekündigt«, sagt er und öffnet die Tür, um zu gehen.

»Wie bitte?«

»Er ist ab morgen freigestellt.«

»Ich verstehe immer noch nicht.«

»Das Rennen war entschieden, und ich wollte dich eigentlich heute Abend bitten, bei *Renata* wieder die Zügel in die Hand zu nehmen.« Seine Augen sind zwei regungslose Murmeln. »Gute Nacht, Charlotte.« Er geht, zwei Schrecksekunden vergehen.

»Okay, ich mach's!«, rufe ich ihm hinterher.

»Nein. Uns ist heute die Vertrauensgrundlage verloren gegangen. Du verstehst.«

»Nur weil ich dich Arschloch genannt habe?«

»Es gehört zu meinem Job, Druck auszuhalten. Aber was du gesagt hast, hat meine Gefühle verletzt!« Seine Stimme klingt empfindsam und offenbart eine Facette seines Charakters, die offensichtlich nur dann zum Vorschein kommt, wenn es um *seine* Gefühle geht – und nicht die anderer Menschen. »Nur weil wir in der Medienbranche arbeiten, müssen wir doch nicht übereinander herfallen wie die Barbaren.« Er wendet sich ab und verschwindet im dunklen Treppenhaus.

»Friedhelm, warte mal.« Die Murmeln starren mich aus der Dunkelheit an. »Es freut mich, dass du dich für mich entscheiden wolltest. Ich meine, nichts gegen Yong-Dao. Aber du hast ja offensichtlich erkannt, dass ich einen besseren Job als er mache. Und vielleicht schaffen wir es bald, das Kriegsbeil zu begraben.«

»Ihr habt mich beide enttäuscht.«

»Mag sein«, sage ich und möchte mir meinen späten Triumph nicht nehmen lassen, »aber am Ende hast du dich gegen ihn und für mich entschieden, nicht wahr?«

»Yong-Dao hat den Konzern mehr gekostet als du.«

»Du meinst, er hat mehr verdient?«

»Gute Nacht!« Die Murmeln verschwinden wieder im Treppenhaus.

»Er war mein Stellvertreter!«, werde ich wütend. »Und er hat mehr verdient als ich?! Diese Null?!«

Keine Antwort von Friedhelm.

65

»BIST DU BESCHEUERT?!«, fluche ich.

Kurz nach Friedhelms mimosenhaftem Abgang ist Alex nach Hause gekommen. Mit Straßenschuhen und weit ausgebreiteten Armen liegt er auf meinem Bett und starrt an die Decke.

»Hey! Raus aus meinem Bett!«

Er schaut mich mit glasigem Blick an. »Nicht *einen* guten Grund!«

»Bist du betrunken?«

»Nicht einen … einen … einen guten Grund hat er mir genannt!«

»Du bist betrunken! Wer? Gunnar?«

»Einfach so rausgeschmissen! Wichser!«

Man muss Alex fast dankbar sein: Seitdem er vor etwas mehr als einer Woche als Fahrer eingestellt wurde, hat er sich eine lange Liste von Verfehlungen geleistet, die als Schatz von Anekdoten ins Kollektivgedächtnis von *Renata* eingehen werden. Wie ich gestern erfahren habe, machten sich Mitarbeiter aus dem Produktionsteam sogar einen Spaß daraus, jedem Vorfall einen kleinen Titel zu geben, als würde es sich um Episoden einer neuen Sitcom handeln. In *Der Autogrammlude* machte Alex mit einer ahnungslosen Julia Luise Körting einen Abstecher an sein ehemaliges Gymnasium, um dort – gegen ihren Willen – eine bezahlte Autogrammstunde mit ihr abzuhalten. In *Der Pornolink* wollte Alex Benno einen lustigen Internetlink mit zwei kopulierenden Rentnern mailen, adressierte diesen aber versehentlich an ein altehrwürdiges Mitglied des PriTV-Aufsichtsrates. Und dann *Der Wassermelonenvorfall:* Alex versuchte, einem Crewmitglied lässig eine Wassermelone zuzuwerfen – streckte damit allerdings den Regisseur nieder, weshalb der Dreh für den Rest des Tages ausfallen musste. Fast war es ein kleines Wunder, dass Alex seinen Job so lange behalten durfte. Vor diesem Hintergrund wäre es auch völlig unsinnig, mich für Alex' Wiedereinstellung bei *Renata* einzusetzen. Keine Macht der Welt kann Alexander Grunske zu einer Wiedereinstellung verhelfen.

»Hey, was ist jetzt?!«, schreie ich ihn an.

Er ist eingeschlafen und rührt sich nicht von der Stelle. Die Huber Sabine kommt rein. »Hilf mir mal, wir müssen ihn unter die Dusche stecken«, sage ich. Sie blickt mich steif an. »Fass ihn mal an den Beinen … Sabine, alles in Ordnung mit dir? Wo warst du eigentlich?«

»Adi!« Ihr Unterkiefer beginnt zu zittern. »I hab ihn g'sehen. Er ist in Berlin und macht's mit einer Schlampen!« Sie ist so aufgewühlt, dass sie in ihr breitestes Bayerisch zurückfällt. Ein Sturzbach von Tränen schießt aus ihren Augen. Ihr Gefühlsausbruch ist exakt so, wie ich ihn vorausgesagt habe: ein entgleisender ICE. Ich bin ein bisschen stolz auf meine präzise Prognose; Gefühlsäußerungen vorhersehen zu können ist schließlich nicht unwichtig als Drehbuchautorin.

»Ey, das ist doch ein Drecksack!« Alex ist wieder aufgewacht.

»Du hältst dich da raus. Adi?« Ein fassungsloser Blick von mir zur Huber Sabine: »*Dein* Adi?« Schon zum zweiten Mal an diesem Abend rufe ich das Telenovela-Repertoire für »Ich bin erschüttert« ab.

»Mei, tu nicht so! Du weißt das alles schon seit Tagen!« Sie schaut mich vorwurfsvoll an.

Schuldbewusst blicke ich auf den Helmholtzplatz, suche nach etwas Skurrilem, das uns ablenken könnte. Eine linksalternative Frauengruppe, die einen Sambarhythmus trommelt? Ein Aufmarsch von Neonazis? Ein steppender Elefant? »Also hilfst du mir jetzt mit Alex?«, frage ich sie.

Immer noch dieser Blick auf ihrem Gesicht.

»Ja, ich gebe es zu«, sage ich, »ich weiß es schon seit ein paar

Tagen. Ändert das irgendwas? Ich habe ihm gesagt, er muss seine Affäre mit dieser Gammelbarbie sofort beenden!«

Die Erinnerung an die Rivalin treibt ihr erneut einen Wasserfall von Tränen in die Augen. »Er will mich verlassen!«, schluchzt sie. Eigentlich wollte sie sich in diesem Fall umbringen, ich erinnere sie lieber nicht daran.

»Ach, scheiß doch auf den Adi, ich fand den Typen eh megauncool«, sagt Alex. Seine Worte sind wenig tröstlich für sie, immer noch heult sie Rotz und Wasser.

Ich schiebe sie aus meinem Schlafzimmer in die Küche – bloß weg von Alex! – und möchte sie tröstend in den Arm nehmen. Sie will nicht. Edi wieselt mir durch die Füße. Auch er möchte nicht von mir tröstend in den Arm genommen werden; als wüsste er, was ich verbrochen habe. Er windet sich aus meinen Händen, springt ihr auf den Schoß und leckt ihr die Tränen von der Wange.

66

»LIEBES TEAM, für viele von euch kam die Nachricht vermutlich wie ein Schock!« Wir nicken pflichtschuldig. Yong-Dao lässt surrend die Jalousie an der großen Fensterfront seines Einzelbüros hinuntergleiten, damit wir nicht von der Nachmittagssonne geblendet werden, und tritt in die Mitte des Halbkreises, den das Team gebildet hat. Er feiert heute seinen Abschied. Natürlich mit großen Worten: »Aber wie heißt es: ›Jedes Ende ist ein Anfang. Und jedem Anfang wohnt ein Zauber inne.‹« Gequälte Blicke. Ich stelle mir vor, eine große Sprechblase würde aussprechen, was dem »lieben Team« gerade *wirklich* durch den Kopf geht:

SPRECHBLASE

```
Quatsch keine Operetten, Yong-Dao!
Eröffne das Buffet!
```

Yong-Dao wird wehmütig: »Wahrscheinlich werde ich dieses schöne Einzelbüro nie wieder betreten.«

SPRECHBLASE

```
»Wahrscheinlich werde ich Friedhelm eine E-Mail schicken und dieses schöne Einzelbüro für mich beanspruchen.«
```

»… Viele von euch fragen sich bestimmt: Warum bin ich gegangen? …«

SPRECHBLASE
Weil du gefeuert wurdest!

»... Ich habe gekündigt, denn ich gehe schon lange mit dem Gedanken schwanger, mich in eine künstlerisch andere Richtung zu bewegen ...«

SPRECHBLASE
Pornofilme?

»... Ich habe da ein paar Herzensprojekte, über die ich aber noch nicht reden möchte ...«

SPRECHBLASE
Pornofilme!

»... Der Telenovela sage ich erst mal Goodbye ...«

SPRECHBLASE
Deine hektischen Anrufe von heute Morgen haben gezeigt: Keine Sau will dich noch für eine Telenovela!

»Und jetzt, liebe Kollegen, Weggefährten, Freunde, bedient euch! Ich habe für euch Sekt und Sushi besorgt!«

SPRECHBLASE
Besorgt hat alles der Praktikant, bezahlt alles die Firma.

Applaus. Wir drücken und herzen Yong-Dao, als wäre er unser einziger Sohn, der gerade in den Hundertjährigen Krieg zieht. »Das heißt, du bleibst der Branche treu?«, frage ich ihn.

»Ja«, sagt er. »Ich will etwas für Kinder machen. Wie gesagt, Herzblutprojekt, aber alles noch offen.«

»Klar!« Ich glaube ihm kein Wort. Ganz sicher hat er im Moment noch keinen konkreten Plan, ansonsten hätte er ihn schon längst hinausposaunt. Man muss sich jedenfalls keine Sorgen um ihn machen: Ein Opportunist wie er wird immer auf die Füße fallen. Vermutlich laufe ich ihm in sechs Monaten zufällig über den Weg, und dann arbeitet er als Lobbyist für die Landminenindustrie und erklärt mir mit leuchtenden Augen, warum genau dieser Job sein Herzblutprojekt ist. Sei's drum! Ich schüttle ihm zum Abschied die Hand. Ich könnte ihm jetzt einen fiesen Spruch reindrücken und seinen Rausschmiss mit bösem Spott garnieren. Aber nach den vergangenen unruhigen Tagen mit Sabine, Alex und Friedhelm bin ich dankbar für ein bisschen Harmonie, auch wenn sie nur geheuchelt ist. Yong-Dao und ich umarmen uns, als wären wir beste Freunde.

»Ich habe so viel von dir gelernt«, sagt er.

»Ich auch!« Wir umarmen uns noch mal.

»Lass uns unbedingt in Kontakt bleiben!«

»Natürlich! Unbedingt!«

Julia Luise Körting gesellt sich zu uns, drückt mir ein Begrüßungsküsschen auf die Wange und beglückwünscht mich zu meinem »total schönen Sommerkleid«.

Ich bin überrascht: Seit wann ist sie nett zu mir? Seit wann begrüßt sie mich? Seit wann nimmt sie überhaupt wahr, dass ich existiere? Es kann nur eine Antwort geben: Sie muss dem Irrglauben verfallen sein, dass *ich* nun wieder das Ruder bei *Renata* in die Hand nehme. Ein weiterer Jungschauspieler taucht neben mir auf, Uwe Schuster, wegen seines Tuckengehabes genannt »Schwuwe«. Auch er scheint demselben Irrglauben zu unterliegen. Wie sonst ist zu erklären, dass er mir freudestrahlend eine Sektflöte überreicht und mit mir über seine Drehtage reden will?

»Hier wird sich ganz viel ändern!«, sage ich mit Chefstimme und nutze die Gunst der Stunde, um ihnen Angst einzuflößen. Ich sehe ihre verschreckten Gesichter. Es wirkt. Noch! Jeden Moment kann Friedhelm zur Tür hereinkommen und auch meinen Rausschmiss verkünden. Nach dem Eklat von gestern rechne ich fest damit.

»Sabine? Du hier?« Seit ihre Dienste für *Renata* nicht mehr erwünscht sind, ist sie nicht mehr in der Firma aufgetaucht. Etwas unsicher hat sie Yong-Daos Büro betreten, haltsuchend klammert sie sich an ihrer fliederfarbenen Handtasche fest. Sie nimmt kaum Notiz von mir. Seit sie sich gestern Abend heulend in ihre Kammer zurückgezogen hat, haben wir nicht mehr gesprochen.

»Der Marius hat mir von Yong-Daos Ausstand erzählt. Ich wollt mich von allen Mitarbeitern persönlich verabschieden.« Sie spricht mit dem mechanischen Tonfall eines Roboters, ihre Augen schauen an mir vorbei. Mit einem Blick zur Seite prüfe ich, ob neben mir möglicherweise jemand steht; nein, da ist niemand. Offensichtlich ist sie immer noch schlecht auf mich zu sprechen. Nicht mit ihrer umsorgenden Freundlichkeit bedacht zu werden ist eine neue, verunsichernde Erfahrung für mich.

»Wusstest du, dass Sushi kein ursprünglich japanisches Gericht ist?«, frage ich betont gut gelaunt und biete ihr einen Happen an, doch sie greift nicht zu.

»Warum hast du's mir nicht gesagt, Charlotte?«

»In Japan isst man Sushi mit der Hand. Ja, ja, die Japaner!«

»Du hast gesagt: Das Schlimmste ist, betrogen zu werden, und alle wissen es.«

»Bei uns ja mit Stäbchen.«

»Aber ein jeder ist zu feige, dir die Wahrheit zu sagen.«

Ich ahne: Sie möchte nicht über Sushi reden. »Jeder ja nicht, sondern nur ich«, wende ich ein, merke aber, dass es die Situation nicht sonderlich entspannt.

»Ich hätt es dir gesagt, Charlotte. Ich hätt es dir erzählt. Und wo wir schon offen reden: Dem Marius gibst du auch keine Chance.«

»Was hat das denn damit zu tun?« Auch aus meiner Stimme verschwindet die aufgesetzte Heiterkeit.

»Wir in Bayern nennen so was feige. Der Marius hat mir alles erzählt.«

»Wie? Er hat dir alles erzählt?«

»Immer, wenn er mit dir reden will, rennst du davon. Ich bin vielleicht nur eine einfache Hausfrau, aber ich hab schon kapiert, was da vor sich geht.«

»Ich kann deine messerscharfe Analyse kaum erwarten!«

»Du bist ein kluges Mädel. Aber du hast keinen Schneid. Du bist eine Davonrennerin!«

»Oh, ich bin beeindruckt!« Ich will sicherstellen, dass sie unter keinen Umständen meinen zynischen Unterton verpasst und schiebe mir mit ausgestelltem Trotz einen Sushihappen in den Mund.

Sie lässt mich stehen und wechselt in die andere Ecke des Raumes, um sich von Benno und Urte zu verabschieden.

Ich lasse den Sushibrei durch meine Kehle rutschen und beobachte sie von Ferne. Ich habe sie enttäuscht. Noch vor einer Woche war ich die Größte. Ich war die Schöpferin ihrer Lieblingsserie, ich habe ihr gezeigt, wie man sich stilvoll anzieht, und ich habe sie sogar auf eine Chippendales-Show begleitet. Und jetzt also war ich eine »Davonrennerin«. Ich denke nach. Nein, ich werde mir diesen Schuh nicht anziehen. Das sind die Worte eines enttäuschten Menschen. Ich bin keine Davonrennerin. Nicht ich habe ein Problem, sie hat es!

Ich nippe an meiner Sektflöte.

Ich lasse mich von der Huber Sabine nicht in die Ecke treiben! Wer um sich schlägt, nur weil er enttäuscht wurde, darf nicht mit meinem Mitgefühl rechnen.

Ein weiterer Sushihappen verschwindet in meinem Mund.

Okay, ein kleines bisschen tut sie mir leid. Dass der Adi einfach mit ihr Schluss gemacht hat, hat sie nicht verdient. Vermutlich schlüge ich auch um mich, würde mein Alter mich nach 25 »Dienstjahren« sitzen lassen.

Noch ein Sushihappen. Diesmal mit Lachs.

Und natürlich wird sie Schwierigkeiten haben, einen neuen Mann zu finden. Man kann es sich eigentlich gar nicht vorstellen; bei *Elitepartner* jedenfalls wird sie nicht landen. Eigentlich müsste man sich wünschen, dass sie und der Adi sich wieder versöhnen.

Ein weiterer Schluck Sekt strukturiert meinen Gedankengang.

Ich könnte mir etwas Schlaues einfallen lassen. Ihrer Versöhnung mit Adi auf die Sprünge helfen. Ich könnte Liebesengel spielen. Liebesengel Charlotte. Es klingt seltsam fremd. Außerdem fällt mir auf Anhieb keine schlaue Liebesengel-Strategie ein. Je mehr ich darüber nachdenke, desto sicherer bin ich mir, es ist unmöglich: Adi ist im Liebesrausch mit einer Prenzlberger Sexhaubitze. Nichts und niemand kann ihn dazu bringen, reumütig zu seiner Rottauer Biene zurückzukehren. Aus der Versenkung meldet sich eine Stimme:

KLEINHIRN

Lass diese Hazel von einem ukrainischen Killer in Beton gießen. Das kriegt man in Berlin schon für nen Fuffi.

Ein düsterer Flashback aus meiner »Doping«-Zeit. Mit geballter Konzentration gelingt es mir, weitere Wortmeldungen des Kleinhirns zu unterdrücken. Ich muss mir allerdings eingestehen, dass ich seinem Vorschlag etwas abgewinnen kann. Würde die Menschheit jemanden wie Hazel Summer wirklich schmerzlich vermissen? Wäre die Welt nicht sogar besser dran ohne sie?

Ich beschließe dennoch, nur moralisch einwandfreie Ansätze in Betracht zu ziehen.

Marius kommt in Yong-Daos Büro. Drehschluss. Auch wenn er Yong-Dao nicht sonderlich leiden kann, will er sich wenigstens von ihm verabschieden. Es ist, als hätte mir der Herrgott ein Zeichen gesendet: Nicht ich kann die Huber Sabine und Adi zusammenführen. Aber Marius kann es!

67

»BLUMEN UND *mehr*?«, fragt Marius.

»Hazel ist Hellseherin. Das Knochenwerfen arbeitet mit dem verborgenen Wissen unseres Unterbewusstseins«, sage ich und parke meinen Wagen in Sichtweite von Hazels Blumenladen; Marius und ich sind direkt nach Feierabend hierhergefahren.

»Erfahre ich jetzt endlich, was ich hier soll?«

»Achtung, sie kommt!« Ich gebe Marius ein Zeichen, wir müssen uns ducken. Mit quietschenden Reifen hält ihr zitronengelber Smart vor ihrem Laden. Sie springt heraus und bückt sich, um das untere Schloss ihrer Ladentür zu öffnen. Das hauchdünne »T« ihres Stringtangas kommt zum Vorschein. Ich bin überrascht, dass sie überhaupt Unterwäsche trägt. »Ich möchte, dass du sie verführst«, flüstere ich verschwörerisch, als handelte es sich um eine Geheimaktion des BND.

»*Das da* – soll ich verführen?«, fragt Marius und macht eine abfällige Kopfbewegung, die in Richtung von Hazel deutet.

»Dürfte kein Problem für dich sein.«

»Soll das ein dämlicher Test sein, oder was?«

»Sie wartet nur darauf, dass ein echter Star in ihren Laden kommt. Hat sie mir selbst gesagt. Und du bist doch ein echter Star, oder?«

»Und die Huber Sabine? Du hast gesagt, das hat was mit der Huber Sabine zu tun.«

»*Das da* …«, ich mache dieselbe abfällige Kopfbewegung, »hat eine Affäre mit Sabines Mann Adi. Sobald *du* aber durch diese Tür marschierst, sind Adis Schrauberfinger abgemeldet. Wenn Adi von Hazel eine Abfuhr bekommt, wird er reumütig zu seiner Sabine zurückkehren und alles ist wieder in Butter. Der perfekte Plan!«

»Ich bin in Therapie! Ich schlafe nicht mehr wahllos durch die Gegend.«

»Das ist aber das erste Mal, dass ich dich darum bitte. Du sollst außerdem nicht mit ihr schlafen, sondern ihr nur schöne Augen machen. Vermutlich wirst du trotzdem mit ihr schlafen. Alt und verblüht fällt schließlich auch in dein Beuteschema.«

»Vergiss es!«

»Tu es für Sabine, deine bayerische Schamanin!«

»Ich spiele nicht mit so was. Sorry, Charlotte.«

»Das finde ich jetzt richtig scheiße von dir!«

»Dein Handy klingelt.«

»Urte? Was will die denn?«

»Ich bin weg!« Er nickt mir knapp zu und steigt aus meinem Wagen aus. Ich hätte meinen Plan gerne mit ihm ausdiskutiert, doch mein lärmendes Handy lenkt mich zu sehr ab.

»Ja, Urte? Was? WAS?! …« Hastig kurbele ich meine Scheibe runter, Marius ist fast schon im nächsten U-Bahn-Schacht verschwunden. »Marius, warte!«, schreie ich.

»Was ist denn?« Er kommt zurück. »Irgendwas passiert?«

Ich nicke stumm und gebe ihm mein iPhone. Er lauscht Urtes Stimme. Ich habe mich immer gefragt, wie Menschen im wirklichen Leben reagieren, wenn sie eine Nachricht wie diese erhalten. Bei *Renata* variieren sie vier verschiedene Gesichtsausdrücke, während die Kamera auf sie zufährt.

»Danke«, sagt Marius. Er legt auf und gibt mir mein Handy zurück. Dann setzt er sich auf die Stufe, die zum Eingang eines Ladens führt, und versucht zu begreifen, was er gerade erfahren hat.

68

ZWISCHEN DEN MAUSOLEEN, die sich Berliner Industrielle im letzten Jahrhundert bauen ließen, wirkt der winzige Grabstein sehr verloren. Das Team hat sich um das ausgehobene Erdloch mit dem Sarg versammelt. Eine Schwester aus Düsseldorf ist kurzfristig angereist, ein entfernter Freund aus Brandenburg. Nur drei Tage sind seit Urtes Anruf vergangen, es ist viel zu kalt für einen Junimorgen. Unser Grüppchen versammelt sich fröstelnd um Marius, unseren Redner.

»Ich glaube, ich war sein einziger Freund bei *Renata*«, erzählt er. »Wir mochten uns, auch wenn wir uns kaum kannten. Ich hatte keine Ahnung, wie schwer seine Depressionen waren.«

Benno stimmt mit energischem Kopfnicken zu. Er hat sich entschieden, sich keine Schuld an Thomas' Selbstmord zu geben. Er hatte Depressionen! Welche Rolle spielt es da, dass Benno ihn gemobbt hat?

Marius bittet uns, einen Kreis zu bilden. Während er ein Gedicht auf Esperanto rezitiert, fasse ich die Hände von Julia Luise Körting und Schwuwe. Thomas war ihnen niemals einen Blick wert, doch jetzt weinen sie. Ich würde auch gerne weinen, doch es will mir nicht gelingen. Ich bin noch nicht mal richtig traurig, auch wenn Marius' Gedicht tatsächlich sehr traurig klingt. Ich frage mich, ob mit mir etwas nicht stimmt. Ich mochte Thomas. Warum kann ich nicht traurig sein?

Das Grüppchen verlässt den Friedhof auf dem taufeuchten Kiesweg, jeder muss in einer Stunde wieder bei der Arbeit sein. Friedhelm hat eine E-Mail an alle Mitarbeiter geschrieben, in der er Thomas' Sprung vom Dach unserer Produktionsfirma als »unfassbare Tragödie« bezeichnet. Dennoch ist Friedhelm fest davon überzeugt, dass Thomas es bestimmt nicht gewollt hätte, dass wir seinetwegen einen Drehtag verlieren. In derselben E-Mail äußert er sich auch zur aktuellen Quote, weshalb die E-Mail folgerichtig den Betreff »Selbstmord Thomas/aktuelle Quote« trägt. Zum ersten Mal überhaupt ist der Marktanteil von *Renata* unter sieben Prozent gefallen. Eine weitere unfassbare Tragödie, weshalb Friedhelm sich höchstpersönlich in den nächsten zwei Monaten um die Geschichten beim Flaggschiff *Renata* kümmern wird. Er wird in Yong-Daos Büro einziehen und »seine Nase in jedes noch so winzige Detail stecken«. Noch eine Tragödie, diesmal für alle Mitarbeiter bei *Renata,* vermutlich werden bald noch mehr vom Dach springen.

Ich selbst kann immer noch nicht glauben, dass Friedhelm mich trotz meiner verbalen Entgleisung nicht entsorgt hat. Vermutlich hält er mich nur, um mich zu quälen. Als Kreatur von seinen Gnaden werde ich ein Schattendasein führen, bis ich wie ein angefahrenes Tier grausam verende. Ein Telenovela-Roadkill.

Die Körting schnappt mir ein Taxi weg. Seit Friedhelms Mail weiß sie, dass ich doch nicht wichtig bin. Wieso sollte sie noch freundlich zu mir sein?

Neben einem Baum entdecke ich die Huber Sabine. Sie hat aus der Ferne das Begräbnis verfolgt. Natürlich sind auch ihre Augen feucht, auch wenn sie und Thomas gerade mal einen Halbsatz gewechselt haben. »Ich wollt dir Auf Wiedersehen sagen.« Sie blinzelt mich an, hat Edi bei sich und ihr Rollköfferchen. »Ich hab dir noch ein Essen für heute Abend gekocht. Steht in der Küche.«

»Und jetzt?«

Sie winkt ein Taxi heran. »Nach Weilheim. Zu meiner Schwester.«

Die Taxifahrerin, Typ verblühte Kugelstoßerin, lädt ihr Gepäck in den Kofferraum. »So, wohin jetzt?«, eröffnet sie in barschem Ton die Begegnung mit der Huber Sabine. Andere Weltstädte servieren den Menschen falsche Freundlichkeit, in Berlin dagegen kommt die Unfreundlichkeit von reinstem Herzen.

»Willst du nicht wenigstens noch mal mit ihm reden?«, frage ich.

»Adi? Na, das ist vorbei!«

»Aber er und du … ihr wart doch für die Ewigkeit!« Ich mache die Daumen-nach-oben-Geste mit beiden Händen, der Zweck heiligt die Mittel. »Das schmeißt man doch nicht einfach weg.«

»Jetzt steigen Sie ein«, blafft die Taxifahrerin die Huber Sabine an. »Das Gerede bringt doch eh nichts.« Ich werfe ihr einen bösen Blick zu, der sie nicht im Mindesten einschüchtert. »Genau so sind die Männer! Meinen Siggi habe ich jetzt achtkantig vor die Tür gesetzt!«

»Was ist mit dem Afferl in deiner Tasche?«, frage ich. »Das hat der Adi nur für dich geschossen, weil er dich so liebt, und außerdem …« Vergebens suche ich nach weiteren Pro-Adi-Argumenten. Meine Worte versiegen.

»Also, mach's gut, Charlotte.« Sie drückt mich, ihr Körper ist steif.

»Ich hätte dir wirklich sofort alles erzählen sollen«, sage ich. »Tut mir leid!«

Sie seufzt traurig. »Schon gut. Ich hab mir die ganze Zeit in die Tasche gelogen mit ihm.«

»Die Männer gehören alle kastriert!«, röhrt die Taxifahrerin. »Können wir?« Die Huber Sabine nickt und klettert in das Taxi.

»Sabine, warte mal.« Ich klopfe an die Scheibe. Die Taxifahrerin – sie thront schon hinter ihrem Lenkrad mit Lammfellbezug – wirft mir einen genervten Blick zu. Die Huber Sabine lässt die Scheibe runter:

»Ja?«

»Was du da am Dienstag gesagt hast: Dass ich eine Davonrennerin bin …«

Sie winkt ab. »Ich war einfach nur ein bisserl sauer. Das ist eigentlich gar nicht meine Art, anderen Menschen so etwas zu sagen.«

»Es gibt da in meinem Kopf diese Liste«, sage ich.

»Aha.«

»Ich weiß ja gar nicht, mit welchen Frauen er wirklich geschlafen hat. Es gibt diese Liste in meinem Kopf. Da stehen Namen drauf, von Frauen aus der Firma, die ich schon lange in Verdacht habe: Urte, zwei Mädels aus der Buchhaltung, die Frau vom Empfang.«

»Warum erzählst du mir das?« Sie fühlt sich unwohl. Es ist das richtige Gespräch zum falschen Zeitpunkt.

»Ja, warum erzählen Sie uns das?«, will auch die Taxifahrerin wissen. »Das kostet hier nämlich alles Geld.« Sie klopft schlecht gelaunt auf ihr Taxameter. Ich ignoriere sie und wende mich an die Huber Sabine:

»Ich bin keine Davonrennerin, aber manchmal ist es besser, die Wahrheit nicht zu kennen. Weil …« Ich suche nach einer passenden Erklärung. Die Huber Sabine schaut mich an mit großen Augen:

»Hast du Angst vor der Wahrheit?«

Ob ich Angst vor der Wahrheit habe? »Bestimmt nicht! Aber ich muss meine Energie auf andere Dinge konzentrieren: Du weißt schon, den Job, die Sache mit Alex, meine Steuererklärung steht an. Man muss sehr genau aufpassen, dass man sich nicht verzettelt.«

Die Taxifahrerin stellt ihren Motor ab. »Stichwort ›verzetteln‹«, rüpelt sie, »würde mich riesig freuen, wenn Sie endlich zum Ende kommen. Wir Taxifahrer verdienen nämlich nichts mit dem Rumstehen. Sie kommen jetzt auch auf meine Liste: meine schwarze Liste.«

»Ich bin schon fertig«, sage ich.

Die Huber Sabine nickt, sie denkt kurz nach. Ich kann sehen: Sie freut sich ein bisschen darüber, dass ich mich ihr anvertraut habe. Zugleich ist sie nicht wirklich damit einverstanden, dass ich der Wahrheit nicht ins Auge sehen will. Ich bleibe für sie eine Davonrennerin.

»Ich wünsche dir viel Glück im Leben, Charlotte.« Sie meint es so, wie sie es sagt, doch ihr Ton bleibt distanziert.

»Na endlich!«, stöhnt die Taxifahrerin und lässt den Motor wieder an. Die Scheibe der Huber Sabine gleitet nach oben. Ihr Gesicht verschwindet vor meinen Augen, ich sehe mich selbst in der Reflexion der Scheibe. Das Taxi fährt ab, ich schaue ihm nach, bis es vollständig hinter der nächsten Straßenbiegung verschwunden ist.

69

»HAST DU MIT MARIUS GESCHLAFEN?« Mein Blick durchbohrt sie. Hätte sie *nicht* mit ihm geschlafen, sie müsste anders reagieren. Doch meine Frage überrascht sie kaum. Sie hat also mit ihm geschlafen – und wird mir eine von drei möglichen Antworten geben.

Die ausweichende:

```
                URTE
      Marius? Welcher Marius?
```

Die offensive:

```
                URTE
      Das geht dich einen Scheiß an!
```

Die offenherzige:

```
                URTE
      Natürlich! Wir haben mehrmals in
      der Woche mit ihm Orgien gefeiert.
      Meistens waren wir zwischen zehn
      und 20 Frauen. Bondage, Fetisch,
      SM, Gummipuppen, Tiere. Das ganze
      Programm.
```

»Charlotte, willst du nicht erst mal reinkommen?« Urte lächelt mich unsicher an. Ich trete in ihren dunklen Flur. Es riecht nach frischer Farbe und Neubau, ich starre auf ein gerahmtes Poster mit Buckelwalen. »Willst du was trinken?«

Ich habe Platz genommen in ihrer kleinen, funktionalen Küche, sie schenkt mir Traubensaft ein. »Als einfache Autorin lernt man ja die Schauspieler nur selten kennen«, sagt sie und lächelt verhuscht. »Schmeckt dir der Saft?«

Ich nicke. Eigentlich ist sie ganz hübsch, aber sie macht nichts aus ihrem Typ.

»Aber der Marius wollte mit mir einen Dialog besprechen«, fährt sie fort, »und so kam man ins Gespräch. Man hat sich über dies und das unterhalten – und dann sind wir noch etwas trinken gegangen.« Sie macht eine Pause.

»Und dann«, möchte ich fragen, »hat *man* dann miteinander gevögelt?«

»Na ja, dann ist es halt passiert.« Also doch! Es ist passiert. Sie schaut schuldbewusst zu Boden, gleichzeitig huscht ein stolzes Lächeln über ihr Gesicht. Ein McDreamy wie Marius Nachtweih hat sich vermutlich noch nie in ihr Bett verirrt. »Er wollte aber nicht übernachten«, sagt sie und schaut immer noch zu Boden, als wäre sie ein Schulkind, das seiner Mutter eine schlechte Schulnote beichtet. »Am nächsten Tag habe ich ihm noch zwei Textnachrichten geschrieben, aber er hat sich nicht mehr gemeldet. Ich habe mir dann gedacht, was man sich immer in solchen Situationen denkt«, sie wird traurig, »ich glaube, ich bin einfach zu langweilig für die meisten Männer.«

Eine peinliche Pause entsteht. Ich vermute, sie wartet darauf, dass ich ihr widerspreche. Und ich warte darauf, was noch kommt, doch es kommt nichts mehr. »Das ist alles?«, frage ich. »Ihr habt über ›dies und das‹ geredet. Mehr nicht?«

»Wie gesagt, wir haben dann schon …«

»Ja, ja, das habe ich schon verstanden.«

»Ich wusste echt nicht, dass ihr zusammen wart«, sagt sie.

»Den Blödsinn habe ich schon mal gehört!« Meine Stimme wird ungehalten. »Ihr habt es alle gewusst!«

»Ihr habt das doch geheim gehalten. Habt ihr doch!« Sie ist aufgewühlt, stößt beinahe meinen Traubensaft um.

»Wir waren Kollegen und wollten den Klatsch verhindern«, sage ich, »aber so was spricht sich doch rum. Urte, ich bitte dich, erzähl mir keine Ammenmärchen!« Ich schaue sie durchdringend an. Trotzig hält sie meinem Blick stand, ich kann sehen, sie fühlt sich ungerecht behandelt. Sie wusste es wirklich nicht. »Gut. Von mir aus, du wusstest es nicht. Ist im Grunde auch egal.«

»Für mich nicht.« Sie knabbert erleichtert an einem Keks. »Ich wollte dir das eigentlich schon die ganze Zeit erzählen. Ich habe mich nur nicht getraut. Warum willst du das eigentlich wissen?«

70

DIE LISTE STARRT MICH AN. Kalt und unnachgiebig. Ich habe die Tür zu meinem Schlafzimmer geschlossen, ich möchte allein sein. Aus einem Verdacht ist brutale Gewissheit geworden. Die Liste existiert jetzt wirklich:

- Urte Reinhardt, Autorin, One-Night-Stand.
- Raffi Sachs, Praktikantin, befriedigte Marius oral während diverser Drehpausen.
- Marketa Karlova, Castingfrau, ungefähr zehn Mal Sex mit Marius, im Fahrstuhl, in der Badewanne, auf dem Küchentisch.
- Steffi Kerner, Empfangsdame, findet Marius nur »bedingt attraktiv«, hatte trotzdem 15–20 Mal flüchtigen Sex mit ihm.
- Julia Luise Körting, Schauspielerin, 100–500 Mal Sex zu allen Gelegenheiten. Erinnerung lückenhaft. Beischlaf nicht nur mit Marius, sondern auch mit diversen anderen männlichen Darstellern, darunter erstaunlicherweise auch mit Schwuwe.

Mit neun Frauen habe ich an diesem Samstag gesprochen, mit vier davon persönlich, die anderen fünf konnte ich telefonisch erreichen. Neun Frauen, mit fünf hatte er Sex. Das kranke Werk eines Serientäters. Es interessiert mich nicht, dass ich ursprünglich eine noch größere Zahl vermutet hatte. Und unwichtig ist auch, dass alle behaupteten: Seit ein paar Monaten – offensichtlich seit er mit der Therapie begonnen hat – sei er keusch wie ein Mönch vom Opus Dei. Das Einzige, was mich ein wenig tröstet: Mit Zahnstummel-Neele war er nicht im Bett, sie hat alles erstunken und erlogen, um sich wichtigzumachen. An dem von

Neele behaupteten Abend war nachweislich Marketa Karlova am Zug, sie wollte mir sogar ein Video von ihrer Liebesnacht mit Marius zeigen, das sie wie eine Trophäe in ihrer Wohnzimmervitrine aufbewahrte. Die Liste starrt noch immer – fünf Frauen! –, doch seltsamerweise spüre ich keine Wut mehr. Als wäre die Wut aus mir herausgeflossen, durch meinen Kugelschreiber, hinein in diese Liste. Ein esoterischer Gedanke, den ich schnell verwerfe. Dennoch fühle ich mich seltsam erleichtert. Die Liste in meinem Kopf hatte sich in den vergangenen Wochen und Monaten zu einem zehn Meter hohen Schreckgespenst aufgebläht, die Liste vor mir auf dem Tisch ist dagegen ein harmloses Kind, das Gespenst gespielt hat und jetzt lachend unter einem Leintuch hervorkommt.

Ich hole die zweite Liste aus einer Schublade, meine Plus-Minus-Liste. »Ist nicht George Clooney.« Aus einer Laune der Großzügigkeit heraus gönne ich Marius einen ersten Pluspunkt, und ich ergänze ».. . aber mochte Thomas«. Ein wehmütiges Lächeln stiehlt sich in mein Gesicht.

71

»ACH, DIE CHARLOTTE«, kommt mir ihr dröhnendes Organ durch den Hörer entgegen, es ist immer noch Samstagnachmittag. »Ne, dit weeß ick ooch nich. Handy hat dit Sabinchen ja keens.« Erika vom Berliner *Renata*-Fanclub räuspert sich am anderen Ende der Leitung, ihre Raucherlunge klingt wie ein Kessel mit Nägeln. »Was willste denn von ihr?«

»Hast du vielleicht die Nummer von Sabines Schwester in Weilheim?«

»Weshalb denn?«

»Ich will Sabine etwas sagen. Etwas Persönliches.«

»Wat is es denn?«

»Das möchte ich ihr unter vier Augen sagen.«

»Wir chatten bestimmt bald im *Renata*-Forum. Wat is es denn?«

Ich begreife einmal mehr, das Konzept von »privater Information« ist in Erikas Kreisen wenig verbreitet. Ich entscheide mich, ihren Hunger mit einem Informationskrümel zu stillen: »Ich wollte Sabine nur sagen, dass ich heute etwas gemacht habe. Etwas Besonderes. Ich glaube, sie wäre sogar ein bisschen stolz auf mich. Hast du irgendeine Telefonnummer?«

»Ach, schön!«, zwitschert es von der anderen Seite der Leitung. »Ick kann versuchen, die Nummer der Schwester rauszukriegen.« Ich bin erleichtert. Ihre Neugierde ist befriedigt, sie wird mir helfen. »Wat haste denn Schönes jemacht, Charlotte?«, fragt sie. »Wieso besonders? Warum denn stolz darauf?«

Die Webseite des *Renata*-Fanclub Oberbayern e. V. begrüßt den Besucher mit zartrosa Schrift auf giftgrünem Hintergrund. Unter »Kontakt« finde ich auch eine E-Mail-Adresse der Huber

Sabine. Ob ich sie einfach anmaile? Neugierig klicke ich auf den Bereich »Nacktfotos« und entdecke vergilbte Fotos von nackten Kleinkindern, die ungeniert in die Kamera lachen: Marius, Julia Luise Körting, Georg Tellmann, Schwuwe. Fast alle Stars aus dem *Renata*-Ensemble. Ein besonders gut gelauntes Baby strahlt den Betrachter aus rundem Gesicht an: die Huber Sabine selbst. Schon damals war sie mit umwerfender Fröhlichkeit bewaffnet. Ich muss mir eingestehen, diese Fröhlichkeit habe ich heute Morgen vermisst. Es war der erste Morgen ohne sie und Edi. Kein geschäftiges Klappern drang aus meiner Küche. Niemand schmetterte mir ein »Guten Morgen, Charlotte« entgegen. Kein Köter zernagte gut gelaunt meine Hochglanzmagazine. Ich bin irritiert – warum vermisse ich diese schlichte Form von Heiterkeit? Warum wird mein Körper nicht durchflutet von einem Ozean aus Glückshormonen, jetzt wo sie weg ist? Und warum hat noch immer nicht George Clooney an meine Tür geklopft, um sich als neuer Nachbar vorzustellen?

Ich entdecke, dass es noch weitere Fotos auf der Webseite gibt, man muss nur nach unten scrollen. Moment mal, das bin doch ich! »Das ist Charlotte Bredencamp …«, steht unter meinem Foto. Es zeigt mich in meiner Studentenzeit. 90er-Jahre. Ich sehe aus, als gehörte ich zum Cast von *Beverly Hills 90210*. »… Nacktfoto gab es keins, aber Charlotte hat *Renata* erfunden, und deshalb ist sie der größte Star!!!« Ein dicker Kloß nimmt in meinem Hals Platz und schwillt zum Medizinball an. Ich glaube, ich habe ihr wirklich viel bedeutet. Ganz bestimmt hat sie den Satz geschrieben, *bevor* ich sie enttäuscht habe und …

»Charlotte?« Alex steht in der Tür. »Alles klaro?«

»Ja, wieso?«

»Du heulst!«

»Echt?« Hastig wische ich mir meine Tränen aus den Augenwinkeln.

Alex liest die Webseite. »»… und deshalb ist sie der größte

Star!!!« Ich erwarte, dass er losprustet und sich über den Kommentar der Huber Sabine lustig macht, doch er bleibt ernst. »Ich glaube, sie hat dich ganz schön gemocht, die Sabine.«

Jetzt bricht es aus mir heraus. Ich kann meine Tränen nicht mehr halten und schluchze los. Alex steht unbeholfen daneben:

»Soll ich dich jetzt in den Arm nehmen und trösten oder so was?«

Ich kann jetzt nicht antworten. Tränen laufen mein Gesicht hinunter. Es tut gut. Erneut muss ich an Thomas denken, und endlich überkommt mich die Traurigkeit, zu der ich beim Begräbnis nicht fähig war. Alex nimmt mich tröstend in die Arme. Dankbar lege ich meinen Kopf auf seine Schultern und heule weiter. Er drückt meinen Körper näher an seinen. Was hat er vor? Er wird doch nicht etwa …? Er vergräbt seinen Kopf in meiner Schulter – und heult auch. Wer tröstet hier wen? »Alex?« Er ist immer noch völlig aufgelöst. »Was ist denn?«

Er antwortet nicht.

»Sag mir nicht, dass du aus Solidarität mitheulst, das glaube ich dir nämlich nicht.«

»Ich kriege überhaupt nichts auf die Reihe«, schluchzt er. »Ich bin wirklich ein Loser.«

Ich mache Latte macchiato für uns. Angestrengte Stille. Vor zehn Minuten lagen wir uns heulend in den Armen. Jetzt fühlen wir uns wie zwei Profifußballer, die sich in der Schwulendisco über den Weg gelaufen sind.

»Doppelte Menge Espresso, Alex?«

»Ja.«

»Willst du Zucker?«

»Ja.«

»Viel Zucker?«

»Ja.«

»Wie wär es, wenn du das Schuljahr noch mal machst?«

»Was?!«

»Wenn du es noch mal versuchst mit dem Abi. Würden sie dich erneut zulassen?«

»Och, nee, Schule. Die Nummer ist gelaufen.«

»Ich weiß, mein Vorschlag ist furchtbar unoriginell und spießig.«

»Ja danke. Nein danke!« Er schnellt von seinem Stuhl hoch und will gehen.

»Noch mal: Würden sie dich zulassen?«

»Ja, aber ich kann das nicht! Soll ich's dir auf English sagen? I can that not!« Er schiebt sich an mir vorbei.

»Hey, warte mal.«

»Ja?«

»Wenn du es noch mal probieren willst, könntest du solange hier wohnen.«

Er schaut mich überrascht an. »Woher kommt das denn jetzt?«

»War nur so eine Idee von mir.«

»Bist du jetzt auf dem Samaritertrip?«

»Nur bis zum Ende des nächsten Schuljahrs. Und wenn du in zehn Jahren die dicke Kohle machst, zahlst du mir die Miete zurück. Alles nur ein Geschäft für mich.«

Er zögert.

»Ich könnte dir außerdem helfen, einen guten Nachhilfelehrer zu finden.«

»Nee, nee, nee! Mit den Kerlen habe ich schlechte Erfahrungen.« Sein Ton wird zornig, Frust und Enttäuschung der letzten Jahre schwingen mit. »Sei mal ehrlich, Charlotte, glaubst du wirklich, ich werde jemals das Abi schaffen? Sei mal ganz ehrlich!«

»Ich weiß es nicht. Vielleicht.«

»Danke für deine Ehrlichkeit«, fährt er mich an. »Ich komme schon klar.«

»Nein, tust du nicht!« Auch ich werde jetzt laut.

Er beruhigt sich. Lange Stille. Schließlich: »Gut, ich denke darüber nach. Wenn überhaupt, will ich eine Nachhilfe*lehrerin*. Typ Scarlett Johansson.«

»Natürlich!« Ich zwinkere ihm freundlich zu und freue mich insgeheim: Er denkt darüber nach. Ich glaube, er wird sich auf mein Angebot einlassen, und ich werde mich für dieses Angebot noch sehr, sehr oft hassen. Alles hat seinen Preis!

Mein Handy klingelt. Alex verschwindet im Bad. Eine hysterische Stimme kommt mir am Telefon entgegen:

»Charlotte?! Du musst sofort kommen. Janz schnell. Also, wirklich jetzt gleich! Haste ein Auto? Also, du musst sofort kommen und …«

»Sekunde mal«, werfe ich meine Worte dazwischen, »wer spricht überhaupt?«

»Na, Erika! Es jeht um Leben und Tod!«

72

SCHNAUFEND LÄSST SIE ihre üppigen Pfunde auf meinen Beifahrersitz fallen und bringt mein kleines Auto in bedenkliche Schieflage. »In die Charité!«

»Willst du mir erst mal verraten, was überhaupt passiert ist?«

»In die Charité!«

Mein Mini kämpft gegen das unzulässig hohe Ladegewicht. Links und rechts zieht eine Kleingärtnerkolonie vorüber, Alex und ich haben Erika in ihrem Schrebergarten in Tempelhof abgeholt. »Warum hast du dir eigentlich kein Taxi genommen?«

»IN DIE CHARITÉ!« Ihre Stimme überschlägt sich hysterisch, als würde die Fahrt zur Charité länger dauern, sollte sie nicht ihre volle Konzentration auf ihre Rolle als Beifahrerin bündeln. Stille im Auto. Alex, auf der Rückbank, äfft stumm Erikas »In die Charité!« nach, nichts deutet mehr darauf hin, dass er sich noch vor einer halben Stunde am Rande der emotionalen Kernschmelze befand. Erika tupft sich den Schweiß von der Stirn, langsam beruhigt auch sie sich.

»Also noch mal«, frage ich, »was ist passiert?«

Sie öffnet den Mund – und ein Wortbrei ergießt sich über mich, aus dem ich nach mehrmaligem Nachfassen folgende Informationen filtern kann:

- Marius und Adi haben sich geprügelt und wurden vor wenigen Stunden ins Krankenhaus eingeliefert.
- Beide schweben in Lebensgefahr!
- Die Informationen stammen aus allererster Hand, von Madeleine, einer Krankenschwester der Charité und Mitglied des Berliner *Renata*-Fanclubs.

»Marius und Adi? Wieso das denn?«, wundert sich Alex.

»Weißte, was die beeden miteinander zu schaffen haben?«, gibt Erika die Frage an mich weiter.

Ich ahne, es muss mit meinem Plan zusammenhängen. Jenem Plan, mit dem ich Adi und die Huber Sabine versöhnen wollte und den ich bis vor 60 Sekunden noch als »genial einfach, einfach genial« eingestuft hatte. Marius muss sich also doch entschieden haben, mir bei diesem Plan zu helfen. Hat er Hazel schöne Augen gemacht? Hat ihn Adi erwischt? Haben sie sich wegen Hazel geprügelt? Vor meinem geistigen Auge entstehen Bilder …

`Marius und Adi rollen prügelnd durch Hazels Blumenladen. Töpfe zerbersten, Lilien und Tulpen werden niedergewalzt. Hazel zetert und schimpft - und findet es gleichzeitig wahnsinnig aufregend.`

»Schwebt Marius wirklich in Lebensgefahr?«, frage ich.

»Ja, lebensbedrohliche innere Verletzungen. Dit jeht jetzt wirklich um Leben und Tod.«

Ich drücke noch fester aufs Gas, doch mein Mini kriecht viel zu langsam die Straße entlang.

»Schneller!«, schreit sie.

»Geht nicht, außer du nimmst jetzt schnell einhundert Kilo ab.« Sie wirft mir einen beleidigten Blick zu. Mein Handy klingelt laut und fordernd – und rettet mich vermutlich vor Erikas langem Monolog darüber, dass sie keinerlei Schuld für ihr genetisch bedingtes Übergewicht trage. »Hallo, Bredencamp«, rufe ich in mein Handy, »ich kann jetzt nicht!«

»Karla Lautenbach von PriTV. Ich habe Dr. Georgis für Sie.«

»Sorry, ich kann jetzt wirklich nicht!« Hastig lege ich auf und katapultiere den Wagen über eine gelb-rote Ampel. Das schlechte Gewissen treibt mich an. Und die Angst um Marius'

Leben. Ich überschlage, dass ich in meinem Leben mehr als 80 Folgen *Grey's Anatomy* gesehen habe, und rede mir ein, dass mein geballtes medizinisches Fachwissen den entscheidenden Unterschied machen könnte.

Mit lautem Quietschen hält mein Mini vor dem Hochhaus der Charité. Erika, Alex und ich hasten in die Notaufnahme im Erdgeschoss, sofern man bei Erikas Watschelgang überhaupt jemals das Verb »hasten« verwenden darf. Wo ist Marius? Dort! Die Frauen des *Renata*-Fanclubs sind schon da und haben einen Ring um ihn gebildet. Wir bahnen uns einen Weg durch die schnatternde Menge. Marius lächelt gequält in die Runde, eine kichernde Fanfrau bietet ihm Trüffelpralinen an. Einen Menschen mit »lebensbedrohlichen inneren Verletzungen« stelle ich mir anders vor. Es kann nur zwei Erklärungen geben:

Erklärung eins: Er steht unter Schock. In wenigen Sekunden wird er von seinem Hartschalensitz kippen und sterben.

Erklärung zwei: Erikas »Nachrichtendienst« hat versagt: Es fehlt ihm absolut nichts.

Marius entdeckt mich; ich glaube, er freut sich. Ich zähle innerlich bis zehn: Er bleibt sitzen. Ich streiche »Erklärung eins«.

»Stimmt was nicht?«, fragt er.

Nur allmählich findet eine gesunde Farbe ihren Weg zurück in mein Gesicht. Er lebt! Ich bin erleichtert. Ein Gefühl, das allerdings nur andauert, bis ich mich erstens darüber ärgere, dass ich mich von Erikas Hysterie habe anstecken lassen, und zweitens darüber ärgere, dass ich wegen dieses angeblichen »Notfalls« an einer Ampel geblitzt wurde. Ich mache einen gedanklichen Vermerk, dass Erika die Hälfte der Kosten mittragen muss. »Was ist denn jetzt passiert?«, frage ich in die Runde und lerne einmal mehr: Die Wirklichkeit verhält sich nicht wie in einer *Soko-München*-Folge. Sie offenbart sich nicht in langsam vorgetragenen, wohlsortierten Sätzen, deren Inhalt alle zehn Minuten für die besonders Senilen zusammengefasst wird. Aus der Fanclub-Kakophonie kann ich folgenden Sachverhalt destillieren:

- Marius war tatsächlich in Hazels Blumenladen, doch er kam gar nicht dazu, ihr schöne Augen zu machen. Zu diesem Zeitpunkt saß Adi nämlich bereits seit 15 Minuten wie gelähmt auf der Toilette des Blumenladens – Hexenschuss! Hazel weigerte sich, dem bewegungsunfähigen Adi aufzuhelfen, weshalb Marius Adi von der Toilette zu seinem Auto tragen musste, um ihn zur Notaufnahme zu fahren.
- Bei dem Versuch, Adi aus seinem Auto zu heben, knickte Marius mit dem Fuß um. Helene, Stammzuschauerin der deutschen Arztserie *In aller Freundschaft,* vermutet einen Anriss des Syndesmosebands im Knöchel.
- Schwester Madeleine, Erikas todsichere Quelle im Krankenhaus, ist so dämlich und schwatzhaft, dass sie sogar den anderen Fanfrauen auf die Nerven fällt.

»Den ganzen Mist habe ich nur für dich gemacht«, klärt mich Marius vorwurfsvoll auf. Böse Blicke der Fanfrauen schießen augenblicklich in meine Richtung: Er hat es nur für mich gemacht! Ich bin die böse Hexe, die Schuld trägt für sein angerissenes Syndesmoseband! Würde Marius sie jetzt auffordern, mich mit den Trüffelpralinen zu steinigen, sie würden ihm blind folgen. Marius' Vorwurf verwandelt sich in ein warmes Lächeln. Er ist mir nicht wirklich böse: »Den ganzen Mist habe ich nur für *uns* gemacht. Wollte dir halt zeigen, dass du mir wichtig bist.« Er lächelt nicht mehr, sondern schaut mich forsch an. Die dunklen Mienen der Fanfrauen klaren auf, sie wittern einen romantischen Moment und schauen mich erwartungsfroh an. Ich spüre, dies wäre in jeder Romantic Comedy der Augenblick, wo die tief verletzte, aber total sympathische Heldin über ihren Schatten springt und in einer kleinen Schlussansprache ihrem geläuterten Kerl vergibt.

```
                    ICH
        Marius, ich begehe gerade die
        größte Dummheit meines Lebens ...

   Tränen auf meinem perfekt ausgeleuchteten Ge-
   sicht. Ich sehe wunderschön aus. Die Fanfrauen
   nesteln aufgeregt an ihren Handtaschen und zü-
   cken Taschentücher.

                    ICH
        Ich verzeihe dir!

   Tosender Applaus! Alle lieben mich! Erwähnte
   ich schon, ich sehe wunderschön aus?
```

Die Gangtür schwingt auf. Eigentlich müsste jetzt Kai Pflaume von *Nur die Liebe zählt* hereinspazieren und uns zu unserer Versöhnung gratulieren. Doch dies ist die Realität: Ich habe Marius nicht verziehen, und durch die Schwingtür kommt nicht Kai Pflaume, sondern Alex Grunske. »Da hinten liegt der Adi«, murmelt er.

Ein schmerzverzerrtes Lächeln huscht über Adis Gesicht, als er mich erkennt. Steif wie ein Brett liegt er auf dem Boden des Nachbarflurs und wartet auf seine Behandlung.

»Fremdgehen lohnt sich nicht«, sage ich. »Das ist die Strafe!«

»Die ganze Zeit belogen hat sie mich!«

»Wer?«

»Die Hazel.« Er spricht es aus wie »Haaasl«. »Sie ist verheiratet, kannst du dir das vorstellen, Charlotte?!« Er will empört die Arme in die Luft werfen und fährt vor Schmerzen zusammen.

»Du meinst verheiratet, genauso wie du es bist?«

Er zerfließt in Selbstmitleid: »Ich habe mich wirklich in sie verliebt, aber sie hat mir noch nicht einmal vom Häusl helfen wollen. Weißt du, was sie zu mir gesagt hat?« Seine Empörung ist jetzt grenzenlos. »Sie ist keine Pflegerin, die wo alten Männern von der Toilette hilft.«

Das hätte ich vermutlich auch gesagt – nur in besserem Deutsch.

»Die Frau ist für mich gestorben!« Er stöhnt wieder: »Es tut so weh. Die Biene mag mir auch nichts zum Essen bringen.«

»Von welcher Biene reden wir?« Mein Blick durchbohrt ihn. »Aber nicht von der, mit der du 25 Jahre verheiratet warst?«

»Ich kenne keine andere.«

»Die Biene, die du betrogen hast? Die Biene, die du dann einfach fallen gelassen hast? Meinst du die?«

Er schaut mich verständnislos an.

»Du bist ein richtiger Arsch, Adi!« Ich werde laut. »Du hast eine wie die Biene überhaupt nicht verdient.«

»Ja, klar, du hältst natürlich zu ihr!«

»Und du solltest deinem bayerischen Herrgott auf Knien danken, wenn die Sabine überhaupt noch ein Wort mit dir wechselt. Was glaubst du, wie es sich anfühlt, einfach so fallen gelassen zu werden?«

Mein Eifer überrascht ihn. Er denkt über meine Frage nach, will antworten.

»Nein! Sag nichts«, komme ich ihm zuvor. »Ich zeige dir mal, wie es sich anfühlt.« Mit der gesamten Kraft meiner Hot-Iron-gestählten Oberarme rüttle ich seinen Körper einmal komplett durch. Sein markerschütternder Schrei röhrt durch die gesamte Charité. Nur langsam ziehen sich die Schmerzen wieder aus seinem Körper zurück.

»Spinnst du?!«, schreit er mich an.

»Jetzt weißt du, wie sich das anfühlt!«

Beleidigt schaut er mich an, doch meine Lektion wirkt. Er beginnt zu grübeln, sein Ton wird kleinlaut. »Ja, ja, habe schon verstanden: Es fühlt sich nicht gut an, so behandelt zu werden. Und ehrlich, ich habe ja sogar darüber nachgedacht …«, er zögert, »… ob ich der Biene eine zweite Chance gebe.«

»Du ihr?«, spotte ich und beginne daran zu zweifeln, ob Liebesengel Charlotte wirklich ein hehres Ziel verfolgt, wenn sie die Huber Sabine mit so einem Holzklotz versöhnen will. »Weißt du eigentlich, wie arrogant das klingt? Und warum eigentlich? Weil sie so gut kocht? Und deine Unterhosen wäscht, bügelt und faltet? Weil sie treudoof immer für dich da ist?«

Er starrt mich an – und hat keine Antwort.

»Na, das nenn ich wahre Liebe! Sie ist jetzt eine starke Frau. Einen Typen wie dich braucht sie Gott sei Dank nicht mehr«, lasse ich ihn wissen und wende ihm entschlossen den Rücken zu, um zurück zu den anderen zu gehen. Nein, man kann der Huber Sabine nur wünschen, dass sie ganz schnell über ihren Adi hinwegkommt und sich bei www.rubensfan.de einen netten Kerl sucht.

»Warte mal«, sagt er. Ich habe bereits die Schwingtür erreicht und drehe mich um, er schaut mich kläglich an: »Die Biene hat mich einfach sitzen gelassen in Rottau, als sie nach Berlin gegangen ist. Meine Kollegen haben mich alle gefragt: ›Ja, wo ist denn deine Biene jetzt? Was macht sie denn da in Berlin?‹ Ich habe dagestanden wie ein Depp!«

»Weil sie sich von dir vernachlässigt gefühlt hat, Adi! Deshalb!«

»Wirklich?«

»Ja!«

Das trifft ihn unvorbereitet. Er lässt es sacken. Je mehr er darüber nachdenkt, desto mehr muss er sich anscheinend eingestehen, dass ich recht habe. »Ja, gut, sicherlich, ich bin das eine oder andere Wochenende weg. Der Motorradclub. Die Freunde vom Fußballverein. Die Freiwillige Feuerwehr … Aber das sind alles Verpflichtungen!« Er hält inne und begreift, dass er sie tatsächlich vernachlässigt hat. Er holt tief Luft. »Also gut!«, sagt er entschlossen. »Ich werde um sie kämpfen!«

»Dann kämpfe!«

»Ich will mit ihr reden, bevor sie abfährt.«

»Ich glaube, sie will nicht mit dir reden … Bevor sie abfährt? Sie ist in Berlin?«

»Ja, freilich.«

»Ich dachte, sie ist bei ihrer Schwester in …«

»Nein, nein, sie ist noch in Berlin. Die Erika hat es mir heute Morgen erzählt.«

»Erika?« Mein Blick wandert zu Erika, die in 20 Meter Entfernung dem armen Marius eine verschmierte Butterstulle aufnötigt. Ich sitze eine qualvolle halbe Stunde mit ihr im Auto, und sie erwähnt nicht mit einer Silbe, dass die Huber Sabine noch in Berlin ist? Meine Miene verfinstert sich.

»Stimmt irgendwas nicht, Charlotte?«, ruft sie unschuldig lächelnd zu mir herüber.

73

»WARUM HAST DU MIR NICHT GESAGT, dass sie noch in Berlin ist?«, schnauze ich Erika an. Mit vereinten Kräften tragen Alex und ich den stöhnenden Adi aus der Notaufnahme.

Sie versucht, mit uns Schritt zu halten. »Dit Sabinchen hat mir aufgetragen, mit niemandem darüber zu reden.«

»Mit Adi hast du auch darüber gesprochen«, sage ich vorwurfsvoll, und Adi gibt ein kurzes Stöhnen von sich, als wollte er zustimmen.

»Was hast du eigentlich vor?«, erkundigt sich Erika schnaufend.

»Adi wird sie um Verzeihung bitten. Ich präzisiere: Er wird vor ihr zu Kreuze kriechen, ohne auch nur den Hauch einer Chance zu haben, dass sie ihn zurücknimmt. So ist es doch, oder, Adi?«

Adi, vom Schmerz des Hexenschusses gemartert, nickt, so weit dies seine Situation zulässt: Alex' Arme umschlingen seine Achselhöhlen in festem Klammergriff, ich halte seine Füße. Wir erreichen mein Auto. »Kein Kleinwagen!«, jammert Adi entsetzt, als ihm klar wird, dass wir ihn durch die Fahrerkabine auf die Rückbank des dreitürigen Minis schieben. »Das überlebe ich nicht!« Er versteift seinen Körper und schreit. Wir drücken ihn hinein. Er überlebt es doch.

»Charlotte, warte mal, wohin?« Marius eilt uns humpelnd hinterher. Hinter ihm tauchen die besorgten Fanfrauen auf.

»Marius, du musst wirklich an deine Gesundheit denken«, mahnt eine, »und deinen Knöchel dem Arzt zeigen.«

»Und dann kochen wir unserem Patienten was Schönes«, sagt der einzige Mann im Rudel. Er zupft mit verliebtem Blick an

Marius' Hemd, um ihn zurückzuhalten. Marius will alles, nur nicht mit den Fans allein gelassen werden. Entnervt reißt er sich los: »Ich komme mit!«

Adi liegt auf Erikas und Marius' Schoß auf der Rückbank und spürt jede Bodenwelle. »Charlotte«, stöhnt er, »warum fährst du so schnell?«

»Weil deine Frau in einer Stunde in ihren Zug steigt – und dann ist sie weg! So ist es doch, oder, Erika?«

»Ja, ja. Aber wie gesagt: Ick darf eigentlich gar nicht darüber reden. Dit Sabinchen wollte noch mal in den Zoo. Du fährst aber wirklich schnell, Charlotte! Mamma mia! Dein Handy klingelt!«

»Alex, geh mal ran.« Alex zieht mein Handy aus meiner Hosentasche. Keine leichte Übung, denn meine Arme und Beine sind in ständiger Bewegung. In Höchstgeschwindigkeit manövriere ich den Mini durch einen Pulk von Bummeltouristen, die einen Zebrastreifen auf dem Kuhdamm überqueren.

»Äh … hier der Alex, und das ist gar nicht mein Handy.«

»Und noch mal Karla Lautenbach von PriTV. Der Dr. Georgis …«

»Sag ihr, ich kann nicht!«

»Also, die Charlotte sagt, ich soll ausrichten …«

Ungeduldig reiße ich ihm das Telefon aus der Hand: »Frau Lautenbach, ich habe doch gesagt, ich kann nicht. Außerdem ist heute Samstag. Warum arbeiten Sie eigentlich? Auf Wiederhören!« Telefonat beendet.

Alex schaut mich überrascht an: »Krass! So voll die Antihaltung!«

Unsere kleine Gruppe passiert ungeduldig den Eingang des Zoos, Scharen von jungen Familien und Touristen warten hinter uns in der Schlange. Zu viert heben wir den stocksteifen Adi über das Drehkreuz.

»Hoffentlich ist sie noch da«, gibt Adi keuchend von sich, nachdem uns das zirkusreife Kunststück geglückt ist.

»Wo ist sie denn jetzt?« Marius blickt sich suchend um. Das Zooareal ist enorm weitläufig.

»Ja, dit weeß ick ooch nicht«, sagt Erika. »Vielleicht kann man sie ausrufen lassen?«

»Ich hätte eine Vermutung«, sage ich. »Gibt es hier Pinguine?«

Einsam betrachtet sie die Robben- und Pinguinanlage. Munter planscht eine Gruppe Magellanpinguine im Wasser. Alex und ich schnappen nach Luft, als wir den 90 Kilo schweren Adi auf den feuchten Schotterweg neben der Huber Sabine plumpsen lassen. Sie nimmt kaum Notiz von uns. Ihre Stimme ist leise: »Das ist die Babe und der Filou.« Sie zeigt auf zwei Pinguine, die auf einem Felsquader ein Sonnenbad nehmen. »Der Tierpfleger hat mir erklärt, dass sie schon seit 16 Jahren ein Paar sind. Warum schaffen *die* das?« Sie beginnt zu schluchzen. »Ich will keine Hyäne sein!«

»Hyäne?«, fragt Erika.

»Ich glaube, den Kontext kenne nur ich«, sage ich.

Die Huber Sabine trocknet ihre Tränen. »Ich will einfach nur meinen Adi, der mich nicht mit einer Schlampe betrügt!«

Ich gebe Adi ein Zeichen: sein Einsatz!

Er lächelt gequält. »Eine Schlampe ist die Hazel ja nicht, sondern …«

»… sondern ein großer Irrtum, den Adi zutiefst bereut«, unterbreche ich eilig und fühle mich wie die Pressefrau eines Promis, der die Öffentlichkeit für einen Fehltritt um Vergebung bitten möchte und dessen ungelenken Worten ich auf die Sprünge helfen muss. »Adi hat diese flüchtige und zutiefst bedauerliche Affäre heute beendet. Nicht wahr, Adi?«

Leben kehrt in das Gesicht der Huber Sabine zurück. Sie schaut ihn neugierig an. Hat er?

»Ja, habe ich. Die Hazel war ein depperter Irrtum.«

Gut, Adi! Immer schön meine Fragen beantworten. »Und jetzt möchte der Adi sagen, dass es ihm leidtut. Nicht wahr, Adi?«

»Ja.«

Ich räuspere ich mich. Adi begreift. Ein »Ja« reicht möglicherweise aus, wenn eine Kundin sich in seiner Kfz-Werkstatt erkundigt, ob sie einen neuen Auspuff braucht. Um das Herz seiner betrogenen Frau zurückzuerobern, muss »Mann« aber schon mehr auffahren. Immer noch liegt er auf dem kalten Schotterweg, wie ein bemitleidenswerter Käfer, der auf seinen Panzer gefallen ist und sich nicht aus seiner Lage befreien kann. Seine Finger greifen nach der Hand der Huber Sabine:

»Biene, ich habe mich blöd verrannt. Ich habe mich plötzlich jung gefühlt mit der Hazel, dabei kenne ich sie gar nicht richtig. Du machst die besten Knödel und …«

Abermals strenges Räuspern von mir: falsche Richtung!

Er begreift: »… Aber was halt viel wichtiger ist: Die Charlotte hat mir klargemacht, dass du keine Selbstverständlichkeit bist, sondern etwas ganz Besonderes. Wie ein 7er BMW, der frisch vom Band rollt und …« Ich möchte mich wieder räuspern, doch er begreift von ganz allein: unschöne Metapher! »Du steckst mich jeden Tag mit deiner Fröhlichkeit an!«, fährt er fort. »Und ehrlich, ich würde narrisch werden, wenn ich dich nachts nicht mehr in den Arm nehmen dürfte.«

Ich nicke zufrieden. So viel Sinn für Romantik habe ich ihm nicht zugetraut, wobei ich darauf vertraue, dass »nachts in den Arm nehmen« keine ländlich-bajuwarische Verklausulierung für »nachts einmal drüberrutschen« ist.

»Ich will spüren, dass du es wieder spürst«, sagt er. Es klingt wie eine Textzeile von Hansi Hinterseer, doch Sabine merkt, dass es Adi ernst meint. Ihre Augen werden feucht. Auch Erika beginnt zu schluchzen. Marius lächelt. Er mag die Huber Sabine und freut sich über das Happy End. Sogar Alex nimmt

Anteil an der Situation und nickt berührt. »Kannst du mir verzeihen?«, fragt Adi seine Sabine.

Sie dreht sich weg von ihm, ringt mit sich, wendet sich an mich: »Warum?«

»Verzeihen ist gut!«, sage ich. »Steht doch bestimmt in der Bibel, und die CSU ist auch dafür.«

»Du hast gesagt, ich soll eine starke Frau sein«, erwidert sie.

»Auch in einer starken Frau schlägt ein sanftes Herz.« Ich zitiere aus der *Renata*-Folge 1354.

»Du schaffst es doch auch nicht, Marius zu verzeihen!«

»Das ist was anderes!« Ich verliere meinen pastoralen Tonfall und werde stocksauer.

»Ist es nicht!«, sagt sie.

»Doch! Dieser Vergleich entbehrt jeder Grundlage. Das ist so, als würdest du einen Taschendiebstahl mit dem elften September vergleichen.«

»Ich finde auch nicht, dass der Vergleich hinkt«, sagt Marius.

»Du bist befangen!«, sage ich.

»Ja, bin ich«, sagt er. »Ist doch albern, was wir hier aufführen! Wir kommen offensichtlich nicht voneinander los, aber wir kriegen es einfach nicht hin, uns zusammenzuraufen.«

»Ach, dit hat er aber schön jesacht!«, freut sich Erika.

»Wenn ich dem Adi verzeihen soll«, sagt die Huber Sabine, »hab ich drei Bedingungen. Erstens …«, sie schaut Adi entschlossen an, »müssen sich ein paar Sachen bei uns ändern. Weil Frauen in Deutschland schon ganz lange zur Wahl gehen dürfen.«

»Ich glaube, es war das Jahr 1919«, sekundiere ich.

»Ich will in Zukunft mitreden«, sagt sie. »Und im Sommer fahren wir nach Andalusien!«

»Passt«, sagt Adi.

»Zweitens, ich mag dich lieber mit Schnauz!«

»Ey, bad taste!«, entwischt es Alex. Ich schaue ihn streng an. »Sorry, halte mich schon zurück.«

»Ja, passt auch!«, sagt Adi. »Fühle mich eh ein bisserl nackert.«

»Meine dritte Bedingung geht an die Charlotte.« Die Huber Sabine schaut fordernd in meine Richtung.

Ich ahne, was sie will. »Das ist ja wohl Erpressung!«

»Genau!«, sagt sie. »Was ist jetzt mit dir und dem Marius?« Alle Augen richten sich auf mich. Spätestens jetzt müsste die tief verletzte, aber total sympathische Heldin über ihren Schatten springen.

Ich seufze schwerfällig: »Von mir aus.« Mein Blick wandert zu Marius. »Ich weiß nicht, wo uns das hinführt. Aber ich würde gerne besser verstehen, was eigentlich genau passiert ist. Vielleicht würdest du mich mal mitnehmen zu dieser Therapiegruppe? Geht das?«

»Ja, das geht!« Marius will gefühlvoll meine Hand nehmen, ich ziehe sie weg.

»Schön«, sage ich schnippisch und wende mich der Huber Sabine zu: »Dritte Bedingung erfüllt! Wunderbar!«

»Nein, das reicht mir nicht!«, sagt sie.

»Was soll ich denn jetzt noch machen?! Ihn heiraten?!« Ich lache amüsiert.

»Zum Beispiel«, sagt Marius.

»Sehr witzig!«

»Nein, ich finde, das ist eine hervorragende Idee.« Marius kniet vor mir nieder.

»Komm hoch, lass den Unsinn!«, weise ich ihn zurecht. Zum zweiten Mal nimmt er meine Hand und hält sie fest, bevor ich sie wegziehen kann.

»Ich meine das total ernst: Willst du mich heiraten, Charlotte Bredencamp?«

»Ja!«, antworten die Huber Sabine und Erika wie aus einer Kehle.

»Bist du bescheuert?!«, antworte ich.

»Ich muss wissen, woran ich bin«, sagt er ohne eine Spur von

Ironie. »Das Leben ist zu kurz, um Zeit zu vergeuden. Willst du mich heiraten, Charlotte Bredencamp? Ja oder nein?«

Gespannte Stille. Sogar Babe und Filou scheinen die Luft anzuhalten. Zoobesucher sind stehen geblieben und gaffen mich und den knienden Marius an. Mein Handy klingelt. Von unserem Publikum kommt ein kollektives »Oh, nee!«.

»Sorry, aber das muss sein.« Dankbar für diesen kleinen Aufschub gehe ich ans Telefon: »Bredencamp.«

»Friedhelm hier«, flötet eine Stimme gut gelaunt in mein Ohr, »ich dachte, jetzt rufe ich mal persönlich an.«

»Friedhelm … passt gerade schlecht.« Der Blick unserer Zuschauer verrät mir: Passt gerade *sehr* schlecht!

»Ich weiß, es ist schon wieder fucking Wochenende«, sagt Friedhelm, »aber, hey, ich brüte gerade über unseren Geschichten. Ich bin ein bisschen lost, bräuchte mal deine Hilfe.«

»Meine Hilfe?«, frage ich. Marius kniet immer noch vor mir. Ich glaube, er wird langsam ungeduldig. Verdammt noch mal, was will Friedhelm von mir? Erst behandelt er mich wie den letzten Dreck, jetzt benötigt er meine Hilfe? Kampfeslust steigt in mir auf: »Kannst du dich an unseren Montagabend erinnern, Friedhelm? Du weißt schon, da sind ein paar unschöne Ausdrücke gefallen.«

»Ja, Schwamm drüber, no hard feelings!«, sagt er. »In einem halben Jahr habe ich alles wieder vergessen.«

»Ich will aber gar nicht, dass du das vergisst.«

»Ich verstehe nicht.«

»Du bist ein Arschloch – und deshalb kündige ich!«

»Was?!«

»ICH KÜNDIGE! Ciao!« Mit beherztem Fingerdruck beende ich das Telefonat. Ich lächle in die Runde: »Wo waren wir stehen geblieben?« Alle starren mich an. In einem schlechten Film würden ihre Münder weit offen stehen.

»War das etwa Friedhelm?« Marius schaut zu mir hoch, die Knie müssen ihm bereits höllisch wehtun.

»Der Herr Dr. Georgis?«, ergänzt die Huber Sabine irritiert.

»Willst du mich immer noch heiraten?«, frage ich Marius. »Ich habe keinen Job mehr. Aber glaub ja nicht, dass ich deshalb Hausfrau werde.«

»Was? … Nein! Du wirst was Neues finden«, sagt er. »Heißt das, du nimmst meinen Antrag an?«

Heißt es das? Ich habe gerade eine riesige Dummheit begangen. Zeit für eine zweite: »Ja, Antrag angenommen! … Moment!«, bremse ich die allgemeine Euphorie. »Das heißt aber nicht, dass ich dir schon verziehen habe. Oder dass du mir wirklich wichtig bist oder …« Marius richtet sich auf, zieht mich an sich heran und küsst mich leidenschaftlich. In dem schlechten Film würden jetzt alle stürmisch applaudieren, johlen und pfeifen, sogar die Zoobesucher, die erst vor wenigen Minuten mitten ins Geschehen »gezappt« haben. Erika würde vor Rührung heulen, und die Huber Sabine und ihr Adi würden sich wild knutschend in die Arme fallen und sich ebenfalls versöhnen. Das Leben ist ein schlechter Film, denn exakt das passiert jetzt auch in Wirklichkeit. Ich schließe meine Augen und spüre Marius' weiche Lippen: Es fühlt sich richtig an. Erschreckend richtig.

Dank

Ein herzliches »Vergelt's Gott« an alle, die mir bei diesem Buch zur Seite standen: An meine Freundin Sibylle Stellbrink, die tolerant war, als ich im Urlaub den Laptop dabeihatte, und die mir mit ihrem dramaturgischen Know-how wichtigen Rat gegeben hat. An meinen Kollegen Heiko Zupke, der diesen Roman mit seinem Sinn für Sprache und Humor aufpoliert hat. An meinen Vater, Manfred Markus, der mich in Stilfragen beraten hat, und an meine Mutter Ingrid Markus, die mich über die Schönheit der Stadt Goslar aufgeklärt hat. (Leser des Buches wissen, warum.) An Mario Josic, der mir als Experte für Oberbayern geholfen hat. An Maren Brämert und Cordula Reichel, die mir wertvolles Feedback zum Klappentext gegeben haben. An Peter Zilvar vom Esperanto-Centro in Herzberg am Harz. Und natürlich an alle KiWi-Verlagsmitarbeiter, allen voran an meinen Lektor Martin Breitfeld, der mir die Chance zu diesem Buch eröffnet und der diesen Roman in den letzten 18 Monaten begleitet hat.